天空の文学史　雲・雪・風・雨

Kenichi Suzuki

鈴木健一　編

三弥井書店

目次

雲・雪・風・雨 …… 鈴木健一 1
『万葉集』の雲 ―偲ぶよすがとしての「雲」を起点として― …… 松田浩 11
平安和歌における「雨」 …… 青木太朗 27
『伊勢物語』の小野の雪 …… 鈴木宏子 51
『源氏物語』御法巻の秋風 …… 栗本賀世子 69
『枕草子』の雪 …… 吉野瑞恵 85
『方丈記』の辻風 …… 木下華子 105
『徒然草』の雪 …… 中野貴文 127
『平家物語』の風 …… 牧野淳司 143
中世和歌の描いた雲 …… 山本章博 161
蒙古襲来と神風 …… 山本令子 179
大物浦で義経を阻む風 ―風と平家の怨霊と― …… 鈴木彰 199

天狗と風　―怪異観をめぐる一考察―……門脇　大　217
芭蕉の雨……永田　英理　235
一茶の雪……牧　藍子　251
江戸漢詩が詠んだ雪……小財　陽平　267
近世和歌が詠んだ雨……田代　一葉　285
幽霊や怨霊に伴う風　―近世実録や読本の風―……菊池　庸介　303
『北越雪譜』は雪をいかに描いたか……津田　眞弓　319
幻想の雪　―『雪暮夜入谷畦道』―……光延　真哉　337
「風の又三郎」……高橋　由貴　355

あとがき　371
執筆者紹介　i

雲・雪・風・雨

鈴木健一

一　神秘性

神秘性という点では、「日・月・星」に比べると、「雲・雪・風・雨」はやや弱い。より現実的な存在であったからであろう。とはいえ、神秘的な感覚を表現する例もそれなりに認められる。

わたつみの豊旗雲《とよはたぐも》に入日《いりひ》さし今夜《こよひ》の月夜《つくよ》さやけくありこそ　（万葉集・巻一・天智天皇）

海上に旗のようにたなびく雲に、夕日が射してきて、今夜の月はさやかに照ってほしい。「わたつみの豊旗雲に入日さし」は明らかに神意の発現と見てよいだろう。[*1] 契沖《けいちゅう》も『万葉代匠記《まんようだいしょうき》』で「ワタツミハ、海ノ摠名、マタ海神ヲモ云《いふ》。（中略）今カクツヾケ給バ、雲ハ海神ノ興ズ物ナル故カ」（精撰本）としている。この解釈によれば、すばらしい豊旗雲は、海神が興に乗じて起こしたものなのだ。

また、祝詞《のりと》『龍田《たつた》の風の神の祭』では、風の神は「天の御柱《みはしら》の命《みこと》・国の御柱の命」と呼ばれており、風が神霊の宿る柱に見立てられている。この神を祭れば五穀豊穣になり、おろそかにすると、風が吹き荒れて不作になる。『伊勢物語』二十三段の、

風吹けば沖つ白浪龍田山夜半《よは》にや君がひとり越ゆらむ

という、浮気をした夫の無事を祈ることで再び夫を取り戻す妻の話も、龍田の風の神への信仰に基づくものである。[*2]

つづいて、上田秋成『雨月物語』「菊花《きくか》の約《ちぎり》」の一節を引用しよう。丈部《はせべ》左門《さもん》との約束を守って九月九日に戻るため、赤穴宗右衛門《あかなそうえもん》は自刃して霊魂となり、出雲からやって来るという場面である。

月の光も山の際《は》に陰《くら》くなれば、今はとて戸を閉《たて》て入らんとするに、たゞ看《みる》、おぼろなる黒影《かげろひ》の中に人ありて、風の随《まにまに》来るをあやしと見れば赤穴宗右衛門なり。

もう今夜は宗右衛門はやって来ないかと思った左門が家の中に入ろうとすると、風に吹き送られるようにしておぼろな黒い影がこちらに向かってくる、とある。幽霊が登場する時の陰風なのである。

さらに、人間に実害をもたらす風の例を掲げてみる。人間の能力を超えたところで起きるという点では、神秘性に付随する特徴と言ってよいだろう。

その代表格は、やはり『方丈記』の辻風であろう。火事・辻風・遷都・飢饉・地震という五大災厄が語られる、その二番目の記述である。

又、治承四年卯月ノコロ、中御門《なかのみかど》京極ノホドヨリ、大キナル辻風発《おこ》リテ、六条ワタリマデ吹ケル事ハベリキ。三四町ヲ吹キマクルアヒダニ籠《こも》レル家ドモ、大キナルモ小サキモ、ヒトツトシテ破レザルハナシ。サナガラ平《ひら》ニ倒レタルモアリ。桁《けた》・柱バカリ残レルモアリ。門《かど》ヲ吹キハナチテ、四五町ガホカニ置キ、又、垣ヲ吹キハラヒテ、隣トヒトツニナセリ。イハムヤ、家ノウチノ資財、数ヲ尽クシテ空ニアリ。檜皮《ひはだ》・葺板《ふきいた》ノタグヒ、冬ノ木ノ葉ノ風ニ乱ルガ如シ。チリヲ煙ノ如ク吹タテタレバ、スベテ目モ見エズ。ヲビタヽシク鳴リドヨムホドニ、モノ言フ声モ聞コエズ。彼ノ地獄ノ業《ごふ》ノ風ナリトモ、カバカリニコソハトゾ覚ユル。家ノ損亡《そんばう》セルノミニアラズ、是ヲ取リ繕フアヒダニ身ヲソコナヒ片輪ヅケル人、数モ知ラズ。コノ風未《ひつじ》ノ方《かた》ニ移リユキテ、多クノ人ノ歎キナセリ。辻風ハツネニ吹ク物ナレドカヽル事ヤアル、タヾ事ニアラズ、サルベキ物ノ諭《さとし》カナドゾ、ウタガヒハベリシ。

「彼ノ地獄ノ業ノ風ナリトモ、カバカリニコソハトゾ覚ユル」というふうに、地獄の業火と比較しているところからも、人知を超えたものという認識が感じられよう。ちなみに、『往生要集』上巻・厭離穢土《えんりえど》には、地獄の業火について、

一切の風の中には業風を第一とす。かくの如き業風、悪業の人を将《ひき》ゐ去りて、かの処に到る。既にかしこに到り已《をは》れば、閻魔羅王、種々に呵嘖す。呵嘖既に已れば、悪業の羂《なは》にて縛られ、出でて地獄に向ふ。遠く大焦熱地獄の普く大炎の燃ゆるを見、また地獄の罪人の啼き哭ぶ声を聞く。

とある。悪業の人を連れ去って地獄に連れて行く風よりすさまじいものが地上に吹いたというのが、『方丈記』の認識であるわけだ。

二　心情表現

ここからは、雪・風・雨などの天空における自然現象が人間の感情をどう象っているかについての例を挙げてみたい。

まずは、雪。『伊勢物語』八十三段が印象的である。馬の頭である老人は惟喬《これたか》親王にお仕えしていたが、親王は突然出家してしまった。

睦月に、をがみ奉らむとて、小野にまうでたるに、比叡の山のふもとなれば、雪いと高し。しひて御室《みむろ》にまうで

てをがみ奉るに、つれづれといとものがなしくておはしましければ、やや久しくさぶらひて、いにしへのことなど思ひ出《い》で聞えけり。さてもさぶらひてしがなと思へど、おほやけごとどもありければ、えさぶらはで、夕暮れに帰るとて、

忘れては夢かとぞ思ふ思ひきや雪踏みわけて君を見むとは

とてなむ、泣く泣く来にける。

比叡山の麓、雪深い小野に訪ねて行ったところ、親王は悲しそうでいらしたので、昔話などしてさし上げて、そのままおそばにいたいと思ったが、公務もあり、帰らなくてはならないので、「現実をふと忘れてしまい、夢ではないかと思われます。思いもかけないことに、雪を踏み分けてあなたにお目に掛かることになるとは」という歌を詠んだのであった。親王の不遇さと、雪の冷たさによってさびしさが募り、親王の境遇を思いやる老人のせつなさも高まっていく。

『徒然草』第三十一段も、雪を描いて美しい人間関係を描き出している。

雪のおもしろう降りたりし朝《あした》、人のがり言ふべき事ありて文をやるとて、雪のこと何ともいはざりし返事《かへりごと》に、「この雪いかゞ見ると、一筆のたまはせぬほどの、ひが〳〵しからん人のおほせらるゝ事、聞きいるべきかは。返々《かへすがへす》口をしき御心なり」と言ひたりしこそ、をかしかりしか。

今は亡き人なれば、かばかりの事も忘れがたし。

雪が趣深く降った日の朝、そのことをなにも書かずにある人のもとに手紙を遣わしたところ、「『この雪をどう思われましたか』と、一言も書かないような情趣を解さない人のおっしゃることを聞き入れることなどできません。じつ

に情けないことです」と、返事にあった。すでに亡くなった人であるので、このようなことも忘れがたいという。白《はく》居易《きょい》の詩句「雪月花の時、最も君を憶ふ」は『和漢朗詠集』下・交友にも収められ、人口に膾炙したが、この詩句に代表されるように、雪は月・花と並んで人とのつながりを強く感じさせる景物なのである。すなわち、この三つの景物―雪・月・花が日本人にとって最も強く季節の情趣を感じさせるものであり、それらを心が通じ合っている人とともに愛でたいと願う気持ちが人々に生まれ、そこからさらに、雪・月・花を見れば親しい人を思い出すという回路が立ち現われてくることになる。この『徒然草』の場合も、そういった機能を有する雪をめぐるやり取りだからこそ、兼好の心の中に忘れがたい思い出として刻印されることになったわけだ。

では、次に、雪国信濃をめぐる一茶の句を掲げよう。

是《これ》がまあつひの栖《すみか》か雪五尺　（七番日記）

長い漂泊と、義母との争いの後に、ようやく故郷柏原《かしわばら》へ戻ることのできた時の感慨を詠んだもの。雪五尺に埋もれる生活の厳しさへの慨嘆が主に感じ取れようが、その一方で、故郷に定住できる安堵感も伝わってくる。この句は初案では、中七が「死所《しにどころ》かよ」とする形も模索されたらしい。この方が、一茶の沈痛な決意がより強く感じられるが、率直過ぎて、さすがに詩にならない。「つひの栖」は『拾遺集』に用いられている歌語であり、また雪には前掲した白居易の詩句や『伊勢物語』などによって伝統的な美意識がこめられる。これらがこの句における雅びさだとすると、「是がまあ」という俗語的な言い回し（一茶独自のものではなく発句に先例がある）と雪国信濃の現実が俗である。雪には雅俗の両義性がこめられている。そうして、両者の対比が生じて、さらにそれが絶妙に交じり合うところに俳諧の味わいが成り立っているのである。なお、一茶には「むまさうな雪がふうはりふはり哉」（『七番日記』）の句もあり、これは雪をより肯定的に捉えている。

風は、どうだろうか。『源氏物語』御法《みのり》巻で紫の上が息を引き取る直前の有名な場面を見てみる。

風すごく吹き出でたる夕暮に、前栽《せんざい》見たまふとて、脇息《けふそく》によりゐたまへるを、院渡りて見たてまつりたまひて、「今日は、いとよく起きゐたまふめるは。この御前《おまへ》にては、こよなく御心もはればれしげなめりかし」と聞こえたまふ。かばかりの隙《ひま》あるをもいとうれしと思ひきこえたまへる御気色を見たまふも心苦しく、つひにいかに思し騒がんと思ふに、あはれなれば、

おくと見るほどぞはかなきともすれば風にみだるる萩のうは露

げにぞ、折れかへりとまるべうもあらぬ、よそへられたるをりさへ忍びがたきを、見出だしたまひても、

ややもせば消えをあらそふ露の世におくれ先だつほど経《へ》ずもがな

とて、御涙を払ひあへたまはず。宮、

秋風にしばしとまらぬつゆの世をたれか草葉のうへとのみ見ん

と聞こえかはしたまふ御容貌《かたち》どもあらまほしく、見るかひあるにつけても、かくて千年《ちとせ》を過ぐすわざもがなと思さるれど、心にかなはぬことなれば、かけとめん方なきぞ悲しかりける。

「風すごく吹き出でたる夕暮」に紫の上は脇息に寄り掛かって前栽を眺めている。光源氏がやって来て、今日は起きておられますねと喜んだのに対して、この程度の小康状態でこんなに嬉しいと思われるのなら、いよいよ死んでしまうという時にはどんなにお嘆きになるかと悲しく思って詠んだのが、紫の上の歌である。今起きていられるのも束の間のことであって、ややもすれば吹く風によって乱れ散ってしまう萩の枝の上に置かれた露のように、私の命も風

前の灯のような状態なのだと訴えている。

光源氏の返歌は、誰しもはかない運命なのであるけれども、あなたが死んでしまったら、私もさほど時を置かずしてこの世を去りたいものだと歌う。明石の中宮も、お二人に限らず人間誰しもこのはかない運命から逃れることはできないのですと詠み、ここでの露はほんの一瞬を生きる人の一生を表し、秋風はそれを奪うものとして詠まれる。

そういった、人の悲しみを象る秋風のありかたは江戸時代に到っても持ち越される。

芭蕉の『野ざらし紀行』では、富士川のほとりを歩いていくと、三歳くらいの捨て子が、悲しそうに泣いているのに遭遇する。その時の句が、

猿を聞く人捨子《すてご》に秋の風いかに

である。「猿を聞く人」とは、巴峡《はきょう》の猿の鳴き声を聴いて涙した中国の詩人を指す。白居易の「三声の猿の後に郷涙を垂る」（『和漢朗詠集』）や杜甫の「猿を聴きて実に下る三声の涙」（『杜律集解』）をはじめ、中国漢詩ではしばしば猿の哀愁を伴う鳴き声に詩人が涙を流している。そんな詩人たちは、今私の目の前で秋風が吹くなか泣いている捨て子の声を聴いてどんな気持ちがするのだろう、というのが句意。秋風も猿声同様、哀愁を帯びている。

「秋の風」は『おくのほそ道』でも三句見られるが、悲しみの感情を伴うのは、金沢に入って、一笑という俳人が去年の冬早世したということを聞いて、

塚も動け我泣声《わがなくこゑ》は秋の風

と詠んだものである。この秋風は芭蕉の慟哭と呼応するものとなっている。もっとも『おくのほそ道』での他の二句は「あかあかと日はつれなくも秋の風」「石山の石より白し秋の風」というもので、ここでの「秋の風」はともに清

爽感を醸し出す。秋風といっても哀愁一辺倒ではない。清爽感も一方にあるからこそ、幅広い感情を表現できる景物たりえているのである。

次に、雨に触れる。やはり芭蕉の句を引こう。

芭蕉野分《のわき》して盥《たらひ》に雨を聞《きく》夜哉　（武蔵曲）

深川に隠棲し、自らを追い込み、詩心を研ぎ澄まそうとする、そんな厳しい決意が漢詩調によって表現される雨音のわびしさと連動して表現されていく。屋外では、軒先の芭蕉に秋の暴風雨野分が吹き、屋内では、屋根から雨漏りがして、盥に雨音が響いているのである。

三　風景描写

次に、心情表現よりも客観的な風景描写が勝っている例もいくつか挙げてみたい。

最初は、江戸時代中期の歌人で賀茂真淵《かものまぶち》に学んで万葉調をよくした楫取魚彦《かとりなびこ》が詠んだ、雲の歌である。

天の原吹きすさみたる秋風に走る雲あればたゆたふ雲あり　（楫取魚彦家集）

大空に激しく吹く秋風によって、走るように流れていく雲もあれば、ゆらゆらと動いて定まらない雲もある。秋の空に漂う雲といっても、一様ではないのだということを下句で詠む。四句目、五句目ともに字余りだが、それがかえって雲の躍動的な感じをよく表している。

今度は、新古今時代の歌人式子《しょくし》内親王の雪の歌である。

山深み春とも知らぬ松の戸にたえだえかかる雪の玉水《たまみづ》　（新古今集・春上）

雪深い山家ではまだ春が訪れたともわからない、しかし松の戸に雪解けのしずくがとぎれとぎれに落ちかかっているのを発見し、ここにも春の気配をわずかながら見出す、というのが歌意。春の訪れを希求する気持ちももちろん込められているが、それ以上に雪の清らかさが印象的な歌である。玉のように美しい水滴を「雪の玉水」と形容するのがいい。本居宣長《もとおりのりなが》も『新古今和歌集美濃廼家苞《みののいえづと》』で「めでたし。詞めでたし。下句はさら也」と賞賛する。

もう一首、雪の例を挙げる。江戸時代後期の歌人でやはり真淵門の村田春海《むらたはるみ》の有名な歌である。

　とまり舟苫《とま》のしづくの音絶えて夜半《よは》のしぐれぞ雪になりゆく　（琴後集《ことじり》）

「苫のしづく」は、菅や茅などで船の屋根を覆ったその隙間から、しずくとなって落ちる雨水。停泊している船の中で聞こえていたその音も、いつの間にか消えてしまった。時雨がしんしんと降る雪へと変わったのだなという気づきを詠んだ歌である。船が泊まっていたのは隅田川畔であろうか。江戸の市井感覚が感じ取れる一首である。

古典和歌の最後に、紀貫之《きのつらゆき》の代表的な風を詠んだ歌を掲げよう。

　袖ひちてむすびし水のこほれるを春立つけふの風やとくらむ　（古今集・春上）

よく知られているように、この歌には夏から冬、そして春へという季節の移り変わりが詠み込まれている。「袖ひちてむすびし水」――袖が濡れるのもかまわず水を手で掬う、のは夏の光景。その水が「こほれる」のは冬。そして、下句「春立つけふの風やとくらむ」は、立春の日である。この下句には、『礼記《らいき》』月令《がつりょう》の「孟春の月、東風凍を解かす」という表現が影響を与えている。短い三十一字の中に一年の季節の変遷を織り込み、春の到来の喜びを風によって感じ取るという気持ちを鮮やかに切り取る。抒情も叙景も充実した一首と言える。

最後に、近代短歌から、正岡子規《まさおかしき》が詠んだ春雨の歌を引こう。

くれなゐの二尺のびたる薔薇の芽の針やはらかに春雨の降る（竹の里歌）

「やはらかに」は、「芽」と「春雨」の両方に掛かる。春雨のしとしと降る感じが、若くやわらかな芽と響き合って、新しい季節の始まりの初々しさが静謐に描かれて好もしい。

雲・雪・風・雨は、空にあってその形を変えながら、わたしたちの生活に関わっている。神の意思を反映した存在であると同時に、雪を中心に美的な感覚ももたらしてくれる存在でもある。

なお、最後に季語という点に着目して、まとめておこう。

雲には、春の雲、雲の峰（「雲の峰幾つ崩《くづれ》て月の山」芭蕉）、鰯雲などがある。

雪には、春の雪、淡雪、初雪、雪、吹雪《ふぶき》（「宿かせと刀投出す吹雪哉」蕪村）などがある。

風には、春風、薫風《くんぷう》、秋風、野分（「鳥羽殿《とばどの》へ五六騎いそぐ野分哉」蕪村）、冬の風、凩《こがらし》（「木枯の果てはありけり海の音」言水《ごんすい》）がある。

雨には、春雨、梅雨、五月雨（「五月雨をあつめて早し最上川」芭蕉）、夕立、秋の雨、時雨、冬の雨などがある。

本シリーズでは取り上げなかったが、霞、霧、露、霰《あられ》、霙《みぞれ》、霜など、天空に関わる季語も多彩である。

注

1　『新編　和歌の解釈と鑑賞事典』（笠間書院、一九九九年）。この歌の解説は、高橋六二氏。

2　鈴木日出男『源氏物語歳時記』（ちくまライブラリー、一九八九年。ちくま学芸文庫にも所収）。

『万葉集』の雲

——偲ぶよすがとしての「雲」を起点として——

松田　浩

はじめに

『万葉集』には「白雲」や「天雲」、「雲居」などの熟語を含めて一九六首・二〇七例の「雲」が見られる。[*1] その用例の多さは、歌の景物としての「雲」が、いかに万葉びとに注目されていたかを物語っていると言えよう。それらの歌々における雲の捉え方は、雲というものそれ自体が時に湧き立ち昇り、風に流され棚引き、さまざまに形を変えてゆくものであり、多様な姿を見せるものであるだけに、一様ではない。たゆたう天雲は浮気心の比喩となり、[*2] 山をおぼろにする雲は、ただひとときのほのかな出逢いを、[*3] 絶えず湧き立つ雲はやむことの無い恋心を象《かたど》りもした。[*4]

右に挙げたような雲の捉え方は、その様態に基づいたものであるだけに、時代を隔てた現代の我々にとっても理解のしやすいものであろう。とはいえ、万葉の歌々における「雲」の中には、現代の我々の目から見たのでは簡単には理解の及ばぬ捉え方がなされているものも少なくない。本稿では、そうした「雲」を『万葉集』における雲の特徴をなすものと捉え、それらの中でも特に、思う人を偲ぶよすがとして機能する「雲」を起点として、万葉の雲の特質を論じていくこととしたい。

一　偲ぶよすがとしての「雲」

（1）　雲だにもしるくし立たば慰めて見つつも居《を》らむ直《ただ》に逢ふまでに　（11・二四五二・寄物陳思）

（2）　朽網山《くたみやま》夕《ゆふ》居《ゐ》る雲の薄れゆかば我れは恋ひむな君が目を欲《ほ》り　（11・二六七四・寄物陳思）

右の二首は「古今《ここん》相聞《そうもん》往来《わうらい》歌《か》之《の》類《るい》之《の》上《じやう》（古今の恋歌を集めた歌集・上巻の意）」と目録に記される万葉集巻十一に収載さ

れたもので、「寄物陳思《きぶつちんし》（物に寄せて思ひを陳《の》ぶ）」の部立に分類されており、ともに「雲」に寄せて恋情を歌ったものである。柿本朝臣人麻呂歌集より収載されたという注記を持つ（1）歌が「古《いにしえ》」の恋歌であり、作者未詳歌である（2）歌が編纂時にとっての「今《いま》」の恋歌という位置づけになるが、この二首には恋歌における「雲」の、「古今」を通じての共通した捉え方を見ることができる。

（1）歌では、せめて雲だけでもはっきりと立ち昇ったら、それを見て、愛する人に直接に会える時までの恋しい心を慰めていようと歌う。恋人と会うことのかなわぬ恋しさ・苦しさが、雲を見ることによって慰められるというのであり、この歌からは、雲を見ることが恋人に会うことには及ばぬまでも、その人の姿を見ることの代替行為としてありえたということがうかがわれる。

この「雲」の働きは、（2）歌においても同様である。（2）歌は、朽網《くたみ》山の雲が薄れ行くと恋心が起きるだろうと歌う。当時における恋心とは、相手に会いたいと願いつつもそれがかなわぬ際の苦しく切ない思いのことであり、ここでの恋は「君が目を欲《ほ》」ること、つまり愛しい恋人の顔を見たいと思うことに起因する。雲が薄れていったなら恋心が起きるという仮定は、雲がはっきりと目に見えているうちは、「君が目を欲《ほ》」る気持ちを抑えていられようというのであり、やはりここでもまた雲を見ることは恋人に直接会うことには及ばぬものの、それに準じる働きをしている。

雲に対するこうした感覚は、右の歌ばかりに限るものではない。

（3）我が行《ゆ》きの息づくしかば足柄《あしがら》の峰延《みねは》ほ雲を見とと偲はね　（20・四四二一・防人歌）

（4）春日《かすが》なる御笠《みかさ》の山に居《ゐ》る雲を出で見るごとに君をしぞ思ふ　（12・三二〇九・悲別歌）

（3）歌は、防人として旅立つ夫の立場の歌で、妻に対して足柄山の峰に這う雲を見て自分を偲ぶようにと伝えている。左注によれば作者は武蔵国都筑郡《むさしのくにつつくのこほり》の防人で、足柄山は駿河国《するがのくに》と相模国《さがみのくに》の国境の山であり、武蔵国から東海道を経由して旅行く際の東国の境の山である。ここでは、妻の残される東国と「我」の旅先との境、夫の旅先との接点にあたる足柄山の雲が、自らを偲ぶためのよすがとして妻に示されている。（4）歌においてもまた、御笠山にかかっている雲を見るたびに恋人を思うのであり、雲が人を思うよすがとなっている。

右に見るように「雲」には、遠く離れて会うことのかなわぬ恋しき人を偲ぶよすがとしての働きが認められるが、この働きは生別だけに留まらない。『日本書紀』には前掲（1）歌と等しく「雲だにもしるくし立たば」の句を持つ歌謡が見られるが、それは死者を悼むものである。

（5）今城《いまき》なる小山《をむれ》が上に雲だにもしるくし立たば何か歎《なげ》かむ　（『日本書紀』歌謡一一六）

右は斉明《さいめい》天皇四年（六五八）五月条に見られる歌謡で、孫の建王《たけるのみこ》を亡くした斉明《さいめい》天皇が、今城谷《いまきのたに》の辺りでその殯《もがり》（本葬までの間に営まれる仮の建物）を営んだ際に歌ったものだとされる。今城の比定地には諸説あって未詳といわざるを得ないが、同年十月条に斉明天皇が建王を思い出して歌ったという歌謡（『日本書紀』歌謡一一九）に、建王との思い出の地として「おもしろき今城」と歌われているように、単に殯が営まれた地であるに留まらず、建王ゆかりの地でもあったことは間違いない。[*5] そうした建王ゆかりの地から湧き上がる雲を見ることが、亡き建王を求めて嘆く心を慰めてくれるというのである。このほかにも挽歌において雲を亡き人を偲ぶよすがとして捉える例は、

（7）直《ただ》の逢ひは逢ひかつましじ石川に雲立ち渡れ見つつ偲はむ　（2・二二五）

にも見ることができる。直接会うことが無理であるから、雲を見て偲ぼうという歌であるが、その雲が一面に湧き

立って欲しいと願う場所は、亡き人が今もそこにいるはずの石川の地である。

如上に見てきた「雲」は、時として会うことのかなわぬ恋人や亡き人を偲ぶよすがとして機能するが、その理由を信仰的要素によって説明することを試みたのが土橋寛である。土橋は国見行事の素材としての雲の分析を通して、雲を土地や人の霊魂の姿として捉え、雲が偲ぶよすがとなり得るのは、それが人の霊魂として見られていたからであると述べる。[*6] 青木生子もまた、倭建命《やまとたけるのみこと》が故郷大和《やまと》を偲んで歌ったとされる「思国歌《くにしのひのうた》」の片歌、

（8）はしけやし　我家《わぎへ》の方《かた》よ　雲居《くもゐ》立ち来《く》も　（『古事記』歌謡三二）

を引き、「わが家のほうから立ってくる雲は、一つの風景ではなく、家人（妻）や故郷の霊魂の姿としてなつかしみ見られるものであ」ると述べた上で、雲によって相手を偲ぶ歌々の発想を「雲を思う人の霊魂とみる古代的心性」によるものとして論じる。[*7] こうした見解は近年の諸注釈においても有力で、（8）歌には「立つ雲を見て、古代人は遠くに離れている恋人、または思い人の霊魂の姿とした」（『新編全集』）といった注が付される。

更に青木は、火葬の煙を「雲」として捉える挽歌の表現もまた、雲が思う人の魂と見られていた故であると説く。

（9）こもりくの初瀬《はつせ》の山の山の際《ま》にいさよふ雲は妹《いも》にかもあらむ　（3・四二八）

（10）…（前略）…佐保《さほ》の内の　里を行き過ぎ　あしひきの　山の木末《こぬれ》に　白雲に　立ちたなびくと　我に告げつる　（17・三九五七）

（9）歌の題詞には「土形娘子《ひぢかたのをとめ》を泊瀬の山に火葬する時に、柿本朝臣人麻呂が作る歌」とあり、また（10）歌は大伴家持がその弟書持《ふみもち》の死を伝えられ、哀傷してつくったという歌であり、家持の自注に「佐保山に火葬す。故に『佐保の内の里を行き過ぎ』と謂ふ」とある。ともに火葬の煙を「雲」として歌に詠み込んだものであることが明らかであ

るが、（9）歌においては、火葬の煙を雲に喩えつつも、その初瀬の山にたゆたう雲そのものが土形娘子その人であろうかと歌い、（10）歌では火葬の煙を「白雲」としつつ、弟書持が白雲として立ち現れて棚引いたと歌う。火葬の煙を雲と見ることは、中古以降の作品にも見られることではあるが、そのように捉えた「雲」をそのまま「妹にかもあらむ」、あるいは亡き弟を主語として「白雲に立ちたなびく」とする表現には、単なる見立てではなく、火葬の「雲」が直接的に霊魂の姿と捉えられるものであったことをよみとることができる。*8

（9）（10）歌に見るように、火葬の煙がそのまま「雲」と歌われ、それが亡き人その人だと表現されるためには、雲が亡き人の霊魂の姿であるという考え方が前提として必要となることは確かである。ただし、ここで注意しなければならないのは、「雲」を捉えてそれを正にその人であると直接的に表現しているのは、火葬を歌う挽歌の特徴であるという点である。

これに対して、如上の偲ぶよすがとしての雲をうたう歌には、雲が思う人そのものである、あるいはその魂であると直接的に表現するものは存在していない。ここに、火葬の煙を亡き人の魂の姿たる「雲」として捉える挽歌との相違があるが、この点はいかに考えるべきなのだろうか。次節に万葉びとにとっての雲の特質を踏まえつつ確認してみることとしよう。

二　雲と大地と

偲ぶよすがとしての雲が、思う人の霊魂の姿そのものを直接的にあらわすものだとも言い切れぬ側面は、次の歌を見ても明らかである。

（11）吾《あ》が面《もて》の忘《わす》れも時《しだ》は筑波嶺《つくはね》を振《ふ》り放《さ》け見つつ妹《いも》は偲はね　（20・四三六七・防人歌）

（12）吾が面《おも》の忘れむ時《しだ》は国溢《くにはふ》り嶺《ね》に立つ雲を見つつ偲はせ　（14・三五一五・東歌）

右に示した二首は、自分の面差しを忘れてしまいそうな時にはという条件のもと、自分を偲ぶために見るべきものを相手に示すという形式を共有する類歌である。それぞれの歌において偲ぶために見るべきものは、（12）歌では「国」に溢れて湧きあがる雲であり、（11）歌ではそれが「筑波嶺」となっている。（11）歌の作者は常陸国茨城郡《うばらきのこほり》の人で、旧茨城・白壁・筑波三郡にまたがる筑波山は、作者ゆかりの地の山である。この歌では、家に残される「妹（妻・恋人）」に対して、自らの故郷の山を見つつ自分を偲んで欲しいというのである。

（12）歌は残される妻が旅立つ夫に対して歌ったものである。この歌における「国」に関しては、故郷としての国と見るか、国土全体を指しての国と見るかで諸注釈の見解が分かれるところではあるが、「筑波嶺」を偲ぶよすがとして歌う（11）歌を踏まえれば、ここでの「国」もまた、偲ぶ対象たる「吾」のいる国、つまりは旅立つ夫にとっての故郷の意と解するべきであろう。夫がこれから行く旅先からは、妻のいる故郷（国）は直接に見ることはできない。だが、その「国（故郷）」に溢れて山へと這い上がり、更には空へと昇ってゆく雲は「国」を遥かに離れた夫にも見えるはずのものであり、故郷を、そして故郷に残る妻の顔（「吾が面」）を偲ぶためのよすがとなる。妻のいる土地から湧きあがった雲であるからこそ、妻を偲ぶことが可能になるのである。

万葉びとにとって、雲は山より空へと湧きあがるものであり、それは大地に繋がるものであった。万葉の歌においては、

（13）あしひきの山川の瀬の鳴るなへに弓月が岳に雲立ちわたる　（7・一〇八八・詠雲）

（14）春柳《はるやなぎ》葛城山《かつらぎやま》に立つ雲の立ちても居ても妹《いも》をしぞ思ふ　（11・二四五三・寄物陳思）

などの歌に見るように、雲が「立つ」場所は山が基本であり[*9]、雲が大地より生じるものであるという当時の考え方は、「雲を詠ず」という題のもとに巻七に収載された、

（15）大海《おほきうみ》に島もあらなくに海原《うなはら》のたゆたふ波に立てる白雲　（7・一〇八九・詠雲）

の歌にも明確に見ることができる。（15）歌では海原に立っている白雲を見て、「島もあらなくに（島もないのに）」と訝《いぶか》しんで見せるが、このようなもの言いは、雲というものが「島」、すなわち陸地から生ずるものであるという共通理解の上で始めて可能となるものであろう。

雲と大地との密接な繋がりは、国土創生神話にまで遡る。『古事記』冒頭の天地初発の段では、地上世界を生成する神代七代《かみよななよ》と呼ばれる神々が誕生する。神代七代の神々は、大地の恒久的存立の神話的表現と見られる国之常立神《くにのとこたちのかみ》を初発として、国生みをなした伊耶那岐《いざなき》・伊耶那美命《いざなみのみこと》に至る七代十二柱の神々であるが、その根本たる国之常立神に次いで出現する神が豊雲野神《とよくもののかみ》である。豊雲野神の神名は「生気の象徴たる雲がおおう豊かな野（『新編全集』）」の意と解されるものであり、そこには具体的な大地生成に先だって大地の生気としての雲が出現することが神話的に表現されている[*10]。このような大地の生気、あるいは霊力ともいうべき雲は、『古事記』の神話の歌謡にも見られる。

（16）八雲《やくも》立つ出雲《いづも》八重垣《やへがき》妻籠《つまご》みに八重垣作るその八重垣を　（『古事記』歌謡一）

須佐之男命《すさのをのみこと》が、須賀の地に宮を建てる際に「其地より雲立ち騰《のぼ》」ったために歌ったものである。雲は「大地の霊力の盛んな活動の姿（『新編全集』）」であり、それ故に（16）歌の枕詞「八雲立つ（多くの雲が立ち昇る）」は「出雲」という宮を建てるべき土地を讃美する表現となる。

「雲」はまさに大地を生成する霊力であり、大地の生気ともいいうるものであった。そしてそれは大地の生気である故に、その雲を生じさせる土地々々に繋がるものであった。『和名類聚抄』は『説文解字』を引きつつ雲を「山川出気也（山川の出だす気なり）」と説くが、雲は空や海上で生ずるものではなく、山川が吐き出すその土地の生気であるのだという捉え方は、見てきたように既に万葉の時代には共有されていたものであった。

先掲（8）歌「はしきやし　我家の方よ　雲居立ち来も」においても、直接に望見することのかなわぬ我が家ではあるが、その方向から立ち昇ってこちらへやって来る雲を、故郷の大地より生じたものとして見ることで懐郷の思いが募るのである。（8）歌は、故郷からやってくる雲に嘆じるという表現性によって、「思国歌《くにしのひうた》」の片歌たり得ているのであった。

（15）歌では「島」が無いのに海原に雲が立っていることが詠み込まれていたが、井手至は、雲が眼前に居ない人を偲ぶためのよすがとして機能することを確認しつつ、（15）歌においてもその詠歌主体は「家に残して来た妻の面影を思い浮かべたことであろう」と述べる。[*11] ただし、それが成り立つには、海原に雲が立っているのは、それがいずこかの大地に生まれて漂ってきたはずのものであり、蓋し故郷からやって来たものかも知れない―、そうした思いをこの歌に読み取ることができるという場合において、という条件が必要となる。

（17）対馬《つしま》の嶺《ね》は下雲《したぐも》あらなふ神《かむ》の嶺《ね》にたなびく雲を見つつ偲はも　（14・三五一六・東歌）

右は先掲（12）歌に並べて配された歌で、（12）歌が残される妻が自分を偲んで欲しいとて「国溢《はふ》り嶺《ね》に立つ雲を見つつ偲はせ」と歌うのに対して、旅に出る夫の立場で「神《かむ》の嶺《ね》にたなびく雲を見つつ偲はも」と応じたものと把握される歌である。「対馬の嶺」とあることによれば、一首は防人の職務で対馬へと旅立つ際の贈答ということになろう。

(17)歌の「神の嶺」の比定地は未詳であるが、この歌で重要なのは、自らの行く先である対馬の山々には「下雲あらなふ（下雲が存在しない）」と詠み込んでいる点である。「下雲」は「地表近く這う層雲の類をいうか」（『新編全集』）、「下の方の雲」（『注釋』）などと解釈される語ではあるが、そのように説くだけでは、なぜ「下雲」がないということを殊更に詠み込む必要があったのかが解けない。「下雲」は当該例の他に集中に用例を見ないために解釈の難しい語ではあるが、『釋注』が(12)歌との贈答関係に留意しつつ「山の麓から湧き立って山峰にたちまちに這い上る雲」と説く案に従っておきたい。『釋注』はその上で「神の嶺」を東国の境の山（足柄山）と見、賀茂真淵『万葉考』の「筑紫より東の嶺（真淵は足柄山と推定する―引用者注）の雲は見えざれど、しかいふは情也」を引くが、この山が必ずしも足柄山である必要はあるまい。対馬の山には、その対馬由来の雲が掛からないことが上二句で歌われるのであるから、「神の嶺」はその対馬の嶺のいずれかの山であって、だからこそその頂にたなびく雲は故郷よりやってきた雲であると見做して、妻を偲ぶよすがとなり得るのであろう。

雲は大地より生ずるものであるが、それはその地に留まるばかりではなく、山を這い上り空へと立ち昇り、遙かな距離を超えて飛び行くものであった。

(18)ひさかたの天飛《あまと》ぶ雲にありてしか君を相見《あひみ》む落つる日なしに　（11・二六七六・寄物陳思）

(19)み空行く雲にもがもな今日行きて妹に言どひ明日帰り来《こ》む　（14・三五一〇・東歌）

のように、自らのいる土地を離れることのできないわが身を雲になして、遠く離れた恋人や妻のもとに飛んで行きたいと願う歌の類型があることも、雲のそうした性質によるものと見ることができよう。

雲は、思う人のゆかりの地より生ずることによって、生別・死別を問わずその人を偲ばせるよすがの雲となり得たのであり、その雲は空を浮遊するが故に遠く離れた距離をも超えて二人を繋ぐものでもあった。

大地の生気たる「雲」は、相手を偲ぶよすがとして働く。この点において、（9）（10）などのような亡き人の火葬の煙をその人自身であり「雲」であると捉える表現とは一線を画す。大地より湧き出る雲が、大地の生気として捉えられる。そうした「雲」の観念を持つ人々にとって、死者を火葬することによって亡きがらより生じる煙（雲）もまた、亡き人由来の生気、あるいは魂として捉えられるようになるということであろう。

三　雲と無常

雲は山川の生気であり、大地の霊気であった。そのことは大地のあるかぎり雲が湧き続けることを保証する。

（20）留《と》まりにし人を思ふに秋津野《あきづの》に居《ゐ》る白雲のやむ時もなし　（12・三一七九・羇旅発思）

（21）春日山《かすがやま》朝立つ雲の居《ゐ》ぬ日なく見まくの欲しき君にもあるかも　（4・五八四・相聞）

（20）歌の「秋津野に居る白雲の」は、比喩的序詞として結句「やむ時もなし」を導く。秋津野の上に動かずにずっとどまっている雲が、消えることのないように、都に残っている人を思う気持ちが止む時がないという。（21）歌でも「春日山朝立つ雲の」が同じく比喩的に序詞として「居ぬ日なく」を起こす。春日山に朝湧く雲が留まらぬ日はなく、毎朝その雲を見る。そのように毎日、絶える日なくあなたを見たいという心を歌うのであって、ここには雲が湧くことは絶えることがないのだという認識がある。ただ、こうした常住不断なる雲が歌われる一方で、

（22）朝に日《け》に色づく山の白雲の思ひ過ぐべき君にあらなくに　（4・六六八・相聞）

（23）かくのみし恋ひや渡らむ秋津野《あきづの》にたなびく雲の過ぐとはなしに　（4・六九三・相聞）

のように、雲が「過ぐ／思ひ過ぐ」を引き起こす序の景を形づくる例もある。(22)歌の序詞は、朝ごと日ごとに紅葉の色を濃くしてゆく山にかかる白雲を美しく提示しつつ、その白雲がやがて風に流され過ぎ去り、消えてしまうものであることによって「思ひ過ぐ」を導く。(23)歌の場合も同様で「秋津野にたなびく雲」が「過ぐ」を引き起こす序となっている。いずれの序においても、雲を過ぎゆくものとして提示し、自分の恋心はそんなふうに過ぎてしまうものではないのだと翻してみせる。大地のある限り絶えることなく涌き出でる雲も、短期的には、風に流され、やがて消えてゆくのである。「雲」は、絶えざるものでありつつ、同時に消えゆくもとしても捉えられ、歌の心情を象《かたど》る景をつくり出した。こうした「雲」の常住／無常の両義性は、時に「雲」の景を不安定なものともする。

(24)滝の上《うへ》の三船《みふね》の山に居《ゐ》る雲の常にあらむと我が思はなくに　(3・二四二・雑歌)

(25)大君《おほきみ》は千年《ちとせ》に座《ま》さむ白雲も三船の山に絶ゆる日あらめや　(3・二四三・雑歌)

聖地であり仙境でもあった吉野の地に弓削皇子《ゆげのみこ》が遊んだ際の(24)歌と、それに奉和した春日王の(25)歌である。弓削皇子は二十代という若さで夭逝してしまう短命の皇子であったが、あたかもその短命を悟っていたかのように(24)歌で「常にあらむと我が思はなくに(自分がいつまでも生きていようとは、私は思わないことだ)」と自らの命を儚かろうと歌う。その心情を引き出しているのが上の句の景である。

(24)歌の上の句は三船の山に動かずにいる雲を描出するが、その景と情との繋がり方に関する解釈は諸注釈において揺れの見られるところである。すなわち、一方は三船の山の「雲」の景を常ならぬ雲として下二句を起こす序とるもので、他方はそれを常なるものとして下の句の「常にあらむ」を起こすと序とるものである。仙境とも讃美される聖地吉野の生気たる「雲」であれば、第一義的には常なることの比喩的序詞とするのが妥当である。しかし、この序を常ならぬことの比喩と取る解釈を切り捨てることもできない表現の質がこの歌の景と情との間に存することが、池田三枝子によって指摘されている。*12

すなわち、(24)歌は、聖地の雲の常なる生命力を提示した上で、その景から屈折して、自らはそれと異なるのだという情を歌うものであった。しかし、景が情の喩として働き、景と情とが対応するという歌の構造の中においては、常ならぬものとしての生命を叙する情によって景が捉え返されることにより、消滅する生命を象徴する「雲」というもう一つの景が、この歌に立ち現れることとなる。池田はこれを「《景》のゆらぎ」という言葉で捉える。

右の指摘のように(24)歌に常住／無常の両様の景の読みが可能となることを踏まえつつ、春日王がこれに和した(25)歌に目を向けてみよう。春日王は(24)歌に対して「大君は千歳に座さむ」と答えて皇子の弱気なことばを即座に打ち消す。そしてこれに続けて「白雲も三船の山に絶ゆる日あらめや」と歌い納める。(24)歌の景が両様の比喩として揺らぐことを利用して、敢えて皇子の歌の景を常ならぬ命を象るものだと捉え返した上で、「あなた様は、この聖地吉野の雲をご自分の命の喩として「常にあらぬ」と仰いましたね。しかし、「常にあらぬ」では間違いです。吉野の雲をご寿命の喩となさったからには、あなた様は千歳にも長生きができましょう。」との心持ちで、常住不断の雲と皇子の生命とを重ねているのである。この贈答歌における「雲」は、春日王の即妙の機知によって、皇子の寿命を予祝するものへと転換されたのである。

右の如くに(24)歌が抱えていた万葉歌における「雲」の常住と無常との揺らぎもまた、平安期の『古今和歌六帖』第二「山」に収載された異伝歌では、

滝の上の三船の山に居る雲の常ならぬ世を誰か頼まむ　（古今和歌六帖・山・八四一）

のように、無常の比喩へと姿を変えている。ここでは、三船の山の雲は永遠なる山の生気ではなく、やがて風に流され消えてゆく雲であり、「常ならぬ世」を導くものとなっているのであった。

終わりに

本稿では『万葉集』における「雲」の特徴をなすものとして、偲ぶよすがとしての雲を詠じた歌の表現を取り上げ、そこに見える「雲」の捉え方を探ってきた。

偲ぶよすがとして歌われた雲は、それらの「雲」が山川より立ち昇る土地々々の生気として捉えられていたが故に、その雲を通してその土地にいるはずの人を偲ぶことが可能であること、更には「雲」が恒久なる大地の生気であるからこそ、その湧き立つ様が常住の景をなすことを述べてきた。

『万葉集』において雲が詠み込まれた歌は、一九六首にも及ぶ。それらの中には視界を遮り土地と土地とを隔てる雲[*13]、あるいは大地由来の雲とは一線を画し、天上界と地上界とを隔てる「天雲」[*14]、海神の支配するに海に現れる瑞祥たる「豊旗雲」[*15]など、実にさまざまな雲が見られる。本稿で論じ得たのは、そうした「雲」のほんの一端に過ぎないが、山川の生気たる雲は、万葉びとの捉えた「雲」の根幹をなすものの一つと言えるものであろう。

注

1　用例数は左注などに見える異伝歌も含め、歌の中で用いられる例に限った。なお、歌の中で用いられていても、地名として用いられる「出雲」などは対象外とし、訓読が不明の「智男雲」（2・一六〇）もまた用例には数えていない。

2 「天雲のたゆたひ易き心あらば吾《あ》をな頼《たの》めそ待てば苦しも（12・三〇三一）」など。「天雲の」は「たゆたふ」にかかる枕詞ではあるが、三〇三一歌は「寄物陳思《きぶつちんし》（物に寄せて思ひを陳ぶる）」の部に分類されているとおり、単なる枕詞としての用法を越えて比喩的に浮気心を形象する景として機能している。

3 「香具山《かぐやま》に雲居《くもゐ》たなびきおほほしく相見《あひみ》し子らを後《のち》恋ひむかも（11・二四四九・寄物陳思）」では、雲がかかってはっきり見えないという序が「おほほし」を起こす。

4 「君が着る御笠の山に居る雲の立てば継がるる恋もするかも（11・二六七五・寄物陳思）」では、山に留まっていた雲が空へと立ち昇ると、すぐにも雲が湧いて留まる雲を形成するように継がれゆくさまが、恋心の止む時がないことの比喩として働く。なお、この歌の解釈については、山崎和子「万葉集巻一一・二六七五番歌「君が着る三笠の山に居る雲の立てば継がるる恋もするかも」の解釈について」（『日本文学誌要』第74号）参照。

5 居駒永幸「斉明紀②紀温湯行幸時の建王悲傷歌（119〜121）」『日本書紀［歌］全注釈』（大久間喜一郎・居駒永幸編、笠間書院、二〇〇八年）

6 土橋寛「国見歌の性格、発想、素材」および「国見的望郷歌とその展開」（『古代歌謡と儀礼の研究』岩波書店、一九六五年）

7 青木生子「雲」『万葉の美と心』（講談社学術文庫、一九七九）

8 この点、神野志隆光が火葬の煙を「「雲」として歌うところにクモを魂の姿と見る古代的観想をうけとめるべき」であると指摘している。「くも（雲）」「万葉集歌ことば辞典」（稲岡耕二編『万葉集事典』別冊國文學46、學燈社、一九九三）。

9 万葉集に「雲」が「立」つ場所を歌う歌は一九首（枕詞「白雲の―たつたの山」三首を含む）。その内訳は、山一五首、川・野各一首、海が二首となる。ただし、海に立つ雲を歌う二首のうちの一首は、海に立つことを訝しむ歌であり

（7・一〇八九）、今一首は「伊豆の海に立つ白波（14・三三六〇）」の異伝としての「白雲（同左注）」である。

10 なお神話における生成力の表象としての「雲」に関しては、犬飼公之「雲のイメージ―神話的な発想」（『天象の万葉集』高岡市万葉歴史館論集（3）、笠間書院・二〇〇〇年）に詳しい。

11 井手至「巻七訓詁私按」（『万葉集研究　第七集』塙書房、一九七八）

12 池田三枝子「《景》のゆらぎ―「喩」としての力―」（『古代文学』47号、二〇〇八年）

13 故郷に湧く雲が懐かしみを感じさせることは既に述べたが、一方で境の山にかかる雲は視界を遮って雲の向こう側とこちら側という二つの領域をつくり出すものであり、それが旅人に望郷の念を募らせることにもなる。この点、鉄野昌弘「「国見的望郷歌」試論」（『東京女子大学　日本文學』第85号）が望郷歌における雲の特質として論じている。

14 「天雲」は中国の「天」の観念と関わりつつ「天雲の　そくへの極み（3・四二〇）」、「天雲の　向伏《むかぶ》す極《きは》み（5・八〇〇）」のように、人間世界の最果ての境界をなすものであり、「天雲の　八重《やへ》かき別《わ》きて　神下《かむくだ》し（2・一六七）」のように、天上界（高天原）と地上界とを隔てるものともなる（吉井巌「古事記における神話の統合とその理念」第三節（『天皇の系譜と神話　一』塙書房、一九六七年））。また、歌における「天雲」の表現性の展開については岩下武彦「うたことば「天雲」の成立」（『中央大学文学部紀要（言語・文学・文化）』113号）に指摘がある。

15 「豊旗雲」を祥瑞思想の中で捉えるべきことは、東野治之「豊旗雲と祥瑞―祥瑞関係漢籍の受容に関連して―」（『万葉集研究』第十一集、塙書房、一九八三年）に詳しい。

平安和歌における「雨」

青木　太朗

はじめに

花の色はうつりにけりないたづらにわが身世にふるながめせしまに
（古今集・春下・一一三・小野小町）*1

春の長雨に降りこめられた後の花のうつろいを、わが身の容色の衰えへの感慨と重ね合わせ、情感あふれる余韻を持たせた小野小町の代表歌である。百人一首にも採られ、小町のみならず古今集をも代表する一首として広く愛誦されている。そして、この一首に触発された歌もさまざまな立場で詠まれていく。例えば藤原兼輔《ふじわらのかねすけ》は娘を入内させた醍醐《だいご》天皇が没した翌年・延長九（九三一）年の三月に

桜散る春の末にはなりにけりあままも知らぬながめせしまに
（新古今集・哀傷・七五九）

という歌を残している。「あままも知らぬながめ」つまり雨のやんだことも知らずに物思いに沈み、帝が薨去した昨秋から晩春の今日まで、先帝のことを思い続け涙にくれているという。「花の色は」の歌を強く意識しながら、「ながめ」に涙を含ませている点に小町詠との差異を見ることができる。

その二十年あまり後に編まれた後撰集には「人に忘られて侍りけるころ、雨のやまずふりければ」との詞書が付された

春立ちてわが身ふりぬるながめには人の心の花も散りけり
（後撰集・春上・二一・よみ人知らず）

という歌がある。「春立ちて」とは年が改まること。「ふり」には雨が降ることに我が身の「古り」を掛ける。新年を迎え一つ年をとったところに降り続ける雨には、せっかく咲いた花だけでなくあの人の心の花も散ってしまったことだよ、と齢が増えたがために生じた相手の心変わりを歎じている。小町のもう一つの代表作「色見えでうつろふもの

は世の中の人の心の花にぞありける」（古今集・恋五・七九七）をも踏まえ、兼輔とはまた違った享受の有りようを示す。

後撰集の成立から間もない天暦十（九五六）年六月、夫・兼家《かねいえ》の訪れが間遠になった折、藤原道綱母《ふじわらのみちつなのはは》は

わが宿のなげきのした葉色深くうつろひにけりながめふるまに（蜻蛉日記《かげろうにっき》・上巻）

と独りごちている。雨の降り続く六月なので木の葉が色づくにはまだ早い。そんな中、訪れのないことをかこつわが嘆き、ならぬ「なげ木」では早くも下葉がずいぶん色づいてしまったことだ、という。相手の心変わりを葉の色の「うつろひ」に見ようとする。ここでも小町の歌を強く意識しながら、「ながめ」や「ふる」に加えて「なげき」をも掛詞にして歌の世界を広げようとしている。

このように、一つの歌をきっかけとして次から次へと新たな歌が生まれていく。すると、どこかで、その源泉となった歌々を整理する必要を感じたのであろう。蜻蛉日記の成立とほぼ同じ時期に、当時広く流布していたであろう万葉集以来の和歌約四千五百首を五百十を越える題のもとに整理した、古今和歌六帖《こきんわかろくじょう》（以下『六帖』とする）という作品がある。万葉集との共通歌が約千百首、古今集とは七百二十を越える歌を共有し、後撰集とも四百首近い共通歌がある。十世紀後半、和歌に関心を持つ人々がどのような歌を身近に共有していたのかを知ることのできる格好の資料である。

『六帖』には「雨」「村雨」「時雨」「夕立」の題が設けられている。「五月雨」の題はないが、五月雨の歌は「五月」題にまとまって見られる。平安和歌における「雨」という大きな課題を前に、いたずらに対象を広げ印象が散漫になることは避けたい。そこでこれらの題に集められた歌を見ることで、当時の傾向や認識などを確認していく。

一　『六帖』の雨歌

「雨」題には四十六首がある。まずは十二首が集まる万葉集との共通歌から三首を採り上げる。

いそのかみふるとも雨にさはらめやあはんと妹《いも》にいひてしものを　（四四三、万葉集・六六四）

春雨の心は君も知れるらん七日しふらば七夜来《こ》じとや　（四四四、万葉集・一九一七）

秋萩を落とすながあめのふるほどはひとりをきゐて恋ふる夜ぞおほき　（四五一、万葉集・二二六二）*2

四四三は、雨が降ったところでそれがあなたに逢うことの障害にはならないとうたい、四四四は七日降り続けば七日来ないというのか、いや、そんなことはないはずだと、雨にも厭わず訪れてくれることを期待する。三首目は秋の長雨が続くとひとりで過ごす夜が多くなる、と嘆いている。いずれも男性の訪れを意識したもので、雨が逢瀬の妨げになるものと捉えた歌に関心が向けられている。

こうした目で万葉集とは重ならない

雨降りてさよはふくともなをゆかんあはんと妹にいひてしものを　（四四二）

ふして思ひおきてながむる春雨に花のしたひもいかにとくらむ　（四五五、新古今集・春上・八四・よみ人知らず）

を見ると、雨が降り夜も更けたが、逢おうと言ったのだからやはり行こうという四四二は四四三と上句だけが異なり、同じ発想に基いたもの。また四五五はひとりきりでいることを嘆く四五一の季節を春に置き換えたような歌である。ただし、臥しては相手を思い、起きては物思いに耽りと、一日中春雨に降りこめられて鬱屈とした気持ちがにじみ出ており、四五一に比べると小町詠の心情に近づいているようである。

また、小町の歌と並び広く知れ渡っていたであろう、伊勢物語・百七段の

つれづれのながめにまさる涙河袖のみひちて逢ふよしもなみ　（四五八、古今集・恋三・六一七・藤原敏行）

を意識した

つれづれと袖のみひちて春の日のながめはこひのつまにぞありける　（四六二）

つれづれのながめに我はなりぬめりつれなき空をふる心地して　（四六九）

という作も置かれる。「はじめに」であげた「春立ちてわが身ふりぬる……」も四七八に入るなど「ながめ」歌への注目度は高かったようである。

もう少し恋の様相を詠んだ歌を追うと、雨を逢瀬の障害として捉えることに偏り気味であった万葉歌からの変化も見て取れる。

春雨の降るに思ひは消えなくていとど思ひのめをもやすらん　（四六八）

思はじと思ふものから夏の雨のふりすてがたき君にもあるかな　（四七三）

来ぬ人を雨のあしとは思はねどほどふることは苦しかりけり　（四八二）

四六八は、春雨が降ったところで「思ひ」の「火」は消えず、雨が春の草木を芽吹かせるようにますます「思ひ」の「火」を燃やすのはどうしてなのかと、思いを抑えきれないわが身に問いかけている。四七三では雨の降りに「振り」を掛け、振り捨てがたい思いを詠む。四八二では「雨のあし」すなわち雨脚に「悪し」を掛け、訪れのない人を悪いとは思わないが、あまり間隔が長くなると苦しいものですとうたう。

このように、掛詞に工夫を凝らすなどしながらさまざまな思いを雨に重ね、晴れることのない心情を詠んだ歌に強

い関心を向けていたことがわかる。

二　色づかせる雨

季節の情景を詠んだものでは古今集の撰者時代のものが目につく。

あづさ弓おして春雨今日降りぬ明日さへ降らば若菜摘みてん　(四六一、古今集・春上・二〇・よみ人知らず)

わが背子がころも春雨降るからに野辺の緑ぞ色まさりける　(四六四、古今集・春上・二五・紀貫之)

では、若葉が芽ぐみやがて色づくであろう予兆や、あるいは色づくよすがとして春雨を捉える。伊勢集にも見出せる

水のうへにあやをりみだる春雨や山の緑をなべて染むらん　(四六〇、新古今集・春上・六五)

は春雨が山を緑に染める原因なのかと詠む。あるいは、梅や桜に雨が降りかかるときには

春雨の降らば山辺にまじりなん梅の花笠ありといふなり　(四七九、後撰集・春上・三二・よみ人知らず)

桜がり雨は降りきぬおなじくはぬるとも花の下にかくれん　(四五九、拾遺集・春・五〇・よみ人知らず)

のように花の下に雨宿りをしようとうたう。そして、雨を散る花を惜しむ涙にたとえる

春雨の降ると見ゆるは鶯の散る花惜しむ涙なりけり　(四六七)

は古今集の「春雨の降るは涙か桜花散るを惜しまぬ人しなければ」(春下・八八・一本大伴黒主《おおとものくろぬし》)と同想のもの。この時代の雰囲気を伝えている。

秋の雨は

くれなゐのやしほの雨は降りくらし龍田の山の色づく見れば　(四八三)

の一首。紅葉の名所・龍田山を色づかせるよすがとする。うたい出しが万葉集の「くれなゐのやしほの衣《ころも》朝な朝なれはすれどもいやめづらしも」（巻十一・二六二三）と共通し、人麿集にも伝わるなどいささか古めかしい歌である。しかし雨が木々の葉を色づかせるという発想は「白露も時雨もいたくもる山は下葉残らず色づきにけり」（古今集・秋下・二六〇・紀貫之）や「雨降れば笠取山のもみぢ葉はゆきかふ人の袖さへぞてる」（古今集・秋下・二六三・壬生忠岑《みぶのただみね》）など、古今集時代にしっかりと受け継がれている。

三　躬恒の五月雨、後撰集の時雨

「五月」題に入る五月雨の歌は

　五月雨に苗ひきううる田子よりも人をこひぢに我ぞ濡れぬる　（八八）
　五月雨にみだれそめにし我なれば人をこひぢに濡れぬ日ぞなき　（九〇、躬恒集四三九）
　五月雨に春の宮人来るときはほととぎすをや鶯にせん　（九一、後撰集・夏・一六六・大春日師範《おおかすがのもろのり》）

の三首。八八、九〇では泥やぬかるみを意味する「小泥《こひぢ》」に「恋路」を掛け、五月雨に濡れるように恋の思いにも濡れると詠む。この手法は「今ぞ知るあかぬ別れの暁は君をこひぢにぬるるものとは」（後撰集・恋一・五六七・よみ人知らず）にも見え、時代の傾向を反映している。加えて九〇では「五月雨」から同音の「みだれ」を導く技巧も織りまぜている。

　この歌の作者、凡河内躬恒《おおしこうちのみつね》は三代集の時代にあってとりわけ五月雨を好んで詠んだ歌人であった。彼も撰者をつとめた古今集から五月雨の歌を抜き出すと「五月雨に物思ひをれば郭公《ほととぎす》夜ぶかく鳴きていづちゆくらむ」（夏・一五三・

紀友則）と「五月雨の空もとどろに郭公なにを憂しとかよただ鳴くらむ」（夏・一六〇・紀貫之）の二首しかなく、いずれも主題は「郭公」。声を、五月雨で眠れない中で聞いたり、「憂し」と鳴くのかと聞いている。恋歌には見出せない。九百首ほどを伝える貫之の家集に目を転じてもこの古今集歌を含めて四首があるに過ぎない。対して七百首ほどが知られる躬恒の作品からは十一首も見出せる。郭公と取り合わせたものもある一方で、雨を気にかける女性の立場からの

五月雨にみだれてものを思ふ身は夏の夜をさへあかしかねつる（躬恒集二八一）
五月雨のたまのをばかり短くてほどなし夜をもあかしかねつる（躬恒集四三七）
五月雨にみだれやせましあやめ草あやなし人もいかが忘れぬ（躬恒集四四三）

といった恋歌が目立つ。郭公の背景に過ぎなかった古今集歌とはずいぶんと趣が異なる。また二八一や四四三では「みだれ」を導く技巧も見え、躬恒の好んだ言いまわしであったことがしのばれる。

後撰集の夏部には『六帖』九一を含め四首の五月雨詠が置かれる。

このごろは五月雨近み郭公思ひみだれて鳴かぬ日ぞなき（夏・一六三・よみ人知らず）

は、まだ雨の降り出す前の歌だが「思ひみだれて」と同音反復の措辞を採っている。

五月雨にながめくらせる月なればさやにも見えず雲隠れつつ（夏・一八二・よみ人知らず）

では「ながめくらせる」に五月雨の長雨を掛け、雨の中を物思いに耽って過ごした夜の月なので、あの人が姿を見せないようにはっきりとも見えません、しばしば雲に隠れてしまって、と雨間のおぼろ月に心変わりした男を重ね合わせている。[*3]

ながめしてもりもわびぬる人目かないつか雲間のあらんとすらん
（恋四・八五四・よみ人知らず）

は、男の出入り親が気付き、監視の目が厳しくなり訪れもままならなくなったときの娘の歌。[*4]「もり」に長雨で水が漏ることと親に見守られることを掛けている。雨のやむ雲の切れ目を望むように、「人目」すなわち監視の目のゆるむときが来ないものかと、男の訪れの可能性を待ち焦がれる心情を詠んだもの。

このように、躬恒や後撰集では、五月雨の捉え方が古今集に比べ広がっており、『六帖』の事例にもこうした状況が反映していることがうかがえる。

「時雨」題は二十首が並ぶ。万葉歌は七首。

さを鹿の心あひ思ふ秋萩の時雨の降るに散るは惜しくも
（四九五、万葉集・二〇九四）

たれかれと我をなとひそ長月の時雨に濡れて君待つ人を
（四九六、万葉集・二二四〇）

を見ると「秋萩の」や「長月の」とあり、「時雨」を晩秋の雨と捉えていたことがわかる。ここには古今集との共通歌は一首もない。念のために古今集での「時雨」歌を確認しておくと秋下に二首と冬部の巻頭に一首があるのみ。[*5]『六帖』にあっては貫之集との共通歌が六首を占める。中でも紅葉を色づかせるものとしたものが

降るときはなほ雨なれど神無月時雨に山の色はそめけり
（四九八、貫之集三九三）

くれなゐの時雨降ればやいそのかみふるたびごとに野辺をそむらん
（五〇〇、貫之集三〔九〕六）

雨なれど時雨といへはくれなゐに木の葉のみして散らぬ日ぞなき
（五〇一、貫之集三九二）

と並ぶ。春雨が野辺の緑を染めるのと同様に「時雨」が秋の木の葉を色づかせるのである。後撰集との共通歌でも

初時雨降れば山辺ぞ思ほゆるいづれのかたかまづもみづらん
（五〇五、後撰集・冬・四四三・よみ人知らず）

初時雨降るほどもなく佐保山のもみぢあまねく色づきにけり　（五〇六、後撰集・冬・四四四・よみ人知らず）

と、紅葉を染めるとする傾向に変わりはない。

後撰集では冬部に、この二首を先頭に計十六首もの時雨詠を集める。そこには木の葉が「降る」を重ね合わせ、時雨によっていよいよ散り終える紅葉を詠む

神無月時雨とともに神奈備《かんなひ》の森の木の葉は降りにこそ降れ　（冬・四五一・よみ人知らず）

神無月限りとや思ふもみぢ葉のやむときもなく夜さへに降る　（冬・四五六・よみ人知らず）

といったものや

神無月しぐるる時ぞみ吉野の山のみ雪も降り始めける　（冬・四六五・よみ人知らず）

と時雨からさらに季を一歩進めて、雪を見るものもある。紅葉にばかり目の行きがちであった晩秋から初冬を経ていよいよ雪へと移り変わろうという季節の進行を、演出しているかのようである。古今集での巻頭歌のみ時雨詠であとの大半が雪の歌となるのとは対照的である。

その中で

神無月降りみ降らずみ定めなき時雨ぞ冬のはじめなりける　（冬・四四五・よみ人知らず）

は『六帖』では「初冬」題に入り、和漢朗詠集でも「初冬」題に唯一の歌として掲げるなど、冬の訪れを告げる代表的な歌として定着していくことになる。

四　後拾遺集では

古今集での扱いが少なかった五月雨と時雨について、ここでもう少し見通しておきたい。次表はそれぞれ拾遺集から新古今集までの四季の部に入集した歌数である。時雨については例えば落葉の音を見立てるなど実際の雨を詠まないものは含めない。またカッコ内は秋部に入る歌になる。

	拾遺	後拾遺	金葉	詞花	千載	新古今
五月雨	4	6	9	4	15	24
時雨	5（1）	6（3）	4（0）	6（1）	20（3）	34（4）

五月雨は後撰集では連続してはいないが、拾遺集では四首中三首が連続して並び一つの歌群を形成している。後拾遺集も六首のうち五首は連続して置かれ、季節詠の素材の一つとして定着したようである。規模の小さな金葉集でも六首がまとまって置かれる。また時雨については冬歌に大きく重点を置いた後撰集に影響されてか、秋歌の歌数は次第に少なくなる。八代集の中でそれ以前の詠風から大きく変化しているといわれる[*6]後拾遺集からぞれぞれ特徴的なものを紹介することで、『六帖』からの変化を見ておきたい。

つれづれと音絶えせぬは五月雨の軒のあやめのしづくなりけり　（夏・二〇八・橘《たちばなの》俊綱《としつな》）

では「音絶えせぬは」と五月雨を聴覚に訴えるところに前代には見られない新しさがある。また九月の最後の日を主題とした秋下の巻末に収まる

明日よりはいとど時雨やふりそはん暮れゆく秋を惜しむたもとに　（秋下・三七二・藤原範永《ふじわらののりなが》）

は「惜しむたもとに」とあることから、冬になるといよいよ降りまさる時雨と、過ぎゆく秋を惜しんで袂にたまる涙を重ねていることがわかる。これも『六帖』や後撰集には見られなかった発想で、ここにも捉え方の新しさを見ることができる。さらに恋歌をひもとくと

消えかへり露もまだひぬ袖のうへに今朝はしぐるる空もわりなし　（恋二・七〇〇・藤原道綱母）

神無月よはの時雨にことよせてかたしく袖をほしぞわづらふ　（恋四・八一六・相模）

といった、時代を代表する女流歌人の作が並ぶ。いずれもぬれた袖にさらに時雨が降りかかるという趣向である。袖という点では和泉式部の

見し人に忘られてふる袖にこそ身を知る雨はいつもをやまね　（恋二・七〇三）

かばかりにしのぶる雨を人とはば何にぬれたる袖といふらん　（雑二・九二五）

もある。これらは雨の情景が前面に出ており、その雨のようにぬれた袖を言うことで心情を滲み出そうとしている。三代集の同趣の歌と照らし合わせると、「音《ね》に泣きてひちにしかども春雨にぬれにし袖ととはばこたへん」（古今集・恋二・五七七・大江千里《おおえのちさと》）、「わが袖にまだき時雨の降りぬるは君が心に秋やきぬらむ」（古今集・恋五・七六三・よみ人知らず）、「降る雨に出でてもぬれぬわが袖のかげにゐながらひちまさるかな」（拾遺集・恋五・九五八・紀貫之）といった発想の延長線上になる。ただしこれらの歌では、時雨は泣くことや秋ならぬ飽きが来たこと、屋内にいながら袖が濡れることの引き立て役にとどまっている。後拾遺集ではここからさらに一歩先へ進んでいるのである。また、聴覚に訴えるものでは時雨の翌朝に詠んだ

人知れずおつる涙の音をせばよはの時雨におとらざらまし　（雑一・八九六・少将井尼《しょうしょうのいのあま》）

がある。激しく降り落ちる時雨の音に劣らぬほどの涙という捉え方も、これまでの時雨詠にはないものであった。

五　和泉式部の雨歌（一）――五月雨、ながめ、時雨心地

後拾遺集の最多入集歌人である和泉式部は自身の千三百首ほどの歌の中で六十首近くもの雨歌を残している。[*7] 千首ほどの歌が伝わる紀貫之が四十首ほど、また一千百首ある古今集には三十四首、千二百首ほどの後拾遺集では三十七首にとどまることを勘案すると、雨を比較的多く詠んだ歌人といえそうだ。『六帖』以降の展開の一例として和泉式部の雨歌をここで取りあげる。

早く和泉式部百首に[*8]

春雨の日をふるままに我が宿の垣根の草はあをみわたりぬ　（正集一三）

ながめには空さへぬれぬ五月雨に降りたつ田子のもすそならねど　（正集三五）

がある。それぞれ春雨に草が色づく、田子の裾をも濡らす五月雨という古くからの発想を踏まえたもの。[*9] また掛詞として「日を経る」や「眺め」をとり入れるところも従前の詠風を引き継いでいる。その中で三五の「空さへぬれぬ」と、先に濡れるのが我が身で、それにとどまらず空までもが涙ならぬ雨に濡れると捉えるのが従前にはない詠み方となっている。また、

五月雨は物思ふことぞまさりけるながめのうちにながめくれつつ　（正集六三〇）

では敢えて「長雨」と「眺め」を並べるという大胆な詠みを見せる。ふだんでさえも「眺め」に耽っているというのに五月雨の季節ではさらに「長雨」が加わりますます物思いに耽ってしまうと嘆く。

古今集以来の郭公との組み合わせも繰り返し詠んでいる。

かきくらしあめは五月の心地してまだうちとけぬ郭公かな　（正集五五七「人に」）

足曳《あしひき》の山郭公我ならば今なきぬべき心地こそすれ　（続集一七七「五月雨降る夕暮れに」）

前者は夫・藤原保昌《ふじわらのやすまさ》に向けての歌である。「あめ」に雨と天を掛け、雨が降り五月の空模様となり、もううちとけていいはずの郭公がまだうちとけないそぶりでいることよ、と相手の誠実さを確かめようとしている。後者では、夕暮れの五月雨はそのまま夜まで降り続くことが予想される、すると相手の訪れも期待できず、この空模様と同様に自分も泣きたい気持ちになる。それをストレートにうたうのではなく、「山郭公我ならば」とまだ鳴き声を聞かせてくれない郭公に託すのである。郭公の声を「憂し」と聞く古今集の世界や、「五月雨」から同音の「乱れ」を導く『六帖』歌や躬恒詠とは異なり、郭公を相手に見立てたり自分に置き換えてみたりといった柔軟な捉え方を見せている。

時雨の歌に目を移す。

世の中になほもふるかな時雨する雲間の月のいづやと思へば　（正集六二）

冬の日を短きものといひながらあくるまだにもしぐるなるかな　（続集三二二「十月、暁方に目をさまして聞けば、時雨のいたうすれば」）

前者は百首歌から。「経る」を掛ける小町以来の手法を用いつつ、それを嘆くのではなく、時雨がやみ月が出るときまで待つのだと前向きな気持ちを詠んでいる。後者は、明け方に目が覚めると時雨の音が聞こえた時のもの。冬・十月は日が短いというが、これではまるで夜が明ける間もなくもう暮れるではないかと、「しぐれ」に「暮れ」を掛けるという物名《もののな》的な着想を得ている。

ひまもなく時雨心地はふりがたくおぼゆるものは昔なりけり　（正集八三六「時雨いたう降る日、はやう見し人に」）

今日はなほひまこそなけれかきくもる時雨心地はいつもせしかど

（続集六〇八「二日、ひまなくあはれなる雨にながめられて」）

の二首はいずれも「時雨心地」という言いまわしが用いられている。時雨が降るように涙にくれて沈んだ気分でいる様子を言い当てたものである。正集の歌は、時雨の降る日に以前関係のあった相手に送ったもので、「古り」を掛け、「古りがたく」つまり忘れることができずに思い出されるものだと、過去の感傷にひたっている。続集六〇八はいわゆる日次《ひなみ》詠歌群の一首で十月二日の詠。「時雨心地」はいつもしているのだけれども今日の絶え間のない雨ではこちらの気分も晴れることなくずっと物思いに耽り続けているという。

「時雨心地」という言い方は平安時代から中世にかけては、いずれも和泉式部より以前に活躍した紀貫之と大江匡衡《おおえのまさひら》に一首、それに玉葉《ぎょくよう》和歌集に採られた具平《ともひら》親王の一首に見られるだけの稀有な表現である。*10 それが和泉式部の歌に二首残るのである。いずれも「ひま」がなく続いていると詠む。雨に降りこめられた時の鬱々とした心情をあらわす言い方の一つとして積極的に用いた様子がうかがえる。

六　和泉式部の雨歌（二）――つれづれ、雨もよに

「つれづれ」と雨の結びついたものは伊勢物語・百七段の藤原敏行詠がよく知られ『六帖』にも類想のものが残るのはすでに述べた。勅撰集をたどっても「つれづれとながむる空の郭公とふにつけてぞ音はなかれける」（後撰集・夏・一八五・女）や先に挙げた後拾遺集の橘俊綱詠など、さまざまな場で読み継がれていたであろうことがしのばれる。

その中で和泉式部の用例が群を抜いて多いこともとみに知られている。

おぼつかなたれぞ昔をかけたるはふるに身を知る雨か涙か

（正集二〇四「雨の降る日つれづれとながむるに、昔あはれなりし事など言ひたる人に」）

つれづれとふれば涙の雨なるを春のものとや人の見るらん

（続集二二二「春雨の降る日」）

雨もよにさはらじと思ふ人によりわれさへあやなながめつるかな

（続集五七九「いとつれづれに降れば、雨のとおぼゆる」）

二〇四の下句「身を知る雨」は伊勢物語を踏まえたもので我が身の不幸を思い知らされる雨のこと。決して幸せではなかった「昔」を思い出し、雨に涙を重ねている。続集二二二も同様の掛詞を用い、やはり伊勢物語の「起きもせず寝もせで夜を明かしては春のものとてながめくらしつ」を踏まえ、涙の雨をまわりではただ春の長雨としか見ないのであろうと、我が思いを理解してくれないことを嘆じる。続集五七九は詞書に「つれづれに」と見える。初句の「雨もよに」は、雨をも厭わずの意。雨を一向に障害と思わないような人かと思うと、あてにはしないけどつい物思いにふけってしまうことだよ、と複雑な思いをうたっている。「つれづれ」歌は和泉以降、勅撰集では後拾遺から新古今まで各一首見出せる。金葉、詞花ではいずれも秋の長い月夜を詠んだもの。後拾遺、千載、新古今はいずれも和泉式部の歌で、和泉の独擅場の観を呈している。

そして「雨もよに」という歌い出しもまた和泉が好んだパターンであった。

雨もよにかよふ心したえせねばわが衣手のかわくまぞなき

（正集五八六）

雨もよにいそぐべしやは秋萩の花見るとてはわざともぞくる

（正集六四九）

雨もよにいづちなるらんふりはへてきたりと聞かばあはれならまし　（続集一六三）

雨の中をわざわざやって来たと聞くと「あはれ」と感じるようだし、そんな訪れが途絶えてしまえば袖も「かわくまぞなき」となる。自分への思いのほどを測るよすがのひとつと認識していたようにも見受けられる。

このように、他の歌人が多用したとは言い難い表現を繰り返し取り入れるのである。「雨もよに」もまた繰り返し用いた歌人は他にいない。

和泉式部の雨の歌には、古今集以来詠み継がれた掛詞や素材を用いつつ、新たな世界を広げるような斬新な歌を見出すことができる。また、同時代の歌人や前後の時代にはあまり見られない「時雨心地」や「つれづれ」「雨もよに」といった言い回しを積極的に取り入れ、雨歌のバリエーションを豊富なものにしている。一方でこの意欲的な姿勢が広く後代に引き継がれたとは言い難い。勅撰集だけを見ていてはうかがい知ることのできない雨歌の様相が和泉式部の歌作にはぎっしりと詰まっているのである。

七　夕立、村雨

再び『六帖』に戻ろう。「夕立」「村雨」はいずれも万葉集には各一首あるものの、古今集や後撰集には見られない素材である。それを『六帖』は題として用意しているのである。いずれも三首並ぶ。「村雨」から見ておこう。

庭草に村雨降りてひぐらしの鳴く声聞けば秋は来にけり　（四八六、万葉集二一六〇）

もるやいづこ降るや村雨おほぞらも思ひ思はず知られぬるかな　（四八七）

人知れず物思ふ夏の村雨は身よりふりぬるものにぞありける　（四八八、伊勢集一二八）

村雨とひぐらしの鳴き声に秋の到来を知る四八六は拾遺集・雑秋に人麿《ひとまろ》作として入集する。拾遺集には四季部とは別に雑春・雑秋の二巻がある。ここには恋の要素が入るなど純粋な季節詠とは言い難い歌が多く置かれる。だがこの歌にはそのような一面は見えない。秋部に入らないのはまだ素材として馴染んでいなかったためであろうか。四八七は、漏れ出すほどに降っているのはどこか、村雨ほどの雨では大空も思っているかどうか自ずと知れてしまうことだの意。大空を擬人化し相手の心とする。さっと通り過ぎるほどの雨、その程度の軽い思いでしかいないのでしょうかと相手を揶揄している。四八八は伊勢集からのもの。不意にこぼれ出た涙をにわかに降り出した村雨に見立てる。恋の歌ではあるが、村雨を夏の雨と認識していたことが知られる。

この時代の私家集に残された用例を見ると夏と秋とにわかれる。[*11] 後拾遺集に入る一首は恋二。千載集では夏部に

心をぞつくしはてつるほととぎすほのめくよひの村雨のそら　（夏・一六七・藤原長方《ふじわらのながかた》）

うき雲のいざよふよひの村雨におひ風しるくにほふたちばな　（夏・一七三・藤原家基《ふじわらのいえもと》）

の二首が入る。新古今集にも

いかにせんこぬよあまたの時鳥《ほととぎす》またじとおもへばむら雨の空　（夏・二一四・藤原家隆《ふじわらのいえたか》）

こゑはして雲ぢにむせぶ時鳥涙やそそくよひのむらさめ　（夏・二一五・式子内親王《しょくしないしんのう》）

と夏部に並んでみられる。一方で秋の村雨も捨てがたく、新古今集には

月をなほまつらむものかむらさめの晴行く雲の末のさと人　（秋上・四二三・宮内卿《くないきょう》）

村雨の露もまだひぬまきの葉に霧立ちのぼる秋の夕暮　（秋下・四九一・寂蓮《じゃくれん》法師）

がある。宮内卿の歌には「雨後月」との題が付される。寂蓮の歌ともども雨上がりの光景を詠んだもの。歌作を挙げ

るのは避けるが例えば「雨後山水」（基俊《もととし》集二一三）「雨後夏月」（林葉《りんよう》集二九五）「雨後蟬聞」（秋篠月清《あきしのげっせい》集一一〇一）「雨後鵜河」（拾遺愚草《しゅういぐそう》二〇八五）といった「雨後――」題の中に多くが取り込まれていく。

夕立に目を移そう。『六帖』には

ゆふだちて夏はいぬめりそぼちつつ秋のさかひにいつかいるらん　（五〇九）

夕立の雨うち降れば春日野の尾花が上の白露は思ほゆ　（五一〇、万葉集二一六九）

夏の日のにはかにくもる夕立の思ひもかけぬ世にもあるかな　（五一一）

の三首が伝わる。五〇九は『六帖』の「夏の果て」にも重ねて採られることからもわかるように、夕立からはすぐに秋の訪れが連想された。五一〇は万葉集では「秋雑歌」に入る。こちには夕立が残した尾花の上の白露に思いが向けられる。これら季節の景を詠んだ二首に対し五一一は「夕立の」までが「思ひもかけぬ」を導く序詞となっている。にわかに曇り降り出す夕立を、急に動き出した恋模様の喩えとする風変わりな視点の歌である。

この素材も広く詠まれたとは言い難い。[*12] また、村雨と区別しない場合もあり、公任集では「夕立したるに人々歌詠みけるに」という詞書で

夕立に草の緑に見ゆるかな秋さへ近くならんとやする　（六四）

夏の日のふりしもとけぬ村雨に草の緑を深くそむらん　（六五）

との唱和が見られる。また時代は下がるが、平安後期の俊恵《しゅんえ》法師の家集・林葉和歌集では「雨後夏月」の題に

夕立もはれあへぬほどの雲間よりさもあやにくにすめる月かな　（二九四）

今ぞ知るひと村雨のゆふだちは月ゆゑ雲のちりあらひけり　（二九五）

の二首が並ぶ。

歌題としては永久四（一一一六）年に披講された永久百首に「晩立」として採用されたのが比較的早い例で

夕立や雲のさわぎに風はやみ露をとどむる草のはぞなき　（二一八・源顕仲《みなもとのあきなか》）

朝日山さしてきたれど夕立にかづくたもとはひるよしもなし　（二二一・源忠房《みなもとのただふさ》）

故郷をたづぬる道にかきくらしむら雲さわぐ夕立のそら　（二二三・常陸《ひたち》）

と、降る直前の風が強まる二一八、「朝日山」「ひる」にそれぞれ時間帯の朝・昼を掛け・夕と並べる遊戯的な二二一、にわかに立ちのぼる雲の様に注目した二二三など、さまざまな試みがなされている。

勅撰集では夏部に入るのが常のようで嚆矢《こうし》は金葉集。[*13] 千載集には俊恵の「夕立のまだはれやらぬ雲間よりおなじ空とも見えぬ月かな」という、林葉集二九四の類歌が入る。新古今集になると六首の「夕立」歌群が形成される。

よられつる野もせの草のかげろひてすずしくくもる夕立の空　（二六三・西行）

おのづからすずしくもあるか夏衣ひもゆふぐれの雨のなごりに　（二六四・藤原清輔《ふじわらのきよすけ》）

露すがるにはの玉ざさうちなびきひとむらすぎぬ夕立の雲　（二六五・藤原公経《ふじわらのきんつね》）

遠ちには夕立すらしひさかたの天のかぐ山くもがくれ行く　（二六六・源俊頼《みなもとのとしより》）

庭の面はまだかわかぬに夕立のそらさりげなくすめる月かな　（二六七・源頼政《みなもとのよりまさ》）

夕立の雲もとまらぬ夏の日のかたぶく山にひぐらしの声　（二六八・式子内親王）

二六三では「よられつる」と夏の強烈な日差しにしおれていた野の草を覆い尽くさんばかりに、にわかに雲のかかる様子がうたわれている。ところが以降を見ると、二六五では笹の葉をなびかせさっと過ぎ去っていく夕立を、二六七では夕立で濡れた庭の乾かぬうちにもう雲は去り澄んだ月が見え、二六八は「雲もとまらぬ」と、いずれも夕立があっという間に過ぎ去っていくさまに焦点を当て、村雨と同様に雨後の光景が好まれたようである。

まとめ

『六帖』をきっかけに、いささか間口を広げて雨の歌いぶりを垣間見てきた。本稿では多く触れなかったが、春雨が草を染めて色づかせるという捉え方や、秋雨もしくは時雨が紅葉を染めるという見方は平安時代を通して詠まれてきた。そうした中で、「つれづれ」や「ながめ」に注目したものまでをも「雨」題にとり入れるところに、勅撰集とはまた違った特色のあることが見えてきた。古今集では扱いの少なかった五月雨や時雨の歌も『六帖』やその周辺の作品を見ると詠み継がれていることが確かめられる。さらに「村雨」や「夕立」といった三代集時代に注目されることの少なかった歌材が『六帖』題にあることも確認できた。後代の作風に通じるところは少なかったが、平安時代を通して詠まれた要因の一つとしての役割は果たしていたのであろう。

そして『六帖』に視点を置くことでその時代に好まれた技巧や趣向を見ることが出来る。それを基準として、以後の時代の作品を見ると新たな表現方法の獲得や対象とする世界の広がりを見出すことが可能になる。本稿ではわずかに和泉式部の作例の紹介にとどまったが、和泉に限らず、さまざまな歌人の雨の歌に焦点を当てることで、またそれぞれの歌人なりの特色を語ることが出来るはずである。その試みの一つを示すことが出来ていれば幸甚である。

注

1 以下、引用本文は勅撰集・万葉集・私家集・定数歌・日記歌については新編国歌大観による。ただし万葉集は旧番号とし、また私に表記を改めた箇所がある。

2 『六帖』の本文については、古今和歌六帖輪読会『古今和歌六帖全注釈　第一帖』（お茶の水大学附属図書館 E-book サービス）により、私に表記を改めた箇所がある。なお、『六帖』と他出文献との本文の相違については特に言及せず、『六帖』の本文によって稿を進める。

3 詞書に「三条右大臣少将に侍りける時、しのびにかよふ所侍りけるを、上のをのこども五六人ばかり、五月の長雨少しやみて月おぼろなりけるに、酒たうべむとて押し入りて侍りけるを、少将はかれがたにて侍らざりければ、立ちやすらひて、あるじいだせなどたはぶれ侍りければ」とあり、このあるじの女の作と伝える。

4 詞書は「人のむすめにいと忍びてかよひ侍りけるに、けしきを見て親のまもりければ、五月長雨のころつかはしける」。

5 秋下・二六〇「白露も時雨もいたくもる山は下葉残らず色づきにけり」（紀貫之）、同・二八四「龍田河もみぢ葉流る神南備の三室の山に時雨降るらし」（よみ人知らず）、冬・三一四「龍田河錦おりかく神無月時雨の雨をたてぬきにして」（よみ人知らず）の三首。

6 松本真奈美「新風への気運」（鈴木健一・鈴木宏子編『和歌史を学ぶ人のために』世界思想社、二〇一一年八月）。後拾遺集・夏・二〇八番歌の聴覚に訴える事例もこれに拠る。

7 清水文雄氏によると正続集のそれぞれの中での重出歌、及び正続集間での重複歌を除くと千三百七十六首になる（岩波文庫『和泉式部集・和泉式部続集』解説、一九八三年五月）。また雨歌については柳町時敏氏に五十六首とする報告がある（「和泉式部集歌ことば索引」『国文学』第三十五巻第十二号、一九九〇年十月）。

8 「和泉式部百首」が式部の詠歌歴の初期に位置することについては武田早苗『和泉式部』（勉誠出版、二〇〇六年七月）に考察がある。

9 「田子のもすそ」については先掲『六帖』八八や「時すぎば早苗もいたくおいぬべし雨にも田子はさはらざりけり」（貫之集一四九）など。

10 「大空はくもらざりけり神無月時雨心地は我のみぞする」（貫之集六一一）、「いさよひの月の光のさしくもり時雨心地のまだきするかな」（匡衡集一一〇）、「人知れぬ時雨心地に神無月我さへ袖のそほちぬるかな」（玉葉集・雑一・二〇二三・中務卿具平親王）。

11 季節がわかるものでは兼盛集一六八が十月、重之集五六が夏、など。

12 能宣集四二、義孝集六〇、小馬命婦集四一・四二、好忠集一五七・五〇三、能因法師集二五六など。

13 「雨後野草」題で「このさともゆふだちしけりあさぢふに露のすがらぬくさの葉もなし」（夏・一五〇・源俊頼）がある。

『伊勢物語』の小野の雪

鈴木　宏子

一　平安京の雪　『古今集』の雪

同じ日本列島で暮らしていても、住む地域によって「雪」にいだく印象はずいぶん異なったものになるにちがいない。稿者は北関東の出身であるが、物心がつくかつかないかの頃に一時期、秋田県に住んでいたことがある。それは気象庁によって「昭和三十八年一月豪雪」（三八豪雪ともいう）と命名された記録的な大雪の年であった。*1 雪をめぐる恐怖の思い出が残っているのである。猛吹雪をおして出勤した父は、前に進むことができず、雪まみれになって家に引き返してきた。雪男さながらの姿を見て、幼かった稿者は怯えて泣いた。別の日には、トラックに積んだ大量の雪を川に投げ棄てるところを見た。濁流に飲み込まれていく雪もまた、恐ろしかった。夜には地鳴りのような吹雪の音や、雪の重みで家がきしむ音が聞こえて、なかなか寝つけなかった。楽しい思い出もある。雪の晴れ間に大きなかまくらを作ってもらい、キューピー人形と一緒に中に入った。竹スキーという、幼児の目から見ても危険極まりないものに挑戦して、悲鳴を上げながら坂を滑り落ちていく母は愉快だった。もっとも子どもの頃の記憶がどこまで本物なのかは疑わしい。稿者の思い出は、関東育ちの母が「秋田の雪はすごかった」「本当にすごかったね」とくり返し語ったことによって、補強されているのかもしれない。雪は恐ろしく、そしてなつかしい。雪の向こう側には異世界があって、そこでは、まだ若い父母がリンゴなどを――品種は断然「雪の下」だ――食べているような気がする。

　さて、王朝文学を育んだ平安京は、冬の冷え込みこそ厳しいものの、大雪とは縁遠い土地である。目崎徳衛「王朝の雪」の説くところによれば、平安京の降雪は「一尺を以て大雪」と認識され、『日本紀略《にほんきりゃく》』天慶元年（九三八）十二月六日条に「寛平四年（八九二）に京中で三尺の雪が降った」という記述があること、また同三年十二月七日条に「雪が三尺降った」とあることが、「管見のかぎりでは京中の最高記録」であるという。[*2] こうした風土は文学における雪のイメージにも影響を与えているであろう。王朝文学に描かれる雪は、美的な景物あるいは貴族の冬の生活に情趣を添える小事件であり、人々を圧倒するような恐ろしい雪はほとんど登場しない。たとえば『古今集』に雪を詠じた歌は六十四首見られるが、そこに歌われるのは、はかなく消えていく春雪、花・月・波に見立てられる白く美しい雪、梅の枝に降る雪、都から遠く離れた「吉野山」や「越の白山《しらやま》」に降る雪であり、恋歌においては叶わない思いに「消え入る」ことの比喩とされている。むしろ時代を遡った『万葉集』に積雪の歌が散見されるのは、主要歌人の一人である大伴《おおともの》家持《やかもち》が、大雪の降る越中《えっちゅう》や因幡《いなば》に赴任していたことに拠るのであろう。

『古今集』中の降り積もった雪を詠じた歌には、次のようなものがある。

1み吉野の山の白雪踏み分けて入りにし人の訪れもせぬ　（古今集・冬・三二七・壬生忠岑《みぶのただみね》）

2白雪の降りて積もれる山里は住む人さへや思ひ消ゆらむ　（古今集・冬・三二八・よみ人知らず）

3忘れては夢かとぞ思ふ思ひきや雪踏み分けて君を見むとは　（古今集・雑下・九七〇・在原業平《ありわらのなりひら》）

1は、積雪を「踏み分けて」吉野山の奥に入っていった人から、ふっつりと音信が途絶えたことを歌う。「吉野山」は雪の名所・隠遁の地として知られる歌枕である。2は、雪の降り積もった山里に思いを馳せて、そこでは雪ばかりでなく住む人までも消え入りそうにさびしいことだろうと詠じている。降り積もる雪は、都と山里とを隔て、人々の行き来を妨げるものである。3でも雪は人々を隔てるのだが、この歌が独特なのは、詠者が敢えて雪を「踏み分けて」「君」を訪ねていることである。3の作者は在原業平。この歌は本稿のテーマである『伊勢物語』の「小野の雪」の段の歌でもある。

二　『伊勢物語』の雪

『伊勢物語』は全一二五段からなる歌物語であり、各章段は比較的短く、簡潔な散文が最高潮で詠まれる和歌に向かって収斂《しゅうれん》していくという特徴を持つ。こうした『伊勢物語』には『源氏物語』のような情感溢れた自然描写は未だ見られないが、中には四季の景物が鮮烈な映像を結ぶ章段もある。『伊勢物語』中に「雪」が現われる章段は六段ある。うち二段は旅先で見上げた遠山の頂に降った雪（九段・六七段）、また二段は花の見立てとしての雪（一七・一八段）であり、在原業平の面影を宿す主人公の「男」が一面の銀世界の中に踏み込んでいくのは、八三段と八五段、いわゆる「惟喬《これたか》親王章段」に属する二段のみである。

　惟喬親王章段とは、「男」と悲運の皇子惟喬との交流を語る段で、中心となるのは八二段、八三段、八五段である。惟喬親王は文徳《もんとく》天皇の第一皇子として承和十一年（八四四）に生まれた。母は紀名虎《きのなとら》の娘、更衣静子《せいし》である。衰えてゆく名族紀氏の期待を担う皇子であったが、皇太子に選ばれたのは、藤原良房《ふじわらのよしふさ》の娘の染殿后明子《そめどののきさきめいし》を母とする第四皇子惟仁《これひと》親王（後の清和《せいわ》天皇）であった。このとき惟喬は七歳、惟仁は生後九ヶ月。兄を差し置いて幼い弟が皇太子となったことには批判もあったようで、『三代実録』「清和即位前紀」には「三超之謡」という童謡《わざうた》が流布したことが記されている。そののち惟喬は四品《しほん》に叙され、大宰帥《だざいのそち》、弾正尹《だんじょうのかみ》を歴任、また常陸《ひたち》太守や上野《こうずけ》太守を兼任したが、貞観十四年（八七二）七月に病気を理由に二十九歳の若さで出家した。以降洛北の小野に隠棲し、寛平九年（八九七）年二月に五十四歳で没した。惟喬親王の運命は後世にも強い印象を与えたらしく、『江談抄《ごうだんしょう》』や東松本『大鏡』裏書《うらがき》には、父親の文徳天皇は惟喬の立太子を望んだが果たせなかったという逸話が残る。業平は紀氏の女性を妻としており、この縁もあってか惟喬に近侍したらしい。『伊勢物語』には、年若い不遇な皇子の周辺に業平や紀有常《きのありつね》（名虎の息子）たちが集って、和歌によって結ばれた親密で雅やかな小世界をかたちづくっていたことが語られている。

まず八二段では、「山崎のあなた」の「水無瀬《みなせ》といふ所」（現在の大阪府三島郡島本町広瀬あたり）で、春の一日を楽しみ尽くす「惟喬の親王と申す親王」と「右の馬頭《うまのかみ》なりける人」たちの交友が語られる。貴族男性のつねとして鷹狩りに出かけたはずの彼らであるが、実際には「狩はねむごろにもせで」、交野の「渚の院」において満開の桜を肴に酒を酌み交わした。そして、嵯峨《さが》天皇の時代から遊宴の場に期待されるのは君臣和楽の漢詩文であったが、彼らが熱中するのは「やまと歌」つまり和歌であった。世の中の規矩《きく》からは、いささか外れた仲間たちなのである。そこで詠まれたのは次のような歌であった。

1世の中に絶えて桜のなかりせば春の心はのどけからまし

2散ればこそいとど桜はめでたけれ憂き世になにか久しかるべき

1は「馬頭」の歌で、『古今集』春下に在原業平の歌として入集している。大意は、世の中に桜というものがまったくなかったなら、春を過ごす者の心はどんなにか穏やかであろうに、というもの。桜を深く愛するあまりに、咲くにつけ散るにつけ一喜一憂してしまい、かえってつらいほどである――そうした花に耽溺する心が「桜がまったくなかったなら……」という意表をついた反実仮想を通して表現されている。2は同席した人の歌。桜への愛執を歌った1に対して、同じく桜を称揚しつつも、「散るからこそいっそうよいのですよ」と異なる見方を示している。気の置けない仲間どうしの機知に富む応酬であるが、満開の桜を愛でたはずの言葉がそのまま、「憂き世になにか久しかるべき」――この辛い世の中に不変のものなど何一つないのだ、という無常の認識へと結びついていくことに注意したい。

八二段はこの後「天の川」から「水無瀬離宮」へと場所を移しつつ、親王を囲む男たちが酒を飲んでは歌を詠み交わす、翳りのない春の一日を描いていくが、その底流にはかけがえのない時が刻々と過ぎ去っていくことへの愛惜の思いが流れている。そして、八二段の中では政治的な事柄は露わには語られていないのだが、惟喬の悲運を知る読者には、この男たちが藤原氏中心の世の中からはじき出されて片々たる和歌に思いを託すしかない者であることや、親王の青春の日々が実りの時を迎えることなくやがて終わることとも思われるのである。

三　隔てる雪

続く八三段は、前半と後半とで明暗が分かれる段である。前半では、八二段を承けるかのように、「惟喬の親王」が「馬頭なる翁」を伴って水無瀬離宮に赴いたことが語られる。数日を経て都の邸宅に帰ってきたものの、親王はいつになく人恋しい素振りで「馬頭」を離そうとしない。「馬頭」は「心もとながりて」――じれったくなって、次の歌を詠んだ。

枕とて草ひき結ぶこともせじ秋の夜とだに頼まれなくに

大意は、草の枕を引き結んで旅寝をすることもいたしますまい、せめて秋の夜であるなら夜長を頼みにゆっくりすることもできましょうが、今は短い春の夜なのですから、というもの。[*3]「今夜はもうお暇いたしますよ」というご挨拶の歌である。このような歌を詠んではみたものの、かえって「馬頭」は帰りがたくなったのか、「枕を結ぶことはすまい」という歌のことばさながらに、二人して酒を酌みつつ春の一夜を明かしてしまったという。

伊勢物語・慶長十三年刊嵯峨本第一種
（『和泉書院影印叢刊 27』による）

このエピソードには「時は三月《やよひ》のつごもりなりけり」という月日が刻印されている。いったい『伊勢物語』には月日が記されることは少ないのだが、[*4] その中にあって「三月つごもり」だけは、この八三段を含めて三回も登場している。他の二つは八〇段と九一段であるが、それぞれ次のような「ゆく春を惜しむ」歌が詠まれている。

濡れつつぞしひて折りつる年のうちに春はいく日《か》もあらじと思へば（八〇段）

をしめども春のかぎりの今日の日の夕暮れにさへなりにけるかな（九一段）

このような「惜春《せきしゅん》」や「三月尽《さんがつじん》」についてはすでに多くの先行研究があり、過ぎて行く春を愛惜する感受性の淵源が白楽天《はくらくてん》の漢詩文に求められること、こうした思いが『古今集』春下の巻末部分の主導調となっていることが明らかにされており、さらに『伊勢物語』の中でも隠れたテーマと見なし得ることが指摘されている。[*5] 特に八三段においては、三月末という月日設定は重要であろう。この章段の「春の終わり」は、単なる季節の移り変わりではなく、八二段から語られてきた惟喬親王の「人生の春」の終わりをも意味している。こののち意外にも親王は出家してしまい、世界は一変して雪景色となる。

正月、小野に隠棲した親王に会うために、「馬頭」は降り積もった雪の中を難渋して訪ねてゆく。小野は現在の京都市左京区、大原から修学院にかけての一帯で、比叡山の京都側の入り口にあたる。都からは程遠からぬものの、まぎれもない「山里」であった。[*6] その有様は次のように語られる。

正月《むつき》に拝みたてまつらむとて、小野にまうでたるに、比叡の山のふもとなれば、雪いと高し。しひて御室にまうでて拝みたてまつるに……

やっとのことで庵室にたどりついて拝謁すると、親王は「つれづれといとものの悲しくておはしましければ」──所在なく何やら悲しげなご様子でいらっしゃる。山里に遁世した親王のところには、正月の祝賀に訪れる者もいないのである。「馬頭」はしばらく時を過ごして往時のことなどを申し上げ、このまま側にお仕えしていたいと思うものの、宮仕えの身は意のままにならない。夕暮れ時になって帰るというので、次の歌を詠んだ。前述した『古今集』3の歌である。

忘れては夢かとぞ思ふ思ひきや雪踏み分けて君を見むとは

ふと忘れては夢ではないかと思うことです、これまで一度でも思ったことがあるでしょうか、雪を踏み分けてわが君にお会いすることになろうとは──「馬頭」はこのように歌う。雪の中をやってきて出家姿の親王に対面している今この時でさえ、到底現実であるとは思えないほどの運命の転変を嘆いた歌である。「……思ふ／思ひきや……」という同語の反復を跳躍台として、現在から過去へと思いを飛躍させていくところに、業平ならではの特質が認められよう。[*7] この歌を詠んで、「馬頭」は泣く泣く都に帰って来たという。

このように八三段は、春が極まった三月尽から、後半の雪に閉ざされた世界へと、予想外の展開を示している。前述のとおり惟喬親王が出家を遂げたのは七月であるが、「男」の訪問は、雪の中の出来事として語られるのがふさわしいのであろう。この段の「雪」は、都と山里、過去と現在、そして「馬頭」の生きる俗界と親王が属する出家者の冷徹な世界とを、隔てるものである。八三段の雪は、二つの世界を峻別する象徴であった。*8 親王への真率な愛情をたよりにして、「馬頭」は雪を踏み分けて訪ねてはみたものの、こちら側の世界へ、ひとりで、泣きながら帰って来なければならないのである。

四 「目離《めか》れせぬ雪」

『伊勢物語』にはしばしば、同一の主題が形を変えて反復される現象が見られる。この物語の根幹をなすのは「在原業平の歌を核とする章段」であるが、それらの章段に現われた主題が、少しずつ結構を変えて、他の章段の中でくり返されていくのである。惟喬親王章段の場合、前節で見た八二段と八三段はいずれも業平の歌を含んでおり、八二段では水無瀬離宮において親王を囲んで歓楽を尽くす春の日が、八三段では雪深い小野の地に出家した親王を訪問することが、それぞれ語られていた。もう一つの惟喬親王章段である八五段は、業平の歌を持たず、八二段、八三段の世界の変奏として作られたと考えられている。

八五段は次のように語り起こされる。

昔、男ありけり。童《わらは》より仕うまつりける君、御髪《みぐし》おろしたまうてけり。正月にはかならずまうでけり。

主人公の「男」が親しくお仕えしていた親王が出家を遂げたこと、そして正月に「男」が親王のもとに伺候することは、八三段と重なっている。ただし「童より仕うまつりける君」という設定には、明らかな変化が認められよう。実在の業平は惟喬親王より十九歳ほど年長であり、八二段や八三段にも物慣れた年長の男たちが若い親王を守り立てるという構図が見られた。しかし八五段の世界では、「男」よりも親王の方が年長者であるらしい。[*9]「男」は子どものころから敬慕していた親王を、「もとの心失はでまうでける」のであった。そして、これもまた八三段と異なるのは、親王を慕ってやってきたのが「男」一人ではないことである。

昔仕うまつりし人、俗なる、禅師《ぜんじ》なる、あまた参り集りて、正月なればことだつとて、大御酒《おほみき》たまひけり。

親王のもとに、今は出家した人も含めて昔馴染みの人々が大勢集まり、正月だというので酒宴が始まる。水無瀬離宮で遊んだ八二段の世界を、どことなく彷彿とさせるではないか。この段の親王は、痛々しい悲運の皇子ではなく、出家してもなお人々を引き寄せる大人の風格を備えていよう。八三段と同じく八五段の正月も、

雪こぼすがごと降りて、ひねもすにやまず。

というほどの大雪であった。[*10]酒に酔った人々は早速「雪に降りこめられたり」ということを題にして歌を詠む。「男」は次のように詠んだ。

思へども身をし分けねば目離《めか》れせぬ雪のつもるぞわが心なる

「男」の歌に感動した親王が着衣を脱いで与えたというところで、この章段は閉じられる。

さてこの段の「男」の歌は、在原業平の実作ではなく、次の『古今集』歌を踏まえて後人が創作したものと考えられている。

1　東《あづま》の方へまかりける人に、よみて遣はしける　伊香子淳行《いかごのあつゆき》

思へども身をし分けねば目に見えぬ心を君にたぐへてぞやる　（古今集・離別・三七三）

1は東国に下る友人に送った歌で、ついて行きたいと思ってもこの身を二つに分けることはできないので、せめて「目に見えない心」をあなたの旅に同行させましょうというもの。人間を「身」と「心」の二元的存在として捉えるのは、『古今集』歌にしばしば見られる発想である。たしかに、八五段の歌は1の傍線部をそのまま用いており、また世間の掟に拘束される「身」と、身から逃れ出ようとする「心」とを対比する構造も1歌と共通している。

「男」の歌の下句「目離れせぬ雪のつもるぞわが心なる」については、古くからAとBの二通りの解釈が行なわれてきた。簡単にまとめると、次のとおりである。

A 眼前の積雪は、親王に寄せる私の思いが形となったものであると解する説。

B 雪が降り積もって帰れなくなることこそが、私の本望だと解する説。

二つの解釈の淵源はいずれも旧注の中に求められる。たとえばA説をとるものには『伊勢物語愚見抄《ぐけんしょう》』（一条兼良《いちじょうかねら》）があり、続く『伊勢物語肖聞抄《しょうもんしょう》』（牡丹花肖柏《ぼたんかしょうはく》）は、B説を主張している。[11] 解釈の揺れは現在の注釈書にも踏襲されているが、どちらかと言えば「雪のお蔭で帰らなくてすむ」というB説の方に重きが置かれている。一例を挙げれば、近年の代表的な注釈書である『新日本古典文学大系　伊勢物語』は「いつもおそばに伺候していたいと思っておりますが、この身を二つに分けることはできませんから、いつもは参上しかねています。今日絶え間なく降り続く雪が積もって、お暇をいただいて帰ることもできなくなりましたのが、じつは私の本望なのでございます」という現代語訳を示している。[12]

結論から言えば稿者は、この歌にはAとBの双方の意味が読み取れるにしても、近年やや旗色の悪いA説の方を、より前面に出した解釈がふさわしいのではないかと思う。その理由は、早く『愚見抄』が指摘していたとおり、「男」

の歌には次の『古今集』歌の影響も認めてよいと考えるからである。

2　宗岳大頼《むねをかのおほより》が越《こし》よりまうで来たりける時に、雪の降りけるを見て「おのが思ひは、この雪のごとくなむ積もれる」と言ひける折によめる　凡河内躬恒《おほしかふちのみつね》

君が思ひ雪と積もらば頼まれず春よりのちはあらじと思へば

（古今集・雑下・九七八）

雪国からやってきた友人が「あなたに対する私の思いは、この雪のように積もっていることですよ」と言ったのに対して、「雪のような思いなんて信頼できませんね、雪が消えてしまうように、春になったら残っていまいと思いますから」と切り返した歌である。仲良しの二人が眼前の雪を素材にして、当意即妙のやりとりを楽しんでいる趣である。八五段の「男」の歌も、まずは嘱目の景である「こぼすがごと降りて、ひねもすにやまず」という桁外れの雪を指差しての、「ご覧くださいませ、この大雪こそが、あなたに寄せる私の思いが形となって現われたものなのですよ」と詠じた機智的なことばとして解されるのではないか。「男」の愛情が雪の形をとって降り積もり（＝A説）、その結果として、降り込められた人々はいつまでも親王のもとに留まることができる（＝B説）のである。

このように考えてきたとき、あらためて注目されるのは「目離れせぬ」という歌句である。『伊勢物語』の「目離る」については、すでに山本登朗の考察がある。[*13] 山本は「目離る」の語義を『万葉集』に遡って検討し、「あぢさはふ妹が目離れてしきたへの枕もまかず…」（万葉集・巻六・九四二・山部赤人《やまべのあかひと》）「…たらちねの母が目離れて若草の妻をもまかず…」（万葉集・巻二十・四三三一・大伴家持）などの例を挙げて、「目離る」の「目」は、詠者自身ではなく「妹」や「母」などの目であり、「目離れせぬ」とは相手の目から離れないこと、つまり自分が相手に見られ続けることであると述べる。そして八五段の「目離れせぬ」も「親王の目の前から離れず、いつも親王の視線を受け続けているという意味」

であることを明らかにしている。従うべき見解であろう。これらのことから「男」の歌の大意は、次のようになると思われる。

いつもおそばに伺候したいと思っておりますが、この身を二つに分けることはできませんので、日頃は離れております。今日ご覧いただいている降り積もっていく雪こそが、あなたに寄せる私の心が形となったものなのです。雪に降り込められて、願いどおり、ずっとおそばにいられます。

「この雪こそが私の心」という直裁な比喩の中に、幼いころからなつかしくお仕えした親王に子供のように慕い寄りたい「男」の真情がこめられている。敬愛するわが君の傍らに、降り積もる雪のようにつねに伺候して、その瞳に映じていたいというのが、「男」の切実な願望なのであった。

五　包み込む雪

八三段と八五段では結末部分も異なっている。八三段の「馬頭なる翁」は、雪を踏み分けて訪ねていったものの、夕暮れには泣きながら帰って来なければならなかった。いっぽう八五段は、親王が「男」の歌をめでたところで語り収められている。もとより八五段の人々も、時が過ぎればそれぞれの生活の場に帰っていかねばならないはずであるが、この章段の中では雪が降り続くかぎり帰れない、言い換えれば、親王を囲んで酒を酌み交わし和歌を詠んでいてもよいかのようである。そして雪はいっこうに降り止む気配を見せない。八三段では人々を厳しく隔てる存在であった雪が、この章段では、親王に心を寄せる人々を繭のようにあたたかく包み込んでいる。[*14] 実在の業平は、惟喬親王に先立って元慶四年（八八〇）に五十六歳で世を去っている。水無瀬離宮で桜をめでた春は、現実には二度と巡ってくることはなかった。しかし『伊勢物語』は、もう一つの惟喬親王の物語を夢見ており、その世界には郷愁を誘うなつかしい雪が降っている。

雪の向こう側には異世界があって、そこでは、惟喬親王と「男」たちが歌を詠んでいる。「男」たちの円居は続くのであろう。永遠に止まない雪が、降り止むまでは。

＊『伊勢物語』の引用は鈴木日出男『伊勢物語評解』（筑摩書房、二〇一三年）による。

注

1　三八豪雪は通常降雪の少ない九州地方で記録的な雪が降ったことでも知られるが、もちろん東北・北陸地方も大雪だった。ホームページ「秋田県の自然災害」（http://www.jma-net.go.jp/akita/akita_shizensaigai）によれば、県南部の積雪は二月初めには二mに近づき、秋田市内でも二月八日に最深積雪八十二㎝を計測したという。

2　目崎徳衛「王朝の雪」（『数寄と無常』吉川弘文館、一九八八年）。同論文では雪をめぐる貴族の生活習慣として「大雪・初雪見参」「雪山」「雪見」を取り上げている。なお山本武夫「古日記と同位元素」（鈴木秀夫・山本武夫編『気候と人間シリーズ4　気候と文明・気候と歴史』（朝倉書店、一九七八年）によれば、十世紀から十二世紀にかけての平安京は、降雪率（冬季における雨の日に対する雪の日の割合）が低く、室町時代などと比べると温暖であったという。

3　片桐洋一「行きつ戻りつ―初段と第八三段の解釈に関連して」（『伊勢物語の新研究』明治書院、一九八七年）の説くとおり、「短い春の夜なのですから、寝ることなどいたしますまい」と解する異説もある。この場合「心もとながりて」

は、いつもと違う親王の様子を「心配して」の意となる。片桐『伊勢物語全読解』（和泉書院、二〇一三年）もこの立場を踏襲し「旅寝の枕にすると言って草を引き抜いて丸くまとめるようなこともしないでおきましょう。—ここで寝るということもしないでおきましょう。—秋の夜は永いと言っても、安心していることは出来ないのですが、まして今は春なのですから、寝ないで、共に何時までも語り合いましょう」という通釈を施す。

4 ちなみに『伊勢物語』中に明示される「月」の用例数は次のとおりである。正月…3例、二月…1例、三月…5例、五月…2例、六月…2例、九月…1例、十月…1例、十二月…2例。三月は「月」としても多いが、うち3例が「つごもり」である。

5 片桐洋一「伊勢物語と白詩—その方法と本質」（『伊勢物語の新研究』明治書院、一九八七年）、渡辺秀夫「『伊勢物語』における漢詩文受容」（『平安朝文学と漢文世界』勉誠社、一九九一年）など。

6 小野は貴族の隠棲の場所、雪深い土地柄として知られる。たとえば『源氏物語』手習巻では「雪深く降り積み人目絶えたる」所とされ、『今鏡』「藤波の上」では白河上皇が雪見のために御幸をしたことが語られている。

7 業平の歌の特質については、鈴木宏子「溢れる「こころ」と型—在原業平「月やあらぬ」の歌を中心として—」（『王朝和歌の想像力　古今集と源氏物語』笠間書院、二〇一二年）も参照されたい。

8 鈴木日出男『伊勢物語評解』（筑摩書房、二〇一三年）は「二つの時間、二つの世界を区別する境目のところに、「雪」がある」と述べる。

9 年齢の逆転現象は「二条后章段」の変奏である六五段にも見られ、本来后よりも十七歳年長の業平が、年上の貴女に憧れて身を滅ぼす「在原なりける男の、まだいと若かりける」として登場している。なお六五段については、鈴木宏子「『伊勢物語』の「われから」」（鈴木健一編『鳥獣虫魚の文学史　日本古典の自然観④魚の巻』三弥井書店、二〇一二年）を参照されたい。

10　片桐洋一『伊勢物語全読解』（和泉書院、二〇一三年）は「こぼす」は「あふれ出る」ことであろうと述べ、「雪」について言うのは珍しい、と注を施す。

11　それぞれの本文は次のとおりである。引用はいずれも片桐洋一『伊勢物語の研究〔資料篇〕』（明治書院、一九六九年）による。

○『伊勢物語愚見抄』＝此歌の心は、御子の御もとへつねにまうでまく思れど、宮仕にひまなくて、身をしわけねば、おもひたるばかりにてある。その思ひのつもりたるは、今ふれる雪のごとくなりとよめるなり。めかれせぬは、雪の事也。これにてふりこめられたる心はあるなり。（この後『古今集』九七八番歌が引用され、「物語の歌と心同なり」と記される。）

○『伊勢物語肖聞抄』＝おもへども身をしわけねば、此五文字よく思ふべし。心は、此みこにしたがひ、常はまうでもし、又しばしもあらばやとおもへどもといふ心也。されど君につかへてひまなき身也。しかれば、身を分る習なければ、たちも帰らんと思ふに、此雪かきくらしふれば、都へをそく帰るともくるしからじと思へば、この雪のつもるは、我心をしるぞとよめる也。

12　秋山虔校注『新日本古典文学大系　伊勢物語』（岩波書店、一九九七年）。

13　山本登朗「見られることと見ること―「目離る」覚え書―」（『伊勢物語論　文体・主題・享受』笠間書院、二〇〇一年）。同論文は、平安和歌の「目離る」が万葉歌とは異なった意味になること、視線をめぐる意識が万葉と平安文学では変化することも指摘する。なお「妹が目を欲り」「君が目に恋ひ」などの相手が自分を「見てくれる」ことを願う表現については、土橋寛『古代歌謡と儀礼の研究』（岩波書店、一九六五年）二七八頁参照。

14　八五段の雪に「明るさ」や「あたたかさ」を見てとる近年の論文には、仁平道明「『伊勢物語』惟喬親王章段の方法」(『菊田茂男教授退官記念　日本文芸の潮流』おうふう、一九九四年)、大井田晴彦「伊勢物語・惟喬親王章段の主題と方法」(『国語と国文学』二〇〇八年九月)がある。また根本智治「惟喬親王譚の論理」(室伏信助編『伊勢物語の表現史』笠間書院、二〇〇四年)も、八五段に「明るい華やぎ」があることを指摘するが、それは「あくまでも惟喬親王の死を前提としたもの」と捉える点がほかと異なる。

『源氏物語』御法巻の秋風

栗本賀世子

はじめに

秋の季節、日に日に太陽の光が弱まり寒くなっていく中、はらはらと散りゆく木の葉を見てわけもなく物悲しさを感じる――そんな経験を私たちの誰もが持っているのではないだろうか。しかし、この感覚は何も現代人特有のものではない。はるか平安の昔から、秋は孤独、悲哀感を生じさせる季節として捉えられてきた。

そのように感じさせる原因の一つに、秋に吹く寒風、秋風という存在があった。秋風は、秋の到来を知らせるものとして、勅撰集では秋の部の冒頭に登場し、葉の色をうつろわせ「飽き」を響かせることから、恋歌にも心変わりの象徴としてよく詠まれている。その一方で、身に吹きつける秋風は肌寒さから人恋しさを募らせ、また、草木や紅葉を枯らしたり散らしたりする様は、見る側に無常感をもたらし、寂しさや悲しさを強く思わせるものでもあった。秋風のそうした悲哀のイメージは、秋を悲しみの季節と捉える中国由来の季節感の影響を受けつつ、和歌の中で培われていったものである。代表的な歌としては、

草も木も吹けば枯れぬる秋風に咲きのみまさるもの思ひの花　（貫之集）[*1]

秋風のうち吹きそむる夕暮はそらに心ぞわびしかりける　（後撰集・秋上）

秋風の吹けばさすがにわびしきは世のことわりと思ふ物から　（後撰集・秋上）

などが挙げられよう。

和歌から発展し、やがて散文の世界においても、秋風は物思いを生じさせるものとして描かれるようになるわけだが、『源氏物語』に至り、さらに一歩進んで、人の死に関わる場面の設定として秋風吹く時が選び取られた。特にヒ

ロインの紫の上が死を迎える御法《みのり》巻では、巻全体を通して、悲しみを増幅させるものとして秋風が大きな役割を果たしている。紫の上の辞世の句ともとれる、死の直前の最後の歌にも、「秋風」の語が詠み込まれていた。本論では、『源氏物語』に特徴的である秋風と死の叙述の関わりについてまず確認した上で、『源氏物語』御法巻の登場人物の心象風景と結びつけて描かれる秋風について詳細に見ていきたい。

一　哀傷の秋風

『源氏物語』を注意深く読んでいると、主要登場人物の死の多くが秋に設定されることに気づくであろう。夕顔、葵の上、六条御息所、紫の上、一条御息所、八の宮などがそうである。彼らの多くの死は八月に設定されており、中でも夕顔と紫の上の場合は八月十五日前後であることから、『竹取物語』で帝や竹取翁夫婦に別れを告げて八月十五日の夜に昇天したかぐや姫が意識されていることは明らかである。ただ、それ以外に、人々の嘆きを際立たせるのに効果的であることから、悲哀の季節である秋をあえて選んだとも考えられるのである。残された人々が亡き人を偲ぶ場面では、秋風が悲しみを強めるものとして次のように描かれていた。

①空のうち曇りて、風冷やかなるに、〔源氏ハ〕いといたくながめたまひて、

　見し人の煙を雲とながむれば夕《ゆふべ》の空もむつましきかな

と、独りごちたまへど……　（①夕顔・一八九頁）

②深き秋のあはれまさりゆく風の音身にしみけるかな、とならはぬ御独り寝に、〔源氏ガ〕明かしかねたまへる朝ぼらけの霧《き》りわたれるに……　（②葵・五一頁）

③あまた耳馴れたまひにし川風も、この秋はいとはしたなくもの悲しくて、〔宇治ノ姫君達ハ八ノ宮ノ〕はてのことといそがせたまふ。　（⑤総角・二二三頁）

①は、亡くなった夕顔を源氏が回想する箇所。秋の曇り空と冷たい風は源氏をいっそう物思いに沈ませるのであった。[*2] ②では、葵の上の喪に服する源氏が妻亡き後の独り寝のわびしさを実感している。晩秋の冷風が身にしみこみ、妻恋しさを募らせている。ちなみに、和歌の世界の秋風は、色もないのに身にしみわたる、「あはれ」を象徴するものとして詠まれており、

吹きくれば身にもしみける秋風を色なき物と思ひけるかな　（古今和歌六帖）
秋ふくはいかなる色の風なれば身にしむばかりあはれなるらん　（興風集、和泉式部集）
月はよしはげしき風の音さへぞ身にしむばかり秋はかなしき　（大斎院御集、後拾遺集・秋下・斎院中務）

などの歌がある。『源氏物語』では、「身にしみる秋風」の表現は多用されており、後掲⑥の例などにも見える。③は、八の宮の死の直後ではなく、一周忌の場面であるが、大君と中の君は、父の亡くなった季節である秋、宇治川に吹く川風に、普段とは異なる物悲しさを感じている。『源氏物語』ではこの他にも、秋に亡くなったわけではないが、故人を慕う季節として秋が多く選ばれ、秋風がその人を思い出す契機となっている。

④〔桐壺帝ハ〕風の音《おと》、虫の音《ね》につけて、もののみ悲しう思さるるに、弘徽殿《こきでん》（＝弘徽殿女御）には、久しく上《うえ》の御《み》局《つぼね》にも参上《まうのぼ》りたまはず、月のおもしろきに、夜更くるまで遊びをぞしたまふなる。　（①桐壺・三五頁）

⑤月さし出でて曇りなき空に、翼《はね》うちかはす雁がねも列《つら》を離れぬ、〔落葉ノ宮ハ〕うらやましく聞きたまふらんかし、風肌寒く、ものあはれなるにさそはれて、箏の琴をいとほのかに掻き鳴らしたまへるも奥深き声なるに……

⑥〔宇治ノ八ノ宮邸ハ〕いとどしく風のみ吹き払ひて、心すごく荒ましげなる水の音のみ宿守《やどもり》にて、人影もことに見えず。〔薫ハ〕見るにはまづかきくらし、悲しきことぞ限りなき。弁の尼召し出でたれば、……（弁ノ尼）「人の上にて、あいなくものを思すめりしころの空ぞかしと思ひたまへ出づるに、いつとはべらぬ中にも、秋の風は身にしみてつらくおぼえはべりて……」　（⑤宿木・四五三〜四五四頁）

④では、秋が深まるにつれて、風の音、虫の音につけても愛妃桐壺更衣の死を嘆く桐壺帝の姿が記される。これに対して、桐壺更衣を憎んでいた弘徽殿女御《こきでんのにょうご》方では、帝へのあてつけのように、秋の風情を楽しんで管絃の遊びを催している。⑤では、月、雁、秋風など代表的な秋の景物を配しつつ、仲睦まじく見える「翼うちかはす雁がね」をうらやみ、肌寒い冷風に亡夫柏木《かしわぎ》への恋しさを募らせて、夕霧《ゆうぎり》の前にも関わらずつい琴を掻き鳴らしてしまう落葉の宮の姿を描き出す。⑥は、大君が亡くなり、中の君も匂宮に引き取られた後、宇治の八の宮邸を薫が訪問する場面である。荒々しく吹く秋風が、主のいない邸をいっそう寂しく見せ、大君の死を痛感する薫は悲嘆に暮れる。さらに、邸で薫の応対に出た弁の尼は、「亡き姫君（大君）が妹君の結婚について何かと嘆いていらっしゃったのも今のような空の秋であり、そう思うとこの季節の風が身にしみて耐え難く思われるのです」と薫に告げる。大君は匂宮と中の君の結婚後、宮が妹のもとをなかなか訪れなかったことに思い悩み、その心痛から死の床に伏した。大君の死の原因を思い起こさせる秋の風が、弁の尼を悲しみに誘うのであった。

このような死者への追慕の念を生じさせる秋風の原型は、用例数は少ないものの、『源氏物語』以前の和歌の中に求められる。

今よりは秋風寒く吹きなむをいかにか独り長き夜を宿《ね》む　（『万葉集』・巻三・四六二）

うつせみの世は常なしとしるものを秋風寒み思《しの》ひつるかも　（同・巻三・四六五）

我が宿の露の上にもしのぶらん世の常ならぬ秋の野風に　（道信集）

思ひきや秋の夜風の寒けきに妹《いも》なき床《とこ》に独り寝むとは　（拾遺集・哀傷・大弐国章、元輔集）

秋風になびく草葉の露よりも消えにし人を何にたとへん　（拾遺集・哀傷・天暦御製）

『万葉集』の二首は、大伴家持《おおとものやかもち》が妻の死を悲しんで詠んだ歌で、秋風の寒さを通して妻亡き後の（独り寝の）孤独が歌いあげられている。『拾遺集』大《だい》弐《に》国章《くにあきら》歌（清原元輔《きよはらのもとすけ》の歌ともされる）も妻を亡くした後に詠まれたのだが、『万葉集』に倣って、秋風が独り寝のわびしさを増長させるものとして表現されている。一方で、独り寝の嘆きと無関係であるのが、『道信集』と『拾遺集』村上天皇の歌である。『道信集』歌は、父藤原為光の喪に服する道信へ贈られた弔問の歌であり、例年と異なる為光死後の秋の寂しさを「世の常ならぬ秋の野風」で表現している。また、『拾遺集』村上天皇歌は、後述するように御法巻の紫の上の歌に引用されているのだが、中宮安子の死を、秋風に吹かれてはかなく消えた草葉の上の露に喩えている。秋風を、それまでと同様に死を悼む契機としつつも、露との組み合わせによって、命を散らせるものとして捉えるのである。

和歌においては、親しい人を亡くした喪失感を表す際に秋風の語が詠み込まれることが時折あったが、しかし実は散文世界では、秋風はなかなか死と結びつくことはなかった。『源氏物語』以前の作品の例をいくつか挙げてみよう。

さて、またの夜の、月世に知らずおもしろきに、〔平中ガ〕よろづのことおぼえて、簀子《すのこ》にいでゐて、空をながめけるほどに、夜のふけゆけば、風はいと心細く吹きて、苦しきまでおぼえければ、もののゆゑ知れる友だちの

もとに、寝《ね》で月は見るらむと思ひていひやる。（平中物語・初段・四五三頁）

夜の更けゆくままに、八月十七日ばかりの月の、やうやう高くなり、御前の遣水《やりみづ》・前栽《せんざい》、さまざまに面白く、虫の音《ね》もあはれに、風も涼しきままに、北の方、「かくて後、わが心とこそ、親の御もとなどにおはして、〔夫ト住処ガ〕よそなる折もあれ、恐ろしき所に取り籠められなば（＝夫ガ内親王ノ所ニ婿取ラレタナラバ）、いかさまにせむ」など思し嘆く。（うつほ物語・国譲下・七六一頁）

九月《ながつき》のつごもり、いとあはれなる空の気色《けしき》なり。まして昨日今日、風いと寒く、時雨うちしつつ、いみじくものあはれにおぼえたり。……すべて世に経《ふ》ることかひなく、あぢきなきここち、いとするころなり。（蜻蛉日記・中巻・二六四～二六五頁）

最初の例は、思うに任せぬ世を嘆く平中、次は、夫と他の女の縁談を疑って実家から帰ろうとしない藤原忠雅《ただまさ》の北の方、そして最後は、夫婦生活に希望の持てない道綱母が、それぞれ物思いに沈む様子を述べたものである。秋風は、月、時雨、虫の音、庭の植え込みの様子などの情趣ある景色（波線部）と共に描き込まれ、心細さや寂しさを呼び起こす端緒とはなっているものの、*3 人の死に対する悲しみを述べる文脈の中に置かれているわけではない。結局、哀傷の秋風の登場は、『源氏物語』の成立を待たねばならなかったのである。そのことは、この物語が以前の仮名散文作品に比して人の死を大きく扱い、残された者の嘆きを主題化していることと、決して無縁ではないだろう。『源氏物語』が死について叙述する際に、先行の散文ではなく、和歌の世界の哀傷歌を参考にしたことが指摘されているが、*4 その流れの中で、哀傷の秋風の表現様式が和歌から取り入れられることになるのも、ごく自然なことであったに違いない。

二　御法巻の秋風

前節では、『源氏物語』の秋風が、故人を思い出させ孤独感や悲哀感を募らせるものとして見えることを指摘したのであるが、では、本稿のテーマである御法巻の秋風は、登場人物たちの身と心にどのように吹きつけていたであろうか。御法巻は、『源氏物語』のヒロイン紫の上の死とそれによる人々の嘆きを言葉をつくして語る巻であり、そこでは、秋風は紫の上の死に関わる叙述と常に表裏一体となって描かれる。秋風の出てくる場面を具体的に見ていこう。

秋待ちつけて、世の中すこし涼しくなりては〔紫ノ上ノ〕御心地もいささかさはやぐやうなれど、なほともすればかごとがまし。さるは身にしむばかり思さるべき秋風ならねど、露けきをりがちにて過ぐしたまふ。

（④御法・五〇三頁）

紫の上は、自分など及びもしない高貴な身分である朱雀院の皇女、女三の宮が光源氏に降嫁したことに思い悩んで発病し、一時は危篤状態にまで陥ってしまう。幸い一命は取り止めたものの、病状は深刻であり、その後、身体は徐々に衰弱していく。死は時間の問題であった。右の引用箇所は、病に倒れてから五年目の秋のことである。夏が終わり、涼しく過ごしやすい季節になって、紫の上の気分は多少晴れやかに感じられるものの、それでも時折容態は悪くなった。自らの残り少ない命を思う紫の上は、秋風が身にしみわたるという程でもないが、風に誘われるように露すなわち涙がちの日々を送っている。秋風が身にしむ、という表現は、前節で述べたようにこの物語で多用されるものである。

さて、病の進行が止まらない紫の上の身を案じて、養女の明石中宮は夏から六条院に里下がりしていたが、帝から帰参を度々促され、この頃いよいよ内裏に戻ることになった。別れの挨拶のために、中宮は紫の上の居室を訪れるが、そこに光源氏も姿を見せ、三人で親子水入らずの最後の一時を過ごすことになる。

風すごく吹き出でたる夕暮に、前栽《せんざい》見たまふとて、〔紫ノ上ガ〕脇息《けふそく》によりゐたまへるを、院〔＝源氏〕渡りて見たてまつりたまひて、「今日は、いとよく起きゐたまふめるは。この御前《おまへ》〔＝明石中宮ノ御前〕にては、こよなく御心もはればれしげなめりかし」と聞こえたまふ。〔紫ノ上ハ〕かばかりの隙《ひま》あるをもいとうれしと思ひきこえたまへる〔源氏ノ〕御気色《けしき》を見たまふも心苦しく、つひにいかに思し騒がんと思ふに、あはれなれば、

おくと見るほどぞはかなきともすれば風にみだるる萩《はぎ》のうは露

げにぞ、折れかへりとまるべうもあらぬ、よそへられたるをりさへ〔源氏ハ〕忍びがたきを、見出だしたまひても、

ややもせば消えをあらそふ露の世におくれ先だつほど経《へ》ずもがな

とて、御涙を払ひあへたまはず。宮〔＝明石中宮〕、

秋風にしばしとまらぬつゆの世をたれか草葉のうへとのみ見ん

と聞こえかはしたまふ御容貌《かたち》どもあらまほしく、見るかひあるにつけても、〔源氏ハ〕かくて千年《ちとせ》を過ぐすわざもがなと思さるれど、心にかなはぬことなれば、かけとめん方なきぞ悲しかりける。（④御法・五〇四～五〇五頁）

風が寂しく吹き始めた夕暮れ時、珍しく床から起き上がっている紫の上を見て、「中宮のお側にいらっしゃるとずっとご気分も晴れ晴れしくなるようですね」と源氏は喜ぶ。しかし、余命少ないことを自覚している紫の上には、今の状態は気休めにすぎないことがよく分かっていたから、いずれ訪れるであろう自らの死の際には、源氏をいかほ

ど嘆かせることになるだろうか、とそればかりが心配されるのであった。源氏に向かって詠んだ和歌は、その折吹いていた秋風に寄せて、我が身を秋風に吹き散らされる露に喩えたものである。置いたと思ってもはかなく風に乱れ散る萩の上の露のように、起きたと見えてもすぐにこの世を去ってしまう私の命ですよ、というのである。秋風と露、秋風と萩の組み合わせは和歌でよく見られるものであり、また秋風・萩・露の三者を共に詠むような和歌もあるけれども、秋風の前にはかなく散る萩の上の露を扱ったものはあまり例がない。[*5]

起き明かし見つつながむる萩の上の露吹きみだる秋の夜の風　（伊勢大輔集）

消ゆるだに惜しげに見ゆる秋萩の露吹き落とす木枯の風　（大弐三位集）

紫の上の歌と比較すると、前者は「起き」「萩の上の露」など表現面で近く、また後者は風に散る露のはかなさを強調しており発想が似ているが、どちらも『源氏物語』よりも成立が下るようである。或いは、

秋萩の枝もとををに置く露の消かも死なまし恋ひつつあらずは　（万葉集・巻十・二二五八）

世の中を何にたとへんあかねさす朝日さす間の萩の上の露　（順集）

などの、（風とは無関係に）はかなく消える萩の上の露を詠んだ歌や、前節で掲げた「秋風になびく草葉の」という草葉一般の上の露のはかなさを詠んだ村上天皇の歌の影響を受けたのであろう。特に村上天皇の詠歌は、人の命を秋風に散りゆく露とした点でまさしく紫の上の歌と一致し、その後の明石中宮の歌とも語句が類似するので、この場面全体の引き歌と考えられるのである。[*6]

紫の上が自らの死に対する心の準備を源氏に促す歌を詠んだのに対して、源氏は「萩のうは露」を「露の世」にずらし、露のようにはかない無常の世ではあるけれども、あなたに先立たれるようならば私もすぐに後を追おう、と強

国宝　源氏物語絵巻　御法巻（五島美術館蔵）

い愛情を表明する。さらにそれを受けた中宮は、秋風にはかなく散らされる草葉の上の露に限らず、この無常の世では人は誰しもが長く留まることなどできないのだ、と人間一般のことに広げて返す。三者の和歌では死への認識が異なり、紫の上が一人死に向かう孤独感を哀切にうたったのに対して、源氏は自分たち二人は死出の旅路も一緒だと夫婦の絆を訴え、また中宮は死を個人ではなく人間一般のことにすり替えていて、微妙なすれ違いを見せてはいる。[*7]しかしながら、この唱和場面は、死を覚悟する紫の上が、最も心を許している夫と養女に慰められて最後の安らかな一時を過ごすという、悲しみにあふれたしかし実に美しい情景であった。この直後に、紫の上の容態は急変し、直前に自らが詠んだ歌の通り、「まことに消えゆく露の心地して」（④御法・五〇六頁）と重体に陥り、夜の明ける頃に「消えはてたまひぬ」（同・五〇六頁）と、秋風に散らされる露そのままの様子で、はかなくこの世を去ることになるのである。

紫の上が死して後も、御法巻はすぐに閉じられることはなく、残された者たちが悲しみにくれる様子について続けて述べていく。

風野分《のわき》だちて吹く夕暮に、〔夕霧ハ〕昔のこと思し出でて、ほのかに見たてまつりしものをと恋しくおぼえたまふに、また限りのほどの夢の心地せしなど、人知れず思ひつづけたまふに、たへがたく悲しければ、人目には

十帖源氏　野分巻

さしも見えじとつつみて、「阿弥陀仏、阿弥陀仏」とひきたまふ数珠《ずず》の数に紛らはしてぞ、涙の玉をばもて消《け》ちたまひける。（④御法・五一二頁）

夕霧は、かつて野分《のわき》（台風）が六条院を襲った騒ぎの中で紫の上を垣間見《かいまみ》たことがあり、以来密かにこの継母にほのかな恋心を抱いていた。その折の激しく吹き荒れる野分は、恋に惑乱する夕霧の心を象徴するものとして描かれていたが、御法巻の「野分だちて吹く」秋風の場合は、同様の風が吹いた過去――紫の上の姿を始めて見た秋を夕霧に思い出させ、そこから故人追慕の想いを導き出す。死者への思いを募らせる契機となる秋風を、ここではさらに物語の過去と結びつけることによって、夕霧の嘆きを奥行きのあるものとして描いている。

……〔紫ノ上ハ〕あやしきまですずろなる人にもうけられ、はかなくし出でたまふことも、何ごとにつけても世にほめられ、心にくく、をりふしにつけつつらうらうじく、ありがたかりし人の御心ばへなりかし。さしもあるまじきおほよその人さへ、そのころは、風の音《おと》、虫の声につけつつ涙落とさぬはなし。（④御法・五一六頁）

前節で触れた桐壺更衣死後の描写と、表現の類似する箇所である。紫の上は評判もよく、万事につけてほめられることばかりで全てに行き届いたすばらしい人柄であったから、その死を惜しむ人も多く、さして関わりのない人たちでさえ物寂しげな秋風の音や虫の声を聞くにつけても嘆き悲しむのであった。

このように、紫の上の死を夕霧や世間の人々がその折に吹く秋風に寄せて悲しんだということが述べられるのだけれども、他方で、物語の主人公、最も紫の上を失って悲嘆も大きいはずの光源氏に関しては、秋風に悲しみを強める場面は全く見られない。前節①②の例にあったように、夕顔や葵の上を亡くした際は、冷ややかな秋風に吹かれては故人の死を思い嘆いていたのと対照的である。この違いはいったいどこから出てくるのか。それは恐らく、次のように書かれていることが関わってくるのであろう。

〔源氏ハ〕昔、大将の君の御母君（＝葵ノ上）亡《う》せたまへりし時の暁を思ひ出づるにも、かれはなほものの覚えけるにや、月の顔の明らかにおぼえしを、今宵《こよひ》はただくれまどひたまへり。（④御法・五一一頁）

引用したのは紫の上の葬送の場面である。源氏は、かつて同様に先妻葵の上の葬儀が行われた時は、思考もしっかりしていて、空を眺めてその折の月をはっきりと見た記憶があるけれども――実際に源氏は、「八月廿余日《にじふよにち》の有明」（②葵・四八頁）の月を見ながら、その風情に誘われて葵の上を慕った和歌を詠んでいた――今回は悲しみの余り全く何も判断できないのだという。源氏にとって紫の上は最愛の女性であり、人生において長い年月を共に過ごしてきたかけがえのない存在であった。故に、彼女を失った嘆きもこれまでに先立たれた女君たちの場合とは比較にできないほど深いものであり、御法巻のその死の直後には、自然の風物に触発されて死者を恋い慕う、以前の死別の際には可能であったそのようなこともできなくなるくらい取り乱しているのであろう。

主人公がヒロインの死を悼む――これ程までに哀切を極める場面はないのであるが、その際に、過去の女君たちの死の嘆きとの差別化を図るため、物語はこれまで用いてきた嘆きの表現を使用するのを意図的に避けている。夕顔、葵の上と同じ秋に亡くなっているにも関わらず、秋風によって源氏が紫の上を追慕することがないのも、この常套的な哀傷の方法では、源氏の限りなく大きな悲しみを表現しつくすことはできないからなのであった。

おわりに

見てきたように、『源氏物語』御法巻では、紫の上の死に関わって秋風に悲嘆の思いを強める人々が多く描かれていた。しかし、このような寒々しい秋風は、誰よりも大きな悲しみを抱えているはずの主人公光源氏の身に吹きつけることは決してない。それ以前の女君たちの死の際、源氏の嘆きの描写に幾度も用いられてきた哀傷の秋風は、源氏が誰よりも強い絆で結ばれていたこの物語のヒロイン、紫の上を偲ぶ方法としてはふさわしくなかったということなのであろう。

ところで、御法巻の秋風は、他の巻と比較して、死なれる側だけではなく死ぬ側の悲嘆を表現するのにも用いられているのが注目される。死へと向かう紫の上について、その悲しみが秋風に寄せて語られているのである。今西祐一郎氏は、『源氏物語』第二部において、物語の散文が成熟することで、死なれた者の哀しみを述べるだけではなく柏木や紫の上など死にゆく者の内面を述べることが可能になったことを論じている。[*8] 死を死ぬ側の目線で描き出すという新たな叙述が生まれるのと歩みを同じくして、秋風の表現も変質を遂げたのだと思われる。それまでの死者を悼む秋風だけではなく、さらに死にゆく者に死を予感させる秋風も加わり、『源氏物語』の哀傷の秋風の方法は、より広がりを見せていくのである。

※引用については、『源氏物語』など主要な散文作品は『新編日本古典文学全集』（小学館）、『うつほ物語』は『うつほ物語　全　改訂版』（室城秀之、二〇〇一年、おうふう）、『万葉集』は『万葉集　全訳注原文付』（中西進、一九七八～一

九八三年、講談社文庫）、その他和歌は『新編国歌大観』に拠ったが、一部表記を改めた所がある。

注

1 『躬恒集』では、第二句は「したうへばかれゆく」、『古今和歌六帖』では第二句は「ふけばかれゆく」とある。
2 この直後に源氏は「聞夜砧」（『白氏文集』巻十九、律詩）の詩を口ずさんでいるが、その中の一句「月苦《さや》かに風凄《すさ》まじくして砧杵《ちんしょ》悲《かな》しむ」に基づいて秋風の描写がされたとも考えられる。
3 『平中物語』の例は、引用文の少し前に「秋のころ」と時間設定が為され、直後の平中の歌にも「天の川」の語があることから、秋七月の頃のことだと分かる。
4 今西祐一郎「哀傷と死―源氏物語試論―」（『国語国文』一九七九年八月）。
5 高田祐彦「歌ことばの表現構造―御法巻から野分、桐壺巻へ―」（『源氏物語の文学史』、東京大学出版会、二〇〇三年）。
6 寺本直彦『源氏物語受容史論考　続編』（風間書房、一九八四年）。
7 小町谷照彦「死に向かう人―紫の上論（5）」（『講座源氏物語の世界』第七集、有斐閣、一九八二年）。
8 今西注4論文。

参考文献　本文や注に掲げた以外のものを示す。
・吉田幸一『絵入本源氏物語考』（青裳堂書店、一九八七年）
・鈴木日出男『源氏物語歳時記』（筑摩書房、一九八九年）

・清水婦久子「秋風と鐘の声」（『源氏物語の風景と和歌』、和泉書院、一九九七年）
・久保田淳・馬場あき子編『歌ことば歌枕大辞典』（角川書店、一九九九年）

『枕草子』の雪

吉野 瑞恵

はじめに

しんしんと音もなく積もる雪、そしてすべてを覆い尽くし、白一色に染め上げる雪——雪といえば、まず静謐な光景が連想される。降り積もった雪は外出の障害となり、人々は屋内に引きこもるしかない。『古今集』でも雪は代表的な冬の景物であるが、「わが宿は雪ふりしきて道もなし踏みわけてとふ人しなければ」（冬・よみ人知らず）のように、人と人とのつながりを断ち、人々を孤立させるものとしてよまれている。また、「冬ながら空より花の散りくるは雪のあなたは春にやあるらむ」（冬・清原深養父）のように、草木が枯れ花もない季節に、待ち望んでいる花を幻視させるものとしてもよまれた。

『源氏物語』の雪の場面では、月明かりに照らされた雪の夜に、光源氏が女童に命じて二条院の庭で雪玉を作らせる場面がよく知られている。朝顔巻のその場面では、光源氏は「冬の夜の澄める月に雪の光りあひたる空こそ、あやしう色なきものの身にしみて、この世の外のことまで思ひ流され、おもしろさもあはれさも残らぬをりなれ」と言い、紫の上とともに女童たちの雪まろばしの様子を見ながら、亡き藤壺の思い出を語る。そしてその夜の光源氏の夢に、藤壺が現れることになる。雪景色はこの世ならざるものとつながっているのである。また、この雪の場面が他界への通路となっていたことからもわかるように、『源氏物語』における雪の場面は、もう一つの世界へと別れ去る人を悲嘆する箇所に集中しているという指摘もある。[*1] 以上のような『古今集』の歌や『源氏物語』の雪の場面と比べると、『枕草子』に登場する雪の場面は、人々の日々の営みを感じさせるものが多く、色鮮やかで生き生きとした魅力がある。

「春はあけぼの」で始まる『枕草子』は、明るく闊達な文体から、冬の雪よりも春の晴れ渡った光景が連想される作品である。しかし、実際には日の光を描く章段は少なく、雨や雪を描く章段の方が圧倒的に多いのである。[*2] もちろんこれは、この時代の気候を反映してのことではない。現在の京都市では一年のうち雪が降る日は数えるほどで、たとえ降ったとしても十センチを超える積雪になることは稀である。枕草子が書かれた十一世紀でも、都では「一尺」を超える積雪が大雪とされ、大雪の記録は少なかった。また、そのまれな大雪は豊年の予兆とされた。[*3] 北国とは違い、都の人々にとって雪景色は見慣れたものではなく、だからこそ心躍るものだっただろう。そして、『枕草子』は都の雪景色とその中での人間の営みに強い関心を寄せているようである。次から具体的な場面を見ていきたい。

一　雪を背景に「見られる」人々

雪は白一色の背景となって、その中を歩く人々の姿と動きを際立たせる。次の場面は、「正月一日は」で始まる章段の一部である。

除目のころなど内わたりいとをかし。雪降りいみじう氷りたるに、申文持てありく四位五位、わかやかに、心地よげなるは、いとたのもしげなり。老いて頭白きなどが、人に案内言ひ、女房の局などに寄りて、おのが身のかしこきよしなど、心一つをやりて説き聞かするを、若き人々はまねをし笑へど、いかでか知らむ。「よきに奏したまへ、啓したまへ」など言ひても、得たるはいとよし。得ずなりぬるこそいとあはれなれ。[*4]（三　正月一日は）

一月から二月にかけて行われる除目は「県召《あがためし》の除目」と呼ばれる地方官を任命する儀式で、除目が近づいてくると任官を求める人々が有力者の推薦を求めて宮中を右往左往することになる。若い四位五位が雪の中を申文（任官を朝廷に申請する文書）を持って歩く姿に注目し、「いとたのもしげなり」と感想を記す。若くして四位五位の位についているのだから、彼等は名門の子弟と思われ、任官を求めて汲々とする必要もない若者たちである。彼らとは対照的に、出世とは無縁な老人たちは何とか職を得ようと、女房たちを相手に自分がいかにすぐれているかをアピールする。それはまた、六十歳を超えてようやく地方官に任じられた清少納言の父親の姿にも重なる。若い女房たちの笑い者にされる彼らは滑稽でもあり、哀れでもある。将来有望で屈託がなく、雪をものともせず颯爽と歩く若者たちの姿と、雪の中を女房の局を訪ねて帝や后への取次ぎを頼まなければならない卑屈な老人たちの姿が、鮮やかな対照をなしている一段である。

除目の場面は、雪を背景とした宮廷での人間模様の観察であったが、『枕草子』の中には、〈清少納言〉[*5]が観察者なのか当事者なのか判別できない、次のような物語的な場面もある。登場人物は、雪の夜、牛車に同車して行く男女である。

十二月二十四日、宮の御仏名の半夜の導師聞きて出づる人は、夜中ばかりも過ぎにけむかし。日ごろ降りつる雪の、今日はやみて、風などいたう吹きつれば、垂氷《たるひ》いみじうしだり、地などこそ、むらむら白き所がちなれ、屋の上はただおしなべて白きに、あやしき賤の屋も雪にみな面隠しして、有明の月の隈なきに、いみじうをかし。白銀などを葺きたるやうなるに、水晶の滝など言はましやうにて、長く短く、ことさらにかけわたしたると見えて、言ふにもあまりてめでたきに、下簾もかけぬ車の、簾をいと高う上げたれば、奥までさし入りたる月に、薄色、白き、紅梅など、七つ八つばかり着たる上に、濃き衣のいとあざやかなるつやなど、月に映えてをかしう見ゆるかたはらに、葡萄染《えびぞめ》の固紋の指貫、白き衣どもあまた、山吹、紅など着こぼして、直衣のいと白き紐を解きたれば、ぬぎ垂れられていみじうこぼれ出でたり。指貫の片つ方はとじきみのもとに踏み出したるなど、道に人会ひたらば、をかしと見つべし。月の影のはしたなさに、うしろざまにすべり入るを、常に引き寄せ、あらはになされてわぶるもをかし。「凛々として氷鋪《し》けり」といふことを、かへすがへす誦しておはするは、いみじうをかしうて、夜一夜もありかまほしきに、行く所の近うなるも、くちをし。

（二八三　十二月二十四日、宮の御仏名の）

「仏名」は、毎年十二月中旬から下旬に宮中などで行われた仏名会を意味する。仏名会は、仏名を唱えて罪障が消えることを祈る仏事である。ここに登場する男女は、中宮主催の仏名会に最後まで出席せず、半夜の導師の読経を聞いて退出した。「聞きて出づる人」という表現、「夜中ばかりも過ぎにけむかし。」という推量表現からは、牛車に乗った男女を第三者的に語ろうとする姿勢が読み取れる。

仏名会は一晩を初夜・半夜・後夜に分けて行われ、半夜が終わるのは丑二刻（午前二時頃）である。丑の刻は、女性のもとを訪れていた男性が帰る時間には早い。通りには人気もなく、すべてのものが眠りについている時間である。仏名会には、女房や殿上人をはじめとして多くの人々が参列するので、部屋には人があふれていただろう。しかし、夜中に退出して外に出ると、あたりには人影もなく、有明の月に照らされた雪景色のみが広がっている。深夜の平安京の、月明かりに照らされた雪景色である。

まず目が向けられているのは、地面や木に積もる雪ではなく、屋根に積もる雪である。何日も降り続いた雪はやみ、風が吹いたために軒先には垂氷（＝つらら）が一面に下がっている。雪が屋根に降り積もっている様子が、月明かりに照らされて銀で屋根を葺いたようだとし、軒下に下がるつららの長さがさまざまなのを、水晶の滝のようだとする。月光に映える雪の硬質な輝きを読者に思い描かせる場面である。垂氷という題材や、雪が見苦しいものを「面隠す」という表現は三代集にはなく、『古今集』的和歌観からするときわめて特異であり、次代の和歌を先取りした斬新な素材・表現であるという。[*6] 舞い散る雪や、地面に積もる雪は、ふんわりとしたやわらかさや軽やかさを感じさせるが、この場面は、普段は気が付きにくい雪の冷たく輝く魅力に目を向けさせてくれる。

連なる屋根に向けられていた視線は、道を通る牛車に、そして車の中の男女に向けられる。通常であれば牛車の前後に簾を懸け、さらにその内側に絹布の下簾も懸けるはずだが、この牛車には下簾はなく簾も巻き上げてあるために、月光が奥まで入って、乗っている男女の着物の色が月明かりに映えている。薄色（＝薄紫）、白、紅梅（＝薄紅）、を重ねた上に濃い紫の表着を着た女の衣装、葡萄染（＝赤みがかった薄紫）の指貫をはいて、白い衣を重ねた上に山吹や紅の衣を重ねた男の衣装が、夜の闇と月光と雪が織り成す黒と白の二色だけの世界に色を添えている。男の方は直衣の首の紐を緩め、何枚も重ねた衣が直衣からこぼれ出ており、指貫をはいた足の一方を車の外に出しているというしどけない姿である。この二人がどこへ向かっているかは本文中に言及がないが、仏名会を途中で抜け出して逢瀬の場に向かおうとしているのだろうか。

男が何度も口ずさむ「凛々トシテ氷鋪《し》ケリ」は、『和漢朗詠集』（秋　十五夜）にみられる漢詩の詩句「秦甸《しんでん》ノ一千余里　凛々トシテ氷鋪《し》ケリ　漢家の三十六宮　澄々《ちょうちょう》トシテ粉餝《ふんかざ》レリ」を引用したもので、唐の都・長安の周囲一千里の土地が十五夜の月に照らし出されて氷のように輝いているさまをいう。漢詩の季節は秋ではあるが、寒々とした空気の中で月明かりに照らされる夜の都の光景という点では、『枕草子』の場面と共通している。

雪の夜に牛車に同車する男女は、物語の一場面を連想させるが、男女が同車する場面は物語でも実は少ない。この男女の同車行は想像力によって作り上げられた光景なのだろうか。あるいは、深夜に中宮のもとから退出する時にたまたま目撃した光景だったのだろうか。男が車の奥に隠れようとする女を引き寄せる箇所では、「あらはになされてわぶるもをかし（＝人目につくようにされて、女が困っているのも面白い）」と、観察者の視点で書かれており、ここに登場する男女は風景の一要素として描かれる存在である。ところが、詩句を口ずさむ男について「かへすがへす誦じておはするは」と敬語を用いるあたりから、この観察者の視点は曖昧になる。仏名会の帰りに軽装の直衣を身につけていることから考えると、男の身分は高いと考えられるが、これまで男に敬語は用いられていなかった。敬語が用いられることによって、点景であったはずの男がにわかにクローズアップされる。そして、続く箇所では「いみじうをかしうて、夜一夜もありかまほしきに、行く所の近うなるも、くちをし」とあって、観察者の視点は、いつのまにか男の様子を素晴らしいと感嘆し、一晩中同車して牛車を走らせたいと願う当事者の視点にすり替わっている。観察者であった〈清少納言〉は、実は牛車に乗っている女本人であるかのようにも読めるのである。あるいは、想像力が作り出した幻想的な光景の中に〈清少納言〉が入り込んで登場してしまったとも解釈できるだろうか。ここでも、雪の光景だけではなく、その中の人間の姿が描かれている。銀や水晶に喩えられる硬質な雪の美と、牛車に同車するしどけない男女の姿の対照が印象的な場面である。

次の場面は、雪の日に恋人のもとを訪れる男性を題材にしている。これは「成信の中将は」で始まる長い章段の一部である。「雨が降る折に恋人が訪れてくれると、ふだん恨めしいことがあっても、つらい思いを忘れてしまう」という女房の話を耳にしたことから、月の明るい夜、雨の降る夜、風の吹く荒れ模様の夜、どのような時に男が訪れてくれると素晴らしいと思えるか、さまざまな場合が俎上に載せられていく。それに続くのが次の場面である。

雪こそめでたけれ。「忘れめや」などひとりごちて、しのびたることはさらなり、いとさあらぬ所も、直衣などはさらにも言はず、うへの衣、蔵人の青色などの、いとひややかに濡れたらむは、いみじうをかしかべし。緑衫なりとも、雪にだに濡れなば、にくかるまじ。昔の蔵人は、夜など人のもとにも、ただ青色を着て、雨に濡れても、しぼりなどしけるとか。

（二七四　成信の中将は）

雪の中を訪れる男は、雨の場合とは違って無条件で評価される。「あなたのことを忘れることがあろうか」と独り言を言いながら人目を忍んで通ってくるのは言うまでもなく素晴らしく、人目を憚らない場合でも、衣が雪に濡れるにもかまわず訪れてくれるのは素晴らしいという。「直衣などはさらにも言はず」とあるのは、直衣が濡れているのは勿論素晴らしいという意味である。格式張っていない直衣姿で参内できるのは上流貴族の場合であり、そのような身分の男性のくつろいだ直衣姿は、雪に映え魅力的だということなのだろう。儀式張った衣装である束帯の場合にも、蔵人の職についている六位の者が特別に身につける青色（＝菊塵、黄色がかった緑色）の袍が雪に濡れているのは、風情があるという。この色は天皇から下賜されて身につけることができる色なので、とりわけ好ましく思われるのだろう。「めでたきもの」の段にも次のように見え、枕草子では青色の束帯に対する好感が繰り返し語られている。

六位の蔵人。いみじき君達なれど、えしも着たまはぬ綾織物を心にまかせて着たる青色姿などの、いとめでたきなり。

（八四　めでたきもの）

「緑衫なりとも、雪にだに濡れなば、にくかるまじ。」とあるのは、蔵人ではない六位が身につける緑衫の束帯であっても、雪にさえ濡れれば嫌ではないというのである。恋人が雪の中を衣が濡れるのをいとわず訪れてくれれば、女性は男性の愛情の深さを感じ、感動するだろう。しかしここで評価されているのは、男性が示す愛情や誠意というよりは、雪に映える男性の姿である。雨をおしての訪問がさほど評価されていないのに対して、雪の中の訪問が手放しで評価されるのは、雪の中の訪れでは、身につけている衣装の美しさが白い雪を背景に際立つからである。さらにそこに、訪れる男性の身分がからんでくる。身分や特権は衣装に反映され、衣装をより輝かせて見せる。だからこそ、上流貴族が参内の際に身につける直衣や、勅許を得た者のみが身につけることができる青色の袍が雪に濡れる魅力が語られるのである。ここに示されているのは、厳しい階級意識を前提とした美意識である。また、男性が女性から見られる対象として客体化されている点にも、この雪の場面の特徴を見出すことができるだろう。

以上見てきたように、『枕草子』では、雪景色を美的な景としてのみ見るのではなく、その中に生きる人間の姿を、時には共感を持って、また時には風景の一要素として突き放した視点から描き出すことが特徴となっている。

二　雪の日の和歌の贈答と会話

雪の日は、文学的な素養を発揮する場にもなった。『枕草子』の中には、〈清少納言〉を含め宮廷人たちが、雪を題材にして機知に富んだやり取りをする場面が見られる。広く知られているのは、雪が積もった日に、〈清少納言〉が主人である中宮定子から、「少納言よ、香炉峰の雪いかならむ」と問われ、とっさに簾を高く上げたという場面であろう（二八〇「雪のいと高う降りたるを」）。これは、白氏文集の「遺愛寺ノ鐘ハ枕ヲ欹《そばだ》テテ聞キ、香炉峰ノ雪ハ簾ヲ撥《かか》ゲテ看ル」という詩句をふまえた、主従の才気あふれるやり取りであった。

別の段では、枕草子の時代からは半世紀近く遡る村上朝の逸話が紹介されている。

村上の先帝の御時に、雪のいみじう降りたりけるを、様器に盛らせたまひて、梅の花をさして、月のいと明かきに、「これに歌よめ。いかが言ふべき」と、兵衛の蔵人に給はせたりければ、「雪月花の時」と奏したりけるをこそ、いみじうめでさせたまひけれ。「歌などよむは世の常なり。かくをりにあひたる事なむ言ひがたき」とぞ仰せられける。（一七五　村上の先帝の御時に）

村上天皇は、月の明るい夜、兵衛蔵人という女房に食器に盛られた雪に梅の花を挿したものを贈り、「これを題材に歌を詠め」と命ずる。兵衛蔵人は歌を詠む代わりに、「琴詩酒ノ伴ハ皆我ヲ抛《す》ツ、雪月花ノ時最モ君ヲ憶《おも》フ」という『和漢朗詠集』に採録されている『白氏文集』の詩句を引用した。この詩句の「雪月花」は、月の夜の雪と梅の花という状況にぴったりと合っている。そして、「雪月花の時」で引用を止め、「君を憶ふ」という句を言外に匂わせた兵衛蔵人の才気は群を抜いている。天皇は、そのような機転のきいた答えを絶賛したというのである。このような機転のきいたやりとりは、定子のサロンでも求められるものであり、清少納言の才気の見せ所でもあった。「二一　清涼殿の丑寅の隅の」でも、定子が語った村上帝の後宮の宣耀殿女御の逸話が記されている。村上天皇の時代は後宮に優れた女性たちが多く、その女性たちと天皇の和歌の贈答が、天皇の家集である『村上御集』に残されている。定子にとってこの時代の後宮のありようは規範として意識されていたのだろう。

〈清少納言〉自身も、雪が降った折にとっさの判断で歌を返さなければならない状況に追い込まれたことがあった。次の章段がそれである。

二月つごもりごろに、風いたう吹きて、空いみじう黒きに、雪すこしうち散りたるほど、黒戸に主殿司《とのもづかさ》来て、「かうて候ふ」と言へば、寄りたるに、「これ公任の宰相殿の」とてあるを見れば、懐紙に、

すこし春ある心地こそすれ

とあるは、げに今日のけしきに、いとようあひたる、これが本はいかでかつくべからむと思ひわづらひぬ。「誰々か」と問へば、「それそれ」と言ふ。みないとはづかしき中に、宰相の御いらへを、いかでか事なしびに言ひ出でむと、心一つに苦しきを、御前に御覧ぜさせむとすれど、上のおはしまして、御とのごもりたり。主殿司は、「とくとく」と言ふ。げにおそうさへあらむは、いと取り所なければ、「さはれ」とて、

空寒み花にまがへて散る雪に

と、わななくわななく書きて取らせて、いかに思ふらむと、わびし。（一〇二　二月つごもりごろに）

春の雪がちらついている頃、藤原公任から〈清少納言〉のもとに、「すこし春ある心地こそすれ」という下の句だけの歌が贈られてきた。これは、折に合った「本（＝上の句）」を付けてほしいということであるが、彼女は答えを躊躇した。公任はこの時代の歌壇の第一人者で、才人として知られる人であったため、なまじの句は付けられないと思ったからである。「誰々か」と使いの者に尋ねているのは、公任と同席している貴人たちの間で、自分の答えが論評されるのを予想してのことであった。清少納言にとって、公任の問いかけは単なるすさびごとではなく、中宮女房に対する公開試験のように感じられたことだろう。頼りの中宮は帝と共に過ごしていて、相談することができない。使いの者は「早くお返事を」とせかしている。そこで〈清少納言〉は、この場では「素早く返歌するのが取り柄」と考え、「空寒み花にまがへて散る雪に」という上の句を震えながら書いて使いに渡した。これは、公任の下の句が、『白氏文集』一四「南秦雪」の一句「三時雲冷カニシテ多ク雪ヲ飛バシ、二月山寒ウシテ少シク春有リ」を踏まえていることに気がついて、「山寒うして」を「空寒み」に変えて答えたものである。試験には無事合格といったところである。

そののち、自作の上の句がどのような評判か知りたいと思っていたところ、人づてに源俊賢が〈清少納言〉を「内

侍（＝天皇の身近に仕える女官）にしてほしい」と天皇に推薦したいと言っていたと聞く。予想通り、彼女の答えは公任以外の貴人たちの知るところとなったのである。満開の花や色づく紅葉は、当然のことながら和歌の主要な題材となるが、これらはある時期になれば必ず見られるものである。それに対して雪はいつ降るか予測できず、だからこそ人々の風流心を刺激するものだった。歌才に恵まれた女房たちが集う後宮では、珍しい雪の日には、雪を題材にして機知にあふれた会話や歌が交わされたことだろう。そのような意味では、女房たちにとって雪は、喜びとともにいつ歌を求められるかわからないという緊張感ももたらすものであったと考えられる。

そんな〈清少納言〉にも、雪の日の会話に加われず、隠れて見ているだけだった時があった。彼女が初めて中宮定子に出仕した頃のこと、雪が降り積もった日に、定子の兄・大納言伊周が宮中の登華殿にいる中宮のもとにやってくる。宮仕えに慣れていない〈清少納言〉は、几帳のほころびからのぞき見て、雪に映える伊周の衣装の美しさにみとれる。

大納言殿のまゐりたまへるなりけり。御直衣、指貫の紫の色、雪に映えていみじうをかし。柱もとにゐたまひて、「昨日今日、物忌に侍りつれど、雪のいたく降りはべりつれば、おぼつかなさになむ」と申したまふ。「『道もなし』と思ひつるにいかで」とぞ御いらへある。うち笑ひたまひて、「『あはれと』もや御覧ずるとて」などのたまふ御ありさまども、これより何事かはまさらむ。物語にいみじう口にまかせて言ひたるに、たがはざめりとおぼゆ。（一七七　宮にはじめてまゐりたるころ）

〈清少納言〉の感動を増したのは、定子と伊周のやりとりだった。伊周が、「雪がひどく降ったので、あなたのことが気になってやってきました」と言うと、定子は「『道もなし』と思っていたのに」と答える。これは『拾遺集』の平兼盛の歌「山里は雪降り積みて道もなし今日来む人をあはれとは見む」の一句を引用したもので、伊周は即座に同じ歌を踏まえて「私のことを『あはれと』ご覧になるかと思いまして」と返す。このとき、定子は一七歳、伊周は二〇歳であった。雪に映える若く美しい中宮と貴公子、そして折にあった和歌を引用しての軽妙な会話、〈清少納言〉はこの場面を物語のようだと形容する。

清少納言が讃仰とともに描く中宮定子、そしてその兄の伊周の屈託のない晴れやかな姿が印象的な場面である。清少納言が宮仕えを始めた頃、定子の父・道隆は関白となって栄華を極め、伊周もやがて若くして内大臣となる。周知の通り、この栄華も道隆の早い死とともに終わりを告げ、定子の運命は暗転する。雪をめぐる定子と伊周のやりとりは、失われてしまったきらめく時間を象徴するものでもあったのである。

三　雪山の章段の謎

前節の雪の場面は、清少納言が宮仕えを始めたころのものであった。日記的章段と呼ばれる章段には、他にも時期を特定できるものがある。「職の御曹司におはしますころ」で始まる章段である。長い章段なので、雪山の場面の冒頭のみを次に引用しよう。

師走の十余日のほどに、雪いみじう降りたるを、女官どもなどして、縁にいとおほく置くを、「同じくは、庭にまことの山を作らせはべらむ」とて、侍召して、仰せ言にて言へば、あつまりて作る。主殿《とのもり》の官人の、御きよめにまゐりたるなども、みな寄りて、いと高う作りなす。宮司などもまゐりあつまりて、言加へ興ず。三四人まゐりつる主殿寮《とのもづかさ》の者ども、二十人ばかりになりにけり。里なる侍召しにつかはしなどす。「今日この山作る人には日三日給ぶべし。またまゐらざらむ者は、また同じ数とどめむ」など言へば、聞きつけたるは、まどひまゐるもあり。里遠きはえ告げやらず。

（八三　職の御曹司におはしますころ）

中宮付きの女房たちの発案によって始まったこの雪山づくりは、主殿寮の役人たちを中心に、里帰りしている侍までもが呼び出されて、次第に大掛かりになっていく。雪山が作られたのは、十二月十日あまりのことだったが、定子は女房たちに雪山がいつまでもつと思うか尋ねる。十日間とか十日あまりの間という答えが返ってくる中、〈清少納言〉は正月の十日あまりまでもつだろうと答える。女房たちも定子もそこまではもつまいと言うが、予想に反して雪山は年を越えても消えない。元旦に再び雪が降るが、定子は新しく積もった部分はかき捨てるように命じる。そうしているうちに、定子は正月三日に内裏に入ることになって、清少納言も同行したため雪山の最後を見届けられなくなる。七日まで内裏にいた〈清少納言〉は里下がりするが、その間も雪山のことが気になって仕方がない。十四日に雨が降ったので、消えてしまったかと思ったが、下仕えの者の見てこさせると、かろうじて残っているという報告がある。〈清少納言〉は喜び、次の日になったら和歌を詠んで、雪とともに定子に贈ろうと考える。ところが翌朝雪を取って来させに使いをやると、雪山はなくなってしまったという。二十日に参内して定子にこのことを話すと、実は定子が十四日に侍に命じて雪を取り捨てたのだという。やがてその場に一条天皇もやってきて、次のようにこの場面は締めくくられる。

上もわたらせたまひて、「まことに年ごろは、おぼす人なめりと見しを、これにぞあやしと見し」など仰せらるるに、いとど憂くつらく、うちも泣きぬべき心地ぞする。「いで、あはれ。いみじく憂き世ぞかし。後に降り積みて侍りし雪をうれしと思ひはべりしに、『それはあいなし、かき捨ててよ』と仰せ言侍りしよ」と申せば、「勝たせじとおぼしけるななり」とて、上も笑はせたまふ。

雪山の賭けの話は、定子を通じて一条天皇にも伝わっていて、天皇に「おまえのことを中宮のお気に入りだとずっと思っていたが、違っていたようだ」と言われた清少納言は、つらくて泣いてしまいそうな気持ちになる。そして、中宮があとから降った雪をかき捨ててしまったことも話すと、一条天皇は「中宮はおまえに勝たせまいと思っていらしたのだろう」と言って笑った、というのが結末である。

一見すると雪山をめぐる他愛もない賭けの話であるが、ここに登場する定子は実際にはなんの屈託もなく雪山を楽しめる境遇ではなかった。この雪山の場面は、現在では長徳四年（九九八）の出来事とするのが通説である。長徳元年（九九五）に道隆が四十三歳で死去した後、後宮での定子の立場は急速に悪くなっていった。定子の兄・伊周は若くして内大臣になっていたが、この年に右大臣となった道長との対立が続き、長徳二年（九九六）には伊周と弟の隆家が花山院を弓で射たとして罪に問われ、定子はみずから髪を下ろして出家した。同じ年に母の高階貴子が死去、十二月に定子は後見を失ったなかで第一皇女・脩子内親王を出産した。翌長徳三年（九九七）、伊周と隆家は罪を赦されて都に戻るものの、すでに天下は道長のものであった。定子は脩子内親王を産んだのち、長徳三年（九九七）六月から二十四歳で亡くなる長保二年（一〇〇〇）の前年まで、内裏を離れて職の御曹司で生活していた。職の御曹司は、中宮職にある局を指す。中宮職は中宮の家政を司る役所で、その一画が中宮の仮住まいになることもあった。通常は職の御曹司での仮住まいは一時的なものであるが、定子の場合は内裏に戻りにくいという事情もあって、中宮職での生活は長期に及んでいた。

このように、雪山の章段は定子の運命が暗転し、内裏に入ることもままならず、仮住まいの職御曹司にいた頃の出来事を描いたものであった。そして、雪山の行方に〈清少納言〉がやきもきしている頃、正月三日に定子は内裏に向かうことになった。これは、一条天皇が出家した定子を内裏に呼び寄せたからであり、公の記録には残らない密かな内裏入りであった。「いかでこれ（＝雪山）見果てむと皆人思ふほどに、にはかに内へ三日入らせたまふべし」とさりげなく記されている定子の急な内裏入りの背後には、このような複雑な事情が隠されていたのである。しかし、そのことは一切語られていない。

『枕草子』の中では、定子をめぐる情勢については言及されておらず、道長が実権を握った後の宮廷における定子の立場についても語られることはない。したがって、現代の読者は、歴史年表を横に置いて『枕草子』を読むことによってはじめて、この定子の内裏入りが一条帝との久しぶりの対面で、清少納言をはじめとする定子付きの女房たちにとって一大事であったはずだと知るのである。〈清少納言〉のよき理解者であったはずの定子が、なぜ彼女の願いを無視して雪を捨ててしまったのかという疑問に始まって、久しぶりの内裏入りであることが表立って書かれないのはなぜか、さらにこの長々と記された雪山のエピソードは何を語ろうとしているのか、など、雪山の章段をめぐる謎は多い。そして、その謎を解くさまざまな説が出されてきた。例えば、定子が雪山を捨てさせたことについては、〈清少納言〉が女房たちの間で孤立することを心配してのことだったとする説が早くから唱えられている。[*7] また、雪山の意味についても、定子の入内祈念の呪物であったという説、[*8] 定子入内へのカウントダウンを可視化する存在だったとする説、[*9] 中宮定子の光輝ある存在性を象徴するものだったとする説[*10]などがある。

この雪山がどれくらいの大きさのものだったのかはわからない。雪山の初見は、源氏物語の注釈書である『河海抄』に引用されている応和三年（九六四）閏十二月二十日の例であるという。[*11] この時の雪山は有名な宮廷絵師・飛鳥部常則によって、蓬萊山を模して作られた。また、寛和元年（九八五）一月十日に内裏で雪山が作られたという記録が『小右記』に見られる。『枕草子』より後の例になるが、藤原頼長が久安二年（一一四七）十二月二十日にみずから作った雪山は、高さが五メートル以上ある巨大な山だった（『台記』同日条）。鎌倉時代に順徳天皇が著した有職故実書である『禁秘抄』では、宮中での雪山の作り方の手順を具体的に説明した後、雪山作りが一条朝以降に始まったことは、『枕草子』を見るとわかるとしている。

現代では雪を転がす面白さから雪だるまや雪玉が作られることが多く、雪山はあまり見かけない。飛鳥部常則が作った雪山が神仙の山である蓬萊山を模していたように、白い雪山は、雪玉とは異なる神聖さを漂わせている。定子が作らせた雪山も、〈清少納言〉をはじめとする女房たちにとって、神聖な意味を持っていたのではないか。そもそも山は神の依代でもあり、雪山は人々の願いを込めるのにはふさわしい。[*12] 大きな雪山は、定子の内裏入りを願う彼女たちの願望（その中には定子の密かな願望も含まれるかもしれない）を集積したものとして、白く輝いてそびえ立っていた。しかし、白く輝いていた雪山も、時が経つにつれしだいに小さくなり黒くなって「見るかひなきさま」になっていく。女房たちも「七日をだにえ過さじ」と、〈清少納言〉が賭けに勝つ可能性は低いと考えている。そうした中でも〈清少納言〉は、「いかで十五日待ちつけさせむ」と念じ続ける。まさにその時に、急に定子の内裏入りが決まったのだった。定子の内裏入りという女房たちの願いはすでに成就した。あとに残る山は神の依代としての神聖さを失い、〈清少納言〉の強い思いが凝縮したものとなり、定子や女房たちに共通する願いを反映するものではなくなっていく。〈清少納言〉の個人的な思いが凝縮して醜い姿をさらす雪山は、取り除かれなければならない。黒く汚れた雪は、〈清少納言〉の雪山に賭ける「執念」を象徴するとともに、白く輝く雪山に託されていた定子や女房たちの内裏入りの願望の根底にある暗い「執念」をも想起させてしまう。定子の内裏入りは、みなが共有する密かな願いであったものの、醜い姿をさらす「執念」になってはならなかった。だからこそ定子は〈清少納言〉の願いを無視してまでも、雨が降った晩に惨めな姿をさらすことになった雪山を取り除かせなければならなかったのである。内裏入りの実現という願望は密やかに共有されるものなのであり、黒く汚れた雪が象徴する「執念」になってはならないのであった。

おわりに

ここで取り上げた『枕草子』の雪の場面は、ごく一部である。他にも、雪が高く降り積もった日に、火桶を中に据えて、気のあった二、三人が、時に火箸で灰などをかき混ぜながら、しんみりした話や面白い話を語り合う楽しさを記す場面もある（一七四　雪のいと高くはあらで）。降り積もった雪のために、家の中に閉じ込められたように思える、だからこそどこか非日常的な感覚の漂う特別な時間をうまく表現した場面である。

以上見てきたように『枕草子』の雪は、それ自体の美しさを鑑賞すべき風景として存在するというよりは、人間の姿や人間の営みを映し出す背景として機能し、時には人間の願望（それを意識していても意識していなくても）を映し出す媒体となることもあったと言えるだろう。この作品において、雪は人間との関わりなしには存在しないのである。

注

1　鈴木日出男『源氏物語歳時記』筑摩書房、一九八九年。

2　三田村雅子「「日ざし」「花」「衣装」―宮仕え讃美の表現系―」（『枕草子　表現の論理』有精堂、一九九五年）によれば、春の記事は清少納言が仕えた定子の栄華の時期に多く、栄華が翳る暗鬱な日々には、清少納言の私的な好みを反映して、春以外の季節が選ばれるという。

3 目崎徳衛「王朝の雪」(『平安時代の歴史と文学　歴史編』吉川弘文館、一九八一年)。

4 以下、章段の番号を示すが、これは小学館新編日本古典文学全集『枕草子』に拠るものである。引用本文もこの本による。

5 『枕草子』の中に描かれる清少納言と、『枕草子』を書く主体としての清少納言は、区別すべきであろう。土方洋一は、前者を〈作者(体験主体)〉、後者を〈作者(表現主体)〉としているが(『日記の声域　平安朝の一人称言説』右文書院、二〇〇七年)、本稿では、『枕草子』というテクストの中に登場する清少納言を〈清少納言〉と表記する。

6 『枕草子』のこの箇所に似た表現が和歌に現れるのは、相模集の次の和歌においてであるという(西山秀人「『枕草子』の新しさ―後拾遺時代和歌との接点―」(『学海』一〇号、一九九四年三月))。

はなさきしくさともみえずかれたるにゆきこそにはのおもがくしなれ(相模集　二七二　走湯初度百首・中冬)

あづまやののきのたるひをみわたせばただしろかねをふけるなりけり(相模集　二七七　同・はての冬)

7 池田亀鑑『全講枕草子』至文堂、一九五六年。

8 深澤三千男「枕草子余滴―雪山の段の謎ないしは神秘、あるいは定子中宮の〈陰謀〉?―」(『神戸商科大学人文論集』一九九〇年、十二月)。

9 津島知明「〈大雪〉を描く枕草子」(『枕草子論究　日記回想段の〈現実〉構成』翰林書房、二〇一四年)。

10 土方洋一「雪山をめぐる言説―「職の御曹司」という言説空間」(『日記の声域　平安朝の一人称言説』右文書院、二〇〇七年)。

11 高橋和夫「雪まろげ―雪の美」(『講座源氏物語の世界　第四集』有斐閣、一九八〇年)。

12 深澤三千男は、この山は加賀白山に見立てられ、聖山＝神仏霊のよりしろと考えられていたとする(深澤、前掲論文)。

『方丈記』の辻風

木下　華子

はじめに

平安時代も末のことである。治承四年（一一八〇）四月二九日、京の都を大きな辻風が襲った。辻風とはつむじ風のことで、渦巻き状に回転して上昇する強い風と言われる。イメージとしては小型の竜巻に近いだろうか。この辻風を目撃した都人の中に、二六歳の青年・鴨長明がいた。辻風の記憶は、彼の中に長くとどまっていたのだろう。ここからおよそ三〇年後の建暦二年（一二一二）に完成する『方丈記』には、この辻風に触れた箇所がある。いわゆる、「治承の辻風」と呼ばれるものである。

一　治承の辻風

「ゆく河の流れは絶えずして、しかも、元の水にあらず」の一文に始まる『方丈記』は、家と人のはかなさを説く序段に続いて、長明が体験した五つの災禍（五大災厄）を描き、そのような災禍における人と栖の有様を記す。五大災厄とは、

(1) 安元三年（一一七七）四月二八日の大火
(2) 治承四年（一一八〇）四月二九日の辻風
(3) 治承四年（一一八〇）六月から一一月にかけての平清盛による福原遷都
(4) 養和年間（一一八一〜八二）の大飢饉
(5) 元暦二年（一一八五）七月九日の大地震

であり、「治承の辻風」は二番目に置かれた災厄だ。まずは、全文を見てみよう。以下、本稿における『方丈記』の本文は、現存最古写本である大福光寺本（重要文化財、寛元二年〈一二四四〉に醍醐寺西南院の学僧・親快に伝えられたとされる本）を用いるが、読解の便のため、本来は漢字片仮名交じりである本文を、漢字平仮名交じりに変えて表記する。

また、治承四年卯月の頃、中御門京極のほどより大きなる辻風起こりて、六条わたりまで吹ける事侍りき。三四町を吹きまくる間に、こもれる家ども、大きなるも小さきも一つとして破れざるはなし。さながら平に倒れるもあり、桁・柱ばかり残れるもあり。門を吹きはなちて四五町がほかに置き、また垣を吹きはらひて隣と一つになせり。いはむや、家のうちの資材、数をつくして空にあり。檜皮・葺板のたぐひ、冬の木の葉の風に乱るが如し。塵を煙のごとく吹き立てたれば、すべて目も見えず。おびたたしく鳴りどよむほどに、もの云ふ声も聞こえず。かの地獄の業の風なりとも、かばかりにこそはとぞおぼゆる。家の損亡せるのみにあらず。これを取り繕ふ間に、身をそこなひ片輪づける人、数も知らず。この風、未《ひつじ》の方に移りゆきて、多くの人の歎きなせり。辻風は常に吹くものなれど、かかる事やある。ただ事にあらず。さるべきもののさとしか、などぞ疑ひ侍りし。

【解釈】

治承四年（一一八〇）四月頃、中御門大路と東京極大路が交差する周辺で大きな辻風が発生し、六条大路のあたりまで吹き及んだ（図参照）。辻風は三〜四町（二四〇メートル四方程度の広さ）を吹き荒れ、その圏内の家は、大小問わず、ことごとく破壊された。ぺしゃんこに押し潰されたり、桁や柱だけが残ったりという有様である。さらに、この風は家の門を四〜五町（四八〇〜六〇〇メートル程度）も遠方に吹き飛ばし、隣家との垣根を吹き払って一つにしてしまうようなものだった。ましてや、家の中の資財などは全て空中に舞い上がったままである。屋根の檜皮や葺き板は冬の木の葉が風に乱れるように吹き散らされる。風が塵を煙のように吹き立てるために眼も見えず、はげしい轟音が鳴り響いて声も聞こえない。地獄の業風でもこれほどではないと思うほどの凄まじさであった。被害は家の損壊にとどまらず、家の修繕で怪我をして身体が不自由になった人も数多い。この辻風は未（南南西）の方角に移って行き、多くの人を苦しめた。辻風は珍しいものではないが、これほどにひどいことがあろうか。ただ事とは思われず、しかるべき何かの前兆かなどと怪しんだことだ。

わずか四〇〇字程度、原稿用紙一枚前後という短さであるが、辻風の甚大さが手に取るように伝わってくる筆致であり、災害の記録文学としての『方丈記』の面目を躍如するような文章である。

そのようなリアリティーを支える要素の一つとして、風を描く言葉に目を向けてみよう。風といえば「吹く」ものであるが、この辻風は様々な表情を見せる。傍線部を見ると、「起こる」（発生する）に始まり、「吹く」、「吹きまくる」（吹き荒れる）、「吹き放つ」（吹き飛ばす）、「吹き払ふ」（吹き払う）、「吹き立つ」（空中に舞い上げる）と、「吹く」を用いた複合動詞が次々に登場し、風音についても「鳴りどよむ」（揺り動かすように鳴り響く）、進路は「移りゆく」（だんだんと動く）というように、実に多彩な表現が用いられているのがわかる。

風は一定には吹かない。日常の風であっても、風向きや強弱、風音は微細に動き、刻一刻と表情を変える。ましてや、数え切れないほどの建物を損壊させる大風である。稿者自身は辻風や竜巻に遭遇したことはないが、台風ならば経験がある。辻風とは大きさ・範囲が異なるが、台風の風も渦を巻く。渦を巻く風に相対すると、風が巻き込んでくる時、渦の真下に入る時、風が吹き出していく時と、風の様相が大きく異なることに驚かされるものだ。渦の直径が狭く回転が速い辻風なら、なおさらであろう。風に用いられた語彙の豊富さは、辻風が転瞬に変化していく様を描き取る方法に直結しているように感じられる。

二　辻風の規模

平安京条坊図

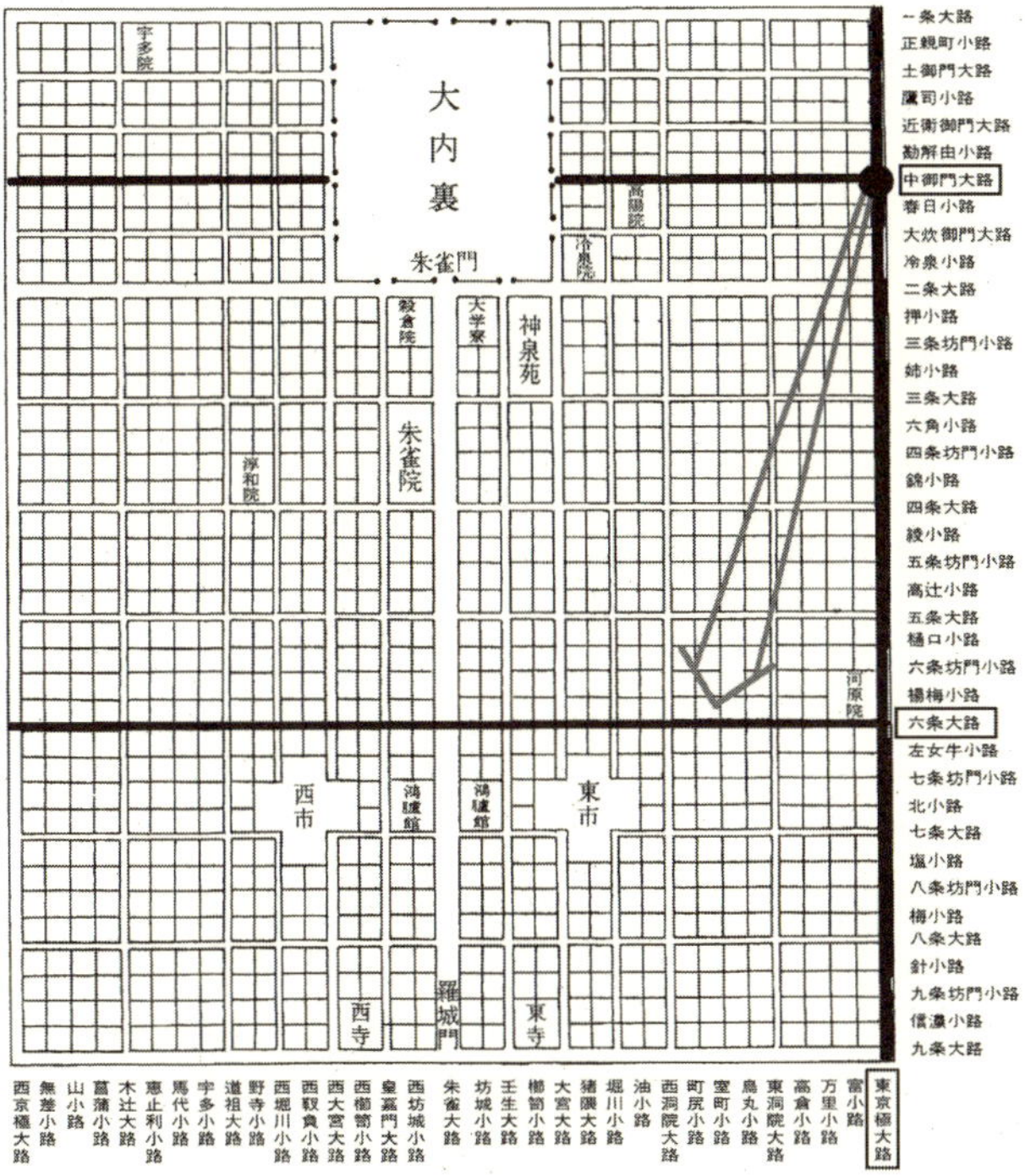

●＝辻風が発生した中御門京極。

（『王朝文学文化歴史大辞典』参照　笠間書院より転載）

続いて、この辻風の規模を、詳しく見てみよう。『方丈記』によると、発生地点は中御門大路と東京極大路が交わるあたりで（図の●地点）、平安京の東北の隅に近い。そこから南南西に進路を取って六条大路の周辺まで到達したというのだから、吹き及んだ距離は三キロメートル前後になる。

最後に出てくる「未の方に移りゆきて」を、六条大路からさらに未（南南西）の方角に進んだとする注釈書もあるが、この「未の方」は、中御門京極から六条大路に至る辻風の進路と解してよいだろう。その根拠を求めるために、この辻風を他の記録で確認してみたい。当時一九歳の青年であった藤原定家は、日記『明月記』の中でかなり詳細にこの日の天候の急変を記している。

　天晴。未時許雹降。雷鳴先両三声之後、霹靂猛烈。北方煙立揚、人称二焼亡一、是飈《つじかぜ》也。京中騒動云々。抜レ木揚二沙石一、人家門戸并車等皆吹上云々。古老云、未レ聞二如レ此事一、前斎宮四条殿殊以為二其最一。北壷梅樹露レ根仆、件樹懸レ簷破壊。権右中弁二条京極家又如レ此云々。

［天候は晴れ。午後二時前後、雹が降った。先に雷鳴が二〜三度聞こえた後、猛烈な稲妻が光った。北方に煙が立ちのぼり、誰かが火事だと言ったが、実は辻風であった。都中が大騒ぎになったと言う。この辻風は木を引き抜き、砂や石を巻き上げ、人家や門や戸、車など全て上空に吹き上げられたそうだ。古老は、前代未聞の有様だと言う。前斎宮好子内親王*1の御所である四条殿は、特に被害がひどかった。北壷（邸内北側の中庭）の梅の木は根まであらわになって倒れ、その木が軒にかかって家を壊していた。権右中弁（藤原光雅）の二条京極の邸宅も、このような被害を受けたという。］

辻風が吹き荒れた時間帯、定家がどこにいたのかは不明だが、火事に見紛う煙が立ちのぼったのは「北方」だったという。『方丈記』も「塵を煙のごとく吹き立て」たと記すが、強い上昇気流が発生していたのだろう。さらに、甚大な被害を受けたとして定家が耳にしたのは、「四条殿」と「二条京極家」である。四条殿は四条大路沿い、二条京極家は二条大路と東京極大路の交差点付近であるから、被害の大きかった両所は平安京の北東部に位置することになる。

　この時右大臣であった九条兼実の日記『玉葉』も見てみよう。

　今日申刻上辺〈三四条辺云々〉廻飄《つじかぜ》忽起、発レ屋折レ木、人家多以吹損云々。

［今日の午後四時前後、北の方〈三条大路や四条大路の辺りとか〉で辻風が急に起こり、家を壊し木を折り、人家は多く損壊したということだ。］

三条・四条は、『方丈記』の記す中御門京極よりも一〜一・五キロメートルほど南になり、どちらが正確なのかは決すべくもないが、伝聞という当時の伝達方法を思えば誤差の範囲内だろうか。少なくとも、辻風が平安京の北方で発生したことは間違いない。また、一三世紀の後半に成立した歴史書『百練抄』は、この辻風を、

辻風起㆑自㆓近衛京極㆒至㆓于錦小路㆒。大小人屋多以顛倒。

［辻風は近衛大路と東京極大路の交差点付近で発生し、錦小路まで吹き及んだ。大きな家も小さな家も、多くが倒れた。］

方丈記之抄

（国立国会図書館デジタルライブラリーより転載）

とする。近衛京極は、中御門京極より二五〇メートル程度北方、錦小路は四条大路から一〇〇メートル程度北に上がった通りであるから、辻風の被害範囲は『方丈記』よりも北に移動している。

多少の差異はあるが、『明月記』『玉葉』『百練抄』いずれも、辻風の被害地域が平安京の北東に位置している。この辻風が吹き荒れた範囲としてイメージされていたのは、平安京北東部だと考えてよいだろう。問題にした「未の方に移りゆきて」

を、六条大路まで吹き及んだ辻風がさらに未（南南西）の方角に進んだとすれば、被害地域は平安京の南西部に移動し、先のイメージと一致しない。やはり、「未の方」とは、辻風が六条大路付近に達する間の進路と考えるべきだろう。回りくどい考証を行ったが、『方丈記』の辻風は、中御門京極から南南西に三キロメートルほど吹き進み、六条大路付近に達したと解しておく。

そうすると、辻風が「吹きまく」ったという「三四町」はどのように考えればよいだろうか。『方丈記』は、三～四町の間に「こもれる家ども」が全て損壊したとするのだから、この三～四町は、辻風の渦が一度にものを巻き込む範囲のことと理解できよう。「町」とは平安京の条坊制における構成単位の呼称で、一町は約一二〇メートル四方の区画であった。図における一番小さな四角（□）が一町であり、三～四町とはそれが三つ四つ集まった広さとなる。辻風が渦を巻く上昇気流であり、渦は円筒状に生成するものだと考えると、二町四方程度の範囲をイメージするのが妥当だろうか。その面積を二四〇メートル四方で計算すると、五七六〇〇平方メートル。現代風の言い方をお許しいただけば、この辻風は、野球のグラウンド四～五個分を一度に巻き込みながら、三キロメートルもの距離を移動していったということになる。このような辻風に襲われた地域の被害がいかに甚大なものであり、人々に深い爪跡を残したかについては、『方丈記』が語る通りである。

三　風を切り取る

ここまで、様々な表情を見せ、すさまじい被害をもたらすまでに荒れ狂った辻風の様を確認してきたが、『方丈記』の辻風は、時にそれとは正反対の性質――動に対する静のような――を見せる。

門を吹きはなちて四五町がほかに置き、また垣を吹きはらひて隣と一つになせり。いはむや、家のうちの資財、数をつくして空にあり。

波線部は、辻風（つむじ風）が家の門を四～五町（五〇〇～六〇〇メートル程度）先まで吹き飛ばした様を、辻風が門を「置いた」と表現するものである。また、点線部は、屋内のものが風に巻き上げられて、「空にある」とする。気になるのは、「置き」や「あり」という語である。凶暴なまでに荒れ狂う風の表現として、「置く」「あり」という状態を表す言葉が用いられているのが、どうにも馴染まない気がするのだ。ここで、『方丈記』の前後の作品に現れる「辻風」や「つむじ風」の用例を確認してみよう。

・春日に参らせ給ひけるに、御前のものどものまゐらせ据ゑたりけるを、俄に辻風の吹き纏《まつ》ひて、東大寺の大仏殿の御前に落としたりけるを、……（大鏡・道長〈雑々物語〉）

・俄ニ飆《つむじかぜ》出来テ、強キ事常ニ異也。即チ金堂ノ上ノ層吹キ切テ空ニ巻キ上テ、講堂ノ前ノ庭ニ落ス。

（今昔物語集・巻一二―二〇「薬師寺食堂焼、不焼金堂語」）

・願主喜びて供養をのぶる時、にはかに辻風出で来たりて、かの経を巻きて、ことごとく虚空へ吹き上げて、聴聞に来たり集まる道俗、あやしみをなすところに、しばらくありて、経巻、みな白紙となりて落つ。

（十訓抄・巻六―二六）

通常、辻風が発生した時（棒線部）、ものは風によって巻き上げられ（点線部）、落下する（波線部）。点線部の表現はいずれも、「吹き纏ひ」（風が吹いて物を巻き上げる）、「吹キ切テ空ニ巻キ上テ」（風が金堂の上層部を吹きちぎり、上空に巻き上げる）、「吹き上げ」（経巻を吹き上げる）と、対象が下から上へと勢いよく動かされる様を表している。波線部は、上へと吹き上げられた対象を風が「落とす」（上から下へ勢いをもって動かす）、あるいは対象が「落つ」（上から下へ勢いよく動く）という意味になる。

対して、『方丈記』の「置く」は、対象が地面に落ちた後、そこに横たわりとどまった結果的状態を言う。[*2]「あり」もまた、風による対象の上空への移動ではなく、その上空にものが存在している一瞬の状態をいうものだろう。つまり、他作品の点線部・波線部がともに、辻風によって発生する上下の動きそのものを表しているのに対し、『方丈記』は結果ないしは一瞬の状態をあらわそうとしていることになる。

辻風が門を「置」いたというのは、風がやんだ後に、長明が現場に確認して行って得た情報なのかもしれない。彼の目には風に置き去りにされた門が映り、それが表現に反映したとも考えられる。しかし、注意したいのは、作品中では、すさまじい辻風の最中の事態として書かれていることだ。第一節で確認したように、『方丈記』は多彩な表現を用いて、辻風が荒れ狂う様を叙述する。私たち読み手は、文章から、風が吹き荒れて激しく対象を動かすような動的映像を喚起しよう。その中に、「置く」という静止状態を表す表現が用いられた時、その叙述は、映像の一コマを静止させた写真や絵画のようなイメージを呼び起こすのではないだろうか。

それは、「空にあり」も同様だ。辻風が家屋内の資財を空中に舞い上げる時、その資財が静止して「空にあり」という状態になることは、現実には不可能である。しかし、これを写真でイメージしてみたらどうだろう。辻風が対象を上空に巻き上げた瞬間にカメラのシャッターを切ったならば、その写真に写る像は、「家のうちの資材、数をつくして空にあり」になる。先の例と同じく、荒れ狂う辻風の一瞬を切り取った静止画のごとき印象をもたらしていると言えよう。後述するが、堀田義衛は『方丈記私記』の中で、当該箇所を「それらの財産どもが一時上空に静止でもしているかのような」と記す。

ここで、「空にあり」という本文について、少し補足しておきたい。この本文は『方丈記』の最古写本である大福光寺本他三本に確認されるもので、その他の多くの写本では「空にあがり」となる。[*3] 辻風が資財を巻き上げる様を言うのであれば、「空にあがり」のほうが意味上は相応しい。大福光寺本とて長明の自筆ではないと思われるのだから、[*4] 書写の段階で間違った可能性もあろう。筆と紙で書写されて伝わる古典作品の本文には、このような異同（言葉の差異）がよく起こる。その場合、本文の優劣は書写年代の古さで決まるわけでも、多数決によって決まるわけでもない。個々のケースに応じて、作品の内外から様々な証拠を集め、判断を施しながら、本文の古態性（作者自筆の段階により近いものはどれか）を定めていくという作業が必要になる。今回のケースでは、写本の中でも書写年代の古い、

・大福光寺本（鎌倉期書写）
・前田家尊経閣文庫蔵本（鎌倉末期・南北朝期頃の書写か）
・一条兼良筆本（室町中期書写）

の三本と、三条西家旧蔵学習院大学蔵本（江戸中期書写）の計四本が、「空にあり」の本文を採っている。特に前掲の三本の書写年代や素性（伝来のルートや書写者の信頼性）を鑑みると、「あり」のほうに古態性が高いと考えられよう。

また、「空にあがり」のほうが意味が通じやすいというのも、ある可能性を示唆している。実は、写本の書写者というのは、自らが見ている本（親本）に忠実な者ばかりではない。親本の言葉で意味が取れないところがあると、「こういう意味だろう」と予測して本文を書き換えてしまうということが、多々あるのだ。今回の例でいうと、「空にあり」では不自然だと判断した書写者が、文字面がほぼ同じで意味が通りやすい「空にあがり」に本文を改め、そちら

が流布したという可能性も考えられるのである。『方丈記』はこの直前でも、先の「門を吹きはなちて四五町がほかに置き」というように、動きではなく状態を表す言葉を用いている。この「置き」については、諸本に異同はない。つまり、長明自身が辻風を表現するに際して、状態を表す言葉を意図的に用いたことも十分に考えられるということだ。これらの観点から、本稿では、「空にあり」の本文が古態性を持つ可能性は十分にあると考え、このまま考察を行うこととする。

本文のことを細々と述べてしまったが、話を元に戻そう。『方丈記』は転瞬に変化しながら吹き荒れる辻風の動的な側面を十分に叙述しつつも、その中に、一瞬、空間を切り取るような表現を用いている。現代においても、災害の状況をよく伝えるのは動きを収めた映像のみではないだろう。静止画である写真が、災害を引き起こす自然の甚大なエネルギーと、そのようなものの前では人為がいかにちっぽけなものかを表現して余りあることを、私たちはよく知っているはずだ。流れて消える映像よりも、眼前にとどまる静止画のほうが、強い印象を呼び起こす場合もあろう。もちろん、長明の時代に写真が存在するわけではないから、写真ではなく絵画と言うべきだろうか。つまり、『方丈記』の文章は、第一節で見た風の動きを写し取るような映像性を持ちつつ、同時に一瞬を切り取る絵画の性質を備えたものなのである。そして、そのような絵画性は、時として映像以上に、災害に対峙する人為の矮小さをまざまざと映し出すのだということである。

四　『方丈記』の風

ここからは、治承の辻風を取り巻く作品の文脈に目を向けてみよう。『方丈記』中では、様々な風が吹く。第一節において、治承の辻風は五大災厄の二番目に位置していることを述べたが、最初の風は、その直前にある五大災厄の（1）で吹いていた。平安京のおよそ三分の一を焼いたと『方丈記』が記す、未曾有の大火災、「安元の大火」である。

去《いんじ》安元三年四月廿八日かとよ、風はげしく吹きて、静かならざりし夜、戌の時ばかり、都の東南《たつみ》より火出で来て、西北《いぬゐ》に至る。はてには、朱雀門、大極殿、大学寮、民部省などまで移りて、一夜のうちに塵灰となりにき。火元は、樋口富小路とかや、舞人を宿せる仮屋より出で来たりけるとなん。吹き迷ふ風に、とかく移りゆくほどに、扇をひろげたるがごとく、末広になりぬ。遠き家は煙にむせび、近きあたりはひたすら焔《ほのほ》を地に吹きつけたり。空には灰を吹き立てたれば、火の光に映じて、あまねく紅なる中に、風に堪えず、吹き切られたる焔、飛ぶが如くして一二町を越えつつ移りゆく。その中の人、現し心あらむや。或は煙にむせびて倒れ伏し、或は焔にまくれてたちまちに死ぬ。……

【解釈】

安元三年（一一七七）四月二八日のことだったろうか、その夜は風が激しく吹いており、午後八時頃、都の東南から火が出て、西北へと燃え広がった。果てには、朱雀門・大極殿・大学寮・民部省といった大内裏にまで延焼し、一晩のうちに何もかもが塵灰となってしまったのである。火元は樋口小路と富小路の交差点付近、舞人が宿とした仮屋から出火したとか聞く。吹き乱れる風にあおられ、火はあちこちに類焼し、扇形状に燃え広がった。火から遠く離れた家は煙にむせび、近い辺りでは炎がひたすら地面に吹き付けている。空には灰が舞い上がり、火の光に照らされて全てが紅色に染まる中を、風に吹きちぎられた炎が一〜二町（一〇〇〜三〇〇メートル程度）もの距離を、飛ぶようにして移ってゆく。その中にいる人たちは正気でいられようか。ある者は煙にむせび苦しんで倒れ、ある者は炎に追い立てられてたちまちに死ぬ。

ここで傍線部を見てみよう。この場面、風に関する表現がかなり多い。風が「はげしく吹き」、その風は火災時の乱気流と相俟って「吹き迷」いながら類焼を起こし、火勢を助けて炎を地面に「吹きつけ」、灰を「吹き立て」る。そして、風に「吹き切られ」た炎は、一～二町をちぎれ飛んで延焼を起こしてゆく。風の述語である「吹く」を核として、その複合動詞が随所にちりばめられていることが理解されよう。第一節で見た、「治承の辻風」と同じ手法である。「安元の大火」では、風にあおられて激しく燃えさかる火焔と火災の拡大が、類似性の高い言葉の畳み掛けによって表現されていると言えようか。

この場面において、「吹く」を含んだ動詞を数えてみると五例になるが、対して、「治承の辻風」は六例だ。数字による比較が全てではないが、火事を叙述する「安元の大火」と風を叙述する「治承の辻風」において、ほぼ同等に風の表現が用いられたことになる。すなわち、五大災厄の（1）「安元の大火」では、これほどまで印象的に風が吹き荒れており、その風に導かれるようにして、（2）「治承の辻風」は語り始められたということになろうか。

続いて、「治承の辻風」の直後、五大災厄の（3）「福原遷都」を見てみよう。辻風が吹き荒れてから半月後の治承四年（一一八〇）五月一五日、後白河法皇の第三皇子である以仁王が源頼政と結んで諸国の源氏や諸寺に令旨を発し、反平家の挙兵を促していた計画が露顕した（同二六日には宇治で合戦となり、以仁王・頼政ともに戦死）。この事件直後の六月二日、平清盛は安徳天皇・高倉上皇・後白河法皇を福原（現神戸市兵庫区）に臨幸させ、新都の建設を企てる。しかし、狭隘な土地柄や多くの非難によって本格的な新都建設は進まず、その間に源頼朝・源義仲らが反乱の火の手を上げ始めた。清盛はこれら東国の反乱への対処に迫られ、結果、半年も経たぬ一一月には平安京への還都が決定し、同月二六日、安徳天皇以下は京都に戻ったのである。

さて、長明はこの遷都の期間のどこかで、福原を訪れている。『方丈記』に拠ると、彼の目に映った福原の新都は次のようなものであった。

その時、おのづから事の便りありて、津の国の今の京に至れり。所の有様を見るに、（その地程狭くて、条里を割るに足らず。北は山にそひて高く、）南は海近くて下れり。波の音常にかまびすしく、潮風ことにはげし。……

＊（　）内は大福光寺本には存在せず、他本で補った箇所。

【解釈】

その時、たまたまついでがあって、摂津国の新都に行った。場所の様子を見てみると、土地は狭く、条里（碁盤の目状の区画）を割るのに十分な広さはない。北側は山に沿って高くなっており、南側は海が近くて下っている。波の音がいつもうるさく、潮風はひたすら激しい。

北側に六甲山地を背負い、南側はすぐに大阪湾になる現在の神戸市の様子を連想させるような筆致であるが、ここでも、激しい風が吹いている。

続く五大災厄の（4）「養和の飢饉」と（5）「元暦の大地震」には、風の表現は見られない。しかし、「安元の大火」「治承の辻風」「福原遷都」と連続して、これほどに風が吹いているのだ。そこには、何らかの意味を見出せるのではなかろうか。

五　乱世を吹く風

　ここまでに見てきた場面も含めて、長明の作品群から、彼の風に対する鋭敏な感覚を見出したのは三木紀人である。長明が育ったのは、平安京の東北の隅からわずか外側に位置する賀茂御祖神社（下鴨社）であり、彼は下鴨社に奉仕する神官の家に生まれている。現在もそうだが、下鴨社は森（糺の森）の中にある。境内は東を高野川、西を賀茂川に挟まれており、二本の川は下鴨社の南で合流し、鴨川となって平安京の東端を流れていく。幼少時から、彼の耳には森の木々を鳴らす風の音が響いていただろうし、川風は常にその身を取り巻いていただろう。そのような環境で育った長明であれば、様々な災害の折、意識・無意識どちらの次元においても、彼の感覚は風を捉えようとするだろう。それが作品に反映したとする三木の見解は、首肯すべきものである。

　本稿では、このような長明の身体に根付いた感覚に加えて、もう一つ、作品中の風が意味するところを見出してみたいと思う。そのために、『方丈記』とは反対の、穏やかな風を考えてみよう。

　例えば、『栄花物語』巻一「月の宴」には、次のような一文が見える。

　　かく帝の御心のめでたければ、吹く風も枝を鳴らさずなどあればにや、春の花も匂ひのどけく、秋の紅葉も枝にとどまり、いと心のどかなる御有様なり。

　帝（村上天皇）が素晴らしい方であるから世の中が平穏無事に治まっているということを言うために、「吹く風も枝を鳴らさず」（木々の枝も音を立てないほどの穏やかな風）という比喩を用いている。そもそもは、中国の雑書『西京雑記』（晋の葛洪著、四世紀前半の成立か）の「太平之世、則チ風不レ鳴《ラサ》レ条《えだヲ》」を出典とする表現だ。このような手法は、和歌においても多く用いられた。いくつか例を挙げてみよう。

・吹く風も木木の枝をば鳴らさねど山は久しき声聞こゆなり

（久安百首・八三・崇徳院／千載集・賀・六二二、第四句「山は八千代の」）

［天下泰平で、吹く風も木々の枝を鳴らすわけでもないのに、山には長久万歳の声が聞こえることだ。］

・吹く風は枝も鳴らさでよろづ世とよばふ声のみ音高の山

（長秋詠藻・二九〇〈藤原俊成〉）

［吹く風は木々の枝を鳴らすことはないが、音高山では、その名の通り、帝の御代が永久に続きますようにと称える万歳の声ばかりが高く響き渡っているよ。］

・吹く風ものどけき御代の春にてぞ咲きける花の盛りをも知る

（正治初度百首・一九一七・二条院讃岐）

［吹く風もおだやかな我が君の御代の春であるから、風が花を散らすこともなく、咲いている桜の花盛りをはっきりと知ることができるのです。］

天下泰平とでも言うべき優れた治世を穏やかな風で表すのは、平安や鎌倉時代の文学における一つの常套手段なのである。ならば、激しい風は、その逆すなわち乱世を象徴するのではないだろうか。長明が、誰か特定の天皇・院の治世を非難していると言いたいわけではない。しかし、『方丈記』が描く災害は、平安末期の治承・寿永の内乱（一一八〇～八五年に起きた源平の合戦）とその前後の時期のものである。平安から鎌倉へと時代が移り変わる激動の時期、まさしく乱世の出来事であったと言えよう。作品を吹き抜ける激しい風は、長明にとって乱世の記憶そのものではなかったか。そのような企みを含んだものとして、『方丈記』における風を考えておきたいと思う。

終わりに

最後に、芥川賞作家でもある堀田善衞が『方丈記私記』（筑摩書房、昭和四六年初版）において「治承の辻風」に触れた箇所を紹介し、結びに変えることとしよう。

> ところでもう一度テキストのことだが、私は長いあいだ岩波文庫版で親しんでいたので、「いへのうち《内》の資財かず《数》をつくしてそら《空》にあがり、」と読んで来ていたものであったが、今度、古典文学大系版で、ここのところが、「家のうちの資財、数を尽して空にあり」となっているのを見て、思わず深夜に一人笑いに笑い出してしまった。笑ったりしてはもちろん長明氏に失礼なのであったけれども、これはどうしても笑わないではいられない。あがり（上り）とあり（在り）とでは大違いであって、家のうちにあった資財、財産の数々がつむじ風に吹きまくられ吹き上げられて空中にあがって行くというのは、これは別に不思議でもなんでもない。しかし、「空にあり」という表現は、実に、いささかユーモラスでもあり、あたかもそれらの財産どもが一時上空に静止でもしているかのような、悲惨が同時に滑稽にも見える人生の在り様について、何かしら呆れるような、呆れでもしなければ始末のつかぬような人生そのものの実態を眼に見させてくれる気がする。

前半は、堀田が読んだ『方丈記』の本文が、「空にあがり」から「空にあり」に変化していたというものである。第三節でも触れた本文の問題だ。「岩波文庫版」とは山田孝雄校訂『方丈記』（岩波書店、昭和三年初版）であり、この本の底本（本文を作る上で基準とする写本や板本のこと）は、「古典大系版」とされている西尾実校注『方丈記　徒然草』（岩波書店、昭和三二年初版）同様、大福光寺本である。「岩波文庫版」は、当該本文を「あり」から「あがり」へと校訂したと思われる。対して、「古典大系版」は、校訂を行わず、大福光寺本の「空にあり」の本文をそのまま用いたということである。このような校訂態度の相違が堀田の印象の差を生んだのであるが、特に傍線部に着目したい。堀田は、「空にあり」の本文に、「笑い出してしま」うほどの「ユーモラス」を感じている。それは、「悲惨が同時に滑稽にも見え」て「呆れでもしなければ始末のつかぬような人生」の実態を眼前に呈示してくれているからということらしい。

確かに、資財が「空にあり」という表現は、報道写真のごとき強い印象を生むものであると同時に、これだけ悲惨な災害を叙述する中に、どこか現実離れしたおとぎ話が紛れ込んだような印象をもたらしている。人が、余りに驚くべき事態に遭遇した時、泣き悲しむという感情を突き抜けてしまって、笑うしかない・あきれるしかないということは、往々にして起こりうる。そのような事態を乗り越えた後に、或いは乗り越えるために、言葉を用いて事態を突き放し、ある種の笑いに変えて語るということも同様だ。そういう笑いこそが、人の強さの証しでもあろう。そういえば、『方丈記』の後半には、自分の身体を動かして働くことを、「手の奴、足の乗り物、よくわが心にかなへり」と表現する箇所がある。「手とかいうヤツや、足という乗り物は、実に私の思い通りに動いてくれる」とでもいうところだろうか。長明が、「足は乗り物である」と真面目に考えているということではあるまい。自分の手足を他人だか道具だかのように突き放してみせる表現からは、人の心と体の関係が戯画化されているような、そういう面白味を読み取ってよいのだと思う。

稿者自身、ここまで『方丈記』における「治承の辻風」を正面から大真面目に分析してきた。それはそれでいいと思う。しかし、自戒も込めて付け加えれば、この作品からは、堀田が感じたような「ユーモラス」をもっと汲み取るべきなのかもしれない。真面目とユーモアは、表裏一体・隣り合わせのものであり、一つの作品の中で共存し得るのだから。それは、作者という存在も含めて、私たち自身が言葉を綴る、その行為の深層に近付くための大きな道筋ではないかとも思うのである。

注

1 前斎宮の人名比定については、伴瀬明美「『明月記』治承四五年記にみえる「前斎宮」」(『明月記研究』四号、一九九九年)に拠る。

2 『宇津保物語』「俊蔭」では、俊蔭が得た秘琴を「旋風」が「置」くと表現されるが、これは旋風が秘琴を風に乗せて俊蔭の行き先に運んでくれるというもの。

3 青木伶子『広本略本方丈記総索引』(武蔵野書院、一九六五年)に拠る。確認されている写本一七本のうち、「空にあり」は四本、「空にあがり」は一三本である。

4 大福光寺本の識語(本の来歴や書写年月などの情報を記した箇所)には、「鴨長明自筆也」と記されている。しかし、長明の自筆を保証する他の資料が現存しないため、自筆だと判断することは不可能であり、現状では、長明自筆としては扱わないというのが大勢である。

参考文献

・三木紀人『鴨長明』(講談社学術文庫、一九九五年)

・三木紀人「風の中の長明――『方丈記』作者一面――」(『国文学解釈と教材の研究』二五―一一、一九八〇年九月)
・三木紀人校注『方丈記　発心集』(新潮日本古典文学集成、一九七六年)
・浅見和彦校訂・訳『方丈記』(ちくま学芸文庫、二〇一一年)
・堀田善衞『方丈記私記』(筑摩書房、一九七一年)

『徒然草』の雪

中野　貴文

一　残雪の舞台

『徒然草』に見える雪の描写の中でも、以下にあげた第一〇五段は、とりわけ印象深いものであろう。

北の屋陰に消え残りたる雪のいたう凍りたるに、さし寄せたる車の轅も、霜いたくきらめきて、有明の月さやかなれども、くまなくはあらぬに、人離れなる御堂の廊になみなみにはあらぬと見ゆる男、女と長押に尻掛けて、物語するさまこそ、何事にかあらん、尽きすまじけれ。かぶし、かたちなど、いとよしと見えて、えもいはぬ匂ひのさと薫りたるこそをかしけれ。けはひなど、はつれはつれ聞えたるもゆかし。

日光の当たりづらい「北の屋陰」故に、溶けず残った雪が冷たく凍っている、そこに月光が美しくきらめくが、かといって「くまなく」照らすほどではない[*1]、そのような冬の夜明け前を舞台に密会する、恐らく貴族と思しき男女を覗き見たというものである。一読して明らかなように、全体に物語的な雰囲気が色濃く漂っており、諸注指摘する通り『源氏物語』「箒木」において、源氏が空蟬と契りを交わした明け方の描写、

月は有明にて光をさまれるものから、かげさやかに見えて、なかなかをかしきあけぼのなり。何心なき空のけしきも、ただ見る人から、艶にもすごくも見ゆるなりけり。

などの表現をふまえつつ、実体験を物語的に「虚構化[*2]」したものと考えられる。完全な創作ではないと思われるのは、これも諸注が必ず指摘する『兼好法師家集』第三三番歌の詞書に、

冬の夜、荒れたる所の簀子にしりかけて、木高き松の木の間より隈なくもりたる月を見て、暁まで物語し侍りける人に

と至って類似する描写が見えるからである。ただ、両者の間には幾つかの相違点も見受けられる。例えば『家集』においては、兼好が逢瀬の当事者であったのに対して、第一〇五段では、その逢瀬を垣間見る第三者へと書き手の位置がずらされている。この問題については以前愚考を巡らしたので、ここでは繰り返さないが、[*3]もう一つ相違を指摘するならば、第一〇五段には『家集』には見えない細かい設定が付与されている点は見逃せない。具体的には「北の屋陰に消え残りたる雪」「さし寄せたる車の轅」「かぶし、かたちなど、いとよしと見え」「けはひなど、はつれはつれ聞えたる」等である。これらがより一層物語的な雰囲気を作り上げるために、意図して加えられた表現であることは間違いあるまい。中でも本稿に与えられた主題に即していえば、「北の屋陰に消え残りたる雪」という一節の存在は看過できない。『家集』も「冬の夜」のことと明示されてはいるが、雪に関する描写までは書き込まれていない。第一〇五段の虚構化に際し、書き手が右の表現を書き加えたのは何故であろうか。

その際に想起されるのが、『源氏物語』「朝顔」の以下の一節である。

雪のいたう降り積もりたる上に、今も散りつつ、松と竹のけぢめをかしう見ゆる夕暮に、人の御容貌も光りまさりて見ゆ。「時々につけても、人の心をうつすめる花紅葉の盛りよりも、冬の夜の澄める月に雪の光りあひたる空こそ、あやしう色なきものの身にしみて、この世の外のことまで思ひ流され、おもしろさもあはれさも残らぬをりなれ。すさまじき例に言ひおきけむ人の心浅さよ」とて、御簾捲き上げさせたまふ。月は隈なくさし出でて、ひとつ色に見え渡されたるに、しをれたる前栽のかげ心苦しう、遣水もいといたうむせびて、池の氷もえもいはずすごきに、童べおろして雪まろばしせさせたまふ。をかしげなる姿、頭つきども月に映えて……。

藤壺亡き後、朝顔の君と源氏との関係に悩む紫の上に対して、雪の夜、源氏はこれまでに関わった四人の女たちの人柄を批評していく。紫の上と源氏の心の微妙なすれ違いが印象的な場面であるが、ここに見える「冬の夜の澄める月に雪の光りあひたる」「月は隈なくさし出でて」「をかしげなる姿、頭つきども」といった表現は、第一〇五段に影響を与えた可能性があるのではないか。とりわけ月明かりに冷たく輝く雪は、過去を回顧し（実は嘘を交えてはいるが）心の奥底にある源氏の本音を照らし出すものとして、右の場面に欠くべからざるものといえる。

第一〇五段においても、車の轅に降りた霜とともに、有明の月に照らされた残雪の存在は、この場面を一層幻想的なものにしていよう。冬の夜、わざわざ「人離れなる御堂」にまで足を運び、尽きることなく語り合う男女からは、何かしら秘めたるものが感じられる（かかる設定は『家集』には見えない）。雪と月光は、影ある男女を妖しく照らし出しているのである。

二　雪と「つれづれ」

いったい『源氏物語』に見える雪は、鈴木日出男『源氏物語歳時記』[*4]が指摘している通り、「数々のきびしい別れの場を形象」し、「雪を境に二つの世界が区別」される、雪によって「閉ざされた世界がかえって人間の思念や想像を広げさせ深めさせる」といった類のものであった。前傾「朝顔」においても雪は「この世の外のこと」を想像させ、事実、この直後亡き藤壺が源氏の夢枕に立つ。月明かりに照らし出された雪の空間は、確かに非日常的な趣があり、そこに異界の人との回路が現れるのかもしれない。

『徒然草』においても、雪は故人を想起させている。第三一段を読みたい。

雪の面白う降りたりし朝、人のがり言ふべき事ありて、文をやるとて、雪のこと何とも言はざりし返り事に、

「此の雪いかが見ると、一筆のたまはせぬほどのひがひがしからん人の仰せらるる事、聞き入るべきかは。かへすがへす口惜しき御心なり」と言ひたりしこそ、をかしかりしか。

今は亡き人なれば、かばかりの事も忘れがたし。

徒然草画帖　住吉具慶（第 31 段）　東京国立博物館蔵

Image: TNM Image Archives

雪が趣深く降った朝、そのことに言及せず手紙を出してしまったことを非難した故人との思い出をつづった段である。雪に限らず印象的な自然現象は、それにまつわる親しい人との記憶を惹起させるものであろう。とりわけ降り積もった雪は周囲の色を変え、音を消し、通常とは異なる空間へと我々を誘うものである。

ちなみに、この段の前後には、

風も吹きあへず移ろふ人の心の花になれにし年月を思へば、あはれと聞きし言の葉ごとに忘れぬ物から、わが世の外になり行く習ひこそ、亡き人の別れよりもまさりて悲しき物なれ。（第二六段）

諒闇の年ばかりあはれなることはあらじ。（第二八段）

人の亡き跡ばかり悲しきはなし。（第三〇段）

その人、ほどなく失せにけりと聞き侍りし。（第三一段）

と、人の死にまつわる章段が続いており、しばしば「詠嘆的無常観[*5]」と評される感傷的な文言が散見する。第三一段もその一つと見るべきだろう。

書き手が故人を思い出したのは、一つには

人静まりて後、長き夜のすさびに、何となき具足とりしたため、残し置かじと思ふ反古など破り棄つる中に、亡き人の手習ひ、絵描きすさみたる、見出でたるこそ、ただその折の心地すれ。この頃ある人の文だに、久しくなりて、いかなる折、いつの年なりけむと思ふは、あはれなるぞかし。手なれし具足などの、心もなくて変らず久しき、いと悲し。（第二九段）

徒然草画帖　住吉具慶（第29段）　東京国立博物館蔵
Image: TNM Image Archives

と、直前の段に見える如く、亡き人の「反古」、この場合は返信をたまたま手に取ったからであろうか。ただし第三一段には「言ひたりしこそ」とあり、故人の「文」の存在が明記されてはいない。あるいは『源氏物語』同様、雪の存在（無論、この段を記す書き手の眼前にまさに雪が降っていたか否かは、何とも立証のしようが無い）が、故人を想起させる契機となった可能性も考慮すべきであろう。

そもそも、書き手はなぜ亡き人の「反古」を手に取ろうとしたのか。第二九段に見えるように「長き夜のすさび」ということもあろうが、

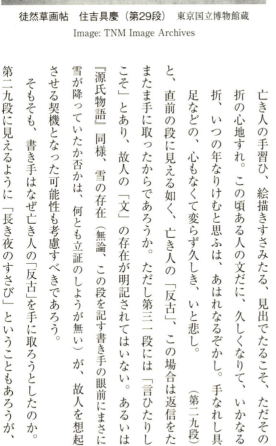

雪に閉ざされたが故の無聊、ということもあるかもしれない。例えば『古今和歌集』の三二二番歌、

> わが宿は雪ふりしきて道もなしふみわけて訪ふ人しなければ

に端的に表れている通り、降り積もる雪は他者とのつながりを物理的に断ち切ってしまうものである。[*6]ことは中世王朝物語でも同様であり、『我が身にたどる姫君』冒頭では

> 春夏秋冬のゆきかはるにつけて、慰む方とは、つれづれとうちながめつつ、空ゆく月を慕ふとしもあらねど、西の山の端、都の方には通はずしもあらぬ心の道さへ閉ぢつる心地して、日ごろ降りやまぬ雪のあやにくさには、まして来し方ゆく先かきくらし、ものがなしき夕べの空、踏み分けたる跡なき庭を、端近うながめおはするさま・かたち、げにかうさびしき深山の雪に閉ぢられ給ふべくも見えず……。
> ……ただおほどかにもてなして絵物語などに慰み給へど、それにつけては例なき身のあはれに思さる。

と、雪の積もる「深山」に暮らす姫君の憂鬱な「つれづれ」が語られ、さらにその無聊を「絵物語」で慰めざるを得ない、彼女の孤独が描かれている。

また『枕草子』には、以下のような話が見える。

> また、雪のいと高く降り積みたる夕暮より、端近う、同じ心なる人二三人ばかり、火桶中にすゑて、物語などするほどに、暗うなりぬれば、こなたに火もともさぬに、おほかた雪の光、いと白う見えたるに、火箸して灰などかきすさびて、あはれなるもをかしきも、言ひ合はするこそをかしけれ。(第一七九段)

高く積もった雪のために、かえって「同じ心」の友たちとの会話が弾んだと記すこの小話を、前傾の第二九段・第三一段等に重ねて読み比べれば、『徒然草』筆者の孤独のほどが知られるであろう。[*7] 眼前の友の代わりといわんばかり

に、書き手は故人の消息反古を手に取り、遠く「この世の外」へ思いを馳せたのではあるまいか。

三　虚構の中の女性

見てきたように『源氏物語』にしても故人の手紙にしても、『徒然草』の書き手にとって雪とは、書かれたものの中にその意味を見出し得る、非常に観念的でバーチャルなものであったと思しい。しかし、穢れを知らないかに見える幻想的な雪がやがては解けて泥土にまみれてしまうが如くに、雪を舞台として物語的に描いてみせた段のすぐ後に続けて、それとは極めて対照的な現実を、書き手の筆は執拗に捉え続けることとなる。

第一〇五段に続く第一〇六段は、「高野の証空上人」が道すがら女とすれ違った際に落馬したことに激昂して、露骨に差別的な放言を弄してしまうという話である。前段との落差に戸惑うばかりだが、「比丘よりは比丘尼は劣り」などと仏教用語を用いた罵詈雑言と、それに対して馬を引く男が「いかに仰せらるるやらん、えこそ聞き知らね」と、そもそも聖が何を言っているのか理解できず対話が成り立たない有り様は、雅な男女の尽きせぬ物語を描いた前段とは明瞭な対照をなしており、配列に対する書き手の意図を思わせよう。

加えてこれに続く第一〇七段は、男女の対話の理想と現実という視点から捉えた場合、さらに踏み込んだ内容となっている。

「女の物いひかけたる返り事、とりあへずよきほどにする男は、ありがたき物ぞ」とて、亀山院の御時、しれたる女房ども、若き男達の参らるるごとに、「ほととぎすや聞き給へる」と問ひて心みられけるに、何大納言とかやは、「数ならぬ身は、え聞き候はず」と答へられけり。堀河の内大臣殿は、「岩倉にて聞きて候ひしやらん」と仰せられけるを、「これは難なし。数ならぬ身、むつかし」など定めあはれけり。
すべて、男は女に笑はれぬやうに生し立つべしとぞ。「浄土寺の前関白殿は、幼くて安喜門院のよく教へ参らさせ給ひける故に、御言葉などのよきぞ」と人の仰せられけるとかや。山階左大臣殿は、「あやしの下女の見たてまつるも、いと恥づかしく、心づかひせらるる」とこそ仰せられけれ。女なき世なりせば、衣紋も冠も、いかにもあれ、引き繕ふ人も侍らじ。

洋の東西、時代の今昔を問わず、女たちからの問いかけへの返答によって、男はその程度を量られてしまうものである。この段では、「ほととぎすや聞き給へる」という女房たちの問いに対する、二人の公卿の返答が俎上に載せられ、続いて女の目があるからこそ男は「心づかひ」するものだという、山階左大臣の発言が引用されている。如上、女房が返事の仕方によって男を試そうとする企ては、古来「上流社会で無数にくりかえされた」[*8]と思しく、これまた諸注の指摘する通り『無名抄』「女の歌よみかけたる故実」には、

勝命談云、「しかるべき所などにて、無心なる女房などの歌よみかけたる、無術事多かり。それには故実のあるなり。まづ、え聞かぬ由に空おぼめきして、たびたび問ふ。されば、後には恥ぢしらひて、さだかにもいはず。これをあつかふ程に、返し思ひ得たればいひつ、よみ得べくもあらねば、やがておぼめきてやみぬる、ひとつの事なり。

などと、巧みな対処法まで論じられている。対処に頭を悩ませる男側に対し、女房の側でも

御簾の際近く居寄りて、誰が冠の額付き、靴の音など申して笑ふ人の候はむに、ゆめゆめ言葉交ぜさせ給ひ候まじく候。(『乳母のふみ』)

と、男へ問いかける話とは若干相違するが、からかうことをたしなめる発想があったことが知られる。
第一〇五段に見えたような物語的な男女の有り様を理想とするならば、確かに「しれたる女房」の問いかけなどは、対極にある存在ということになろう。観念的な女性観を言挙げすればするほど、現実の女性に対する苛立ちが湧き上がってくる体、といえようか。第一〇七段はこの後に続けて、女性一般を徹底的に糾弾していく。

かく人に恥ぢらるる女、いかばかりいみじき物ぞと思ふに、女の性は皆ひがめり。人我の相深く、貪欲甚だしく、物の理を知らず……。

この後にも長く続く激烈な女性批判を、もはや逐一引用する必要はあるまい。重要なことは、ここで批判の対象となっているのが、あくまで現実の女性の振舞だという点である。書き手は物語の女君のような女性像に固執しているのであり、現実の女性への言及は、当該章段の最末尾に

ただ迷ひをあるじとして、かれに従ふ時、やさしくもおもしろくも覚ゆべきことなり。

とあるように、ただ色欲に身を委ねることを肯定するのみである。[*9]
同種のことは、擱筆近くの第二四〇段において

しのぶの浦の海人のみるめもところせく、くらぶの山も守る人滋からむに、わりなく通はん心の色こそ、浅からずあはれと思ふふしぶしの忘れがたき事も多からめ、親はらから許してひたふるに迎え据ゑたらむ、いとまばゆかりぬべし。

と、女を家に「迎え据ゑ」る結婚（現実的な男女関係）を否定し、男が「わりなく通」うような関係（物語的な有り様）をよしとしている点にも見出し得る。ちなみに、この段に説かれた男女の関係についての理想像は、中世期の王朝物

語が繰り返し描出してきたそれと、大きく重なっている。中でも、男の恋の障害になるのがしばしば「親」の「許し」が得られない点であったことなどは、[10]

殿へおはしたるに、「などかく遥かなる道のほど、かろがろしく通ひ歩き給ふらん」とむつかり給へば、されぼよと、いまよりさへ心苦しく思して、かしこまりて立ち給ふ。（『しのびね』）

院には、かく夜ごとに歩かせ給ふを、いたはしく、例ならぬ御事とおぼしめすに、都の外と聞き給ふに、驚きおぼえ給ふ。（『小夜衣』）

などと見える通り、中世の物語における典型[11]に他ならない。『徒然草』の恋愛観・女性観が観念的であるとはよくいわれることだが、[12]『徒然草』の書き手にとって、物語は単なる虚構ではなく範とすべき世界が表象されたものだったのである。拙稿の冒頭であげた第一〇五段の如き実体験の虚構化＝物語化も、物語に理想の現実を見る発想抜きには生まれ得なかったろう。

四　雪という非日常

本拙稿の主題に話を戻すと、如上、現実を虚構化し物語的な理想の世界へと変容させる重要な道具立ての一つが、降り積もる「雪」だったということである。[13]以上のことをふまえ、これも雪について触れた、『徒然草』を代表するかの章段を取り上げて、本稿の筆を擱くこととしよう。第百三七段、以下の一節につきたい。

よき人はひとへに好けるさまにも見えず、興あるさまもなほざりなり。かたゐ中の人こそ、色濃くよろづはも

雪景色の写真

て興ずれ。花のもとにはねぢ寄り、立ち寄り、あからめもせずまぼりて、酒飲み、連歌して、はては大きなる枝、心なく折り取りぬ。泉にては手足さしひたし、雪には降り立ちて跡付けなど、よろづの物、よそながら見ることなし。

繰り返すが『徒然草』の書き手にとって、前節で俎上に載せた「女」と同様、「雪」もまたあくまで観念的・物語的に理解されるべきものであった。にもかかわらず「かたゐ中の人」は、実際に「雪には降り立ちて跡付け」てしまう。それは彼にとって、耐え難いものだったに違いない。

ならば、どのように鑑賞するのが理想なのか。同段は「花はさかりに、月はくまなきをのみ、見るものかは」で始まる、『徒然草』の中でも一・二を争うほど名高い段であり、その思想に関する数多の先行研究を整理する余裕は、もはや本稿には無い。ただ右にあげた一節も含め、総じて実際にただ目で見るのではなく、眼前の情景の背後や時間的な前後を、心で想像することによってもたらされる美を称揚しようとしている、とはいえるだろう。現実ではなく観念的なものの中にこそ価値を見出そうする姿勢が、

これまで見てきた『徒然草』の傾向と軌を一にするものであること、もはや説明を要すまい。第一三七段においても、例えば

すべて、月花をば、さのみ目にて見る物かは。

都の人のゆゆしげなるは、眠りていとも見ず。

ただ、物をのみ見むとするなるべし。

と、見ないことが賛美されている。また「かたゐ中の人」についても
と、その即物的な鑑賞姿勢が非難されている。物語的な想像力に拠って立つなら、まさしく「存在よりも非在の方が美しい*14」のだ。

この他第一三七段は、祭も華やかな行列そのものを見ずとも、

何となく葵掛けわたして、なまめかしきに、明け放れぬほど、忍びて寄する車どものゆかしきを、「それか、かれか」など思ひ寄すれば、牛飼、下部などの見知れるもあり。をかしくも、きらきらしくも、さまざまに行き交ふ、見るもつれづれならず。

行列を見に集まってくる牛車の持ち主をあれこれ想像するだけで、退屈を感じないとまでいう。ここに「つれづれ」ということの作品を象徴する鍵語が登場するのは、偶然ではないだろう。『徒然草』は「つれづれなるままに、日暮硯に向かひて、心にうつりゆくよしなしごと」を書くと宣言して始められた営みであった。そこには最初から、実見よりも机上の想像力を恃むことが明言されていたのである。ならば、周囲を覆うことによって外の世界とのつながりを

遮断し、世界を白く包むことで現実を非日常的に変容させる雪の存在は、『徒然草』にとって最も相性の良い気象現象だったといえまいか。

注

1　後述する第一三七段との発想の近似性も気になるところである。
2　稲田利徳「「徒然草」の虚構性」（『徒然草論』笠間書院、二〇〇八年一一月）。
3　拙稿「『徒然草』が依拠するもの」（『国語と国文学』二〇一二年五月号）。
4　筑摩書房、一九九五年一一月。
5　『日本古典文学大系　方丈記　徒然草』（岩波書店、一九五七年六月）所収の西尾実氏による解説等を参照されたい。
6　それ故にこそ「山里は雪降りつみて道もなし今日来む人をあはれとは見む」（『拾遺和歌集』第二五一番、平兼盛詠）と、雪にも関わらず来訪してくれる人への共感も詠われることとなる。
7　第一二段に「さる人あるまじ」とある通り、『徒然草』は「同じ心」の友の存在を否定していた。この問題に関しては、拙稿「『徒然草』「第一部」の文学史的性格について」（『国語と国文学』二〇〇四年九月号）。
8　三木紀人『徒然草　全訳注』（講談社学術文庫、一九八二年四月）。
9　『徒然草』は繰り返し、色欲を肯定していた。例えば、「世の人の心迷はすこと、色欲にはしかず（第八段）」「四十に余りぬる人の、色めきたる方をのづから忍びてあらむは、かがせん（第一一三段）」など。
10　「よろづにいみじくとも、色好みならざらむ男は、いとさうぐしく、玉の盃の底なき心地ぞすべき」と述べる第三段にも、「親の諫め、世の謗りを包むに暇なく」とあった。

11 それらもまた、主に『源氏物語』の影響を受けたものであったろう。例えば、母中宮によって宇治通いを諫められる匂宮の姿を描出した、

宮は、その夜、内裏に参りたまひて、えまかでたまふまじげなるを、人知れず御心もそらにて思し嘆きたるに、中宮、「なほ各独りおはしまして、世の中にすいたまへる御名のやうやう聞こゆる、なほいとあしき事なり。何事ももの好ましく立てたる心なつかひたまひそ。上もうしろめたげに思しのたまふ」と、里住みがちにおはしますを諫めきこえたまへば、いと苦しと思して……。（「総角」）

かかる一節など。

12 『徒然草』の中には生身の女性は登場せず、兼好の女性観は尚古姿勢の中にのみあるとする三田村雅子「後の葵―徒然草の「女」―」（『国文学』一九八九年三月号）など。

13 この他「有明の月」「人離れなる御堂」なども、機能を同じくするものであろう。これらはいずれも、中世の王朝物語において、舞台設定として頻繁に用いられた。

14 三木紀人「歳月と兼好」（秋山虔『中世文学の研究』東京大学出版会、一九七二年七月）。

『平家物語』の風

牧野　淳司

一　那須与一

元暦二年（一一八五）二月十八日、屋島に本拠を構えていた平家を源義経が急襲した。突然の襲撃に驚いた平家は慌てて舟で海上へ逃れる。屋島に造営していた内裏は焼き払われてしまったが、義経軍が小勢であることが分かると、能登守教経らは陸の源氏に戦いをしかける。一ノ谷の決戦から約一年の後、屋島の合戦である。ひとしきり戦闘が行われた後、互いに一旦引き退いたところで、沖の方から特別に飾り立てた小舟が一艘、みぎわに向かって漕ぎ寄せてきた。陸地から約八十メートル前後のところで止まると、中から十八、九歳ほどのたいへん優美な女房が出てきて、日輪を描いた紅の扇を取り付けた竿を舟の側面に立てて手招きする。どのような意図かを測りかねた義経は「ふるつは物」である後藤兵衛実基を召して、対応を協議する。実基は、扇を射てみろという挑戦と思われること、ただし大将軍が自ら矢面に出ると平家の手練れに狙われる危険があること、そうは言っても扇は射落すべきであることを進言する。義経が味方の中でその役目を果たせる者はいるかと尋ねると、実基は那須与一宗高が適任だと進言する。こうして義経の前に与一が呼び出されることになる。まだ二十歳ほどであったが、颯爽と登場した姿は、見事、扇の的を射ることができそうに思われた。

扇を射るように言われた与一は、もし射損じれば味方勢の不名誉になると、一旦は辞退する。源氏の軍勢全体を代表する役目の重さは簡単に背負うことができるものではなかった。しかし義経は許さなかった。重ねて辞退すれば具合が悪いと判断した与一は扇に向かうことを決める。こうして「那須与一」の章段のクライマックスとなる。

矢ごろすこしとをかりければ、海へ一段ばかりうちいれたれども、猶扇のあはひ七段ばかりはあるらむとこそ見えたりけれ。ころは二月十八日の酉刻ばかりの事なるに、おりふし北風はげしくて、磯うつ浪もたかかりけり。舟はゆりあげゆりすゑたゞよへば、扇もくしにさだまらずひらめいたり

（以下、『平家物語』の引用は基本的に覚一本による）

「ころは何月何日の」で始まる一文は、平家琵琶においてひときわ美しく高く語り出される一節で、物語が山場を迎えたことを示す指標である。ここでは重責を負って登場した与一の前に立ちはだかる困難が並々ならぬものであることを語ることで場面を盛り上げていく。そうすることで、扇を見事射落した際の感動が強調されることになる。この後、「おきには平家舟を一面に並べて見物す。陸には源氏くつばみを並べて是を見る。いづれもいづれも晴ならずといふ事ぞなき」という文が加わり、与一活躍のお膳立ては整えられた。

このような晴舞台に登場した与一が最初にしたことは、目をつむって神に祈ることであった。「南無八幡大菩薩、我国の神明、日光権現・宇都宮・那須のゆぜん大明神、願くはあの扇のまンなか射させてたばせ給へ。これを射そんずる物ならば、弓きりおり自害して、人に二たび面をむかふべからず。いま一度本国へむかへんとおぼしめさば、この矢はづさせ給ふな」。これは神の力にすがると同時に、もし失敗したら自害しようという覚悟を述べるものでもあった。このように祈念して目を見ひらくと、不思議なことに、

風もすこし吹よはり、扇も射よげにぞなッたりける。

となった。そこで与一は矢を射る。それは「浦ひびく程ながなりして、あやまたず扇のかなめぎは一寸ばかりをいて、ひィふつと」射切ったのであった。

的が射落とされた直後、扇が宙に舞う一瞬は簡潔にかつ美しく表現されている。

鏑は海へ入ければ、扇は空へぞあがりける。しばしは虚空にひらめきけるが、春風に、一もみ二もみもまれて、海へさッとぞ散ッたりける。夕日のかゝやいたるに、みな紅の扇の日出したるが、しら浪のうへにたゞよひ、うきぬ沈みぬゆられければ、奥には平家、ふなばたをたゝいて感じたり。陸には源氏、ゑびらをたゝいてどよめきけり

わずか数秒の情景を的確にとらえた印象的な語りで本章段は締めくくられるのである。ここには与一の心情は描かれない。だが、緊張感から解放され安堵すると同時に、敵・味方からの惜しみない称賛を受けて晴れがましく思っているであろうことは容易に想像できる。直接に心中を述べるのではなく、扇が宙に舞う情景でそれを語ってみせるのが『平家物語』であった。

「那須与一」は『平家物語』の名場面の一つで、読まれることも多い章段であるが、この場面を作り上げるのに重要な役割を果たしているのが風である。先に見たように与一が矢を射る直前の困難な状況は「おりふし北風はげしくて」とあった。それが、神への祈念により「風もすこし吹よは」って、やや射易くなる。緊迫した場面とその若干の変化を作り出すのが風である。さらに、見事に扇を射た後、扇は「春風に、一もみ二もみもまれて」海へ散る。この絵画的場面を演出するのも風であった。当初「北風」と表現されていたのが最後の場面では「春風」となっていることについて、梶原正昭氏は、「与一が扇に向う場面では苛酷な試練の〝北風〟、首尾よくこれを射当てたこの最後の場面ではその美技を称揚するかのように、〝春風〟と描き分けており、一種の感情移入を見せていることも興味ぶかい」と指摘した。神への祈念の場面についても、「与一のまごころに神明の感応があらわれたというより、祈りによって緊張がほぐれ、心理的に余裕をとり戻すことができたというわけであろう」と述べている。登場人物の心理状態に呼

応して風が弱まり、見物人もしくは語り手や聴き手の感情に呼応して、「北風」が「春風」に変化する。『平家物語』の自然現象はこころの状態に相呼応していくかのように変化する一面を持つようである。

二　神仏霊威の風

風が弱まったという表現は与一に心理的余裕が生じたことを表しているという読解が成立する一方、実際に神明の感応があったと読むことも、もちろん可能である。物語を読んでいくと、目に見えない存在の力によって引き起こされたり止んだりする風を、いくつかの箇所に確認することができる。

平家一門のうち唯一生き残った女性である建礼門院は大原で後白河法皇を前に、平家都落ち後の有様を六道に重ね合わせて語るが（灌頂巻、六道之沙汰）、いよいよ勝敗が決し安徳天皇が入水しようとする場面は、

風にはかに吹き、浮雲あつくたなびいて、兵こゝろをまどはし、天運尽きて、人の力に及びがたし

と回想されている。ここでの風（『平家物語』の諸本のうち、古い形を比較的多く残存させていると考えられている延慶本では「悪風」となっている）は実際に吹いたものかどうか、分からない。巻十一の壇ノ浦合戦場面ではこのような記述がないから、これは与一の場合と同じく、建礼門院の心情と相呼応する表現なのかもしれない。しかし、そうであったとしてもここでの風はやはり、神仏や冥界の意思が身体で感じ取れる形で示されたことを示すであろう。「天運」が尽きて人の力ではどうしようもないことを表しているのが風なのである。

この世ならぬものによって引き起こされている風の例としては、巻五「文学被流」の一場面を挙げることもできる。後白河法皇の御所に神護寺再興のため勧進に出向いた文覚は、その傍若無人な振る舞いと歯に衣着せぬ物言いによっ

て伊豆へ配流されることになる。ところが伊勢国から海路で下る途中、遠江国天竜灘で、

俄に大風吹き大なみ立ッて、すでに此舟をうちかへさんとす

という状況になった。水手・梶取が慌てふためく中、文覚は一人高いびきをかいて臥していたが、いよいよ駄目かという時に立ち上がると、「竜王やある、竜王やある」と竜王を呼び出し、神護寺再興という大願を持った自分が乗った船を沈めようとするとは何事だと叱りつける。すると不思議なことに波風は鎮まったという。ここでの「大風」は竜王が引き起こしていたのであった。

また、巻七の「還亡」の章段では藤原広嗣の反乱に触れているが、広嗣追討軍を助けたのは風であった。覚一本にはないが、延慶本に広嗣軍が、

俄ニ東風吹シカバ白浪弥ヨ荒シテ松浦ガ浦ニ

引き退いたとする記述がある（延慶本は『松浦廟宮先祖次第并本縁起』『松浦縁起逸文』などの資料を参照していると考えられている）。その結果、朝廷は乱を無事に平定できた。広嗣の反乱は、兵革をしずめる祈願で伊勢大神宮へ奉幣使を遣わす先例として語られるものであるが、風は神が反乱鎮定に助力してくれたことを示している。ここでは東風が「俄に」吹いたとあるが、「にわかに」吹くという性質は壇ノ浦合戦場面や文覚配流場面にも共通する。「にわかに」は、神仏の霊威が発現していることを示す語であった。人々は突然吹く風に、目に見えない存在の力と意思を感じ取ったのである。

覚一本には多くないが、延慶本を見ると神威を示す風の例が多くある。そのうち、「神風」という言葉を用いているものを列挙すると次のようである。

①御前ニ候トオボシキニ神風心スゴク吹下シテ（巻一、成親卿八幡賀茂ニ僧籠事）

②ヨモノ山ニハ吹カザルニスズシキ風俄ニ吹出テ（中略）聖照感涙ヲオサヘテ一首ノ歌ヲゾ読タリケル

神風ヤ祈ル誠ノキヨケレバ心ノ雲ヲフキヤハラハム（巻二、康頼本宮ニテ祭文読事）

③第三ニハ行盛朝臣東海ノ栄花ハ開平家ノ園ニ、厳島ノ神風ハ破源氏ノ家ヲ、厳島明神ヨリ、左馬頭殿トカカレタリ（巻七、為木曾追討軍兵向北国事）

①は、藤原成親が欠員が生じた左大将の官に就くことを願って賀茂神社に七日間の参詣をした際に得た夢想の中での出来事で、神前に神風が吹き下したと言っている。この後、御宝殿の御戸が押し開かれて神の託宣歌が告げられる。この「神風」はまさに神の出現を表したものである。②は鬼界島に配流になった藤原成経と平康頼（聖照）が島で熊野詣を行い、神前で法施のために今様を歌った場面で、康頼の今様に感応して「スズシキ風」が俄に吹き出したとする。周囲の山には吹いていないという記述が神からの応答であることをはっきりさせているが、その風を康頼は「神風」ととらえて和歌に読んだのである。③は源義仲追討に出発する平家軍の門出に際し、厳島明神が翁姿で化現して託宣した場面（実は厳島の神主が仕組んだ合戦の門出を祝う作り事であったという種明かしが後でされる）で、厳島の神が平家軍に加勢して源氏軍を打ち砕くであろうことが「神風」の語で表現されている。他に巻十の維盛那智参詣の場面では「神風扇遠近」という表現があり、熊野が神の霊威に包まれた場であることを示している。このほか、神の意志や霊威を示す「大風」や「山風」などの語も散見される。『平家物語』にとって、風は神の力の発現を示すものであるという一面を持つと言えよう。

天変地異の一つ「辻風」も、天・冥界の意思を示す風と言えよう。

同五月十二日午剋ばかり、京中には辻風おびた丶しう吹て、人屋おほく顚倒す

とは、『方丈記』にも記される治承三年の辻風を記した巻三「飇《つじかぜ》」の章段であるが、京中に多大な被害をもたらした辻風に対し、神祇官では占いが行われた。その結果は、大臣の慎み、天下の大事、仏法王法の権威凋落と戦乱の勃発、であった。このあとの物語、すなわち平重盛の死から清盛の軍事蜂起へと続く展開を占いという形で先取りするものである。ここにも、異常な風を見えないものの意思と結びつけて理解しようとする心性が見える。延慶本では、巻三と巻四の二回にわたって辻風記事を置いているが、巻四の箇所では、「昔モ今モタメシナキ程ノ物怪トゾ人々申アヒケル」のように「物怪」の仕業であると明記している（巻四、京中ニ旋風吹事）。また、巻十一では安徳天皇の治世に「大風」「冷風」などの天変が多かったと語られるが、それは安徳天皇が不吉な天皇であることを天が示していたのだと解釈される（巻十一、安徳天皇事）。

神や天のほかに怨霊も風を引き起こす。義経の没落を描く場面の風は怨霊の仕業と考えられる。風は義経の運命を左右する力を持っていた。壇ノ浦で勝利を収めたにもかかわらず、兄頼朝と対立した義経は都を落ちて西国に向かうことにする。ところが、

大物の浦より船に乗ッて下られけるが、折節西の風はげしく吹き、住吉の浦にうちあげられて、吉野の奥にぞこもりける

ということになってしまった（巻十二、判官都落）。この箇所には「折節」西風がはげしく吹いたとあるのみで、偶然に左右されたかのようにも読めるが、延慶本はここのところを「平家ノ怨霊ヤ強カリケム折シモ西風ハゲシクテ」と記していて、平家の怨霊の力が「西風」となって発現したという解釈を示しているのである。

三　合戦の風

都を退去して西国に向かった際の義経は運に見放されていたが、屋島の平家を攻める際には、風を味方につけることができた。合戦では風をいかに活用するかが問題となる。風を利用しなければ屋島奇襲は成功しなかったかもしれない。元暦二年（一一八五）正月十日、平家追討のため屋島へ向かうことを院の御所で宣言した義経は、二月十六日に摂津国の渡辺・神崎の港から出航しようとした。ところがこの日は、

おりふし北風木ををッてはげしう吹ければ、大浪に舟どもさむざむにうちそむぜられて、出すに及ばず。修理のために、其日はとゞまる（巻十一、逆櫓）

ということになってしまう。北風によって破損した舟を修理するために出立は延期せざるを得なくなる。屋島攻めは容易く成し遂げることのできる事業ではなかった。舟に取り付ける機能（逆櫓）をめぐって梶原景時との間に一触即発の対立が生じたのはこの時のことである。慣れない舟いくさに仲間同士での争いが加わって平家追討の遠征は最初から困難に見舞われたのである。

十六日のうちに舟の修理は済ませたものの、風の勢いはおさまっていなかった。ところが日が暮れて夜になったところで義経は舟を出すことを命じる。水手・梶取は「此風はおい手にて候へども、普通に過ぎたる風で候。奥はさぞ吹いて候らん。争か仕候べき」と抵抗する。通常の強さではない風の中、とても舟を出すことなどできないと言うのである。対して義経は、

海上に出でうかふだる時、風こわきとていかゞする。むかひ風にわたらんと言はばこそひが事ならめ。順風なる

がすこし過ぎたればとて、是程の御大事にいかでわたらじとは申ぞと言う。向かい風ならばともかく、追い風が「すこし」強いから渡らないというのでは、平家追討という重大使命は果たせないというのである。実際は「すこし」強い程度ではないのであり、舟を操る専門集団に対して常軌を逸した要求であるが、舟を出さないならば一々射殺すと脅迫までして義経は強引に舟を出させる。それでも出航したのはわずか五艘であり、「残りの船はかぜにおそるゝか、梶原におづるかして」、みな留まったのであった。義経らの乗る五艘はどうなったか。一晩中走り続け、普通なら三日かかるところを、たったの六時間程度で阿波国まで渡した。十六日の深夜から翌朝六時ごろにかけてであった。義経たちの舟が阿波についたことを物語は「阿波の地へこそ吹きつけたれ」と表現しているが、まさに風に乗って四国に上陸した。ここで風をうまく利用できたことが、屋島攻めに勢いをもたらしたことは疑いない。義経は上陸地点にいた敵を蹴散らすと、大坂越（現在の徳島県と香川県の境の山）を徹夜で通過して、十八日には屋島を攻める。このような驚異的な進軍は、四国への渡海で風に乗ることができたからこそ可能となったのであろう。風は神や冥界の意志を示すものであるが、それに立ち向かう強い意志の力をも、『平家物語』は見事に描いていると言えよう。

義経の場合は、強引に風を利用し、これにより天を味方に引き入れたのであるが、風をうまく利用できるか否かは合戦の勝敗を左右する。保元の乱の際、白河殿攻めに手間取った源義朝が最後に御所に火をかけたように（『保元物語』）、焼討ちは当時の合戦の常套手段であったが、この戦法では風を効果的に利用する。風が強く吹いていれば、火はたちまちに燃え広がり相手を窮地に追い詰めていく。源義仲と後白河法皇との間で起こった法住寺合戦は、義仲軍の圧倒的勝利に終わったが、それは義仲が法住寺殿を攻める際、最初に火を放ったことと無関係ではあるまい。

さる程に、搦手にさしつかはしたる樋口次郎兼光、新熊野の方より、時のこゑをぞあはせたり。鏑のなかに火を入れて、法住寺殿の御所に射立てたりければ、おりふし風ははげしゝ、猛火天にもえあがッて、ほのをは虚空にひまもなし。いくさの行事朝泰は、人よりさきに落にけり。行事が落つるうへは、二万余人の官軍ども、我さきにとぞ落ゆきける　（巻八、鼓判官）

樋口兼光の方から火をかけることを、風向きを考慮の上、あらかじめ義仲と打ち合わせておいたのであろう。義仲軍が戦闘専門集団である武士で構成されていたのに対し、後白河法皇方は「山・三井寺の悪僧」や「むかへつぶて・いんぢ、いふかひなき辻冠者原・乞食法師ども」であったから、勝負は最初から決まっていたとも言えるが、院方があっけなく総崩れとなったのは、風を利用した焼討ち戦法の威力が絶大だったことにもよる。延慶本は挙兵前の義仲がひそかに都を偵察して、「六波羅ハ無下ノ軍所、西風ノ北風吹タラム時、火ヲカケタラムニ、ナニモ残マジトコソミヘテ候へ」と言ったとしているが（巻六、木曾義仲成長スル事）、風と火をうまく使うことが素早く相手を攻め落とすに適した戦法であった。

「風」や「火」は戦いに勢いをつける。そして勝利するためには勢いこそが何よりも重要なのである。自分の置かれた状況やその場の形勢について〝風向きがよくない〟などと言ったりすることがあるが、勝負事の〝流れ〟にかかわるものが風であると言えよう。火を放つなど正当な戦法とは言えないとも思えるが、〝勢い〟を獲得するためには非常に重要な手段であったはずである。〝勢い〟や〝流れ〟は天や運に大きく左右されるが、風がどちらの方向に吹くかは、まさに天や運がどちらに味方しているかを示すもので、流れ〟を冷静に見極める力が、いくさを指揮する大将には求められたはずであるが、時には強引に〝勢い〟を生み出していくことも必要であった。それを強い意志で成し遂げることが勝利を手に入れることであった。

合戦場面には、戦いの勢いを風で比喩的に表現することがしばしばある。巻四「信連」で長兵衛尉信連の活躍を描く箇所に、「かたきは大太刀・大長刀でふるまへども、信連が衛府の太刀に切ッたてられて、嵐に木のはのちるやうに、庭へさッとぞおりたりける」とある。この場面、覚一本では「嵐」であるが、延慶本では「木葉ノ風ニ吹レテ散ガ如ク」とある。一人の人物が奮戦する様子を風、もしくは嵐に喩えている。このような活躍が周囲にも勢いをもたらし、やがて合戦の流れを生み出していくこともあったであろう。延慶本は巻十二「土佐房昌俊判官許へ寄事」の段で、土佐房の軍勢を蹴散らす義経の戦いぶりを類似する表現で語っている。

判官取テ返テ立ザマ横ザマ散々ニカケタリケレバ、木ノ葉ノ風ニ散ガ如クニ四方ヘカケ散ラサレテ、或ハ鞍馬ノ奥、貴布祢ノ奥、僧正ガ谷ナムドヘゾ逃籠リケル

型通りの表現と言ってしまうこともできるが、風が合戦における勢いを比喩的に表すものであればこそ、このような喩えが好んで用いられたに違いない。延慶本には平将門の戦いを簡略に描いた箇所もあるが（巻五、昔シ将門ヲ被追討事）、ここでは合戦の形勢を風で表している。最初、将門は「爰ニ将門順風ヲ得タリ」と、対する平貞盛の風上に立って戦いを有利に進めたが、貞盛以下の身命を捨てた防戦にあった結果、「馬ハ風飛ヲ忘タリ」という状態になる。「風飛」は馬が疾走する様を表しており、将門の勢いが止まったことを風を用いた言葉で表現している。調伏の効果もあり、結局、将門は「神鏑」に中って討ち取られることになった。

四　無常の風

風は合戦場面の勢いを表すばかりではない。一時代を築く強大な力を表現することもある。

人の従ひつく事、吹風の草木をなびかすがごとし（巻一、禿髪）

とは、平清盛が手にした権勢の大きさを表している。だが、この平家の勢いがやがて衰え、散っていくことを描くのが『平家物語』であった。それでは平家の権勢を破壊していくものは何か。それも風である。風のように権力を振るった平家も、時勢の移り変わりとともに吹く新たな風によって散っていく。風は破壊をもたらす存在でもある。

安元三年（一一七七）、樋口富小路から出た火は、「辰巳の風」が「はげしう」吹いたため京中の多くを焼くことになった（いわゆる安元の大火。巻一、内裏炎上）。覚一本は比叡山から大きな猿がおりくだってきて手々に松火をともして京中を焼いたという夢想を記しているが、猿は比叡山の神の使いであるから「辰巳の風」は神の意志を示していることにもなるが、ここでは風が都を破壊し尽くしていることを確認しておきたい。

治承四年（一一八〇）十二月、平家は奈良攻めを敢行するが、夜いくさになったため平重衡は「火を出せ」と命令を下す。これに従って在家に火をかけたところ、「十二月廿八日の夜なりければ、風ははげしし、ほもとは一つなりけれども、吹まよふ風に、おほくの伽藍に吹かけたり」という事態になった。結局、東大寺・興福寺を始めとする南都の多くの寺院が焼失する大惨事となってしまった。逃げまどう人々が炎に焼かれる様子は焦熱地獄のようであったと語られるが、まさに地獄絵図を出現させたのが風であった。

都を焼く風、寺を焼く風の例は、延慶本でより多く拾うことができるが、そこには世の動乱そのものを指す風も見られる。巻七冒頭近くでは、東国北国の源氏が蜂起する中であるにもかかわらず「波ノ立ヤラム、風ノ吹ヤラム、シラザル体」で過ごしている平家の様子が批判的に描かれている（巻七、宗盛大納言ニ還成給事」）。あるいは清盛が築いた福原の都については、「思キヤ花ノ都ヲ散シヨリ風フクハラモアヤウカリケリ」という落首が記されている（巻五、邦綱卿内裏造テ主上ヲ奉渡事）。風は花の都の花を散らしただけではなく、「福原」にも「吹く」のであるから、新しい都もどうなるかわからないといったものである（似た落首が、巻四、都遷事にもある）。この風も世の動乱を指していると言えよう。

都や寺を破壊し、世の中のさまざまなものに揺さぶりをかけて変化させていくものが風であった。ところで、この世のあらゆる存在は変化していき、永遠なものは何もないということを示すのが〝無常〟である。とするならば、風はまさに無常を引き起こすものである。『平家物語』は〝無常観〟の文学であるとよく言われるが、これは『平家物語』が風の文学でもあるということを意味しよう。

無常の風は、しばしば花や露を散らす風として表現される。巻一「鹿谷」の藤原成親賀茂神社参詣場面は第二節で取り上げたが、賀茂の神から成親に示された託宣歌は次のようなものであった。

さくら花かもの河風うらむなよ散るをばえこそとゞめざりけれ

成親の大将任官がかなわないことを、賀茂の河風に散る花で表現している。灌頂巻「大原入」では都へ戻って侘び住まいをする建礼門院の思いを、「露の御命、風を待ん程は、うき事聞かぬふかき山の奥のおくへも入なばやとはおぼしけれども」と表現しているが、ここでは露（の命）が風の前に簡単に消えてしまうようなはかないものであると述べた。花を散らしたり、露を消し飛ばしたりする風は和歌や物語文学の表現伝統を継承しているが、延慶本から「無常の風」という言葉の用例を挙げてみると以下のようになる。

①無常ノ風ニサソハレテ、北亡ノ露ト消ニケリ　（巻二、成親卿出家事）

②イカニイワンヤ无常ノ風モフキ、獄卒ノセメモ来ラム時ニハ、イサイサ知ズ。カヤウニ中文学ダニモ叶マジ

（巻五、文学伊豆国へ被配流事）

③唐太宗ノ開栄耀於万春之花㆒ニ、遂ニ随ヒ無常之風㆒ニ　（巻十、惟盛ノ北方歎給事）

①は平康頼の母が二人の娘に先立たれたことを言ったものである。②は文覚が伊豆へ配流される道中で口にした言葉で、人の命がいつ終わるかわからないことを言う。③は権力を持ち栄花を築いた者でも命は永遠には続かないことを言う。物語のところどころで「無常の風」が意識されている。

五　「偏に風の前の塵に同じ」

人の命のはかなさを「無常の風」で言うことは、和歌や他の物語、さらには法会で読み上げられる表白などにも見られることで、決して特殊なことではないが、冒頭から終結部分に至るまで、「無常の風」が常に吹き続けているのが『平家物語』である。有名な冒頭の「祇園精舎」に、

たけき者も遂にはほろびぬ、偏に風の前の塵に同じ

とあるのは、この世に吹き荒れる風の前に平家がはかなく滅び去っていくことをあらかじめ示しているが、以下にその様子を辿ってみたい。風が草木をなびかすような勢いを持った平家一門であったが、源氏の蜂起の前にやがて都落ちを余儀なくされる。延慶本は都落場面で「無常ハ春花、随風㆒散ル」という表現を使用している（巻七、平家都落ル事）。

それ以降、平家は風に従って苦難の流浪を続けることになる。義経の奇襲によって屋島を追われた平家は、

又舟にとり乗ッて、塩にひかれ、かぜにしたがッて、いづくをさすともなく落ちゆきぬ。四国はみな大夫判官に追い落されぬ、九国へは入られず。たゞ中有の衆生とぞ見えし　（巻十一、志度合戦）

と風に翻弄される存在であり、壇ノ浦で滅亡した後の光景は、

主もなきむなしき舟は、塩にひかれ、風に従ッて、いづくをさすともなくゆられゆくこそ悲しけれ　（巻十一、内侍所都入）

と表現されていて哀れである。平家の没落と滅亡が風とともに描かれていると言ってよかろう。延慶本では末尾近く、後白河法皇の崩御を『六代勝事記』を引用しつつ語るが（巻十二、法皇崩御之事）、そこでは平家が滅びたことを「叡心ニ背シ青葉ハ風ノ前ニチリハテ」と記している。冒頭の「祇園精舎」と呼応していると見ることもできよう。しかし、敵対した平家を滅ぼした法皇も「分段ノ秋ノ霧、玉躰ヲヲカシテ、无常ノ春ノ風、花ノ姿ヲサソヒキ」とあるように、はかなくなったのであった。物語の終結部にもたしかに無常の風が吹いているのである。

『平家物語』の引用は、以下による。ただし、表記を改めた箇所がある。
覚一本…新日本古典文学大系『平家物語』岩波書店
延慶本…大東急記念文庫善本叢刊『延慶本平家物語』汲古書院

参考文献

・梶原正昭「いくさ物語のパターン—「那須与一」の読みを通して考える—」（『日本文学』二八巻一〇号、一九七九年一〇月）
・延慶本注釈の会編『延慶本平家物語全注釈　巻一～巻八』（汲古書院、二〇〇五年～二〇一四年）

中世和歌の描いた雲

山本　章博

一　白い雲のように

今最も雲が話題になる場面は天気予報だろう。最近は、雲の動きや雲の形状が気象学的に詳細に解説される。またコラムとして雲の季節感などを盛り込むことも多くなった。それに台風の強大化、突風、竜巻、ゲリラ豪雨など、雲の威力は年々増し、それにつれてやたらと雲に詳しくなっているようだ。一方、穏やかな青空に浮かぶ雲を眺めながら心を慰めるようなことは、どうだろうか。電車に乗っていても、観光列車でもない限り車窓を眺める人は本当に少ない。しかし、そのヘッドホンから流れる歌に、雲はしばしば登場し、雲の姿を脳裏で見ているのではないだろうか。少し古いが、雲の歌というと、猿岩石「白い雲のように」（藤井フミヤ作詞）を思い出す。お笑い芸人が歌うものとしては異例のヒットであったが、その後も多くのアーティストがカバーし、今も歌い継がれている。風に吹かれて流れる白い雲、それが猿岩石のヒッチハイクの旅のイメージと重なり合い、世俗から離れた自由の境遇への憧れを誘う。その歌詞を引用しよう[*1]。

遠ざかる雲を見つめて　まるで僕たちのようだねと君がつぶやく　見えない未来を夢見て
ポケットのコインを集めて　行けるところまで行こうかと君がつぶやく　見えない地図を広げて
くやしくて　こぼれ落ちたあの涙も　瞳の奥へ沈んでいった夕日も　目を閉じると輝く宝物だよ
風に吹かれて消えてゆくのさ　僕らの足跡
風に吹かれて歩いてゆくのさ　白い雲のように

遠ざかる雲はどこへ行くのだろうか。その先は見えないけれど、きっと幸せな未来につながっている。世の中から離脱した二人は、わずかなお金で行けるところまで行こうという。雲は風に吹かれて消えてゆく。そのように二人がここで生きたこともやがて人々の記憶から消えてゆくのだろう。それでも風に吹かれて行く白い雲のように、あてどなく歩いて行こう。

この歌のように、時には自らの姿を重ねながら雲を眺めることがあるだろう。雲を単なる風景としてではなく、また、気象の現象としてではなくて。そしてこの歌の雲の風景に何かなつかしさを感じるのも、やはりこうした雲の描き方や風景の見方が、古典、中でも前近代まで延々と受け継がれてきた古典和歌とつながるものだからだろう。そして、今も歌い継がれているのは、ゆっくりと空を眺める時を忘れた人々にとって、何か自然と引き込まれ、手放しがたい風景であるからなのだろう。

様々に姿を変える雲は、古典和歌の中でどのように描かれ、どのような心を重ね合わせてきたのか。中世和歌とりわけ平安末期から鎌倉初頭の『新古今集』前後の時代の歌を中心に見ていく。今に残るものと、忘れ去られたもの。雲の豊かなイメージを蘇らせたい。「白い雲のように」において描かれていたのは、行く先遠く流れる漂泊の雲、そしてはかなく跡形もなく消えゆく雲であった。まずはこの二つの雲について探ってみよう。

二　漂泊の雲

漂泊の雲については、まず何よりも『奥の細道』の次の一節が印象深い。

予もいづれの年よりか、片雲の風にさそはれて、漂泊の思ひやまず、海浜にさすらへ*2……

「片雲」は一片のちぎれ雲、小さな雲のこと。風に吹かれては遠く漂う。その雲に誘われるように、漂泊の旅に出たいと思うようになり海浜をさまよった、と芭蕉はいう。

では、和歌の中ではどうだろうか。芭蕉が慕った西行に、

雲につきて浮かれのみゆく心をば山にかけてをとめんとぞ思ふ　（山家集・雑・一五〇七）*3

という一首がある。『山家《さんか》集』巻末「百首」の内、「述懐《じゅっかい》十首」の中の一首である。雲に付き従うように、心は浮き立つばかりだ。無限に浮遊してしまいそうだから、雲が山にかかってとどまるように、その心をとどめよう、という。心が浮き立ち漂泊の思いに駆られる。芭蕉の場合と同じように、雲がその漂泊の心を誘い促すのである。

また、修行僧を「雲水」というのもこの漂泊する雲のイメージに関連する。一所にとどまることなく行脚する僧を行く雲と流れる水にたとえて言ったものである。『山家集』には、西行の歌ではないが、宮の法印が西行に詠んだ歌、

宮の法印、高野に籠らせ給ひて、おぼろけにては出でじと思ふに、修行のせまほしきよし語らせ給ひけり、千日果てて、御嶽《みたけ》にまゐらせ給ひて、言ひつかはしける

あくがれし心を道のしるべにて雲にともなふ身とぞなりぬる　（山家集・雑・一〇八四）

がある。御嶽は修験道の行場である大峰の金峯山。宮の法印は、高野山における千日間の修行を終えて、ようやく大峰山の修験道場に入ることができた。「雲にともなふ身」は、大峰入りし修行する身となったことをいう。大峰という高山の雲が行き来する場所で、雲とともにさまよい行脚するのである。

こうしたさまよい歩く雲は、古くは『古今集』にも、

たちばな

あしびきの山たちはなれ行く雲の宿り定めぬ世にこそありけれ　（古今集・物名・四三〇・小野滋蔭）

とある。物名の歌なので、「たちはなれ」に「橘」を詠み込んでいるわけだが、この歌は「宿り定めぬ世」のあり様を雲に託して詠んだものとなっている。雲は、ある山に流れ着き住んでは、そこから離れ再び流れゆく。そのように定住することのない世の中であるよ、と詠む。「たちはなれ」は「発ち離れ」であり、旅人が宿を転々とし漂泊していく様がイメージされる。

西行は漂泊の僧であるから、こうした雲の歌が多いと思われるかもしれないが、西行歌における雲のほとんどが、桜花の見立てとしての雲、そして月を隠す雲である。この二つは王朝和歌の雲の詠み方の主流であり、西行もその伝統の上に立っている。西行のみならず、漂泊の雲は、雲の表現として和歌の中に多く見出されるわけではない。むしろ、漂泊の思いを誘うのは「霞」であった。

西行は出家の前に、

世にあらじと思ひたちける頃、東山にて、人人《ひとびと》、寄レ霞述懐といふ事をよめる

空になる心は春の霞にて世にあらじとも思ひたつかな　（山家集・雑・七二三）

と詠んでいる。西行の俗世からの出離の思いは、春の霞が空に立つのに誘われて決意へと向かうのである。西行の先達である能因《のういん》法師も、

都をば霞とともにたちしかど秋風ぞ吹く白河の関　（後拾遺集・羇旅・五一八・能因法師）

というように、霞が立つのに誘われ遠く陸奥への旅に出る。『奥の細道』でも、

春立てる霞の空に、白川の関こえんと

と能因歌を踏まえ、その出立の心を述べている。

このように西行の出家、芭蕉の陸奥への出立を促したのは、雲霞であった。俗世からの離脱、都からの出離、雲は行く方なくさまよう境遇を映し出しながら、霞とともに出離の心を誘うものであった。

三　無常の雲

はかなく大空に消えゆく雲は、無常の世を体現するものとして詠まれる。藤原俊成は『久安百首《きゅうあんひゃくしゅ》』で、「無常」題を雲に寄せて詠んでいる。この歌は後に『新古今集』に入集した。

無常

世の中を思ひつらねてながむればむなしき空に消ゆる白雲　（久安百首・八九一／新古今集・雑下・一八四六）

世の中のことをあれこれ思い連ねて眺めていると、虚空に雲が消えてゆく。世の中はそのようなものなのだと嘆息する。「つらねて」と「白雲」が縁語として結びつき、大空に連なるように浮かぶ白雲をイメージさせる。それがいつの間にか跡形もなく消え失せるのである。

仏典においては、「無常」を悟らせるために様々な比喩が用いられるが、よく知られていたのは、『維摩経《ゆいまきょう》』「方便《ほうべん》品《ぼん》」の十喩である。その十喩とは、

是の身は聚沫《じゅまつ》の如し、撮摩《さつま》す可からず。是の身は泡の如し、久しく立つことを得ず。是の身は炎《かげろう》の如し、渇愛《かつあい》より生ず。是の身は芭蕉《ばしょう》の如し、中に堅有ること無し。是の身は幻の如し、顚倒より起こる。是の身は夢の如し、虚妄の見為《た》り。是の身は影の如し、業縁より現ず。是の身は響《こだま》の如し、諸もろの因縁に属す。是の身は浮雲の如し、須臾《しゅゆ》にして変滅す。是の身は雷《いなづま》の如し、念念に住《とど》まらず。[*4]

というもので、この中にすでに、「須臾変滅《しゅゆへんめつ》」つまり少しの間に変化し滅するものとして「雲」も含まれている。和歌でも藤原公任《きんとう》と赤染衛門《あかぞめえもん》にこの十喩を題とした歌がまとまって見出せる。それぞれの雲の歌は、

　この身雲のごとし

さだめなき身を浮き雲にたとへつつ果てはそれにぞ成り果てぬべき　（公任集・二九七）

　浮かべる雲のごとし

行方なく空にただよふ浮き雲に煙《けぶり》をそへんほどぞかなしき　（赤染衛門集・四六二）

というもので、俊成の歌もこうした歌の系譜に連なるものである。ただ注意すべきは、この藤原公任と赤染衛門の二首において、身の果ては雲になる、浮雲に煙をそえる、というように、身は火葬され煙となりそして雲となり、はかなく消えるという発想があることである。この火葬荼毘の煙の雲については後述したい。

また、『維摩経』十喩以外にも、寂然は『法門百首』無常部の冒頭歌に、

　如空中雲須臾散滅

風に散るありなし雲の大空にただよふほどやこの世なるらん（八二）[*5]

と「雲」の歌を置く。題は「空中の雲の須臾にして、散滅するが如し」と訓読し、『往生要集《おうじょうようしゅう》』大文一に、

王位は高顕にして、勢力自在なるも、無常既に至れば、誰か存《たも》つことを得ん者ぞ。空中の雲の須臾にして、散滅するが如し。

と見えるもの。[*6] 風に散る、あるのかないのか分からないような雲が大空に漂う一瞬が、この世のあり様なのだろうか、という歌で、雲の一瞬の存在をこの世の様にたとえている。俊成、公任、赤染衛門の歌とやや趣を異にするの

は、雲が果ては消滅するという視点よりも、存在は瞬間であるという点を前面に出していることである。「ありなし雲」は、

世の中はありなし雲の山の端にかくれば消ゆるためしなりけり　（林下集・三五七）

とも見えるが珍しい句。また、こうした雲の瞬間の存在を利用したものとしては、

時のまに消えてたなびく白雲のしばしも人にあひみてしかな　（六百番歌合・九二〇・定家）

がある。白雲がたなびくほんの少しの間でも逢いたいといった恋の歌である。

さて、伝統的に桜は雲に、雲は桜に見立てられ、また恋の歌では、雲は絶えるもの、峰から離れるものとして別れをイメージさせるものであった。

さくら花夢かうつつか白雲のたえて常《つね》なき峰の春風　（新古今集・春下・家隆・一三九）

この藤原家隆の一首は、桜の花が咲いたのは、夢だったのか現実だったのか。花かと見えた峰の白雲は消え失せ、無常の春の風が吹いている、という意。ここで白雲は、花の見立てであると同時に、はかなく消えゆくものとして詠まれる。さらに「花」「夢」とともに「常なき」ものとしてもイメージさせられる。桜の見立て、恋の別れの雲という伝統的な表現に、無常のイメージを取り合わせた一首である。

雲は、消えゆくものであり、瞬間にしか存在しないものである。花も、人も、恋も、世の中も、みなそのような雲と変わらぬ存在なのである。

先に引いた『法門百首』「如空中雲須臾散滅」題の一首には、次のような左注が付いている。

うき雲はあだにはかなきさま、さだめなき世にたぐひてあはれなる物なれど、月みるをり集まりぬるこそ、いと

はしさかぎりなけれ。これを身の上になして思へば、さやかなる心の月を隠して、生死の闇にまよはする障《さは》りの雲は、いふかたなくいとはしかるべし。弥陀来迎《みだらいごう》の夕べ、たなびかむ雲の色をのみぞ、心にかけてむつましく思ふべき。

無常の世を示す雲、心の月を隠す煩悩の雲、阿弥陀来迎の時にたなびく雲というように、仏道修行者からの雲を捉える視点が集約されている。次に、ここに見られる「障りの雲」、「阿弥陀来迎の雲」を追って見ていこう。

四　障りの雲

名月を賞美しようとする者にとって、それを隠す雲は最も厭わしいものである。

いかばかりうれしからまし秋の夜の月すむ空に雲なかりせば　（山家集・秋・三一〇）

秋の夜の月が澄む空に雲がなかったならば、どれほどうれしいだろう、といった歌。それでもその雲が晴れた時の感慨は一際であった。

月かげの澄みわたるかな天の原雲吹き払ふ夜半の嵐に　（新古今集・秋上・四一一・経信）

嵐に一切の雲が吹き払われ、大空に月の光が澄み渡る。

人の心は煩悩に覆われているが、それを払えば仏を見ることができる。本来持っている澄んだ心を現すことができる。月と雲の様は、そうした仏と煩悩のあり方を体現するものとしても捉えられた。

長き夜にまよふ障りの雲晴れて月のみ顔を見るよしもがな　（久安百首・釈教・一〇八八・待賢門院堀川）

待賢門院《たいけんもんいん》に仕えた女房堀川の歌であるが、ここでの「障り」とは、女性は梵天王《ぼんてんのう》・帝釈《たいしゃく》・魔王・転輪聖王《てんりんじょうおう》・仏の五種になることができないという「五障」のことである。長き夜、つまり無明長夜に迷わせる五障の雲を晴らして、月の御顔すなわち仏の姿を見たいというのである。

西行から二首、

亡き人のあとに一品経供養しけるに、寿量品を人にかはりて

雲晴るる鷲のみ山の月影を心澄みてや君ながむらん　（山家集・雑・八九〇）

これは亡き人に詠みかけた歌。「鷲のみ山」は釈迦説法の地で、月影は仏の姿である。現世での煩悩の雲を振り払って仏の姿を見ていて欲しいと願った。

一心欲レ見レ仏の文を人人よみけるに

鷲の山誰かは月を見ざるべき心にかかる雲し晴れなば　（山家集・雑・八九一）

一心に念じれば、誰もが煩悩の雲を払い、仏の姿を見ることができるといったもの。雲は永遠に月を隠すわけではない。やがて晴れ行く雲だからこそ、その姿に煩悩を重ね合わせ、成仏の願いを歌うのである。

五　紫の雲

鴨長明は『方丈記』の中で、日野の閑居からの風景を次のように描く。

谷しげけれど西晴れたり。観念のたよりなきにしもあらず。春は藤波を見る。紫雲のごとくして、西方ににほふ。[*7]

谷は茂っているが西側は開けている。春には藤が咲き誇り、紫の雲のようだ。その紫の雲は、極楽浄土を想念する便

「阿弥陀二十五菩薩来迎図」知恩院蔵

りになるという。前にも触れたように、白雲は桜に見立てられ、桜は白雲に見立てられる。山に白雲がかかれば花が咲いたかと思い、山に桜が咲けば白雲がかかっていると見る。同じく、山に藤の花が咲けば、それは紫の雲か、と見るのである。

紫の雲と見つるは宮地山名高き藤の咲けるなりけり
（増基法師集・九二）

紫の雲と見えたのは、宮地山の名高い藤の花であった。

藤の花宮の内には紫の雲かとのみぞあやまたれける
（拾遺集・雑春・一〇六八・国章）

藤の花は宮中では紫の雲に見誤ってしまう。これらは、藤の花を紫の雲に見立てたものである。一方、藤の花は平安時代より松とともに歌われ、永遠性を付帯するものであった。

常盤《ときわ》なる松にかかれる藤波を千歳《ちとせ》の花といふにやあるらん
（江帥集・四八）

藤は藤原氏の象徴でもあり、松にあやかってその永遠性を表現しようとしたのだろう。藤の花は雲に見立てられ、その紫の雲は永遠性を伴いながら、やがて極楽（西方）浄土から迎えに来る阿弥陀その他の仏たちが乗る紫の雲、すなわち聖衆来迎《しょうじゅらいごう》の瑞雲となってゆく。[8] この来迎の場面は絵画に盛んに描かれた。これを聖衆来迎図という。[9]

寄二藤花一述懐

西をまつ心に藤をかけてこそその紫の雲をおもはめ　（山家集・雑・八六九）

初句に「西」とあることから「紫の雲」は西方浄土からの来迎の雲であることが明らかである。「待つ」に「松」を掛け「藤」と縁語とし、その永遠性を匂わせている。

藤の花を介さなくとも、色づく雲の浮かぶ空は、極楽浄土を観念する空であった。

聖衆来迎楽[10]

ひとすぢに心の色を染むるかなたなびきわたる紫の雲　（聞書集・一四四）

「一筋」「雲」、「色」「染むる」「紫」が縁語となり、来迎の場面に、紫に染まった一筋のたなびく雲が描かれる。

天王寺にて人人歌よみける中に

入日さす山の霞を見てもなほ心にかかる紫の雲　（後葉集・雑五・五八九・源親房）

天王寺は極楽浄土の東門とされた。夕刻の西の空を眺め極楽浄土からの来迎を思う。一方、

来迎の心を

よにそめし色をかへして紫の雲まちえたる暁の空　（隆信集・九五四）

は、来迎の雲を暁に待つという歌。「よにそめし」の「よ」は「世」と「夜」の掛詞であろう。世俗に染まった心を

翻して来迎の雲を待つという意に、夜に染まった色を翻して暁の紫色の雲を待つ意を掛ける。また、

極楽

笛の音も琴のしらべも紫の雲にしみ行く暁の空　（殷富門院大輔集・寿永百首・九三）

これも暁の紫の雲を描いているが、題に「極楽」とあるように、来迎というよりも、極楽の風景そのものを詠んだものと考えられる。紫の雲が広がる風景は、そのまま極楽の風景となる。こうした詠み方は、俊成の『極楽六時讃歌』、

今ぞこれ入日をみても思ひこし弥陀の御国の夕暮の空　（新古今集・釈教・一九六七）

と同様である。これも夕暮の色づく空の風景が、極楽の風景として詠まれている。

藤の花、夕刻の空、暁の空は、紫の雲を通じて来世からの来迎を、そして、来世の風景を思い描く場所であった。

六　茶毘の煙の雲

第三節で見たように、むなしく消えてゆく雲、それは亡き人の煙の果てでもあった。亡き人の火葬の煙は立ち上りやがて雲となる。雲は死者の行方でもあった。

雨中無常といふことを

なき人のかたみの雲やしほるらん夕べの雨に色は見えねど　（新古今集・哀傷・後鳥羽院・八〇三）

後鳥羽院が寵愛していた尾張局への追悼歌である。夕べの雨が降っている。空ははっきりとは見えないけれど、亡き人が雲となり、その雲がどんよりと垂れ込めているのだろう。雨は悲しみの涙でもある。亡き人の荼毘の煙は雲となり悲しみの雨を降らす。亡き人はまだそこにいる。

下燃えに思ひ消えなん煙だに跡なき雲の果てぞかなしき　（新古今集・恋二・俊成女・一〇八一）

これは恋の歌である。新古今前夜の『六百番歌合』と『仙洞句題五十首』では、「寄㆑雲恋」題が採用された。この俊成卿女の一首は、その中の『六百番歌合』で詠まれたもの。あなたに恋焦がれて、その火によってわが身は焼かれ、煙となり、そして雲になり、やがて消え失せる。そんなわが恋の行く末はあまりにも悲しいではないか、といった歌。

この歌は、『狭衣物語』において飛鳥井の女君が、

消え果てて煙は空にかすむとも雲のけしきをわれと知らじな　（巻四・二一一）

と残した歌に対し、その死後、狭衣が、

かすめよな思ひ消えなむ煙にもたちをくれてはゆくらざらまし　（同・二一二）

と詠んだ場面を踏まえる。飛鳥井の姫君の歌は、まさに雲の景色が死後の我が姿であると言っている。

火葬の立ち上る煙を眺めながら死者を見送っていた時代には、その煙がやがて雲となりとどまるというのは、自然の発想であっただろう。雲を死者と捉えるのは、古くは『万葉集』に、

土方娘子を泊瀬の山に火葬りし時に、柿本朝臣人麻呂が作る歌一首

こもりくの泊瀬の山の山のまにいさよふ雲は妹にかもあらむ　（万葉集・巻三・四二八）[*11]

とあり、これも火葬の煙の果ての雲である。最近では、荒井由実の「ひこうき雲」[*12]にも、

空に憧れて　空をかけてゆく　あの子の命は　ひこうき雲

と歌われる。これは荼毘の煙の果てというイメージはないと思われるが、死者の姿としての雲は、長く歌い継がれてきている。死者はどこへ行くのだろうか。死者は無数の星となり、あるいは風になり、いつでも我々を見守ってい

る。そんな言説も広まっている。あるいは、海や山への散骨が注目を浴びてきているが、それも死者がとどまる風景を取り戻したいという心の表れであろう。

七 夜の雲

ここまで、無常や煩悩、来迎などの思想に関わる雲を見てきた。これらが中世和歌の雲を特徴付けるものであるが、最後に『新古今集』から、叙景性の強い印象的な夜の雲の歌に触れておきたい。

たえだえに里わく月の光かなしぐれをかくる夜はの村雲　（新古今集・冬・五九九・寂蓮）

月の光は一面に一帯を照らすのではなく、時雨を降らせる群雲のせいで、こちらの里には差し、こちらの里には差さないというように、途切れ途切れの月光の風景を詠んだ。時雨を降らす夜の黒い雲が、空を地を分断する。

明けばまた越ゆべき山の峰なれや空ゆく月の末の白雲　（新古今集・羇旅・九三九・家隆）

月が空を行く。その末に月明かりに浮かぶ白い雲がぼんやりと映し出される。それは遠くの山並みにかかった雲なのか。遙か遠くのあの辺りを夜が明ければまた越えていかなければならないのか、という旅愁の歌。月明かりに浮かび上がる白雲の向こうにはまだ見ぬ世界が広がっている。いずれの歌でも夜の闇に浮かぶ雲が妖しく描かれる。

おわりに

流れる雲は、世俗からの離脱を誘う。あっけなく消えゆく雲は、この世の生もまた一瞬であることを示す。月を隠す雲の姿は、本来の澄んだ心を覆い隠す煩悩の姿であり、雲が晴れ月が澄む風景は、誰もが煩悩を払い澄んだ心を現わすことができるということを示す。藤の花に見紛う紫の雲、また夕暮や暁に色づく雲は、極楽浄土という来世へ導く聖衆来迎の雲であり、まだ見ぬ来世の姿を垣間見させる。荼毘の煙の雲、死した身は焼かれ、煙となり雲となる。漂う雲は死者の姿でもある。

こうして見てくると、出離、無常、煩悩、来世、死者というように、雲は死のイメージを濃厚にたたえるものとして捉えられていたことが分かる。いつでもどこでも見上げれば雲がある。流れる白い雲、どんよりした灰色の雲、夕焼けに染まった雲、それらは我々に生と死の道理を教えながら、行き詰まった心をいささかでも慰め解き放ってくれるだろう。

注

1 猿岩石「白い雲のように」（日本コロンビア、一九九六年）。

2 『奥の細道』の引用は、岩波文庫に拠る。

3 以下、和歌の引用は断りのない限り『新編国歌大観』に拠り、適宜漢字仮名を改めた。

4 『維摩経』の引用は、新国訳大蔵経に拠る。

5 『法門百首』の引用は、山本章博『寂然法門百首全釈』（風間書房、二〇一〇年）に拠る。

6 『往生要集』の引用は、岩波思想大系『源信』に拠る。原拠は『付法蔵因縁伝』五。

7 『方丈記』の引用は、岩波文庫に拠る。

8 「紫の雲」の表現史、用例については、森田直美「「紫の雲」考—それは何時「聖衆来迎の雲」となったのか—」（『和歌文学研究』九七、二〇〇八年十二月）に詳しい。

9 聖衆来迎図については、中野玄三『来迎図の美術』（同朋舎出版、一九八五年）に詳しい。図版も多く掲載されている。

10 極楽往生した者が得られる十の楽しみ（十楽）の一つ。源信『往生要集』に説かれる。

11 『万葉集』の引用は、新編日本古典文学全集に拠る。

12 荒井由実『ひこうき雲』（東芝イーエムアイ、一九七三年）所収。

蒙古襲来と神風

山本　令子

はじめに

テムジン（チンギス・ハーン）によって、モンゴル高原の遊牧諸部族を統合する形で創設されたモンゴル帝国（一二七一年に国号を大元に定め、元と通称される）は、領土を急拡大し、アジアからヨーロッパに至る広大な地域を支配した。その強大な覇権がユーラシア大陸に齎した平和で安定した時代は、ローマ帝国が地中海世界に齎したパクス・ロマーナ（ローマの平和）になぞらえて、パクス・モンゴリカ（モンゴルの平和）と称されるが、版図拡大の過程で周辺諸国に与えた被害は甚大であった。すなわち、中央アジアでは、西夏、西遼、ホラズム・シャー朝を討滅し、中東ではわずか二年で、「暗殺教団」と恐れられたイスマーイール派やアッバース朝を殲滅した。西北ユーラシアでは、キプチャク草原を制圧し、キプチャク遊牧民の諸集団を吸収して巨大化した軍団をもって、ロシア、更にポーランドやハンガリーへと進攻、ウィーン郊外に迫ったが、皇

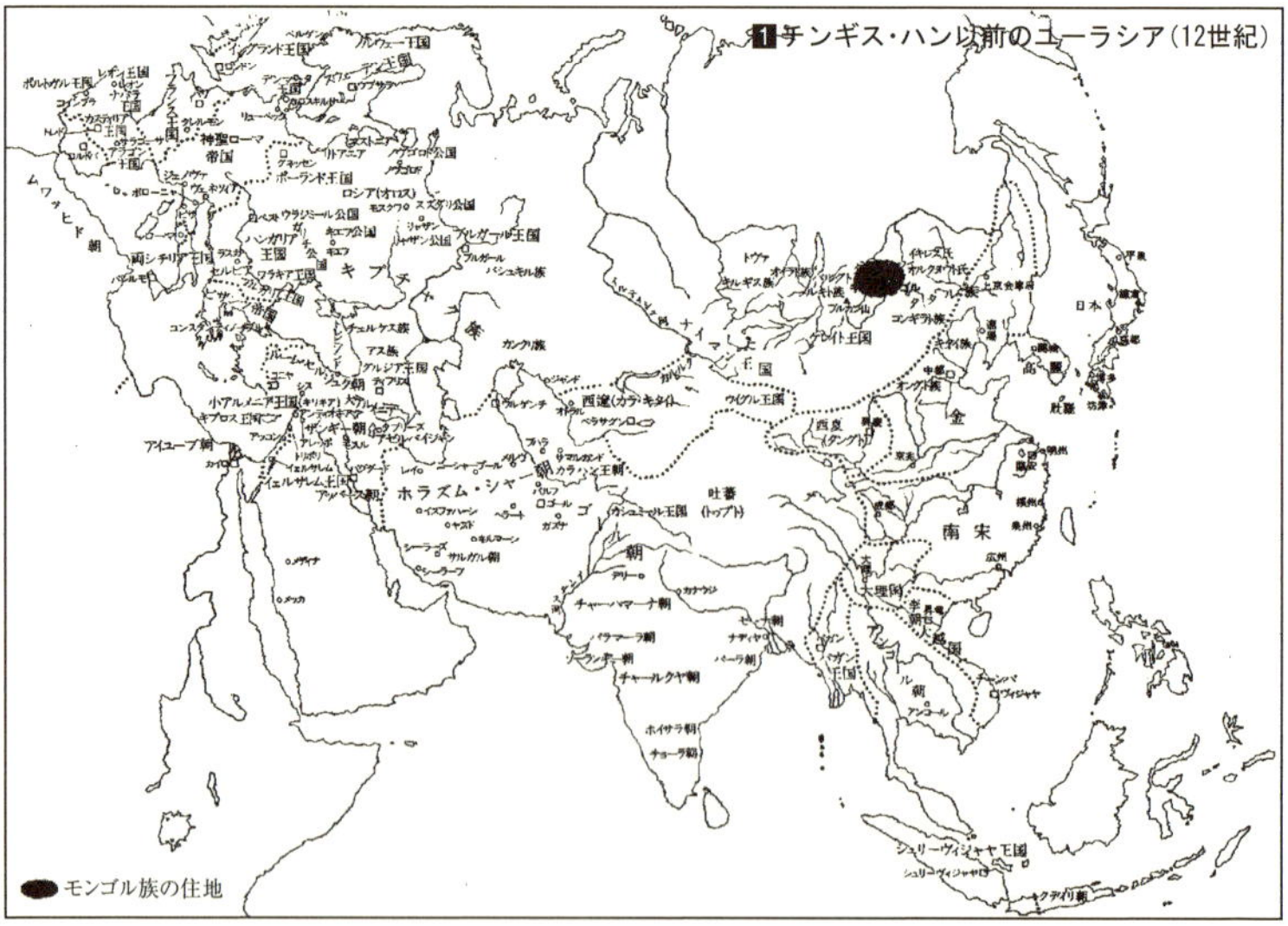

チンギス・ハン以前のユーラシア（12世紀）
（本田実信『モンゴル時代史研究』東京大学出版会、1991 刊より転載）

帝オゴデイ崩御の報に撤退し、西欧世界はすんでのところでその脅威から免れた。また、東アジアでは、数次にわたる侵攻によって武人政権が壊滅した高麗を属国とした他、華北の金、江南の南宋を滅亡させ、北宋以来の中国統一を果たした。

無論、その遠征のすべてが成功をおさめたわけではない。マムルーク朝への進撃は、皇帝モンケの急逝によって本隊が引き揚げた後、アイン・ジャールートで惨敗を喫して終わり、モンゴル帝国の西進にピリオドを打つこととなる。また、東南アジアに於いても、最終的には服属を受け入れざるを得なかったものの、陳朝ヴェトナムやビルマ族による最初の統一王朝パガン朝、インドネシアのマジャパヒト王国などが元軍の攻撃を退けたことが知られている。

蒙古襲来――文永・弘安の二度の「元寇」をはじめとする数次の日本列島周辺への侵攻は、こうしたモンゴル帝国を巡る世界情勢の中で起こったのであり、とりわけ高麗・南宋の状況と緊密な関係にあった。

一　蒙古襲来の概略

一二六〇年に高麗と和平を結んだモンゴル帝国第五代皇帝クビライは、高麗人の臣趙彝の進言を容れて、南宋攻略の一環として、日本に通好を求める国書「大蒙古国皇帝奉書」（蒙古国牒状）を送ることとなる。文永三年（一二六六）に黒的を正使として派遣された初度の使節団は、高麗の仲介で日本を目指す手筈であったが、天を蹴るばかりの風濤の有様に渡海を断念して、巨済島から引き返した。来たるべき日本遠征時に求められる負担を回避したい高麗宰相李蔵用の画策があったとも言われる。これに激怒したクビライは元宗に、高麗の責任で日本と交渉するよう命じた。そこで、再度の使節として、元宗の側近藩阜が、文永五年（一二六八）正月に太宰府に至り、国書・高麗国王書状・藩

巨済島より対馬方向を望む

皐の添状は鎌倉幕府を経て、後嵯峨院の朝廷に回送された。朝廷は院評定を重ねると共に、神領徳政を行い、諸寺社に異国降伏の祈祷を命じた。筥崎宮の検校であった岩清水八幡宮の行清が、八幡神の冥助を強調して社領の徳政を求めたことなどが知られる。幕府はまた、西国の守護に防備の用意を下知した。太宰府に留められた藩皐一行はついに返書を得ることなく帰国したが、滞在中に毎夜宿所を抜け出して九州各地を偵察したとの逸話が『八幡愚童訓』に見える。続いて、文永六年（一二六九）、藩皐の案内で黒的らが対馬に上陸したが、日本側の拒絶に遭い、島人二名を連れ去った。半年後には、彼らを護送する名目で、高麗の使節がモンゴル中書省からの服属を要求する牒と高麗の国書とを携えて来朝。文章博士菅原長成が、帝徳仁義の国を称しながら武力行使の意志表示をすることを難じ、神国日本と智を競い力で争う非を説く返書を草したが、幕府の上奏により返牒は見送られた。このような中、文永八年（一二七一）には、高麗で反乱を起こしていた三別抄から援軍と食糧を求める牒状が届いたものの、日本が連帯の呼びかけに応じることはなかった。尚、三別抄によって齎された蒙古来襲の報は、幕府を悪党禁圧と外敵防御に向かわせ、蒙古を謗国日本を誡責する天使と説く日蓮に、龍ノ口法難と呼ばれる弾圧が加えられることとなる。[*1] 三別抄からの牒状の直後に来朝した第五回及び文永十年（一二七三）の第六回の使節は趙良弼が務めたが、共に返書を得ることはなく、ここにクビライは日本侵攻を宣言する。その後、趙良弼の諫言に一度は翻意したクビライであったが、南宋の軍事拠点襄陽・樊城の双子都市を攻略し、三別抄を完全に鎮圧すると、日本への遠征に踏み切ることとなった。『五代帝王物語』には、多少の誤認を含むものの、この間の日蒙のやりとりが詳しく記されており、彗星の出現を度重なる蒙古来朝という変事の前兆と位置付けている。

こうして文永十一年（一二七四）、高麗の合浦に集結した蒙古・高麗連合軍九百艘・三万数千人（水手など非戦闘員を含む）が対馬・壱岐・肥前沿岸を蹂躙した後、十月二十日未明博多湾岸に上陸した。統制のとれた集団戦法と毒矢や「てつはう」（炸裂弾）といった見慣れない武器に苦戦した日本軍は、赤坂や鳥飼潟の激戦などで部分的な勝利を収めつつも、太宰府の水城まで敗走することとなる。ところが、その夜、海上の船に引き揚げた敵軍は翌朝にはすっかりその姿を消していた。夜半の暴風に多大な被害を出したためとも、予定された撤退であったとも言われるが、後述するように大風雨が吹き荒れたことは疑いなく、撤退中にその被害を蒙ったものと考えられる。

翌建治元年（一二七五）、クビライは第七回使節団を送る。幕府は、龍ノ口の刑場でその首を刎ねると、諸寺社に異国降伏の祈祷を命じた。また、従前の異国警固番役を強化して再襲来に備えると共に、敵の前線基地である高麗に出兵すべく、博多湾一帯の海岸砂丘上に二十キロメートルにも及ぶ石築地を構築した。[*2] 一方、首都臨安の陥落後、その残党勢力をも一掃し、南宋を完全に制圧した元は、第八回使節団に南宋の降将范文虎から日本に服属を勧めさせる

蒙古襲来絵詞より石築地（三の丸尚蔵館蔵）

体裁の牒状を託したが、幕府は博多で一行を斬首に処した。その報に接したクビライは翌年、高麗の首都開京に日本遠征の司令部である「征収日本行中書省」を設置し、文永の軍を率いた諸将らと共に高麗王を長官に任じた。こうして日蒙間の緊張が高まる中、南宋からの来朝僧無学祖元は「莫煩悩」の三字を執権北条時宗に示し、その決意を促したとの逸話が『元亨釈書』に伝わる。

弘安四年（一二八一）五月、蒙古人・漢人（旧金領の住人）・高麗人から成る東路軍（九百艘・四万人）が合浦を出発、対馬・壱岐を襲撃して（壱岐進出時に大風で被害を出している）、志賀島及び長門に進出したものの苦戦し、壱岐に退却した。この東路軍と六月十五日に壱岐で合流することになっていた江南軍（三五〇〇艘・十万人）は、旧南宋軍を中心とする大艦隊であったが―その多くは屯田兵であったとも言われる―、総司令官の病気による交代などもあって慶元（寧波）出発が遅れ、その到着を待つ東路軍は疫病の流行にも悩まされた。ようやく、七月下旬に平戸島で合流した両軍は、主力をもって鷹島を占領した。ところが、七月三十日夜半から翌閏七月一日にかけての暴風によって壊滅的な被害

福岡市西区今津地区に遺る石築地

犠牲となった島民を祀る千人塚が各地に遺る
（壱岐市芦辺町の少弐の千人塚）

を受け、その後の残敵掃討戦でも多くの捕虜や戦死者を出すなど、この度の侵攻も不首尾に終わることとなった。
その後もクビライは日本侵攻をあきらめず、服従を迫る国書を送る一方、遠征の準備を進めたが、実現を見ることなく没した。その跡を襲ったテムルは、正安元年（一二九九）、元朝最後となる第十三回の使節団を日本に送る。正使一山一寧は臨済宗の高僧であり、斬首を免れ、修善寺に幽閉された後、執権北条貞時をはじめとする公武の帰依を得た。

「蒙古襲来絵詞」より蒙古船（三の丸尚蔵館蔵）

一方の幕府は、弘安の役の直後に高麗征伐を計画したが中止に至り、異国警固番役を維持し、[*3] 石築地の修復に注力して、蒙古の再襲来に備え続けた。正安三年（一三〇一）に、甑島に異国船が出現した一件は、大事には至らなかったものの、朝廷を震撼させたと言う。

二　文永と弘安の大風

文永の役の顛末について、『元史』は、至元十一年の冬十月に日本に入り、これを敗ろうとしたが、軍が整わず、矢が尽きたために、ただ四境を虜掠して帰ったと記すのみであるが、『高麗史』金方慶伝には、群議の結果、疲弊した兵をもって日毎に増える日本軍と戦うのは得策でないと、撤退を決したものの、夜間の大風雨に遭って多くの被害を出したとある。

これに対し、公家の広橋兼仲の日記『勘仲記』文永十一年十一月六日条は、海上に浮かぶ数万艘の賊船を「逆風」が本国に吹き返し、残党五十人余りは大友頼泰の郎従に生け捕られたと述べ、「逆風」を「神明之御加被歟」と記している。また『薩藩旧記雑録』

所収の国分寺文書の内、建治元年（一二七五）年十二月三日の官宣旨案や翌年正月の太宰府下文案には、文永の役の折に「神風荒吹」との文言が見える。

総じて、この季節外れの大風については不明な点が多い。ただ、『高麗史』が、帰還できなかった兵を「万三千五百余人」と記すことは、戦死者や捕虜の他にも多くの人員が失われたことを窺わせる。敵艦隊に甚大な損害を与えた大風は、神の加護と受け止められたのであった。

続く弘安の役の折の台風について、『勘仲記』弘安四年閏七月十四日条は、太宰府からの飛脚が「去朔日大風動波、賊船多漂没云々」と報じたことを記し、「雖末代猶無止事也、弥可尊崇神明佛陀者歟」と述べている。

元軍の受けた被害は資料に拠ってまちまちであるが、『元史』張禧伝に拠れば、船と船の距離を取って平戸島に停泊していた張禧の部隊のように、この台風の影響を免れた艦船もあったものの、江南軍総司令官范文虎以下多くの将が船を失った。軍議の末撤退を決めた元軍であったが、七十頭の馬を棄てて四千人の兵を連れ帰った張禧を除いては、帰還後多くの士卒を見捨てた罪に問われたという。遺棄された兵の数について、『元史』日本伝は十万余、『東方見聞録』は三万程と伝える。『蒙古襲来絵詞』にも、肥前国の御家人が、「鷹島の西の浦より、われ残り候ふ船に、賊徒あまた混み乗り候ふを、払ひのけて、しかるべきものどもとおぼえ候ふ乗せて、はや逃げ帰り候ふ」と言うのを受けて、季長が、「仰せのごとく、払ひのけ候ふは、よきものにてぞ候らむ、これを一人もうちとどめたくこそ候へ」と、敵将掃討に逸る様子を伝える。兵船が廻って来なかった季長は、様々に策を弄した末に、「たかまさ」の船に乗船を許され、敵の首をあげたという。

この度の大風もまた「神風」と受け止められたことは、『増鏡』巻十「老の波」の次のような記述に表れている。

されども七月一日おびたたしき大風吹きて、異国の船六万艘、兵乗りて筑紫へよりたる、みな吹き破られぬれば、あるは水に沈み、おのづから残れるも、泣く泣く本国へ帰りにけり。石清水の社にて大般若供養説法いみじかりける刻限に、晴れたる空に黒雲ひとむらにはかに見えてたなびく。かの雲の中より白き羽にてはぎたる鏑矢の大きなる、西をさして飛び出でて、鳴る音おびたたしかりければ、かしこには、大風の吹きくると兵の耳には聞えて、浪荒く立ち、海の上あさましくなりて、みな沈みにけるとぞ。なほ我が国に神のおはします事あらたに侍りけるにこそ。

さて為氏の大納言、伊勢の勅使上る道より申しおくりける。

勅として祈るしるしの神風に寄せ来る浪はかつくだけつつ

「勅として〜」の歌の作者については、後宇多天皇の勅使として発遣された藤原経任の誤りとされるが、歌意は勅命による異国降伏の祈祷の霊験として吹いた神風が敵船を壊滅させたというのである。猶、『増鏡』は、この後に続けて、元の皇帝が、日本の帝王に生まれ変わって日本を滅ぼす身となろうと誓って死んだという、他書には見えない逸話を載せている。

また、『閑月集』四三三に、「法眼源承すすめ侍りし十五首歌に、神祇」として、侍従能清、三善時有の作と共に収める、

神風や吹きもたゆまぬこの秋ぞ海のほかなるまもりをも知る（法印公朝）

音にきく伊勢の神風吹きそめて寄せ来る浪はをさまりにけり（前大僧正隆弁）

の二首は、公朝詠の「この秋」という表現から、台風から程なく、その秋の内に詠まれたと憶しい。これらの歌に詠まれた「神風」の語については、節を改めて考察するが、海底遺跡「鷹島神崎遺跡」からは、遭難した元軍の船の構造材や遺物が検出されるなど、海中考古学の成果に耳目が集まっている。

三　歌語「神風」

そもそも「神風」という歌語は、記紀歌謡や『万葉集』に於いては、地名伊勢にかかる枕詞として用いられていた。中で、柿本人麻呂の高市皇子挽歌は、「～まつろはず　立ち向かひしも　露霜の　消なば消ぬべく　行く鳥の　争ふはしに　渡会の　齋宮ゆ　神風に　い吹き惑はし　天雲を　日の目も見せず　常闇に　覆ひたまひて～」と、「信仰者の敵をうちこらすため神が吹かせる風」[*4]という「伊勢神宮の神威を体現する用法」[*5]を創出した点で注目される。その背景には、壬申の乱を契機に天武朝以降、伊勢神宮の地位が上昇し、律令制祭祀の根幹をなすものとなったという時代の趨勢があったが、その後、伊勢神宮を頂点とした律令制祭祀がその形態をよく保持していた奈良～平安前半期

には、歌語「神風」の用例は見られなくなり、律令制祭祀が崩壊し形骸化してくる院政期頃から復活を遂げ、十三世紀初頭、和歌史的には新古今時代に突出していると分析されている。[*6]

私見によれば、和歌史上、院政期に歌語「神風」が復活する契機としては、二つの要因が指摘できるように思われる。一つは、『後拾遺集』巻七賀に、承暦二年（一〇七八）の内裏歌合の出詠歌として収められた源経信の「君が代は尽きじとぞ思ふ神風や御裳濯川の澄まむかぎりは」（歌合では作者名を経信の息道時と伝えるものの、父経信による代作かと言われる）が、枕詞「神風や」のかかる対象を、伊勢神宮を流れる御裳濯川に拡大したことである。この歌について、『袖中抄』は、番えられた匡房の歌に勝った上に、歌合後、ある人の夢に唐装束の女性たちが大勢並んで座ってこの歌を吟じて感嘆し、この歌によって帝の御宝算は増長するだろうと言ったが、果たしてその通り、この歌の感応で白河天皇はその後五十二年天下を治められたと記す。[*7]『袖中抄』はまた、広く伊勢国の地名に続けることを難じているが、この経信詠を契機として、枕詞「神風」は、「内外の宮」「みつの柏」「山田の原」といった、伊勢神宮にまつわる様々な語を導くこととなった。尚、伊勢神宮に発遣される公卿勅使は、白河天皇の時代から激増するとの指摘があり、[*8]このことも歌語神風の復活を後押ししたと考えられるが、経信もまた、延久六年（一〇七四）に白河天皇の公卿勅使として参宮している。

今一つは、『万葉集』に、碁檀越が伊勢国に赴いた際に、留守を守るその妻が詠んだと伝える「神風の伊勢の浜荻折り伏せて旅寝やすらむ荒き浜辺に」の一首が、院政期の多くの歌学書で注目を集め、『新古今集』巻十羇旅に収められるに至ったことである。たとえば、「綺語抄」は、「かみかぜ」の語に「神の御めぐみをいふなり」と注して、この歌を引いた上で、通宗が筑紫の安楽寺で神風を詠んで笑われたことを記している。また、「俊頼髄脳」も、「神風伊勢とは吹く風にはあらず。万葉集に神風と書きたれば、文字にはかられて吹く風によめる人あまた聞ゆ。もろもろのひが事にや。神のおほむめぐみといへる事なり。さらば伊勢とかぎる事かは。他の神にもよまむに咎あるべからず、といひしかば、かかる事は古くよみつるままにて、おそろしさにえよまぬなり。このごろの人もおぢなくよむものあらばよまれてこそはあらめ、とぞ申さるとうけ給ひし。」と述べており、「神風」は実際に吹く風ではなく、伊勢の神の御恵みであるとの認識が見受けられる。

こうして、歌語「神風」は息を吹き返し、新古今時代に非常に多くの「神風」詠が詠まれることとなるわけだが、『新古今集』巻十九神祇に、伊勢神宮関係の歌が十五首ものかつてない一大歌群として収められていることは看過できない。その中には、仁平元年（一一五一）に勅使をつとめた源雅定の帰途の歌、建久六年の勅使藤原良経及びこれに供奉した藤原定家の歌、建仁元年の勅使藤原公継と斎宮女房との贈答歌等が含まれている。西行の「聞書集」にも、寿永二年の勅使源通親一行を五十鈴川のほとりで見た折の歌が収められており、「神風」詠史に於ける公卿勅使の存在感は大きい。

この時期には、実際に吹く風としての神風を詠む歌が散見されるようになるが、その一端を次に示す。

①流れたえぬ浪にや世をばをさむらむ神風涼しみもすその川（西行法師家集三七九・伊勢にて）
②くもる夜の空吹きはらへ神風や雨なつかしき袖もよしなし（拾玉集四四三〇・雨中述懐）
③今朝よりは春の神風吹きかへてみもすそ川の音ぞのどけき（拾玉集五〇一九・述懐）
④神風や空なる雲をはらふらむひと夜も月のくもる間ぞなき（後鳥羽院御集二七八・建仁元年三月内宮御百首・神祇）

⑤神風やとよみてぐらになびくしでかけてあふぐといふもかしこし

（新古今集一八七六・大神宮のうたの中に・太上天皇《後鳥羽院》）

⑥神風やあめのやへ雲吹きかけよまがへる道にあとやみゆると（夫木抄七八〇四・太神宮百首御歌・後鳥羽院御製）

①の西行歌は伊勢での実体験に基づき、神域を吹きわたる風の涼しさを詠んでおり、③の慈円歌も立春の御裳濯川にのどかに吹く風を詠んでいる。また、⑤の後鳥羽院歌は幣をなびかせる穏やかな風を詠んでいるが、②の慈円歌、④⑥の後鳥羽院歌はいずれも空の雲を吹き払う烈しい風を詠んでおり、弘安の勅使の「勅として祈るしるしの神風に寄せ来る浪はかつくだけつつ」という一首の素地はここに整ったといえよう。文永・弘安両度の蒙古軍を退けた大風が「神風」と称された背景には、以上に見てきたような歌語「神風」の変遷があったのである。

四　神の軍功

蒙古の侵略に対して、日本がとった防御態勢は大別すると、「神仏に対する祈祷と軍事力の動員による防御」の二様であるとされる。[*9] 換言すれば、「戦争には、地上で行われる人間同士のいくさと、天上世界で行われる神同士のいくさがあり、勝敗を最後に決するのは後者の神戦であると考えられていた」のである。[*10]

たとえば、幸若舞「百合若大臣」は、元寇や応永の外寇などを素材に、右大臣百合若が蒙古を追討し、逆臣に復讐を遂げるという筋立てを持つが、蒙古合戦に臨む神々の姿を、次の様に描く。まず、蒙古が攻め向かって来た日から、「天下の神達、高天原に集会して、軍評定とりどり也。しかりとは申せ共、蒙古が大将りやうさうが諸庁に放つ毒の矢が、住吉の召されたる神馬の足に立。此傷癒さんそのために、神の戦を延べられたり。これによって九夷ども、力を得たりと攻め入るなり。」と、すぐさま神々が軍議を始めたものの、住吉の神の乗る馬が毒矢に射られた傷を癒すために、神戦が延期され、緒戦は敵が勢いを得たとする。そして、「去程に、王城の鎮守を始め奉り、衣冠を脱ぎ替へ鎧を召し、清麗微細の色の上には、夜叉羅神の形を現じ、雲に乗り、霞に乗り、一つは国家を守らんため、又は氏子を守護せん為、我氏子わが氏子、形に影の添ふごとく、先に立てぞ守らるる。」と、神々が鎧を身につけて戦場に赴き守護し、その議によって「神風涼しく吹ければ」、蒙古軍はその兵を引くことになったというのである。

合戦後には、寺社も武士同様に恩賞を要求した。武士が幕府に提出した軍功を述べる申状を「軍忠状」と称するが、寺社もまた、いつどこでどのような経典をどのように修したかをリストにした「巻数（かんず）」を幕府や朝廷に提出し、行賞から漏れた肥前武雄社の神官が、鎮西探題にその不当を訴えたように、自らの神の戦功を主張して争ったという。[*11]

鷹島古戦場（鷹島神崎遺跡周辺）

海底より引き揚げられた「てつはう」
（松浦市教育委員会蔵）

文学作品の中にも、軍忠状的性格を持つものが認められる。竹崎季長が描かせた『蒙古襲来絵詞』の制作意図を巡っては、竹崎季長の戦功の記念・記録、甲佐大明神への報謝、安達泰盛らをはじめとする多くの恩人・知己に対する報恩・追懐といった様々な要素が指摘されてきたが、自身の活躍を詳しく記録に留めようとした点からは、「絵巻物様式を借りた軍忠状[*12]」と看做すことができよう。これに対して、「異国降伏祈祷の軍忠状[*13]」と位置づけられるのが『八幡愚童訓』であり、同書の蒙古襲来関係の記事の原資料とも言われる、橘守部旧蔵『八幡ノ蒙古記』は、文永の役の結末として、日本軍敗走後の夕方過ぎ、八幡神の化身と思われる白装束三十人が筥崎宮から姿を現し、矢を射かけたため、蒙古軍は海上に逃れたところ、不思議な火の燃える船が二艘現れて、蒙古軍を討ち取り、沖に逃れた船も大風に吹きつけられたと記す。更に、もし兵が一騎なりとも控えていたならば、武士の軍功と言われたかもしれないが、一人残らず逃げ落ちた後のことであるから、「偏に神軍の威徳荘重」であると、この度の戦功の在処を明らかにしている。また、弘安の役については、風が吹く以前に青龍が海から頭をさし出したことに始まり、掃蕩戦の末、「こたびの神の威徳」を知らせる為に、敢えて敵兵三人を小舟に乗せて追い返すまでの顛末を記し、筥崎八幡宮の神威を説いている。

この他にも、伊勢神宮の神官たちは、弘安の役の折に、二宮の末社風社の宝殿が、七月二十七日から三日間にわたり鳴動し、二十九日の暁方に神殿から一陣の赤雲が発して西方にたなびいたと言上して、宮号と官幣の授与を得たし、高野山金剛峰寺は、鎮守である丹生社の主神が、弘安の役の開戦前に神々の蒙古発向を託宣し、その先陣をつとめたとの申状を奉り、和泉国近木庄を寄進され、紀伊国一宮に認定された。このような神々の軍功の主張は枚挙の暇がない[*14]。

文永・弘安の大風は、武士のみならず、神による軍功が争われる時代にあって、神の吹かせた風―神風と喧伝されたのであった。

おわりに

吉良史明氏は、蒙古襲来絵詞の考証に参与した中島広足の長歌「見蒙古襲来絵巻作歌」を嚆矢に、攘夷の象徴として「神風」を詠む歌が広く幕末の国学者の間に見られると指摘され、その一人長澤伴雄が、ペリー来航を題材に、

えみしらが頼む水城は神風のいぶきの末の木の葉なりけり

と詠じた一首について、歌語「神風」が、「眼前に迫り来る西洋諸国の侵攻に対して詠じられたものへとさらなる変容を遂げ」たとされた。*15

狂歌の世界に目を転じると、黒船来航時の老中首座阿部正弘は攘夷論を抑え、穏健策を取ったため、伊勢守であったことに引っ掛けて、

いにしへの蒙古の時とあべこべで波風立てぬ伊勢のかみ風

と皮肉られたが、国難に際してこれを吹き払う「神風」を期待する心性は、近現代へと更に持ち越されたのであった。

注

1　川添昭二氏「蒙古襲来史料としての日蓮遺文」(『九州史学』。百五十号。二〇〇八年九月)。

2　この計画は実現せず、石築地は後方基地としてではなく、専ら要塞として用いられ、後世には元寇防塁と称された。

3　九州の御家人を異国警固に専念させるために、幕府が博多に設けた裁判機関鎮西探題は、六波羅探題同様、歌壇を形成したことが知られる。井上宗雄氏『中世歌壇史の研究　南北朝編』。明治書院、一九六五年、川添昭二氏「神祇文芸と

鎮西探題歌壇」・『中世九州の政治・文化史』。海鳥社。二〇〇三年など。
4 益田勝実氏「神風考」(『文学』・一九八三年三月)。
5 山村孝一氏「歌語「神風」考—古代の和歌と政治と神祇信仰の相互関係について—」・『日本文学』(一九九七年五月)。
6 山村氏前掲論文に詳細に論じられている。
7 この逸話は袋草子をはじめ諸書に見える。
8 平泉隆房氏『中世伊勢神宮史の研究』、吉川弘文館、二〇〇六年。
9 川添昭二氏「蒙古襲来と中世文学」(『日本歴史』、一九七三年七月(「蒙古襲来と中世文芸」と改題して、『中世九州の政治・文化史』に所収)。尚、これらの祈祷を背景に歌われた宴曲(早歌)については、外村久江氏『早歌の研究』・至文堂・一九六五年、乾克己氏『宴曲の研究』・桜楓社・一九七二年に詳しい。
10 海津一朗氏『蒙古襲来　対外戦争の社会史』(歴史文化ライブラリー)・吉川弘文館・一九九八年
11 海津一朗氏『神風と悪党の世紀』・講談社現代新書・一九九五年
12 川添氏前掲論文(＊9)
13 川添氏前掲論文(＊9)
14 相田二郎氏『蒙古襲来の研究　増補版』・吉川弘文館・一九八二年、海津氏前掲書(＊10)など。
15 『中島広足と幕末国学の研究』・九州大学博士論文・二〇一一年。同論文には、熊本へ帰帆する途次、シーボルト事件の折にオランダ船を座礁させた台風に遭遇した広足が著した「樺島浪風記」が、序跋文を付した天保十一年の時点で、紀行作品から神風の子細を記した書へと読みかえられて享受されてゆく様子も詳しく論じられている。

原文の引用にあたっては、濁点や送り仮名を補ったり、漢字を宛てるなど表記を私に改めた箇所がある。

参考文献

・蒙古襲来を巡っては、近世以来、長く充実した研究の歴史があり、一九七五年までの研究史は川添昭二氏『蒙古襲来研究史論』（雄山閣出版・一九七七年）に、それ以降の研究史のアウトラインは佐伯弘次氏「蒙古襲来研究の歩み」（考古学ジャーナル二〇一三年五月号『特集　水中考古学―元寇船最新研究の成果―』）に纏められている。本稿も、先人の多大な学恩を蒙ったが、殊に多く参照させて頂いた御論考の内、前掲の注に言及のない物を次に挙げる。

・池内宏氏『元寇の新研究』・東洋文庫・一九三一年
・村井章介氏『アジアのなかの中世日本』・校倉書房・一九八八年
・海津一朗氏『中世の変革と徳政―神領興行法の研究』・吉川弘文館・一九九四年
・杉山正明氏『モンゴル帝国の興亡〈上・下〉』（講談社現代新書）・一九九六年
・佐伯弘次氏『モンゴル襲来の衝撃』（日本の中世　九）・中央公論新社・二〇〇三年
・近藤成一氏編『モンゴルの襲来』（日本の時代史　九）・吉川弘文館・二〇〇三年
・網野善彦氏『蒙古襲来』（網野善彦著作集第五巻）・岩波書店・二〇〇八年
・『戦跡からみたモンゴル襲来―東アジアから鷹島へ―』・九州大学大学院人文科学研究院・二〇一二年
・村井章介氏『増補　中世日本の内と外』（ちくま学芸文庫）・筑摩書房・二〇一三年

大物浦で義経を阻む風

――風と平家の怨霊と――

鈴木　彰

はじめに

壇ノ浦の戦いののち、源義経とその兄頼朝の関係に亀裂が生じた。義経は、頼朝の命によって上洛した土佐房昌俊《とさのぼうしょうしゅん》を返り討ちにしたものの、続く北条時政の上洛をうけて都を離れることを選んだ。神崎川河口に位置した大物浦まで下った義経一行は、海路を進んで西国へ向かおうとしたのだが、大風に阻まれてそれを断念することとなった。本稿では、この出来事を描く中世の諸文芸の表現が、じつはさまざまに異なっていることに注目し、この事件を語り変え、意味づけ直してきた過程をつかむとともに、当該事件の解釈が諸文芸をとおして大きく変化してきたさまを系譜的に浮かびあがらせていきたい。その際、義経の行く手を阻んだ風がどのように扱われてきたかという点に、とくに注目することとなる。

「西風」と平家の怨霊——延慶本『平家物語』の解釈姿勢

延慶本《えんぎょうぼん》『平家物語』によれば、義経は文治元年（一一八五）十一月二日に院参して西国に下る意志を後白河院に伝えて院庁下文《いんのちょうくだしぶみ》を得ると、翌三日の卯の刻ごろ、伯父行家らとともに「僅ニ五百余騎」で都を出立、一行を阻止せんとする勢力を駆け散らしながら「川尻」（淀川の河口域）まで進んだという。そして、「大物浦」（現尼崎市大物町付近）からの船出を試みたのだが、そこで激しい「西風」に阻まれることになるのである。

I……散々ニカケチラシテ、川尻マデハ着ニケル。大物浦ニテ船ニ乗テ、「鬼海・高麗・新羅・百済マデモ落行ナム」ト思ケレドモ、平家ノ怨霊ヤ強《こは》カリケム、折シモ西風ハゲシクテ、大物浜・住吉浜ナムドニ打上ラレテ、船ヲ出ニ不及《およばざり》ケレバ、（以下略。協力者たちの離脱、女房たちとの離別など）（第六末・十二「九郎判官都ヲ落事」）

船を出せないほどの激しい「西風」から、平家の怨霊の力が想起されている。「折シモ」（まさにその時）という設定は、そうし連想が的外れではないことを強く示唆することとなっている。これに続けて、義経らの船は「大物浜・住吉浜ナムドニ」打ち上げられたとあるが、大物浜と住吉浜は直線距離で十三キロメートルほど離れている[*1]。現地の土地勘をもつ読者には、この叙述によって西風の激しさがいっそう強く印象づけられたはずである。また、仮にこの距離感をもたずとも、右引用部の表現から、あるいは、それに続けて供の者たちのなかから離脱者が出たことや都から連れてきた女房たちをここで捨て置いたことが語られることによって、西風の激しさと義経一行の混乱ぶりを読みとることは十分可能である。

この記事についてまず注意したいのは、このとき義経らが船を大物浦から漕ぎ出したのか、またそうだとすればどの程度の沖まで進んでいたのかといった点が示されていないということである。つまり、延慶本はこの出来事を具体的に細部まで描きだしてはいないのであり、その表現は、壇ノ浦の海中に沈んだ平家一門の怨霊化とそれが義経へと祟った可能性を提示しているにすぎないのである。

なお、右の記事は、これに先立つ巻第十二の巻頭にみえる次の記事とあいまって、物語展開上、ひとつの脈絡を形づくっている。そこでは、文治元年七月の大地震で都に甚大な被害が出たことを示したのち、文徳《もんとく》天皇や朱雀《すざく》天皇時代の先例を引いたうえで、次のように述べられている。

Ⅱ サレドモ、其《それ》ハ見ヌ事ナレバ如何《いかが》有ケン。今度ノ事ハ、是《これ》ヨリ後モ可有類《たぐひあるべし》トモ不覚《おぼえず》。平家ノ怨霊ニテ、世中ノ可失之由《うすべきよし》申アヘリ。十善帝王ハ都ヲ被責落《せめおとされ》テ、御身ヲ海中ニ沈メ、大臣公卿ハ大路ヲ渡サレテ、首ヲ獄門ニ懸ラレヌ。異国ニハ其《その》例モヤ有ラム、本朝ニハ未聞《いまだきかざる》事也。是程《これほど》ナラヌ事ダニモ、怨霊ハ昔モ今モ恐シキ事ナレバ、世モ未ダシズマラズ。云何《いか》ガアラムズラムト怖アヒケル。

（第六末・一「大地震オビタ、シキ事」）

展開上、引用Ⅰは必然的に引用Ⅱを承けるかたちとなる。これらの記事が共鳴することで、海中に沈んだ平家一門の怨霊化は、作中でほぼ決定づけられているとみてよい。

さて、引用Ⅰに関するふたつめの注意点として、そこに描かれている風は、西国をめざす義経一行を阻み、船を海岸へと押し戻す風であって、彼らを海中に引き込もうとする風としては描かれていないということも指摘しておきたい。本文には、「大物浜・住吉浜ナムドニ打上ラレテ、船ヲ出ニ不及《およばず》」という状況が書かれているにすぎないのである。後述するように、『平家物語』の他伝本や他作品では、義経を阻む風にこれとは異なる力や意義をもたせた描写がなされている。それらとの違いを受け止めるためにも、延慶本でのこうした記されかたを確認しておきたい。

風を解釈する姿勢――『玉葉』と『吾妻鏡』の差異

ところで、この出来事は九条兼実の日記『玉葉』にも記し留められている。あらためてその記事を読み直してみよう。

Ⅲ入《テ》レ夜《ニ》人曰《ク》、九郎義経・十郎行家等、為《メニ》二豊後国《ノ》武士《ノ》一被《レ》二誅伐《セ》一了《ンヌト》云々、或云《ハフ》、為《ニ》二逆風《ノ》一入《ルト》レ海《ニ》云々、両説雖《モ》二不詳《ナリト》一、解纜不《ル》二安穏《ナラ》一歟《カ》、……伝《ヘ》聞《ク》、豊後《ノ》武士等伐《ツ》二義経等《ヲ》一事謬説《ナリト》云々、

（文治元年十一月七日条）

Ⅳ伝《ヘ》聞《ク》、義経・行家等、去五日《ノ》夜乗《リテ》レ船《ニ》宿《ス》二大物《ノ》辺《ニ》一、追行之武士等、寄《ス》二宿近辺《ノ》在家《ニ》一……未《ダ》二合戦《セ》一之間、自《リ》二夜半一大風吹《キ》来《リ》、九郎等《ノ》所レ乗《ル》之船、併《しかしながラ》損亡《ス》、一艘而《トシテ》無《ク》レ全《キハ》、船過半入《ル》レ海《ニ》、其《ノ》中《ニ》、義経・行家等乗《リテ》二小船一艘《ニ》一、指《シテ》二和

泉浦《ノヲ》一逃去了《ゲリンヌト》 云々、

（同八日条）

引用Ⅲによれば、十一月七日の夜の時点で、都落ちした義経らの行方に関する情報が兼実のもとに伝わっており、そのなかには、逆風によって海に沈んだという説も存在したことがわかる。兼実は義経らがおだやかには船出できなかったことを、この時点で把握していたのである。そしてその翌日、義経を追って現地に赴いていた藤原範資《のりすけ》が帰洛して兼実のもとを訪れ、自らの見聞を報告した。引用Ⅳは、その内容を抜粋したものである。大物浦での出来事を詳細に伝えるこの記事から、当日の様子を組み立ててみよう。

まず、義経らは五日の夜に船に乗り、「大物辺」に「宿」したとある。これは、大物から船出し、沖に出て夜を過ごしたという意味ではないだろう。続く「未《ダ》《ル》二合戦《セ》一之間」という表現は、近くに寄宿していた義経らを「追行」する武士たちが、これから（おそらく夜が明けたら）合戦をしかけようとしていたことを前提とした表現である。[*2] もし義経らがこの段階ですでに遙か沖合いに漕ぎ出していたとすれば、追撃するのは到底不可能である。したがって、義経らはこのときはまだ船出しておらず、「大物辺」の岸近くに繋留した船を宿として、夜明けを待っていたと解釈するのが妥当であろう。ところが、夜半から「大風」が吹き始めた。やがて義経らが乗っていた船は悉く「損亡」し、一艘として無傷なものはなく、過半は海に沈んでしまった。そうしたなか、義経と行家は小船に乗って、和泉のほう、つまり南へと逃げ去った。引用Ⅳには、以上のような事件経過が記されている。

これは、義経らの船が大風によって「損亡」していくさまを実際に目撃した者が直接伝えた情報である。つまり、義経らの船は夜でも陸から視認できる位置にあったわけで、そうした意味でも、義経らが夜のうちにすでに岸から遠く離れていたとは考えがたい。夜の航海がきわめて困難だったことも想起すべきだろう。以上を勘案すれば、義経らは大物の浦の岸近くに繋留した船の中で夜明けを待っていたが、夜半から天候が変わり、大風に襲われて、その場で多くの船を失ったということになる。義経らは小船で「和泉《ノ》浦」をめざしたとあるが、行く先が具体的でないのは、いうまでもなく現場ではそれを知りえないからである。こうした語り口は、この情報の生々しさをおのずとものがたっている。

『玉葉』には、まだ大物の浦に滞在しているうちに遭難してしまった義経たちの様子が記されている。多くの船を海へ沈めた風は「大風」と記されるのみで、それが吹き始めるタイミングも「夜半」になってのこととされている。兼実はこの風を平家の怨霊と結びつけて解釈する眼をもっていないことに注意したい。*3 こうした記事と対照してみると、あらためて延慶本『平家物語』の当該記事のもつ特色がみえてこよう。この暴風を「西風」と表現して、義経を阻もうとする怨霊化した平家一門の表象としたのは、どうやら『平家物語』の歴史叙述としての文脈に根ざした筆致であったと考えてよさそうである。そして、ここから派生するかたちで、この事件を扱う後世の創作的叙述がさまざまに生みだされていくことになる。*4

『玉葉』の同日条は、「……件《くだんノ》範資今日上洛《シ》、所《ト》二談説《スル》一云々、已《すでニ》是《こレ》実説也、随《テ》二聞《キ》及《ブニ》一記《ス》レ之《ヲ》」と結ばれている。つまり、同日条の記載内容は、義経を追って現場にでかけていた範資の生《なま》の見聞談に基づいていると考えられる。したがって、この事件の実態に迫ろうとする際、右に読み解いたような事件展開を決して無視できるものではない。

『玉葉』から浮かびあがるこうした事件展開を踏まえつつ『吾妻鏡』の関連記事を見渡してみると、そこにはいくつかの看過できない相違点が浮かびあがる。まずは、事件当日の六日条をみてみよう。

V行家、義経於《テ》二大物浜《ニ》一乗船之刻、疾風俄《にはかニ》起《リ》而逆浪覆《フ》レ船《ヲ》之間、慮外止《ム》二渡海之儀《ヲ》一、伴類分散《ス》、相二従《フ》豫州《ニ》一之輩纔《わづかニ》四人、所謂伊豆右衛門尉、堀弥太郎、武蔵坊弁慶并《ならびニ》妾女（字静）、一人也、今夜一二宿《シ》于天王寺《ノ》辺《ニ》一、自《より》二此処《ここ》一逐電《スト》云々、

（文治元年十一月六日条）

まず注目したいのは、義経らが乗船したとき、「疾風」が「俄」に起こったとされていることである。『吾妻鏡』には、これと同質の表現が「去《ヌル》六日於《テ》二大物浜《ニ》一、忽《たちまチニ》逢《フト》二逆風《ニ》一云々」（同十一日条）、「去《ヌル》六日於《テ》二大物浜《ニ》一乗《リ》レ船《ニ》解《ク》レ纜《ヲ》之時、遭《ヒテ》二悪風《ニ》一漂没《ス》」（同二十日条）、「而於《テ》二摂津国《ニ》一、解纜之間、忽《チニ》逢《ヒ》二逆風之難《ニ》一」（同廿五日条）、「乗船解纜之時、入《リ》レ海《ニ》浮《ブ》レ浪《ニ》、郎従眷属即《すなはチ》令《レム》二滅亡《セ》一」（十二月六日条）のようにくり返し現れてくる。『吾妻鏡』の事件理解は、乗船した義経らが船出しようとしたとき、にわかに「疾風」「逆風」「悪風」に襲われたというかたちなのである。冷静に本文を読めば、これがじつに演出がかった展開であることを読みとれよう。加えて、もし『玉葉』が記すように、前日五日の夜半から大風が吹き始めたというのが事実だったとすれば、なおのこと「疾風俄起《ニリ》」と叙述したことの作為性がきわだつ。

また、『吾妻鏡』では義経らの船が遭難したのは、「乗船之刻」（十一月六日条）、「乗《リ》レ船《ニ》解《ク》レ纜《ヲ》之時」（同二十日条、十二月六日条）、「解纜之間」（十一月廿五日条）と理解されている。これだけでは、どの程度の沖合いまで船が進んでいたのか判断しかねるところだが、併せて、「於《テ》二大物浜《ニ》一漂没之由」・「漂没之由」（ともに十一月十一日条）、「遭《ヒテ》二悪風《ニ》一漂没之由」（同二十日条）、「漂没之間」（同廿五日条）のように、「漂没」という語で船が遭難するさまが説明されていることにも注目したい。「漂没」の用例は、建仁元年（一二〇一）八月十一日条、嘉禎三年（一二三七）十一月七日条、弘長三年（一二六三）八月十四日条にみえるが、いずれも人や船が海や川の水に呑み込まれるという意で用いられている。かか

る用例に照らせば、ここでも海中に沈むという意味とみてよいであろうから、『吾妻鏡』では義経らの船は解纜してまもなく海中に没したと語っていることになる。

以上のように、『吾妻鏡』は、義経らが渡海をしようと船に乗り込み、船出するやいなや、「俄」に「疾風」が起こり、船は海中に呑み込まれたという事件理解をもっている。『平家物語』のように、それを平家怨霊だとまでは述べていないが、ここには、義経を阻む風を偶然の自然現象とはせず、その背後にある因果関係を示唆しようとする、『吾妻鏡』の物語的な表現志向がかいまみえる。それは、おのずと『吾妻鏡』が織りなす歴史語りの質を示唆している。『吾妻鏡』もまた、さまざまな作為を編み込んだ物語なのであり、そうした特質は当該記事にも認められるのである。

従来、『玉葉』から先述したような事件展開が読みとれることの意味や、『吾妻鏡』が描きだす事件像との違いは、ほとんど掘りさげられることはなかったようである。しかし、両者の間には同等には扱えない質の違いがある。風を解釈する姿勢に注目することで、それが顕著に浮かびあがってくるのである。

語り変えられる事件像――覚一本と『源平盛衰記』の場合

延慶本『平家物語』と『吾妻鏡』は、それぞれの解釈のもとで、義経を阻む風に因果論的な意味を与えている。こうした姿勢が継承され、この事件は以後さまざまに語り変えられていくことになる。

ここでは、延慶本と他の『平家物語』諸本との差異に注目してみよう。本節ではとくに、後世への強い影響力をもった覚一本《かくいちぼん》と『源平盛衰記』にしぼってとりあげたい。

覚一本は、五百余騎で都を落ちる義経らが、六十余騎で追撃してきた太田《おおたの》太郎頼基《たろうよりもと》を川原津《かわらのつ》で撃退し、そののち大物浦から船出するさまを次のように語っている。

Ⅵ……判官《はうぐわん》頸どもきりかけて、戦神《いくさがみ》にまつり、「門出よし」と悦で、だいもつの浦より船にのッて下られけるが、折節西のかぜはげしくふき、住吉の浦にうちあげられて、吉野のおくにぞこもりける。…（中略）…凡判官をたのまれたりける伯父信太《しだの》三郎先生《せんじやう》義憲《よしのり》・十郎蔵人行家《ゆきいへ》・緒方三郎維義《これよし》が船共、浦々島々に打よせられて、互にその行ゑをしらず。忽に西のかぜふきける事も、平家の怨霊のゆへとぞおぼえける。
（巻第十二「判官都落」）

義経らを阻んだ風は「西のかぜ」とされ、「折節」・「忽に」吹いたその風を「平家の怨霊ゆへ」としている。この風についての解釈は延慶本とほぼ等しい。ただし、「船にのッて下られけるが」とあるように、覚一本では、義経は大物浦から船出して、ある程度海上を進んだのちにこの風に襲われたことになっている。また、覚一本で「平家の怨霊のゆへとぞおぼえける」とある波線部の表現は、延慶本では「平家ノ怨霊ヤ強カリケム」とあった。推量表現をもちいて平家の怨霊の存在を透かし見ていた延慶本に対して、覚一本はその存在をより確かなものとして語っている。また、覚一本では義経らの船がすでにある程度海上を進んでいたことになっていたが、こうした設定により、大物の浦から沖へ出た船をはるかに住吉まで押し戻してしまった風の激しさ、すなわち平家の怨霊の力がいっそう印象づけられることとなっている。このように、『平家物語』の諸本展開過程には、西風を平家の怨霊と結びつける解釈を確定的なものとして押し出していく流れが存在したのである。あらかじめ述べれば、この流れは、怨霊の存在感をさらにきわだたせる『義経記《ぎけいき》』等へと連なっていき（次節参照）、それがこれ以後の事件理解の基軸をなしていくことになる。

ただし、事件像を作りかえていく流れはこうした方向性のみではなかった。『源平盛衰記』の同場面は、延慶本的本文を下敷きとしながら、次のように記されている。

Ⅶ……大物ガ浜ヨリ船ニ乗テ九国ニ下《くだり》、尾形三郎惟義《これよし》ヲ憑《たのみ》テ、支《ささへ》テ見ン。其猶不レ叶《かなはず》ハ、鬼界・高麗・新羅・百済マデモ落行ント思ケレ共、折節《をりふし》十一月ノ事ナル上、平家ノ怨霊ヤ強《こはかり》ケン、度々船ヲ出《いだし》ケレドモ、波風荒シテ大物ガ浦・住吉浜《すみよしのはま》ナドニ被二打上一《うちあげられ》テ、今ハ不レ及二船於出一《ふねをいだすにをよばず》、敵ノ兵ハ追継々々ニ馳来。可レ遁様《のがるべきやう》ナカリケレバ、三百余騎ノ者共モ思々《おもひおもひ》ニ落ニケリ。……（巻第四十六「義経行家出都」）

まず、ここでは、「波風荒シテ」と、延慶本や覚一本のように「西風」とされていないことに注意したい。西をめざす義経一行にとって、西から吹きつける風は文字どおりの逆風を意味する。その設定と描写は、必然的に義経らの行く手を正面から阻む力（平家の怨霊を示唆または象徴するもの）をきわだたせることになっている。しかし、『盛衰記』ではそうした関係が解消されている。風を「西風」と特定することなく、荒き風に海上が激しく波打つ、より普遍的な光景へと描きなおされていることがわかる。このことは、波風が荒いことの理由として、「折節十一月ノ事ナル上」という表現（二重傍線部。延慶本なし）が加えられ、かつ平家の怨霊の力については推量表現が用いられていること（傍線部）と響き合っている。『盛衰記』は、「度々船ヲ出《いだし》ケレドモ」（波線部）という延慶本にはなかった設定を加えることで、船出の困難さを独自に強調している。ただし、それは怨霊の力を押し出すためではなかった。『盛衰記』では、この季節ゆえの事情を前提とした、現実的な風の描写が選ばれたのである。このように、怨霊の作用を読みとることにむしろ抑制的な姿勢での改作もなされていたことを受け止めておきたい。後世への影響力が強かった『源平盛衰記』がそれにあたるというのも、じつに興味深い。

なお、『盛衰記』には、このあとに義経らを捕らえることを指示する院宣がくだったという記事がある。

Ⅷ同《おなじき》十二日、大宰権帥経房卿《ださいのごんのそちつねふさのきやう》、奉レ仰《おほせをうけたまはり》テ、美作国司《みまさかのこくし》ニ仰ケルハ、「源義経同行家《ゆきいへ》、巧二反逆一《はんぎやくをたくみて》赴二西海一《さいかいにおもむき》、去六日ニ於大物浜忽二逢逆風一《だいもつのはまにおいてたちまちにぎやくふうにあひて》漂没之由、雖レ有二風聞一《ふうぶんありといへども》、亡命之条、非レ無二狐疑一《こぎなきにあらず》。早ク仰二有レ勢武勇之輩一《せいあるぶようのともがらにおほせて》、尋二捜山林河沢之間一《さんりんかたくのかんをじんそうし》、不日《ふじつ》ニ可令召進其身《そのみをめしまゐらすべし》」トゾ、院宣ヲ被下《くだされ》ケル。

当該記事は延慶本には存在しない。傍線部の表現は、『吾妻鏡』文治元年十一月十一日条に載る院宣（同日付）の文面に対応するため、『盛衰記』は『吾妻鏡』を参照してこれを継ぎ接ぎしたものかと推測されるのだが、これによって、引用Ⅶで語られた事件展開と合致しない状況が提示される結果となっている（とくに「忽逢二逆風一」・「漂没」の部分が問題）。改作に際して、こうしたすれちがいは問題にならなかったことになる。『盛衰記』では、風がなぜ、どのように吹いたかを示すよりも、院宣が出されたという事実を加筆することのほうに多くの関心が寄せられていたわけである。

航海中の遭難、具象化される怨霊――風の意味づけの変化

『義経記』は、義経一行を悪風が阻むという場面を、ここまでに見渡してきた諸文献とはまた異なるかたちで叙述しなおしている（巻第四「義経都落ちの事」）。まず、これを明確に航海中の遭難事件として描いたところに特色がある。そもそも、『義経記』では、一行が船出した場所が示されていない。このこと自体、出船時の状況を記すことが重視されていなかったことを意味しよう。一行は、「風に任せ潮に随ひて行く程に、弓手《ゆんで》を伏し拝み奉れば住吉、馬手《めて》を拝すれば西の宮、芦屋の浦の沖かけて、生田の森を外処《よそ》になし、絵島が磯を右手になし、漕ぎ行く程に……」と、洋上を順調に進んだが、やがて時雨に霞んでみえる播磨の書写山にかかっていた黒雲が義経らに迫り来る。そのとき弁慶は、先の戦いの際に平家の公達が、「源氏の大将軍においては、我ら悪霊、死霊とならん」と言い残したことを想起し、「これは君の御為《ため》に悪風とこそ覚えて候へ」と述べて、義経に用心をうながす。そして、船の舳先に立って「悪

雲の方へ支へて射たらんずる程に、風雲ならば射るともよも消えも失せじ。天のまつことにてある間、また平家の死霊ならば、よも一堪《ひとこら》へもたまらじ」云々と呼ばわって、矢継ぎ早に矢を射かけた。すると、その雲は掻き消すように消えた。弁慶の見立てどおり、それは「平家の死霊」だったのである。

このように、『義経記』では、平家の死霊としての「悪雲」が焦点化され、船中からそれを撃退する弁慶の特異な能力（異能）に光が当てられるかたちとなっている。また、そこには風そのものの描写が存在しないことも見逃せない。弁慶が「悪雲」「平家の死霊」を撃退したとき、その船は大風に吹かれていたわけではないのである（そのような記載はない）。つまり、『義経記』は、激しく吹き寄せる西風自体を平家の怨霊とみる、『平家物語』のごとき事件解釈をそもそも採用していないのである。義経一行を阻む風そのものに何らかの因果論的な意味を見いだしてきた事件解釈の系譜からは外れたところに、『義経記』の当該場面は位置づけられるのである。

観世信光作の能〈舟弁慶〉もまた『義経記』と同様に、航海中の遭難事件としてこれを描いている。義経一行は、「津の国尼崎大物の浦」から「えいやえいやと夕潮に、連れて舟をぞいだしける」と船出したものの、「あら不思議や風が変はつて候」と、にわかに風向きが変わる。船は「武庫山颪《むこやまおろし》 譲葉《ゆずりは》が嶽《たけ》より、吹き下ろす嵐」に翻弄され、「この舟にあやかりが憑《つ》いて候」などという声があがる。すると、そこに平家一門の霊が海中から浮かびあがってくるのである。

Ⅸあら不思議や海上を見れば、西国にて滅びし平家の一門、おのおの浮かみ出でたるぞや、かかる時節を窺ひて、
恨みをなすも理《ことわり》なり

Ⅹ悪逆無道のその積もり、神明仏陀の冥感に背き、天命に沈みし平氏の一類、主上を始め奉り、一門の月卿雲霞《うんか》の

ごとく、波に浮かみて見えたるぞや

『義経記』は悪霊を平家の死霊と見立てたわけだが、能〈舟弁慶〉では平家の怨霊たちは海中から海上へと浮かびあがってくる（傍線部）。〈舟弁慶〉が、平家の怨霊の代表として知盛を特筆したことはよく知られているが、この知盛ももちろん、「また義経をも、海に沈めんと、夕波に浮かめる、薙刀取り直し、巴波《ともえなみ》の紋、あたりを払ひ、潮《うしほ》を蹴立《けた》て、悪風を吹き掛け……」と、海中から海上に浮かび出たものとして描かれている。〈舟弁慶〉では、平家一門の怨霊を姿かたちをもつ実体として扱う。そして、それに伴って、悪風そのものを平家の怨霊とみる解釈が乗り越えられているのである。この点は『義経記』と同じである。

この事件は、幸若舞曲「四国落《しこくおち》」でも扱われている。義経一行は「大物の浦」から船出し、「まことに順風はよかりけり」という状況下、和田の岬・絵島が磯・明石・尾上・高砂・室の沖へと進む。そのとき、「讃岐の八島の上から「黒雲一群立て、悪風」が起こる。「四方より悪風が揉み合せて」船は散り散りとなるが、船中の宝を海に沈めようという弁慶の判断で危機を脱した。すると今度は、「又、八島の上よりも、唐傘ほどなる光物《ひかりもの》が、七つ八つ飛んで来て、悪風こそ起りけれ」という事態となる。しかし、再び弁慶の祈祷によって危機を逃れることができたとされている。

風に注目してその描写を見なおしてみよう。「四国落」では悪風が二度にわけて描かれるわけだが、いずれの記事にも、弁慶が「それ風は龍王の出し給へる息として、時の不思議をなし給ふに」と述べる箇所があり、これらの悪風は龍王が吹かせたものとされている。「四国落」でもやはり、風そのものを平家の怨霊とみるような解釈はされていないことに留意したい。また、二度目の悪風に際する弁慶の祈祷をうけて、

XI実《まこと》に龍王も、さても悪霊も、御納受やましく〳〵けん、波風少し鎮まれば、船は小波に揺り据《す》ゆる。かゝる刻みに、平家の悪霊たち、その数湧出せられけれども、弁慶に加持せられ、皆海底に入り給ふ。（「四国落」）

と記されている。〈舟弁慶〉同様、「四国落」でも、平家の怨霊は風そのものとは別の実体をもつ存在として描きだされているのである。

なお、「四国落」で平家の怨霊に言及されるのは、龍王が悪風を吹かせているのにあわせて海中から湧出したが、弁慶の加持によって海底に戻っていったとするこの引用XIの傍線部だけにとどまる。「四国落」は、この出来事を弁慶と龍王の対決を軸としたかたちへと描きなおしていることが知られよう。そのため、『義経記』や〈舟弁慶〉での扱いに比べ、平家の怨霊の存在感はいちじるしく希薄化されているのである。

これは、この出来事の本質を変化させる大きなつくりかえである。平家の怨霊が義経を狙うという構図が大幅に後退させられているのである。ただし、その構図は放棄されたわけではなく、じつは別のかたちで活かされている。すなわち、幸若舞曲では「四国落」ではなく「笈捜《おひさがし》」において、これと類似した場面が設定されているのである。当該場面では、北陸を落ち延びていく義経一行が直江津《なおえつ》から船出した際、しばらくすると大風に襲われることとなり、海中から平家の怨霊が現れるが、弁慶に引導された怨霊は海中へと沈んでいったという話題が語られている。幸若舞曲という枠において、複数曲のなかでの趣向の重複を避けると同時に、先行文芸とは異なる新味を出そうというねらいがあったものと思われる。

以上のように、『義経記』、能〈舟弁慶〉、幸若舞曲「四国落」「笈捜」では、平家の怨霊に姿かたちが与えられている。それは、怨霊を具象化し、その存在感をさらにきわだたせていく方向での作りかえが生みだしたものとみられる。それに伴って、『平家物語』のような、風そのものに怨霊の力を看取する理解とは異なる事件理解が広がりをみせることになった。かくして、義経を阻む風は、平家の怨霊たちの活躍を彩る趣向のひとつへと配置換えされたのである。また、その風は大物の浦で出船を阻んだのではなく、出船後の航海中に吹いてきたものとして語り広げられることともなった。事件の実態から離れ、『平家物語』のごとき段階からも大きく変容した事件像が、これらの作品によって生みだされ、その伝播に伴って定着していったのである。[*5]

海と風をめぐる知識と想像力——海洋・海域の実体験と文芸の生成

本稿では、義経を阻む風を語り変えていく流れにはいくつかの系脈が存在すること、そしてその過程でこの事件の意味づけが大きく変化してきたことを解き明かしてきた。最後に、あらためて『義経記』に立ち戻ってみたい。

じつは『義経記』は、平家の死霊としての「悪雲」を弁慶が撃退するという先述した記事に続けて、義経一行が「まことの風雲」に巻きこまれ、暴風雨で遭難し、漂流する記事が存在する。これは平家の怨霊などではなく、自然現象としての暴風雨とされている。そこには、「帆を下ろさんとすれども、雨に濡れて蝉の本《もと》詰まりて下がらず」・「西国の船の石多く取り入れたりければ、これを葛《かづら》を以《もつ》て中を結《ゆ》ひ、投げ入れたりけれども、綱も石も底へ入りかねて、上に引かれて行く程の大雨にてぞありける」・「薙鎌《ないがま》を以て、帆の中を散々に掻き破りて風を通せども、舳《へさき》には白波立て、千の鉾を突くが如し」・「(船の柱は)武庫の山よりおろす嵐に詰められて、雪と雨とに濡れ氷りて、ただ銀箔を延べたるにぞ似たりける」のような、暴風雨に襲われた船中の対処や、そこで起こりうる事態がじつに印象的に詳述されている。同様に、幸若舞曲「笈捜」にも、

XII「いかにもして、此船を磯へ寄すべからず。荒磯に船を寄せ、船損じては叶ふまじ。風に任せて舵《かぢ》を取れ。帆菰《ほこも》が風に揉まれば、帆はたを切て、風を通せ。なをしも風が激しくは、大綱、小綱を切り落し、艫綱《ともづな》に結ひ付け、引かすべし。取舵《とりかぢ》より水入らば、面舵《おもかぢ》へ乗り直せ。……」

という、荒れる海上で船を操作するための心得を伊勢三郎が下知する場面がある。

これらは、机上の想像力だけで記せるものではないだろう。おそらくは、船上での実体験にもとづく知識が、ここには流入しているものと推察される。海洋・海域での生活文化を吸収した文芸表現の実態と、そのなかでの義経伝承の位相を、広い視野から把握していく必要がある。これらの表現は、『義経記』や幸若舞曲が、そうした観点から読み直すべき対象であることを強く示唆している。義経を阻んだ風がもつ意味を解釈し、作中の一場面として描き出し、またのちにそれを語り変えていく際に必要とされた表現力を、海洋・海域での生活者の実体験に根ざした知識と想像力が支えていたらしい。こうした観点からの分析のさらなる深化を期したい。

注

1 仮に、阪神大物駅と住吉大社の直線距離による。

2 義経らを攻めようと待機していた武士たちのなかには、この出来事を兼実に報告した範資自身も含まれていたはずである。

3 たとえば、兼実はこの年七月の大地震について、「依《リ》二天下政違乱《スルニ》一、天神地祇成《シ》レ祟《ヲ》有《リ》二此《ノ》大地震一」（『玉葉』文治元年七月二十七日条）、「今度大地震、依《リ》二衆生《ノ》罪業深重《ナルニ》一、天神地祇成《ス》レ瞋《ヲ》、依《テ》二源平之乱《ニ》一、死亡之人満《ツ》レ国《ニ》、是則《チ》依《テ》二各々《ノ》業障《ニ》一、報《ズル》二其《ノ》罪《ニ》一也」（同八月一日条）という、仏厳房の言葉を書き留めている。それは、世の乱れを平家一門とのみ結びつける考えかたではない。

4　ちなみに、『愚管抄』も義経の都落ちについて記しているが、風については一言も言及していない（巻第五）。

5　たとえば、『〔義経北国落絵巻〕』（仮称。中尊寺蔵）第五段は、海中から知盛らの亡霊が義経一行を襲ったさまを記し、その場面が絵画化されている。本文は幸若舞曲「四国落」に依拠しているが、絵画には知盛の亡霊が特記されるなど、能〈舟弁慶〉からの影響がうかがえる。この事例のように、当該事件を描く文芸史はこののちにも興味深い展開をみせることになる。あらためて論じる機会をもちたい。

参考文献

・加賀元子氏「義経都落ちと中世尼崎・大物浦をめぐって」（武庫川女子大学文学部国文学科編『阪神間の文学』所収　和泉書院　一九九八年一月）

・五味文彦氏『物語の舞台を歩く　義経記』（山川出版社　二〇〇五年）

・大津雄一氏他編『平家物語大事典』（東京書籍　二〇一〇年）「大物の浦」項（岡田三津子氏執筆）

使用本文

『平家物語』延慶本……汲古書院影印本、覚一本……日本古典文学大系、『源平盛衰記』……汲古書院影印本（慶長古活字本）、『義経記』……新編日本古典文学全集、能〈舟弁慶〉……日本古典文学大系『謡曲集』、幸若舞曲「四国落」「笈捜」……

新日本古典文学大系『舞の本』、『玉葉』……図書寮叢刊、『吾妻鏡』……国史大系。引用に際して、句読点や濁点、漢文資料の場合は返り点、送り仮名などを付したところがある。

天狗と風

——怪異観をめぐる一考察——

門脇　大

はじめに

日本には多くの妖しきモノたちが古くから現代に至るまで伝えられており、口承・書承の別を問わず、豊穣な世界が広がっている。それらは、時の権勢や宗教・信仰、または自然と関わりを持ちつつ、あるいは何らかの意味を担いつつ、脈々と伝えられている。それら多くの妖しきモノたちの中でも、天狗は長期間にわたって人々の関心を集めてきたモノといえるだろう。

天狗に関する文献を見てゆくと、その多様性に驚かされる。「天狗」という言葉・文字を用いていても、その指し示す内容が明らかに異なる場合があるし、時代によって天狗の性質、あるいは天狗伝承の意味内容が千変万化するのである。現在、一般的にイメージされるのは、背に翼を生やし、手には錫杖と羽団扇を持ち、烏帽子に高下駄といった山伏姿の天狗像であろう。また、天狗の最も象徴的なイメージとしては、赤面に異様な高い鼻という点があるだろう。しかし、それらは多様な天狗像の一面でしかない。それでは、天狗とはどのようなモノであるのか。まず、日本における天狗像の変遷を簡略にまとめておきたい。*1

天狗の名が初めて日本の文献上に現れたのは、『日本書紀』舒明《じょめい》天皇九年（六三七）二月の記事である。ここでは、天狗とは「流星」を指している。この「流星」としての天狗は中国でのイメージを継承したものである。この後、流星としての天狗像は一般に流布することがなく、異なる天狗像が形成されてゆく。

平安期の物語にも天狗の名称は見えるけれども、明確な像を結んでいるわけではない。強固なイメージを持って描かれるのは、『今昔物語集』（十二世紀前半成立）巻二十に収まる数話である。そこでは、「仏法の敵対者」という属性を備え、鳶のような姿として描写されている。この属性と姿態は、その後の天狗像に継承される。絵巻や謡曲といった視覚に強く訴えかける分野に受容されることにより、一般化したといえる。そして、中世期の説話・軍記などの諸作に天狗は描かれる。「仏法や権勢の敵対者」、あるいは「高僧の転生」としての天狗である。また、中世期には修験道と習合することにより、現在一般的にイメージされる修験者姿の天狗像が形成された。

そして近世期に入ると、様々なジャンルの作品に登場する。それらは中世以前のイメージを継承しつつも、異なる展開を見せる。「仏法や権勢の敵対者」という大規模な魔性から、一般民衆に災いをもたらす小規模な魔性へと変化する。また、近世期は、天狗に関する考証や議論が活発になされたという特色がある。そして明治期から現在まで、様々な天狗像が多様なメディアに描かれている。

日本における天狗像の変遷について、ごく簡略に素描してみたけれども、時代や分野によって転変する様子が確認できる。個別に作品を検討してみれば、さらに細かな相違点はいくつも見出せるし、それぞれが独特の魅力を備えている。

このような多様な天狗譚を同時に扱うことは難しい。特定の時代や分野を取り上げて検討しようとすると、別の天狗像が見落とされてしまうからである。このような天狗探求の難しさについて、曲亭馬琴は『烹雑の記《にまぜのき》』の中で諸説を検証した後に、次のように吐露している。*2

右証《せう》する所《ところ》の諸説《しよせつ》一定《いちぢやう》ならず。もしその好《この》む所《ところ》によりて、その説《せつ》に泥《なづ》み、天狗《てんぐ》は如此《しかく》々の物《もの》なりなんどいはゞ、却《かへつて》天狗の天狗たる所以《ゆえん》を解《げ》さゞるに似《に》たり。

特定の説に依っては天狗を理解することはできない、というのである。博覧強記の馬琴をして、天狗ははっきりと捉えることのできないモノであったのである。

以上のような天狗探求の困難さを踏まえて、本稿では天狗の正体を探求するという立場はとらない。つまり、どのような天狗が怪異現象を引き起こしているのか、という点は追究しないということである。本稿では、時代を中・近世に限定して、天狗の引き起こす怪異現象と、それに対する人々の認識方法・怪異観を中心に検討してゆくこととしたい。そして、特に「天狗と風」の関係に焦点を絞って見てゆく。天狗は様々なイメージを抱かせるけれども、関わりの強い自然現象は「風」である。天狗と「風」とが織りなす世界の魅力を探求してゆくこととしよう。

一　天狗と風

御伽草子『秋夜長物語《あきのよのながものがたり》』（南北朝時代成立）には次の一節がある。*3

或小天狗申しけるは、「我等が面白きと思ふ事には、焼亡《ぜうまう》、辻風、小喧嘩《けんくは》、論《ろん》の相撲に事出《いだ》し、白川ほこの空印《そらいん》地《ぢ》、山門南都の御輿振《みこしぶり》、五山の僧の門徒立《だて》、是等こそ興ある見物も出で来て一風情ありと思ひつるに、昨日の三井寺の合戦は、世に類《たぐひ》も無き見事哉」

天狗が「面白きと思ふ事」の一つに「辻風」が含まれている。そして、その前後に列挙されるのは、災害や人々の争いであり、後半ではより具体的な事象となってゆく。短い記述ではあるけれども、「天狗と風」の関係が看取される。

さて、このような天狗の好む様々な災いを日本古典文学の中に求めると、『今昔物語集』や『太平記』といった中世の作品に数多く見出すことができる。そこに認められる天狗は、時に調伏されたり、苛烈な責め苦を受けることがあるにせよ、旺盛な活躍を見せてくれる。そして、そのような中世の文学作品に認められる天狗譚とは性質が異なるけれども、近世期に著された幾多の文学作品や随筆類にも天狗は記録され、考証がなされている。それらは、室町時代以前の作品と比べると規模が小さく、身近な話が増しているといえる。

中世と近世、それぞれに天狗に関する興味深い話が数多く伝わっているけれども、まずは近世期の随筆から「天狗と風」の関係性を示す話を見てみたい。中世期の天下国家、あるいは宗門を相手に展開する大規模な天狗譚ではなく、市井の人々の生活に密着した話から見てみよう。例えば、橘南谿《たちばななんけい》『北窓瑣談《ほくそうさだん》』巻三に収まる次の話である。[*4]

> 寛政四年壬子四月の事なりし。山城国淀《よど》の北横大路《よこおほぢ》といふ里あり。其村の庄屋を善左衛門といふ。其家の裏の藪《やぶ》際《ぎは》に土蔵あり。土蔵の傍に大なる銀杏樹《いちやうのき》あり。近年大風などふく度に、土蔵の瓦を下枝《したえだ》にて払ひ落しければ、善左衛門、杣《そま》をやとひ下枝を切払はせけるに、段々下より切りもてゆきけるに、やう〳〵上に登り、三ツまたの所に到りて、件の三ツまたに成たる枝を切んとせしに、

時は寛政四年（一七九二）四月、場所は山城国（現在の京都府南部）淀の北横大路であり、庄屋の善左衛門宅にある銀杏の木にまつわる話である。素朴な筆致ながらも、簡潔に状況を理解できる。さて、銀杏の木の三つ叉の枝を切ろうとした時に、次のような怪異現象が起こる。

> 俄に陰風《いんふう》吹来り、杣が首筋を何やら物ありて、つかむやうに覚へて、身の毛ぞつと立ければ、杣、大いに恐れて、急に逃下り見るに、首筋元《くびすじもと》の毛一つかみほど、引ぬきて、顔色土のごとくに成たり。善左衛門も怪みて何事にやといふに、杣、恐れて天狗の住給ふ所を切かゝりし故にとぞ思はる。今少しおそく下らば、一命をも失《うしなは》れんを、猶此上の祟《たゝり》もおそろしとて、俄に樹木に神酒《みき》を備へ、罪を謝し過《あやまり》をわびて其日の賃銭さへ取らで逃帰れり……

突如「陰風」が吹き、枝を切ろうとした杣の首筋の毛一掴みが引き抜かれたという怪事である。杣の話では、天狗の棲家を伐ろうとしたためであるという。ここで注目されるのは、誰も天狗の姿を目撃してはいないという点である。目にしたわけではないけれども、怪事の原因を天狗に求めているのである。そして、天狗出現の際に、「陰風」を伴うことが注目される。天狗出現を告げる現象として陰風が吹く。もちろん、怪異現象の予兆として陰風が吹くという現象は天狗に限ったことではなく、より普遍的な現象といえるけれども、陰風が人々に天狗出現のイメージを抱かせていたことは注目される。この一話は、陰風から始まる正体不明の怪事を天狗のしわざと認識した人物が近世中・後期の京都にいたという事例として記憶される。

それでは次に、より明確に「天狗と風」の関係性を示す事例を検討してみたい。少し時代を遡るけれども、山岡元隣《やまおかげんりん》『古今百物語評判《ここんひやくものがたりひょうばん》』（貞享三年〈一六八六〉刊）の一話である。本作は、百物語の場において、山岡元隣がそこで語られる不可思議な話を「評判」する、という形式を持つ作品である。つまり、古今の怪異譚の説明を行う作品といえる。その巻之三の三「天狗《てんぐ》の沙汰《さた》付浅間嶽求聞持《あさまだけぐもんじ》の事」に天狗の怪事が記されている。本話は、ある一人の者が「近《ちか》き頃」、「伊勢山田《いせやまだ》に檜垣氏某《ひがきうぢそれがし》」から聞いた話として記されている。本文を見てみよう。*5

周防《すはう》の国智遁《くにちとん》といふ出家《しやつけ》浅間《あさま》が嶽《だけ》に来たりて、求聞持《ぐもんぢ》の法《はう》を行《おこ》なひたきよし望《のぞ》みけるに、此所《ところ》は魔所《ましよ》なるゆへ、其法成就《はうじやうじゆう》しがたきよし申し候へども、たつてと望《のぞ》みて其法《はう》を修しけるに、三七日にあたる頃《ころ》、俄《にはか》に大風吹《ふ》き来《き》たると見えしが、彼《か》の求聞持《ぐもんぢ》くりたる僧いづかたへ行きしやらん見えざりければ、今《いま》にはじめぬ事不思議《ふしぎ》の至《いた》りと思ふ所《ところ》に、両月《りやうげつ》ばかりありて、周防《すはう》より彼《か》の僧《そう》いつ〳〵の頃忽然《ころこつぜん》として来たりしが、今に人心《こゝ》ちなきと申しこせしに、其日ざし伊勢《いせ》にてうせし日と同じ日なり。幾百里《いくひやくり》の道《みち》を一日《にち》が内に送《おく》りしもおそろし。又其故《こ》郷《きやう》の寺《てら》へとゞけたるもあやし。此事更《さら》にうきたる事にあらず。……

智遁という周防の国の僧が、浅間が嶽で求聞持の法を修めていた際に起こった怪事である。急激な大風が吹いて来たと見えたところ、智遁の姿が消えてしまう。二月後に、周防の国から報告があり、姿を消した日と同日に故郷である周防に忽然と現れたというのである。

この話は、天狗の怪事として語られている。また、挿絵には天狗に抱えられて空を行く僧の姿が描かれている。しかし、前の記述には、天狗は見当たらない。この一話でも天狗は目撃されてはいないのである。つまり、不可思議な風の正体は天狗であるという前提で話が成り立っている。「風」という自然現象の背後に、「天狗」という妖魔が想像されているのである。

『古今百物語評判』巻三の三

近世期において、「天狗と風」の結びつきは、極めて自然なイメージであったことを前の二話は証明している。姿は見えないけれども、「風」（あるいは、その背後）に喚起される「天狗」というイメージである。それでは、このような両者の関係性をさらに追究してみよう。

二　天狗風

天狗が引き起こす怪異現象には、「天狗倒し」、「天狗笑」、「天狗の礫」、「天狗沙汰」、「天狗の投文」等々があり、いくつもの不気味な現象を人々に示してきた。その中に、「天狗風」という現象・言葉がある。端的にいえば、「つむじ風」のことである。「天狗と風」の強い関係性を示す言葉といえるだろう。この言葉について、以下に検討してみたい。

近松門左衛門《ちかまつもんざえもん》作の浄瑠璃、『高野山女人堂心中万年草《しんじゅうまんねんそう》』（宝永七年〈一七一〇〉四月八日、竹本座初演）上之巻「高野山南谷吉祥院の場」に「天狗風」という言葉が用いられている。本作は、高野山南谷の吉祥院《きちじょういん》の寺小姓・成田久米之介とお梅との心中物である。お梅との仲が露見し、破戒の咎を受けた久米之介が山を追われる場面を見てみよう。*6

男女《なんにょ》破戒《はかい》の御とがめ、にはかに吹き来る天狗風《てんぐかぜ》。岩も、枯木もどう〳〵、震動《しんどう》、雷電《らいでん》、雨《あめ》、霰《あられ》。天地一つに黒雲おほひ、長夜《ちやうや》の闇《やみ》とぞなりにける。

「天狗風」という言葉が確認できる。それとともに激しい自然の猛威が高野山を襲っている様が見て取れる。また、中之巻には、次のような描写も認められる。

その間にお山が荒れてきて、天狗殿《てんぐどの》が鼻を怒《いか》らかし。大雨、大風、はたゝがみ（急激な雷・引用者注）、……

ここでは、天狗の怒りによって「大風」を含む自然現象が引き起こされたかのような描写が認められる。『心中万年草』を瞥見したけれども、ここでもまた、天狗がその姿を現すわけではない。前節で検討した話と同様に、「天狗と風」の関係性は、近世期の人々にとっては当然のものとしてあったと見てよい。そして、両者の強い関係を「天狗風」という言葉は象徴している。

ところで、「天狗風」に関しては興味深い体験談が記録されている。知切光歳『天狗の研究』*7は、おそらく現段階で最も詳しく、また魅力的な天狗研究の書といえる。天狗の通史的な研究を網羅的に行っているのみではなく、著者が実際に諸山に赴いた記録が残されている。つまり、文献資料に基づいた研究書というだけではなく、フィールドワークの報告書としての側面も持っているのである。本書の第一章「天狗の棲む山」の中に「天狗風」と考えられる現象に遭遇した体験談が載っている。夜分、京都洛北雲ヶ畑の「岩屋山金光坊祠」を探訪した際の記録である。次のように記されている。

何処からともなくゴウッという地鳴りの音が響いてきたかと思うと、突然谷底から一陣の魔風が吹き上げてきて、顔に、身体にバラバラと砂礫を吹きつけたのが前触れで、つづく一陣、二陣と風は次第に烈しく、果ては昼間と変らぬ、いやもっと烈しいつむじ風が身体に叩きつけるように打《ぶ》つかって思わずよろめく。

天狗が出るという「岩屋山」を探索した筆者が、猛烈な「つむじ風」に遭遇した記録である。右の引用に続いて、次のように記されている。

むかし富士の登山者が突然の烈風に吹きとばされ、あるいは風に飛ばされて降ってきた岩石に押しつぶされて、十幾人か命を落した惨事がある。その時の記録者は、これを天狗風と明記している。……

富士登山の惨事の詳細は不明であるけれども、その記録者は「天狗風」と明記したという。これは古典文学作品の話ではなく、近年の現実の話である。この体験談と記録は、天狗が出るという魔所では烈風が吹き、人に災いをなす強風を「天狗風」と称したということを示すものである。実際に天狗は出現してはいないけれども、「風」という自然現象と「天狗」という妖魔を結びつける心性の残滓をここに認めることができるだろう。天狗が烈風によって災いをなすという認識が、少なくとも近年までは残っていたのである。

「天狗と風」との強固な結びつき。それは、「天狗風」という言葉とそのイメージによって、人々の意識の中に刻印されている。

三　桟敷倒壊

ここまで検討してきた「天狗と風」に関する話と言葉は、大がかりな事件には発展していないし、天狗がその姿をはっきりと現しているわけでもない。それでは次に、天狗が姿を現して、風による大きな災いをもたらす話を見てみよう。

天狗の災禍が大きく、激しい話は中世期の諸作品に多く見出せる。その一例が『太平記』巻第二十七「田楽事《でんがくの》付長講見物事《の》」にある。『太平記』には、他にも天狗の話が見出せるけれども、ここでは「風」と関わりの深い当該話に絞って検討する。

貞和五年（一三四九）六月十一日のこととして記されている。京都四條川原に桟敷を設けて、盛大な田楽興行が行われた。貴賤男女の別を問わず、様々な階層の人々が田楽に興じている最中に大事件が起こる。そもそも、人々の田楽に興ずる様子が狂気じみて描かれているのだけれども、ここでは桟敷倒壊の場面に焦点を絞って見てゆくこととしたい。次のように描写されている。[*8]

> 将軍の御桟敷の辺より、厳《いつく》しき女房の練貫《ねりぬき》の妻高く取けるが、扇を以て幕を揚《あぐ》るとぞ見へし。大物《だいもつ》の五六《ごろく》にて打付たる桟敷傾《かたぶき》立て、あれや〳〵と云《ふ》程こそあれ、上下二百四十九間、共に将碁倒《しやうぎたふし》をするが如く、一度に同《どう》とぞ倒《れ》ける。

将軍の桟敷の辺りで、美しい女房が扇で幕をあげるかと見えたところ、瞬く間に桟敷が倒壊してしまう。そして、そ

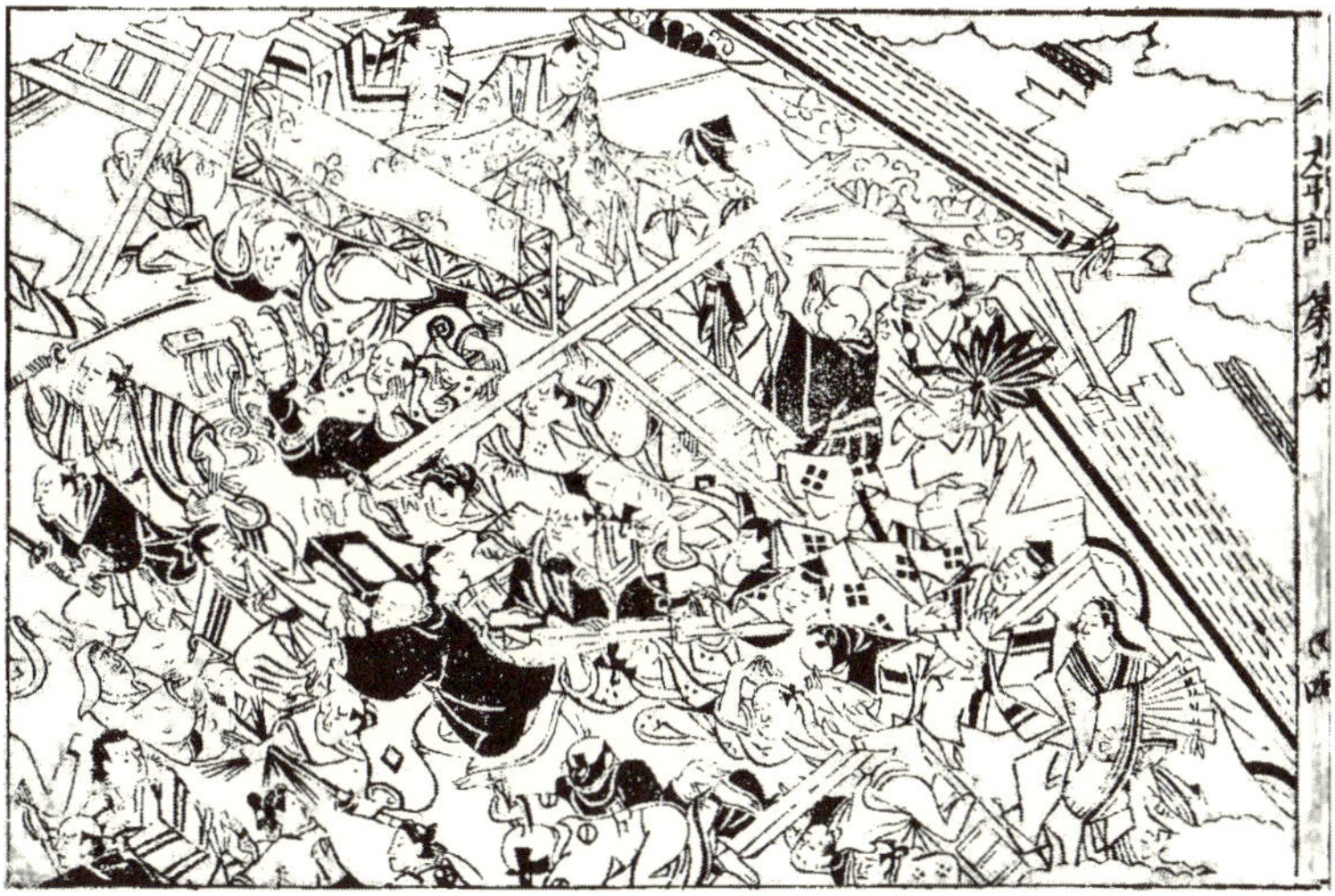

『太平記』（元禄十年〈1697〉版本）

の後の悲惨な状況が次のように綴られている。

若干《そくばく》の大物《だいもつ》共落重りける間、打殺さるる者其数を知らず。斯《かか》る紛れに物取《り》共、人の太刀《たち》々《かたな》を奪て逃《ぐ》るもあり、見付て切て留るもあり。或は腰膝を打折られ、手足を打切られ、或は己と抜たる太刀長刀に、此彼《ここかしこ》を突貫《か》れて血にまみれ、或は涌《わか》せる茶の湯に身を焼き、喚《をめ》き叫ぶ。只衆合《しゆうがふ》叫喚《けうくわん》の罪人も角《かく》やとぞ見へたりける。……

この惨状を『太平記』は次のように形容している。

修羅《しゆら》の闘諍《とうじやう》、獄卒《ごくそつ》の呵責《かしやく》、眼の前に有が如し。

修羅が闘争を続け、地獄の鬼どもが人々を責めさいなむ世界。まさしく地獄が眼前に立ち現れたようであるという。一文でありながら、これほど的確な形容はないであろう。

さて、これほどの惨事である。天狗の所行であろうと調べてみると、以下のことが聴取された。事件当日、比叡山西塔院釈迦堂の長講《ちやうかう》という僧が一人の山伏と行き会った。長講は山伏に四條川原の興行に誘われる。山伏に従って三足歩んだと思ったら、すでに四條川原である。溢れんばかりの人の群のために入口さえもないと困っていると、山伏は長講を小脇に抱えて、三重に構えられた桟敷を軽々と飛び越えて将軍の桟敷の中に入ってしまう。親交のない人々の中にありながらも、長講と山伏は将軍の対座に座る。そして、田楽は最高潮の盛り上がりを見せる。以下、本文を見てみたい。

　此時彼山伏、長講が耳にさゝやきけるは、「余に人の物狂はしげに見ゆるが憎きに、肝つぶさせて興《きよう》を醒《さま》させんずるぞ。騒ぎ給ふな。」と云て、座より立て或桟敷の柱をえいや〳〵と推《おす》と見へけるが、二百余間の桟敷、皆天《てん》狗倒《ぐたふし》に逢てげり。よそよりは辻風の吹《く》とぞ見へける。

桟敷倒壊は天狗の所業であったことが明確に描写されている。注目すべきは、天狗が桟敷の柱を押したために桟敷が倒れたと見えたのは長講だけであり、他の人々には「辻風」が吹いた様に見えたという点である。

　そもそも、この「長講の話」は、後日の調査によって聞き出されたこととして記されている。実際に起こった現象としては、「辻風」によって桟敷が倒壊したということであって、事件現場の誰も天狗の姿を目撃してはいない。しかし、『太平記』はその現象を天狗の所業として説明している。つまり、長講の体験談は、「辻風」による桟敷倒壊を説明するために記されたもの、と考えることができるだろう。このように現象と説明とに分けて考えてみると、『太平記』における「天狗と風」の認識の一端が見えてくる。すなわち、人に仇をなす「風」とは、実は「天狗」の活動そのものなのだ、という認識である。人は理解不可能な現象を恐怖する。「辻風」という自然現象の背後に「天狗」という妖魔を幻視することによって、理解不可能な大惨事を説明可能なものとしようとしたのではないだろうか。ここに、災害や不可思議な現象に対する人々の想像力と認識方法、そしてそれを活写する文学作品の魅力の一端を読みとることができるだろう。

この『太平記』の一節は、近世初期の怪談集に継承されている。浅井了意《あさいりょうい》『伽婢子《おとぎぼうこ》』（寛文六年〈一六六六〉刊）巻十三の一「天狗塔中《てんぐとうちゅう》に棲《すむ》」である。なお、当該話は、五朝小説『諾皐記《だくこうき》』「博士丘濡説云々」の翻案であり、時代は足利義政の世（寛正五年〈一四六四〉四月）に設定されていることが明らかにされている。*9 近世期に入り、どのように話が受容されたのかを見てゆくこととしよう。桟敷倒壊の場面は、次のように記されている。

諸人しづまりて見居たる所に、桟敷の東のはしより、火もえ出て、おりふし風はげしく吹ければ百余間《よけん》の桟敷一同に燃あがる。

出火の原因は不明ながらも、燃え出した火は強風に煽られて桟敷を焼亡してしまう。『太平記』では「辻風」によって桟敷は倒壊し、『伽婢子』では出火の後に吹く「風」によって被害が拡大する様子が記されている。この出火の箇所については、『太平記』巻第二十一「法勝寺塔炎上事」などの影響が想定されているけれども、ここでは「風」に焦点を絞って見てゆく。

桟敷が焼亡した後の展開は、『太平記』では、桟敷倒壊は天狗のしわざであったことが長講の体験談を通して述べられていた。しかし、『伽婢子』は異なる展開を見せる。前の引用の後の展開を検討しよう。桟敷が焼亡した後、迷い子が十四、五人に及び、ただ一人を除いて無事に帰宅した。帰ってこなかったのは、十二歳の次郎という少年である。手を尽くして探しても見つからない。しかし、二十日ほど後に、東山吉田の神楽岡で茫然と立っている姿で発見される。次郎によると、紀川原で五十歳ほどの法師と出会い、ある大名の桟敷で猿楽能を見物したという。なお、章題名からも明らかであるし、作中の書きぶりからも法師が天狗であることは明瞭に読みとれる。さて、桟敷倒壊の場面は次のように描かれている。

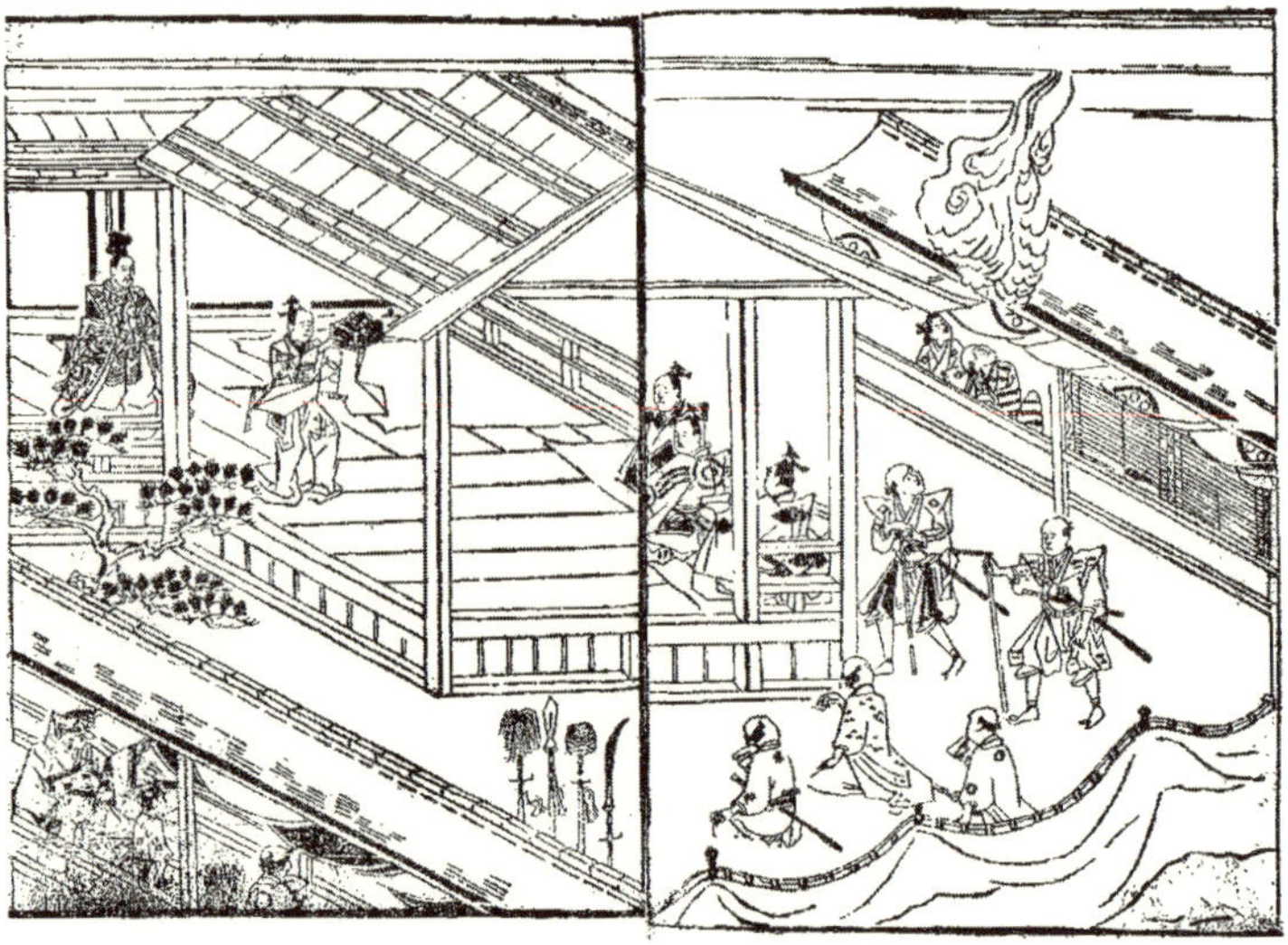

『伽婢子』巻之十三の一

此法師、「あなにくや。あな見られずや。なにのこともなき奴原《やつばら》のひげくひそらし、我はがほなる風流づくし、鼻《はな》のさきうそやぎたるありさまかな」と、ひとりごとして、「汝は此もの共のうろたゆる躰《てい》見たく思ふか。いでさらばうごきみだれて、うろたゆる躰見せん」とて、我をかきいだき舞台《ぶたい》の屋ねにあがり、なにやらんとなへられしかば、東の桟敷より火もえ出て風ふきまどひ、百余間の桟敷一同に焼あがり、……

この後、人々が逃げ惑い、それを見た法師が歓喜する様子が描かれる。

右の話で留意しておきたいのは、法師が桟敷を倒壊させたのは、人々の目に余る得意な様子を憎く思ったということである。『太平記』とは作品の背景が異なるけれども、同様の理由と考えてよいだろう。しかし、『太平記』と比べてみると、天狗の描写が変化していることは明らかである。また、「天狗と風」の認識方法は異なるものとなっている。本文には、「なにやらんとなへられしかば」出火し、風が吹いたと記されている。何か呪文のようなものを唱えたと解釈できる。また、『伽婢子』の挿絵には、左下に鼻高姿の法師（天狗）と次郎が座っている姿が描かれており、天狗は燃え出した炎を指さしている。本文と挿絵を考えあわせるならば、『伽婢子』では、天狗が通力を用いて火と風を操ったと解釈できる。『太平記』のように、不可視の天狗が桟敷を押し倒したという解釈はなされていないのである。

『太平記』と『伽婢子』を比較してみると、「天狗と風」の関係性は共通して認められるけれども、その内実は異なることが確認できる。前者では、風そのものに天狗を重ね合わせており、後者では、天狗と風は別物として描かれている。微細に過ぎるとも思われようが、両者の「天狗と風」の関係性とその認識には懸隔がある。すなわち、自然現象である風の正体を天狗とする認識から、風を操る天狗という認識への変化を認めることができる。つまり、この話の変化は、自然現象そのものである妖魔から自然現象を操る妖魔へという怪異観の変容を物語っていよう。

なお、同じく浅井了意の『狗張子《いぬはりこ》』（元禄五年〈一六九二〉刊）巻之六「天狗にとられ、後《のち》に帰りて、物がたり」にも、同様のモチーフが認められる。[*10]「天狗と風」という観点から見るならば、『伽婢子』と同様の捉え方がなされていると見てよい。

ここでは、『太平記』に描かれた桟敷倒壊の一話を近世初期怪談集が受容する様子を検討してきた。そして、「天狗と風」、両者の関係をめぐる認識、怪異観が変化している様相が認められた。もちろん、書物の性質が大きく異なるものであることは承知している。しかし、同型の話において、同様の怪異現象が記されていながらも、その怪異観が変化している点は注目される。このことは、自然現象の背後に潜む魔性をどのように認識して、表現するのか、という問題を孕んでいる。桟敷倒壊の一話の変化は、その具体的な一例を示しているといえよう。

おわりに

本稿では、「天狗と風」にまつわる言葉や、文学作品、記録の中に描かれる諸相を見てきた。冒頭でも述べたように、今日まで伝わる天狗譚は厖大なものであって、本稿で取り上げげた話はほんの一部でしかない。本稿では触れなかったけれども、昔話や民話といった口承の世界には豊かな天狗の世界が広がっており、口承文芸の天狗譚の探求・検討は、今後行ってゆくこととしたい。

天狗は、千年以上にわたって多様な足跡を残し、人々に描かれ続けてきた。その中でも「風」に関する話は、自然現象と妖魔の関わりを豊かに物語るものである。人々は、視覚で捉えることのできない風の背後に天狗の暗躍を想像し、記録し、描いてきたのである。時代や分野によって、天狗観は激しい変相を見せるけれども、現代まで失われずに継承されている。本稿では、「天狗と風」の織りなす豊穣な世界の一部を観察したに過ぎない。諸書に描かれる「天狗と風」を、さらに味読していただければ幸いである。

注

1 『日本伝奇伝説大事典』（角川書店、一九八六年）、『日本奇談逸話伝説大事典』（勉誠社、一九九四年）、『日本怪異妖怪大事典』（東京堂出版、二〇一三年）を参照した。

2 『日本随筆大成』〈第一期〉21（吉川弘文館、一九七六年）による。

3　日本古典文学大系38『御伽草子』（岩波書店、一九五八年）による。読みやすさを考慮し、片仮名を平仮名に改め、表記・字体を改めた箇所がある。また、振り仮名を省略した箇所がある。傍点は引用者による。以下も同じ。
4　『日本随筆大成』〈第二期〉15（吉川弘文館、一九七四年）による。
5　叢書江戸文庫27『続百物語怪談集成』（国書刊行会、一九九三年）による。
6　新編日本古典文学全集75『近松門左衛門集②』（小学館、一九九八年）による。曲節を省略し、句読点を改めた箇所がある。
7　知切光歳『天狗の研究』（初版は、大陸書房、一九七五年。再版は、二〇〇四年、原書房）。引用は再版本による。
8　日本古典文学大系36『太平記三』（岩波書店、一九六二年）による。書き下し文に改めた箇所がある。
9　典拠・類話は新日本古典文学大系75『伽婢子』（岩波書店、二〇〇一年）脚注を参照。引用は同書による。
10　冨士昭雄「浅井了意の方法―狗張子の典拠を中心に―」（「名古屋大学教養部紀要」十一輯（人文科学・社会科学）、一九六七年三月）、冨士昭雄「伽婢子と狗張子」（「国語と国文学」四十八巻十号、一九七一年十月）に指摘されている。

付記

掲載画像は、『太平記』は早稲田大学図書館蔵本、『古今百物語評判』、『伽婢子』は『西鶴と浮世草子研究』第二号（笠間書院、二〇〇七年）のCD-ROMによる。

貴重な資料の引用、画像掲載を許可していただいた関係諸機関の方々にあつく御礼申しあげます。
本稿は科学研究費補助金（若手研究B「近世期怪異観の基礎的研究―近世怪異小説を中心として―」研究課題番号25770082）による成果の一部である。

芭蕉の雨

永田　英理

はじめに

雨とは、人間にとって非常にアンビバレントな感情をもたらすものである。すべての命の源である水を大地にもたらし、生命を育む存在であると同時に、生物の活動を制限し、ものを腐し、ノアの方舟しかり、ときにはその生命を奪うほど凶暴な存在ともなる。そこまで大袈裟でなくとも、梅雨時の湿気や曇天は人の気分を滅入らせるだろう。たとえば、芭蕉の初期の作品にはこのような発句がある。

五月《さつき》の雨岩ひばの緑いつ迄ぞ　（俳諧《はいかい》向之岡《むかいのおか》・延宝八年〈一六八〇〉以前）

岩ひば（岩檜葉）とは、シダ類の一種で、山地の岩壁などに生える常緑多年草。「いつ迄ぞ」という表現には、降り続く五月雨を厭う気持ちと、その雨に育まれた岩檜葉のみずみずしい緑をいつまでも眺めたいという気持ちの両方が込められている。つまり、雨のもたらすアンビバレントな感情をうまく統合して詠まれているのだ。藤掛明『雨降りの心理学―雨が心を動かすとき―』（燃焼社、二〇一〇年）が、「こうしたイメージに両義性のあることは、よい意味で自由な揺らぎとなる」と述べるごとく、雨は、詠む（読む）側の心の状態によって正にも負にも振れてゆく詩材なのである。

同書でまた、「雨のイメージは非常に身体感覚的である」とも指摘されているように、雨は人間の五感すべてで味わうことのできる気象でもある。和歌の世界では、もっぱら「本意」（規範化されたイメージ）に則って詠じられてきた雨は、芭蕉によってどう知覚され、表現されていったのだろうか。

一　時雨に興ずるこころ

時雨とは、奈良・京都地方などで局地的にみられる、晩秋から初冬にかけて降る通り雨のことで、俳諧では主に冬の季語として扱われている。十月十二日の芭蕉の忌日を「時雨忌」と称することからも、芭蕉がとりわけ時雨を愛していたことは有名であり、先行研究も大変多い。[*1] たとえば、兪玉姫『芭蕉俳諧の季節観』（信山社、二〇〇五年）によれば、時雨の句は寛文年間（一六六一～一六七三）から最晩年まで詠まれており（とりわけ貞享・元禄年間に数が多い）、生涯好んだ季題であった。

では、実際に芭蕉の有名な時雨句をみてゆこう。

手づから雨のわび笠をはりて
世にふるもさらに宗祇《そうぎ》のやどり哉
（みなしぐり・天和二年〈一六八二〉以前）

これは宗祇の「世にふるもさらに時雨の宿りかな」（『新撰菟玖波集《つくばしゅう》』）をふまえた作で、宗祇句もまた讃岐の「世にふるは苦しきものを槙の屋にやすくも過ぐる初時雨哉」（『新古今和歌集』）に依拠して詠まれたものである。「ふる」には「降る」と「経る」が掛けられており、讃岐が苦しい現世に対して易く過ぎるとした時雨を、宗祇は無常観と結びつけて、時雨の宿り同様に現世もまた儚いものであり、時雨はさらにその辛さを増幅させるものとして詠じられている。旅人にとっての時雨もまた、憂く辛きものであった。

ところが芭蕉の発句では、宗祇の「時雨の宿り」の儚さ・辛さに共感したうえで、そこに新たな「侘び」の醍醐味を見出し、旅に生きる人生を楽しもうと興じているというのが、現在の通説である。[*2] 時雨に興ずる心――これは「風

狂」（世俗的な規範を脱して、風雅に徹する姿勢）の精神に基づいて芭蕉が見出した、新しい時雨の味わい方であった。同様に、

旅人と我名《わが》よばれん初しぐれ　（笈《おい》の小文《こぶみ》・貞享四年〈一六八七〉）

みちのほとりにてしぐれにあひて

かさもなき我をしぐるゝかこは何と　（あつめ句・貞享元年〈一六八四〉）

などの句もまた、旅の孤独感や悲壮感のみを詠じているのではない。前者の句の「初しぐれ」は、俳人たちにとってとりわけ賞翫すべき対象であったし、「我名よばれん」という表現は、『三冊子《さんぞうし》』（元禄十五年〈一七〇二〉成）が「心のいさましきを句のふりにふり出だして（旅立ちの心の気負いを句の調子に表出するために）」[*3]詠んだという芭蕉の言を伝えるように、心弾む高揚感に満ちている。「笠も持たないこの私に時雨が降ってくるとは、これはまあ何としたことか」と詠む後者の句においても、「何とて」「こはいかに」などといった謡曲風の大袈裟な口調からは、悲痛な歎きというよりも、時雨に興じている旅人の姿とみる方がふさわしい。

ところで、蕉風俳諧における時雨の本意を的確にとらえたものして、堀切実「蕉風の時雨の句」（「俳句研究」一九九三年十月号）は、芭蕉の弟子である許六《きょりく》の『俳諧雅楽集』（宝永三年〈一七〇六〉自序）の、「時雨　甚《はなはだ》風雅なる心、あはれに面白き心」という定義を紹介している。同論考では、「あはれに」は、伝統的な時雨の風情（「風雅なる心」）は、その風情への興趣）の「わびしさ、はかなさをふまえたもの」、「面白き心」は「降りみ降らずみの時雨の本意に俳意を認め、（略）その情趣を賞翫し、これに興じてゆこうとする心」のことであり、時雨にはその「両義的な働きが備わっている」のだと説明されている。すなわち、陰音階的であった時雨の調べを受け容れたうえで、芭蕉はその「風雅」

を陽音階的にも奏でているともいえようか。また、上野洋三「時雨考」（『芭蕉の表現』岩波現代文庫、岩波書店、二〇〇五年）において、

芭蕉が、文芸において、自然の厳格な側面を、喜ばしい側面と対等に扱った（略）、両者が、同等に同時に詠嘆されているということ、（略）二つの詠嘆が相互に呼応するところに、自然の真理に到達する、ほんとうの詠嘆は、おこったのであろう（略）

と説かれているごとく、芭蕉は雨のもたらす正負の感情をすべて受け容れたうえで、時雨をとらえている。そこにあえて「興ずる」という心の余裕も生まれるのであろう。

二　ともにしぐれる相手を思うこころ

雨は人を家のなかに閉じ込め、またさらにじっとりとした空気は、人の気分を陰鬱にしがちである。ところが芭蕉の場合、時雨の情趣を他人と分かち合ったり、時雨によって他者と繋がってゆこうとしている。

初しぐれ猿も小蓑《こみの》をほしげ也　（猿蓑《さるみの》・元禄二年〈一六八九〉）

蕉風を代表する句集『猿蓑』（元禄四年刊）の巻頭を飾り、書名の由来にもなった発句で、さらに「時雨はこの集の美目」とも称されるなど、当時から評判の句であった。句の解釈は、雲英末雄・佐藤勝明訳注『芭蕉全句集』（角川ソフィア文庫、角川学芸出版、二〇一〇年）が、「（略）芭蕉にとっての蓑や笠が旅の象徴であることからは、猿も風雅を求める同志（略）と解してよいであろう」として、「初時雨の中、猿も私と山路を旅したいのか、小蓑をほしそうにしている」と訳しているのが参考になる。漢詩ではもっぱら哀切な啼き声が詠まれてきた猿に蓑を着せ、ともに旅の時

雨の情趣を味わう同志として見出そうとしたのは、初時雨に興じる旅人の心の浮き立ちゆえでもある。

草枕犬も時雨《しぐる》ゝかよるのこゑ　（野ざらし紀行・貞享元年〈一六八四〉）

『野ざらし紀行』の旅で名古屋の旅宿に泊まった夜、犬の遠吠えのなかに時雨の音を聞きつけた、という句である。尾形仂『日本詩人選　松尾芭蕉』（筑摩書房、一九七一年）が、和歌では「板屋の軒、篠の庵」に聞きしめていた時雨を、旅泊の犬の遠吠えの中に聞きつけた点に俳諧性を見出しているように、時雨に濡れて啼く犬は、小蓑をほしげな猿同様、芭蕉にとって「漂泊の情を分かち合うもの」（同書）である。また同書によれば、芭蕉が聴覚を通して時雨を知覚して詠んだのはこの句だけである、というのも珍しい。ちなみに、雨を聴覚的に知覚した句として有名なのは、深川の芭蕉庵で詠まれたこの句であろう。

茅舎《ばうしや》ノ感

芭蕉野分《のわき》して盥《たらひ》に雨を聞《きく》夜哉　（むさしぶり・延宝九年〈一六八一〉）

杜甫らの漢詩で詠まれた「芭蕉葉に雨音を聞く」という発想を、庭では芭蕉葉が野分（台風）に吹き破られ、家のなかでは雨漏りを受ける盥に雨の音を聞く、というシチュエーションに変え、秋の夜の徹底した孤独のなかで味わう「侘び」を詠むことに成功している。

さて、時雨はまた、自分の周りの人間の存在を改めて認識させてくれるものでもある。

人〳〵をしぐれよやどは寒くとも　（蕉翁全伝・元禄二年〈一六八九〉）

元禄三年の冬、粟津の草庵より武江《ぶかう》におもむくとて、島田の駅、塚本が家にいたりて

宿かりて名をなのらするしぐれかな　（続猿蓑・元禄四年〈一六九一〉）

「時雨よ降ってくれ」と願うのは、一座した連衆がその趣を分かち合うに値する人々だからでもあろう。また後者の句は、時雨に降られたことで宿を借りて名乗りをすることになった、と詠んでいるが、実際には予定通りの宿泊であったという。つまりこれは、古物語によくありがちな「雨宿り譚」のようなかたちで興じているのである。兪玉姫氏が「伝統的時雨においては、時雨の動きを眺めて観念を述べるものが多かったが、芭蕉の句においては「濡れる」時雨を表現している」（前掲書）と指摘しているごとく、ともに時雨を体感することによってその情趣を共有するというイメージが、芭蕉にはあったのかもしれない。

三　自然へ同化するこころ

こうした芭蕉の時雨への愛情は、さらに大胆な表現を生み出してゆく。

元禄壬申冬十月三日　許六《きよりく》亭興《こうぎやう》行

けふばかり人も年よれ初時雨

（韻塞《いんふたぎ》・元禄五年〈一六九二〉）

この句は従来、同座した若い人々に、「今日だけは老いの侘びの心になってこの初時雨の侘びを味わえよ」と呼びかけたものとして解釈されてきた。[*4]ところが、上野洋三「も考」（『芭蕉の表現』）は、次のような解釈を提示する。草木を紅葉させ、自然を変容させてゆく時雨に対して、「最も深いところで、このわが身が応答して、何事かをなすには、（略）わが身も心も、自然の時間にさらして、自然とともに変容すること」だが、人は自ら年をとることはできない。それでも叶うならば、「人」が「年よる」ことが実現してほしいと願う、初時雨に対するそれほどの「心おどり」を読み取っているのである。かつて、これほど大胆に時雨への思いを歌い上げた詩歌は存在したであろうか。

最後に、これまでとは異なった時雨詠を紹介したい。

旧里《ふるさと》の道すがら

しぐるゝや田の新株《あらかぶ》の黒むほど　（記念題《かたみのだい》・元禄三年〈一六九〇〉か）

「新株」とは稲刈りが済んだばかりの切り株のことで、その切り口が濡れて色が変わる程度に、時雨の雨脚がサッと通り過ぎていったという句である。野山を紅葉させる時雨が、新株を黒く染めたという点が新しく、「黒むほど」という表現については、尾形仂氏が「水墨画の淡彩の技法をもって描破したもの」（前掲書）と述べる通りであろう。なお兪氏は、芭蕉が「俳諧的な時雨の色（稿者注：「玄冬」からの連想）としての「黒」を、「さび」色として円熟させた」と指摘している。本句はこれまでの直情的な時雨詠とはまったく異なった、平明な叙景句である。だが、芭蕉が見出した新株の切り口の濡れ色は、可視化された「やすく」過ぎる時雨の「足の早さ」（上野氏「時雨考」）であり、「黒むほど」という表現には、降り過ぎていった時雨へと思いを遣る、親しみのこもった眼差しが感じられる。旅の途次、自然へと肉薄してゆく目が見出した時雨の痕跡にこそ、時雨への浮き立つような情が込められているとみてよいのではないか。

四　五月雨のもたらす風景

「五月雨」は梅雨時の雨のことで、明け暮れ、地上を海に成すかのごとく降るさまを詠むのが本意であった。それは初期俳諧においても同様で、芭蕉も当初はこのような句を詠んでいる。

五月雨や竜灯《りゅうとう》あぐる番太郎　（六百番誹諧発句合《あわせ》・延宝五年〈一六七七〉以前）

五月雨の降りしきるなか、町の警備をする番太郎が番小屋に灯す灯りを竜灯（海上で深夜に点々と見られる怪火）に見立てたもの。北村季吟に評価された「五月雨の海をなしたる風情」（『六百番誹諧発句合』の判詞）は、類型的な発想ではあるものの、薄暗い雨中に揺らめく灯りを海上の不知火《しらぬい》と眺める幻想的な見立てによって、日常の生活にありながらも、五月雨のもたらす非日常的な空間を際立たせている。

先掲の『俳諧雅楽集』では、五月雨の本意として「日に〳〵はてしなき心、ものを降《ふり》隠す心、世界一面に句作るべし。したゝるき心も有《あり》*5」（傍線は稿者による）と説かれており、傍線を付した部分が和歌の本意を引き継いだ部分といえる。芭蕉の五月雨句はたしかにこの本意をふまえて詠まれているが、五月雨は「ものを降隠す」だけではない。

さみだれに鳰《にほ》のうき巣を見にゆかむ　（あつめ句・貞享四年〈一六八七〉以前）

「鳰」はカイツブリという水鳥のことで、琵琶湖を「鳰の海」とも称することから、五月雨のなか鳰の浮巣はどんな様子なのか、増水した琵琶湖へ見に行こう、と詠んだ句である。五月雨の降りしきるなか、わざわざ外出しようとする人間はいまい。だが、降り続く雨によって琵琶湖の景は様変わりしているはずだ、と、いっそう水位の増した湖面に漂う浮巣へと思いをめぐらせる——そうした「うき巣を見にゆかむ」と雨中に繰り出そうと興ずる心こそ、五月雨に対する芭蕉の新しいアプローチなのであった。

五月雨をあつめて早し最上川　（おくのほそ道・元禄二年〈一六八九〉）

『おくのほそ道』における有名なこの発句もまた、五月雨によって創り出された非日常的な体験をもとに成っている。折から降り続く五月雨を一つに集め、最上川がものすごい速さで流れてゆく。当初、高野一栄宅で巻いた歌仙の発句では中七を「集《あつめ》て涼し」とし、清涼感をもって主人への挨拶としていたのに対し、『おくのほそ道』の本文においては、「水みなぎつて舟あやうし」と、舟で川を下る際の体験をふまえた発句となっている。この「早川」として知られていた歌枕である最上川を、実際に体感したうえで改めて獲得したことばである。日本三大急流の一つでもある最上川だが、五月雨が降り注ぐことによってさらに「早し」の度合いをすさまじく増していたのだ。これもまた、五月雨のもたらした非日常的な情景としてとらえることができる。

五　五月雨にかくれぬもの、全身で体感する五月雨

五月雨は「ものを降隠す」のが本意であるが、なかには、降りしきる雨に隠れることもなく、また朽ちることもなく、ひときわその存在感を保ち続けているものがある。

五月雨の降《ふり》のこしてや光堂　（おくのほそ道・元禄二年〈一六八九〉）

五月雨にかくれぬものや瀬田の橋　（あら野・貞享五年〈一六八八〉）

かつての藤原一族の栄華の象徴ともいうべき平泉の光堂（中尊寺の金色堂）と、琵琶湖の名所である瀬田の長橋である。これらの名所に対する最大限の讃辞として、芭蕉は五月雨の本意を逆説的に表現する方法をとったのだ。光堂の句は、五百年前と変わることなく輝き続ける金色堂を目にした感動を伝えるために、すべてを朽ちさせる幾多の五月雨もここだけは降り残したか、と五月雨の本意を打ち返して詠んでいる。*6 また、『俳諧雅楽集』に「世界一面に句作るべし」とある通り、五月雨すら降り埋むことのできない瀬田の長橋の周りには、雨のなか、どこまでも渺茫《びょうぼう》とした琵琶湖の大景も思い起こされよう。

さらに芭蕉は、実生活に即した五月雨の世界をも新たに詠じてゆく。

梅雨

五月雨や桶の輪きる丶夜の声　（真蹟懐紙・貞享四年〈一六八七〉以前）

五月雨の降り続く夜に、桶の輪の切れる音がした。梅雨の長雨と湿気で腐った水桶の輪が自然に切れたのだろう。「夜の声」は雨音に響く桶の輪の切れる音、そして「梅雨時の陰鬱な気が凝り固まって発する夜そのものの声」（井本農一・堀信夫校注『松尾芭蕉集①全発句』新編日本古典文学全集、小学館、一九九五年）でもある。降りしきる雨に閉じ込められた空間、不快な湿気にどんよりとした気分、闇に響く鋭い音のすべてには、これまでにない現実的な全身の感覚が再現されていて、不気味な五月雨詠となっている。

五月雨や色紙へぎたる壁の跡　（嵯峨日記・元禄四年〈一六九一〉）

『嵯峨日記』では、「明日は落柿舎《らくししや》を出《いで》んと名残をしかりければ、奥・口の一間《ひとま》〳〵を見廻《めぐ》りて」という文章に続けて掲載されており、落柿舎から出立する前日に、奥や入口など一間一間見回った際に作った発句である。「落柿舎」は去来の別宅だが、建物は古くなってあちこち傷んできていた。蕭々《しょうしょう》と五月雨が降り続く一日、一間の壁には、前の住人が色紙をはいだ跡が薄汚く残っている。これは純然たる景の句であるが、「色紙へぎたる壁の跡」という表現からは、『俳諧雅楽集』が「した丶るき（稿者注：湿気を含んでじめじめしている、汚れている）心も有」と説くような、鬱陶しい湿気やカビ臭さも感じられる。この梅雨時の実生活に伴う実感は、俳諧が見出した五月雨の感覚であろう。さらに、色紙の無造作に剥がされた壁を眺める眼差しには、時の流れに対する侘しさのほかに、その宿に対する愛着も感じられる。皮膚、聴覚、視覚、嗅覚など全身で知覚された五月雨は、単なる不快感だけではなく、壁を見つめる人物に去来する思いをじわじわと増幅させているのである。

さみだれや蚕煩ふ桑の畑　（続猿蓑・元禄七年〈一六九四〉）

芭蕉の弟子の支考は、白楽天の「病蚕」という詩句に基づいた句であると指摘しているが、五月雨のなか病んだ蚕が捨てられている桑畑もまた、五月雨のもたらす哀感にふさわしい景色ではないか。

六　春雨のこころ

春雨はしとしとと音もなく降り続き、草木を育むと同時に、物思いをもたらす雨でもあった。『俳諧雅楽集』にも「ものを生長する心、ほつと匂ひ有る心」とあり、和歌伝統をふまえた定義となっている。「ほつと匂ひ有る心」とは艶なる気分のことであろう。芭蕉も、

春雨や蓬をのばす草の道　（草之道・元禄七年〈一六九四〉）

春雨や蜂の巣つたふ屋ねの漏《もり》　（すみだはら・元禄七年〈一六九四〉以前）

などと詠んでおり、蓬の句は、和歌の本意通りの素直な詠みぶりである。蜂の巣の句は、和歌では春雨が伝うのは釣り忍《しのぶ》（忍草の根を束ねて軒先に吊したもの）であったのを、卑近な「蜂の巣」に変えたところが手柄だとされている。叙景句ではあるものの、言外には、春雨が静かに降り続けるなか、藁屋根から漏れ出た雫が蜂の巣を伝って滴り落ちるのを独り眺める芭蕉の姿があり、そこはかとなく物淋しさが漂う。蜂の巣の形状はコミカルでもあるが、*7 去年の巣で主のいない空虚さがまた淋しい。ちなみにこれは、芭蕉の弟子の野坡《やば》が「奇妙天然の句なり」と絶賛し、「淋しさ言語に尽《つく》しがたし」（『俳諧耳底記《じていき》』宝暦〈一七五一～六四〉末年頃刊か）と評した句でもあった。

不性《ぶしやう》さやかき起されし春の雨　（猿蓑・元禄四年〈一六九一〉）

兄の半左衛門邸の離れでの吟で、しとしと降り続く春雨にいつまでも寝ていて、人に抱え起こされるとは不精なことだ、と詠む。春雨の懶《ものう》い感じがよく表れている句である。上野洋三「不性さや—芭蕉発句評唱—」（「俳句研究」一九八六年三月号）は、いつまでも春雨の淋しさを全身で味わいたいと思いつつも、生活を営んでいる以上、それを「不性」であると断ずる自分がおり、「どちらをも認め、どちらをも認めない。（略）風雅と日常の対照が、一段と微妙自在に表現される」と解している。思えば、雨は普遍的なものであると同時に、日常的な存在でもある。普遍的であるがゆえに、古人と繋がり、感覚（本意）を共有することができる。だが日常的な存在であるがゆえに、今自分が生きている日常と切り離して味わうこともできないのである。その矛盾を解消する一つの方法が、時雨の「新株」、五月雨の「色紙」、春雨の「蜂の巣」の句のように、景のなかに情を込めるという詠み方であったとも考えられないだろうか。

むすびに

最後に、『おくのほそ道』の旅における雨についてふれておきたい。竹島智子「芭蕉の五月雨の句に関する考察」（「樟蔭国文学」第二十五号、一九八八年三月）によれば、『おくのほそ道』の旅に同行した曽良の随行日記を参照すると、全旅程のうち「降雨は五月雨の季も含んでいる為、六一日に及んでいる。（略）その内、雷雨または強雨は、（略）十四日間である」という。『おくのほそ道』でも雨に関する記述はたびたびみられ、とりわけ前半部では、那須野で雨に降られたり、飯塚では雷雨の夜に病気が起こって苦しんだりと、旅の辛さを助長するものとして描かれている。

笠島はいづこさ月のぬかり道

名月や北国日和《ほくこくびより》定《さだめ》なき

これらの句でも、雨によって芭蕉の目当てにしていた景が阻まれていたことがわかる。だが、「道いとあしく、身つかれ侍れば、よそながら眺《なが》めやりて過《す》ぐる（略）」として詠んだ笠島の発句――藤原実方《さねかた》の墓のある笠島はどのあたりなのか。五月雨のぬかり道ではどうすることもできない――も、雨と縁のある「笠」島を見やることに興じており、ただ単純に無念さを嘆いているわけではない。さらにこれは、笠島道祖神の前で下馬せずに通り過ぎた実方の行動を、芭蕉が「もどいた」（似せて振る舞う）趣向であるとも言われている。[*8]

また、敦賀《つるが》で雨に降られて中秋の名月を思うように眺められなかった時も、「越路《こしぢ》の習ひ、猶明夜の陰晴はかりがたし」という宿の亭主の言を受けて、「北国の天気は本当に変わりやすい」と詠じている。これも雨を嘆きつつもまた、北国の定まらない天候を実際に体験したことを興ずるような気分も感じられるのである。[*9] このように、旅を彩るものとして雨をとらえようとする姿勢は、雨に煙る象潟《きさがた》で合歓《ねむ》の花の美を見出した吟に結実している。[*10]

象潟や雨に西施《せいし》がねぶの花

雨に濡れそぼつ淡紅色の合歓の花を、美女西施の目を閉じて悩ましげな面影に重ね、雨で朦朧とした象潟の夕景の情趣を象徴するものとして詠んでいる。「寂しさに悲しみをくはえて、地勢魂をなやますに似たり」と評された、憂いを湛えたような象潟の美しさは、雨によってよりいっそうその色を増しているのであった。

注

1 たとえば、山下登喜子「「時雨はこの集の美目」ということ」（「短大論叢」第五十四集、一九七五年十月）は、貞享以降の「時雨」句の「発想における俳諧的処理の様相」を、「伝統的な発想をそのままに興ずるといった態度によるもの」、

「伝統的表現の枠組の中での変化を楽しむ」もの、「伝統的発想を消化転生する方法によるもの」の三つに分けて考察している。なお、兪玉姫「芭蕉の季節感―時雨と五月雨を中心に―」（「国際日本文学研究会議」一九八九年三月）では、「芭蕉は、心象風景や観念を詠まずに、題材そのものの性質を客観的に捉え、やがて時雨と五月雨の持っている「物寂びた」属性を賞美する、いわば「さび」に通ずる季節感に到達した」と述べられている。このほかにも、小磯純子「芭蕉と時雨」（「相模国文」第二十二号、一九九五年三月）などがあり、また『猿蓑』における時雨の句の考察や、芭蕉の詠んだ個々の時雨の句についての論考にもみるべきものが多いが、紙幅の都合上、ここでは割愛する。

2 近年の論文では、佐藤勝明「「古人の名」の詠み方―芭蕉句「世にふるも」の意図をめぐって―」（「連歌俳諧研究」第百一号、二〇〇六年九月）に、その解釈が明解にまとめられている。

3 引用は、復本一郎他校注『連歌論集　能楽論集　俳論集』（新編日本古典文学全集、小学館、二〇〇一年）による。

4 ほかにも、「初」の字について「初物によって命が七十五日延びる」という諺と関連づける解釈（深沢眞二『風雅と笑い―芭蕉叢考―』清文堂、二〇〇四年）などがある。

5 引用は、堀切実「〈翻刻〉俳諧雅楽抄」（「フェリス女学院大学紀要」第十一号、一九七六年四月）によるが、句読点は私に付した。

6 本意を打ち返して詠む手法については、拙著『蕉風俳論の付合文芸史的研究』（ぺりかん社、二〇〇七年）で論じている。

7 上野洋三「春雨・蜂の巣・蜘蛛の囲」（「女子大文学　国文篇」第四十号、一九八九年三月）には、「ぽってりと丸い蜂の巣」が視覚的に俳諧的であるという指摘とともに、「「春雨」のけぶるような、霞のような、朦朧たる繊細なあり方に対して、一匹一匹のハチの、これも視覚的に空想される鋭敏なあり方、繊毛の微細なあり方、それらは、表象の奥底で十二分に響き合っていないであろうか」と論じられている。

8 楠元六男『芭蕉、その後』（竹林舎、二〇〇六年）による。

9 堀切実『おくのほそ道　永遠の文学空間』（ＮＨＫライブラリー、日本放送出版協会、一九九七年）は、「空模様の不安定を慨嘆しながらも、（略）これも土地柄致し方のないことだと、自分の残念な気持ちを突き放すようにして、軽く興じているのでしょう」と述べている。

10 「『おくのほそ道』―全行程を踏破する」（「国文学　解釈と教材の研究」二〇〇七年四月号）において、宮脇真彦氏は「かつて旅の妨げとして厭われた雨も、ここでは景を彩る要素として肯定的に受け止められる。すべての拘束から解き放たれた〈さすらい〉の姿勢が、「雨」をも肯定的に受けとめさせてゆくのである」と述べている。

参考文献

・尾形仂『日本詩人選　松尾芭蕉』（筑摩書房、一九七一年）
・乾裕幸『芭蕉歳時記』（富士見書房、一九九一年）
・上野洋三『芭蕉の表現』（岩波現代文庫、岩波書店、二〇〇五年）
・兪玉姫『芭蕉俳諧の季節観』（信山社、二〇〇五年）
・雲英末雄・佐藤勝明訳注『芭蕉全句集』（角川ソフィア文庫、角川学芸出版、二〇一〇年）

・なお、芭蕉の発句の句形・成立年・出典はすべて『芭蕉全句集』によった。

一茶の雪

牧　藍子

宝暦十三年(一七六三)、一茶は信濃国水内郡《みのち》柏原村《かしわばら》(長野県上水内郡信濃町柏原)の農家の長男として生まれた。柏原は妙高山・黒姫山・飯綱山に囲まれた高原にあり、春から夏にかけては澄んだ空気と青々とした緑、美しい草花と太陽の光にあふれているが、冬は大変雪深く、現在信濃町は全域が特別豪雪地帯に指定されている。

北信濃の自然の中で育った一茶には雪を詠んだ句が多い。信濃教育会編『一茶全集』[*1]によって「初雪」「雪」の句を拾ってみるとおよそ三五〇句にものぼる。雪に並ぶ日本の伝統的な景物である月花について、それぞれ一茶がどれくらいの句数を詠んでいるか調べてみると、月の句が約三〇〇句、花の句が約七二〇句である。これを芭蕉や蕪村の場合と比較すると、芭蕉や蕪村においてはいずれも雪の句の数は花の句の数の半数以下に過ぎず、月の句の数が雪の句の数を上回る。[*2]しかも、一茶の雪の句約三五〇句というのは、たとえば「雪仏」「雪つぶて」「雪がこひ」「吹雪」「たびら雪」「春の雪」「淡雪」などの句は含まない数であるので、これらを加えると一茶がいかに好んで雪を詠んだかが一層明らかである。

雪の句について考察する前に、まずは一茶の生涯を簡単に振り返っておきたい。一茶は三歳で母を亡くし、八歳のときにやってきた継母との不和から十五歳で江戸に出た。その後しばらくの期間、一茶の消息は全く不明で、あちこちで苦しい奉公生活を続けたと考えられている。二十歳頃から葛飾派《かつしか》(芭蕉の友人山口素堂を祖とする一派)の俳諧を学んだようで、二十三歳の頃に今日庵元夢《こんにちげんむ》、二十五歳の頃には二六庵竹阿《にろくちくあ》の門人となった。竹阿の没後、二十八歳のときに、葛飾蕉門を名乗って勢力を伸ばしていた其日庵《きじつ》三世素丸《そがん》に入門、葛飾派の新進俳人として寛政元年(一七八九)には奥羽地方、寛政三年には下総地方に遊んだ。寛政四年からは京坂・四国・九州方面を遍歴している。寛政十年、西国旅行を終えて江戸へ帰着するが、宗匠として一家をなすことはできず、近国に住む知友のもとを渡り歩き、遊俳夏目成美《せいび》の庇護を受けた。享和元年（一八〇一）、柏原に帰省中に病父の死を看取り、継母の実子仙六と遺産を折半するようにとの遺言をめぐり継母側と揉め、以後長い間抗争を続けることとなる。決着が着いたのは文化十年（一八一三）正月で、家屋敷の半分と田畑三石六斗余を得て、一茶はようやく柏原に定住することができた。故郷を離れること三十五年であった。翌年には最初の妻菊と結婚し、いよいよ信濃に強固な地盤を築く。固い帰郷の意志のもと、やっとの思いで実現させた故郷柏原での生活であったが、菊との間に生まれてきた子どもたちは次々と死に、菊には先立たれ再婚に失敗するなど苦労は絶えない。そして、三度目の妻やをを迎えた翌年の文政十年（一八二七）、柏原の大火で家を失い、焼け残った土蔵で持病の中風の発作のため没する。

このように雪国信濃で生まれ育ち、晩年のおよそ十五年間、柏原に定住した一茶にとって、雪は単なる冬の景物ではない。一茶の雪の句は、これまで多くの人々によって論じられているが、それらが雪月花の伝統的美意識とは異なる視点から詠まれているという点は共通の見解となっているといえる。そこで本稿では、一茶の雪の句を信濃帰住を境に前期と後期に分けて、その性格の違いを考察する。*3 伝統美とは離れたところから雪をとらえた一茶の句は、故郷信濃とそこに降り積もる雪そのものに対する一茶の物理的・心理的距離感を反映して、その詠みぶりにも変化が見える。

一　故郷への思いと雪

まず、前期の一茶の雪の句の特徴として、雪が故郷やそこに住む人々を象徴するもののように詠まれている点が挙げられる。素丸の師馬光《ばこう》の五十回忌追善句集『霞の碑』には次の句が載る。

山寺や雪の底なる鐘の声　　（児石・鹿尾編『霞の碑』寛政二年序）

一茶の雪の句の中で最も早い時期に詠まれた句である。雪国の山寺の趣を、雪の奥底から響く鐘の音にとらえており、雪に埋もれた山寺の静粛さや寒さが伝わってくる。一茶の句日記『七番日記』には、文化十年の作として「我郷の鐘や聞くらん雪の底」という類想句が見えることから、この雪の山寺の情景には、故郷北信濃が思い合わされていると考えられる。[*4]

一茶の作として特に有名な次の句も、雪に故郷への思いを馳せたものである。先の『七番日記』だけではなく、一茶は寛政四年春から没する文政十年まで句日記を残しており、この句は『文化句帖』に載る文化元年の句である。

初雪や古郷見ゆる壁の穴

ちらちらと初雪が舞っている。壁の穴から懐かしい故郷が見えてくるよ、という句意である。壁の穴から雪をのぞき見て故郷を想起するのは、「はつ雪やといへば直《すぐ》に三四尺」（『七番日記』文化十年）「下窓の雪が明かりのばくち哉」（『七番日記』文化十年）「はつ雪やとはいふもの丶寝相だん」（『文政句帖』文政五年）と詠まれるような、雪に閉ざされた北信濃の長い冬の暮らしの経験からかもしれない。しかし、江戸で厳しい生活を送る中で一茶が壁の穴の向こうに見た故郷は、帰りたくとも帰れない、それ故になお心引かれる故郷であったに違いない。

次に挙げる二句は、ともに『文化句帖』に載る文化四年の作である。遺産問題の交渉のため柏原に赴くも話は一向に進まず、滞在したのはわずか四日であった。

雪の日や古郷人もぶあしらひ

心からしなの丶雪に降られけり

「雪の日や」の句は、江戸の人だけではなく、故郷の人々までもが自分を冷たくあしらうことだ、と誰からも相手にされないやるせなさを詠んだ句で、「心から」の句は、遠くはるばるやってきた信濃の地で冷遇され、折しも降りかかる雪に心の底まで冷やされる思いがする、という句である。どちらにおいても、強い疎外感・孤独感と、白く冷たい雪とが二重写しになっている。[*5]

しかし、雪は冷酷なものとして詠まれるばかりではない。文化六年には次のような句も詠まれている。『文化五～六年句日記断片』に載るものである。

古郷の袖引《そでひく》雪が降にけり

故郷へ帰ってこいと、雪が自分の袖を引くように降ってくることだ、という句である。雪を擬人化した表現により、故郷への慕わしさが引き立っている。

ときに冷たく、ときに暖かく、雪は故郷に対する一茶の心の機微を反映している。[*6] このことは、やっとのことで帰住がかなった際に詠まれた次の句に非常に顕著に表れている。柏原に定住することを決意して帰郷した文化九年末から、一茶は成美に句稿を送って批評を請うているが、それらをまとめた『句稿消息』に載る句で、「十二月廿四日古郷ニ入」と記した後に並べて記されている。なお『句稿消息』の欄外や行間には、成美による句評や添削が書き込まれており、「是がまあ」の句には、別案として「死所かよ」という中七が傍記されてあったのを、成美が朱で抹消して「つひの栖」の句形を採っている。

是《これ》がまあつひの栖《すみか》か雪五尺

ほち〳〵やと雪にくるまる在所哉[*7]

一句目は、長い間執着してきた故郷の地を、終生の住みかとして眼前の五尺の雪の底に改めて見い出した感慨を詠んだ句である。柏原に永住する決意と、五尺の雪を前にした一茶の嘆息がともに感じられる。二句目の「ほちや〳〵」はふっくらとしたさま、柔らかくふわふわしたさまのことで、「一茶以外の俳人が用いた例はみあたらない」（玉木司訳注『一茶句集』）と指摘される。一茶は他にも「ほちや〳〵と吹侍ひし木芽哉」（『文化句帖』文化三年）「鳩の太りて日の長き」（『文化句帖』文化五年）「麦などもほちや〳〵肥て桃の花」（『文政句帖』文政八年）といった句を詠んでおり、また桃の花や薮萱草《やぶあさがお》が咲くさまを形容するのにもこの語を用いている。寛政五年から文政八年までの句を収めた『一茶自筆句集』に載る「ぬく〳〵と雪にくるまる小家哉」はこれと類想の句である。雪は冷たく非情なものであると同時に、一茶を暖かく包み込んでくれるものでもあった。一茶にとって、雪は故郷への思いを託すのにうってつけの素材であったといえよう。

このように、いわゆる雪月花の伝統美とは異なる視点から雪をとらえた一茶句の背景には、雪深い故郷柏原に対する一茶の個人的で特別な思い入れがある。しかし、そこにはまた、当時の俳壇に蔓延していた安易な花鳥風月詠に対する一茶の反感を見ることもできる。本節の終わりにそのことを確認しておきたい。たとえば次の句は『七番日記』に載る文化七年十月の作である。

はつ雪やそれは世にある人の事

文化七年十二月二十日付笹人宛書簡では中七が「是も世にある」の形となっている。世間並みの生活すら送れない自分には、初雪を風雅なものとして楽しむ余裕など全くない、という句意である。初音・初鰹・初時雨など、元来「初」という語には賞美の心が込められており、その年に初めて降る雪である初雪も、待ちに待ったものとして詠むのが詩歌の伝統である。たとえば芭蕉の「はつゆきや幸庵《さいはひあん》にまかりある」（『あつめ句』）には、自らの庵で初雪を拝むことのできた喜びがストレートに詠まれている。それに対して右の一茶句は、そうした初雪の風流からは一歩距離をおく。[*8]同年十月にはまた、一茶の雪の句の特徴をよく示す例としてしばしば引き合いにだされる「はつ雪をいま〳〵しいと夕哉」（『七番日記』）の句も詠まれている。

一茶が葛飾派の新進俳人として本格的に活動するようになった寛政期は、ちょうど蕉風復興運動が終焉を迎える時期にあたっている。蕉風俳諧の創始者としての芭蕉の権威は不動のものとなり、全国各地で芭蕉顕彰事業が盛んに行われる一方、俳諧の大衆化によって俳諧の質は低下し、停滞した。続く文化・文政期には月並句合[*9]が流行し、当時のはやりの句風を示す類題句集や高点句集が盛んに出版されると、俳風はますます通俗的・類型的なものとなり、俳諧は大衆の娯楽や社交の具と化していった。一茶はこうした当時の固定化された風雅観、安易な季題趣味に対して不満を抱いており、一茶の雪の句もまた、大きくはそうした流れの上にとらえることができよう。

二　柏原での生活と雪

前期の江戸在住時代の一茶の雪の句は、故郷への複雑な思いと深く結びついており、伝統的な風雅観とは異なる視点で詠まれている点にその特徴が認められた。後期の信濃定住後の雪の句もまた、北信濃という土地と切り離して考えることはできない。矢羽勝幸氏は、「北信濃の風土と一茶—雪との関わりを通して—」[*10]において、一茶の初雪・雪・吹雪の句三五九句を取り上げ、江戸在住時代の句と信濃定住時代の句とに分けて分析し、生活に密着した体験から生まれた後期の雪の句に、伝統的風雅に対するよりあからさまな反感が読み取れるとする。確かに伝統的な風雅に対す

『北越雪譜』「掘除積雪之図《つもりたるゆきをとりのくるづ》」
早稲田大学図書館蔵

る反発の感じられる句は、たとえば「雪行け〳〵都のたはけ待おらん」（『七番日記』文化十年）「はつ物の内になくなれ門の雪」（『八番日記』文政三年）のように、信濃定住時代にも継続して詠まれている。しかしその一方で、後期の雪の句には前期の雪の句には見られなかった性格もまた認められる。以下、信濃定住時代の一茶の雪の句の特徴について具体的に検討していきたい。

さて後期には、前期よりさらに多くの雪の句が詠まれている[*11]。そして、それにともなって雪の句のバリエーションも豊かになる。このことは一茶の雪の句が、より一層現実の生活に根ざしたものとなったことを示していると考えられる。たとえば、文化十年以降、初めて詠まれるようになったものに「雪かき（雪丸め・雪はき）」がある。

雪掃《はく》や地蔵菩薩のつむり迄《まで》（『八番日記』文政四年）

雪かきをしていると地蔵菩薩の頭に行き当たった、という句である。越後国魚沼郡塩沢に住んで縮《ちぢみ》仲買商を営んだ鈴木牧之《ぼくし》の随筆『北越雪譜《ほくえつせっぷ》』（初編天保八年（一八三七）刊、二編同十二年刊）には、雪の深い土地では土を掘るようにして雪かきをするので、これを「里言《さとことば》に雪掘《ゆきほり》といふ」と書かれている。雪が降り積もり、懸命に雪かきをしていると、なんと地蔵菩薩の頭を掘り当ててしまった、という滑稽であろう。次は「雪仏《ゆきぼとけ》」の句である。

藪村や権兵衛が作の雪仏（『七番日記』文化十一年）

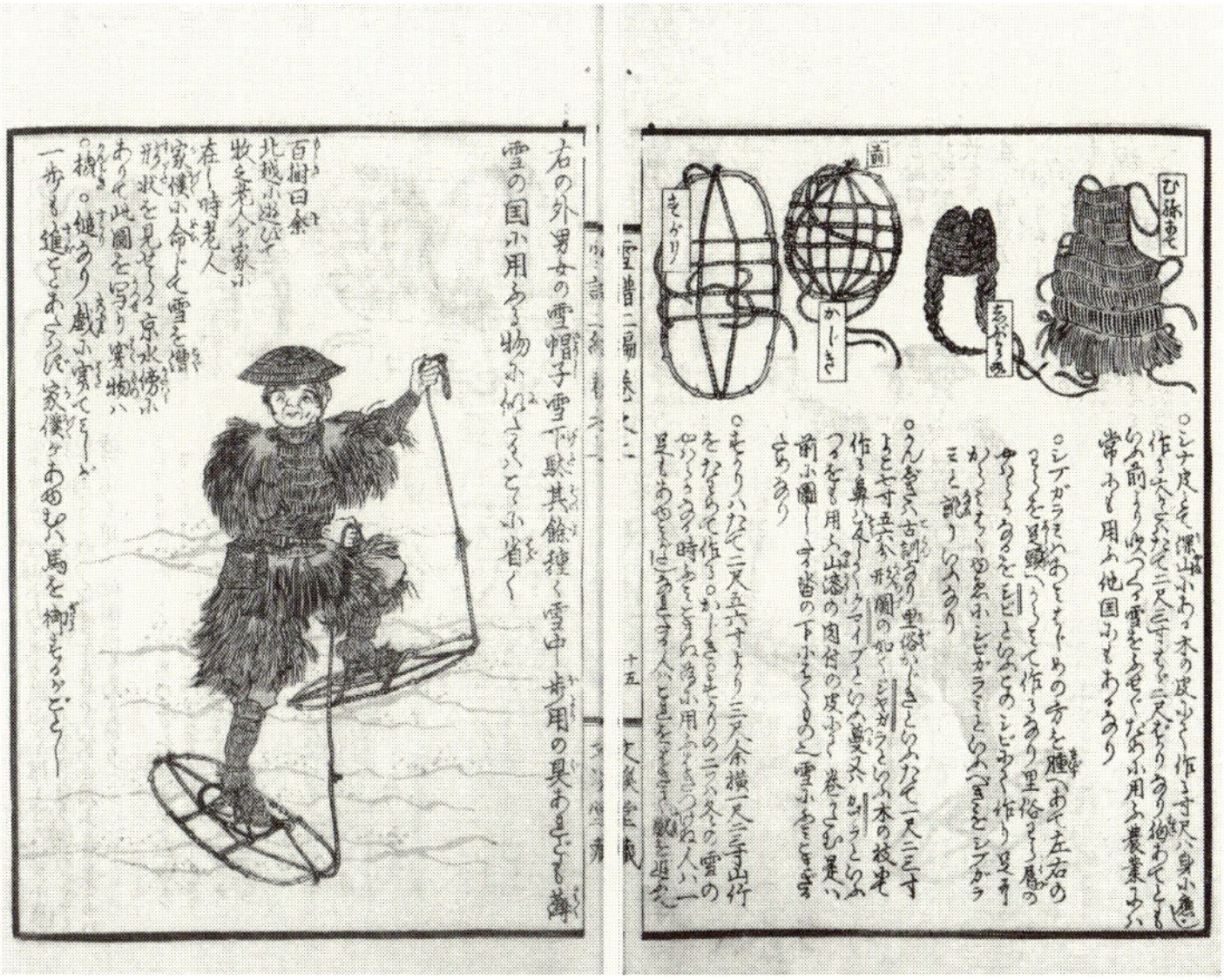

『北越雪譜』「かじき」の図
早稲田大学図書館蔵

飯炊《めしたき》の爺《ぢぢ》が作ぞよ雪仏（『七番日記』文化十三年）
三介が開眼したり雪仏（『七番日記』文化十四年）
はつ雪や調市が作のみだ仏（『七番日記』文化十四年）

いずれも雪仏の作り手が具体的に詠み込まれている。佳句とはいえないかもしれないが、雪国の日常の中に雪をとらえ、表現した句としてみると面白い。

前期に故郷への思いと重ねて詠まれていた雪の冷たさは、柏原定住後には日々の生活の中で身体的に実感される冷たさとなったことであろう。しかし、そこには過酷な雪国の生活に正面から向き合う一茶の前向きな姿勢がうかがえる。たとえば、前節で取り上げた「雪の日や古郷人もぶあしらひ」の句と同時に詠まれた句に次の句がある。

かじき佩《はい》て出ても用はなかりけり（『文化句帖』文化四年）

「かじき」とは、いわゆる「かんじき」のことで、泥土や雪の上を歩くときに足が埋もれないようにするために履くものである。右の句には、帰郷のための交渉に通うも故郷の人々に相手にされない虚しさが詠まれている。一方、同じかんじきの句でも信濃定住後には次のように詠まれる。

橇《かんじき》をなりに習てはきにけり（『八番日記』文政三年）

右は風間本『八番日記』の句形で、梅塵本『八番日記』では中七が「子等に習て」となっている。故郷に馴染み、不自由さを感じながらもそれを受け入れる一茶の姿がほほえましい。「かじき佩て」の句の、斜に構えたような詠みぶりはここには見られない。雪国で暮らす者となり、一茶の雪の句は新たな局面を迎えたといえるのではないか。

三　『一茶発句集』の雪

これまで一茶の雪の句について考察を行うのに、句日記を中心に見てきた。一茶の句日記は、類想句や別案と思われる句が繰り返し詠まれたり、また何年も前に詠まれた句が唐突に推敲されて再登場してきたりと、かなり自由に書きつけられている。一茶自筆の一次資料としてはよい資料であるが、これまで考察してきた句の多くが句日記にしか確認できない句であることは考慮に入れねばならない。そこで最後に、一茶の句が当時の人々にどのように受け止められていたのかという観点から、『一茶発句集』について検討を行いたい。

『一茶発句集』は、書名の通り一茶生涯の発句を集めた撰集で、文政十二年刊行の文政版と嘉永元年（一八四八）刊行の嘉永版の二種類がある。文政版は、北信濃の門人十四人が編者となり、一茶三回忌の記念に社中の私家版として刊行したもので、[*12] 嘉永版はその私家版を世に広めようと、墨芳《ぼくほう》という俳諧師が中心となって三〇〇余句を増補し、善光寺の書林から刊行したものである。文政版には一五句、嘉永版には一七句の雪の句（春季の「雪解・残る雪」は除く）

が収録される。個人の発句集には、その作風の表れた代表句が収録されるのが常で、『一茶発句集』にも「雪散るやきのふは見えぬ借家札」（文化十年、『七番日記』『句稿消息』等に下五「明家札」）「むまそうな雪がふうはり〳〵と」（文化十年、『七番日記』『句稿消息』等に中七下五「雪がふうはりふはり哉」）など、一茶調の特徴をよく示した境涯句や俗談調の句が載る。本書に収められた雪の句で、成立年次の判明するもののうち、前期に詠まれているのは文政版で一句、嘉永版で二句で、柏原定住後の句が大半となっている。

本稿では『一茶発句集』入集句のうち、「雪車《そり》」の句に注目してみたい。雪車には大小さまざまな大きさがあり、荷物を積み自分もその上に乗って雪上をこぐ。

雪舟引《そりひき》や屋根から呼る届状*13

これは嘉永版に見える句である。文政四年十二月十九日付卜英宛書簡には「短尺・すりなど御入用御申越被成候処、此節入りの一間、雪囲にて、日中真の闇、其と甚だ寒く、探しかね候也」とあり、この句が書き付けられている。雪が屋根の高さまで積もり、雪囲いをして真っ暗になった家の中に閉じ込められているような状態である。手紙を届けにきた声が屋根の上から聞こえるのもうなづける。先に引用した『北越雪譜』によると、雪車は冬の柔らかい雪の上を引くことはできず、春になって雪が凍ったらその上を引くのだという。同書には「俳諧の季寄に雪車を冬とするは誤れり。さればとて雪中の物なれば春の季には似気なし。古歌にも多くは冬によめり。実にはたがふとも冬として可なり」とも書かれている。この句が十二月末に詠まれ、翌五年一月十三日が立春であることを考えると、待ち遠しい春の訪れを予感する気持ちが込められているかもしれない。次の句も同じく文政四年の作である。

桟《かけはし》や凡人わざに雪舟を引

雪のないときには、雪車を引いて通ることなど思いもよらない細い桟道であるが、今は降り積もった雪のおかげで、苦もなく引くことができるという句意であろう。いずれも雪国信濃ならではの句である。門人たちの手で刊行されたものだけあって、『一茶発句集』に収録された雪の句は、これまで見てきた一茶の雪の句の特徴をよく反映しているといえる。*14

先に「はつ雪をいま〳〵しいと夕哉」（『七番日記』）という文化七年の作を紹介した。実はそれと全く同じ句が、文政三年十二月八日付春甫《しゅんぽ》・掬斗《きくと》・素鏡《そきょう》・雲士《うんし》宛書簡に付記された「俳諧寺記」と題する文の一節に記されている。

杳芳しき楚地の雪といひ、木ごとに花ぞ咲にけるなど、ほんさうめさるゝは、銭金程きたなきものあらじと、手にさへふれざる雲の上人のことにして、雲の下の又其下の、下〳〵の下国の信濃もしなの、おくしなのゝ片すみ、黒姫山の麓なるおのれ住る里は、木の葉はら〳〵と、峰のあらしの音ばかりして淋しく、人目も草もかれはて、、霜降月の始より、白いものがちら〳〵すれば、悪いものが降る、寒いものが降ると口〳〵にのゝしりて、

初雪をいま〳〵しいといふべ哉　旅人

「下〳〵の下国の信濃もしなの、おくしなのゝ片すみ」と一茶自身卑下するように、当時の柏原の生活は非常に厳しいものであったろう。しかし、一茶がその厳しさを悲壮なものとして誇張しているかというと、そうではないように思われる。一茶の反風流の詠みぶりを示す句としてたびたび引き合いに出されるこの文化七年の句が、柏原定住後の文政三年に書かれた文中におかれてみると、それ以上でも以下でもなく、ストレートに雪国の生活を表現した句に見えてくる。牧之は雪国に生まれ育ったものは、暖かい土地での安楽な生活を知らないが故に雪国の過酷さを当然のものとして受け入れられるのだといいつつ、「しかれども住ば都とて、繁華の江戸に奉公する事年ありて後、雪国の故

郷に帰る者、これも又十人にして七人なり」（『北越雪譜』）ともいう。一茶もまた、そうした雪国の故郷での生活を選んだ一人であった。

一茶は「都市や農村の現実を厳しく直視し（中略）趣味化・通俗化に低迷する俳諧に人間の肉声を大胆に響かせた」（『俳文学大事典』）等、独自の俳風で当時の俳壇に異彩を放つ存在であったと記述され、「我と来て遊ぶや親のない雀」といった屈折した自意識を表出した句などでよく知られている。雪の句に関しても、複雑な故郷への心情を吐露した句が注目される傾向にある。しかし信濃定住後の雪の句は、雪国の生活の厳しさを詠みながら、必ずしも陰鬱ではない。そこには雪を受け入れて生きる一茶のたくましさが感じられる。

注

1　本稿で引用する一茶の作品・書簡等は、全て信濃教育会編『一茶全集』（信濃毎日新聞社、一九七六～一九八〇年）による。

2　芭蕉については、雲英末雄・佐藤勝明訳注『芭蕉全句集』（角川学芸出版、二〇一〇年）により、雪三四句（「雪丸げ」等の語を含む）、月六一句、花七七句、蕪村については尾形仂・森田蘭校注『蕪村全集　第一巻　発句』（講談社、一九九二年）末尾の季語別索引により、雪六〇句（「雪吹」「雪折」等の語を含む）、月七三句、花一二五句となっている。

3　遺産分割をめぐる問題で、継母らとの間に和解が成立したのは文化十年正月であるが、一茶は文化九年冬には定住を決意して柏原に帰郷しているので、文化八年までを前期、文化九年からを後期とする。

4　矢羽勝幸氏は「北信濃の風土と一茶―雪との関わりを通して―」（日本文学風土学会編『文学と風土』勉誠出版、一九九八年）で「故郷回想句であろうか」とし、堀内悦子氏は「小林一茶と雪」（『学海』第七号、一九九一年三月）で「雪が多く降り積もる信州では」とする。また玉木司訳注『一茶句集』（角川学芸出版、二〇一三年）は「我郷の」の句を参考句として挙げる。

5 一茶は「心から」の句の後に「『漢書』ニ有　若人不能留芳百年臭残百年」（モシ人芳ヲ百年ニ留ムル能《あた》ハズンバ臭ヲ百年ニ残ス）と記している。『漢書』にこの文言を確認することはできないが、何としても思い通りに交渉を進めたいという一茶の強い気持ちが読み取れよう。つらい思いをしようと、帰郷の意志は固い。『日本古典文学大系58　蕪村集一茶集』（岩波書店、一九五九年）の川島つゆ氏の頭注は、この書き入れについて「執念の深さを思わせる」とする。

6 『日本名句集成』（学燈社、一九九一年）の「心からしなのの雪に降られけり」の解説で、中野沙恵氏は「以後一茶は信濃の雪を好んで句材にとりあげるが、その時々の情況を映して、雪は冷たくも暖かくもなった」と指摘する。

7 『文政版一茶発句集』（文政一二年刊）は『句稿消息』と同形であるが、『七番日記』では上五が「ほち〳〵と」となっている。

8 前掲、玉木司訳注『一茶句集』では、この初雪の句について、風流人への揶揄と貧乏ゆえに世に受け入れられない気持ちの両方が、二重にとれるように曖昧に詠まれているとされる。この年の十一月三日、夏目成美亭で大金が紛失するという事件があり、前日留守居をしていた一茶にも嫌疑がかかった。成美は一茶より十四歳年長の江戸蔵前の札差で、遊俳でありながら寛政の江戸の三大家の一人に数えられる人物。一茶とは親しい間柄であった。「はつ雪や」の句は、この事件から一か月後に詠まれたものである。結局金は行方不明のまま、一茶は無罪放免となった。

9 主催者が月毎に季題を定めて、日を限ってその題で詠んだ句を大規模に募集する。入選句は刷り物にして返送され、高点を得た句の作者には景品が出た。初めは句作の修錬の名目で行われたが、この頃には不特定多数の投句者を対象とした営利的な催しに変わっていた。

10 前掲、日本文学風土学会編『文学と風土』（勉誠出版、一九九八年）。

11 雪の句約三五〇句のうち、前期（文化八年まで）の句は約一〇〇句で三割弱である。月の句の場合はおよそ三〇〇句中一二〇句、花の句ではおよそ七二〇句中三〇〇句が前期に詠まれ、それぞれ四割を占める。

12 信濃教育会編『一茶全集　別巻』の解説によると、「この句集は門弟たちの編集ではなく、実は一茶自身が編集しておいた遺稿に、序文・口絵・跋文をつけ、各節の終わりごとに二人ずつ十四名の門弟の名を記し、俳諧寺社中の編纂ということにして出版したのではなかろうかと推測される」という。

13 『八番日記』には中七「家根から投る」、『一茶自筆句集』には中七「家根からおとす」の句形で載る。

14 一茶の発句集の編集について論じたものに、矢羽勝幸「同時代人のみる一茶発句の特性―『一茶発句集続篇』注記の考察―」（『二松学舎大学論集』第三十七号、平成六年三月）がある。

江戸漢詩が詠んだ雪

小財　陽平

はじめに

雪をみて心を躍らせるのはなぜであろうか。降り積もる雪が普段見なれたはずの光景をいつもとは違ったよそおいに変えてくれるからか。菅茶山は「雪日、韻冬を分かち得たり」詩の中で、

所向山川非異境　向かふ所の山川は　異境に非ざるも
入眼村落尽新容　眼に入る村落は　尽く新容
（黄葉夕陽村舎詩・後編巻八）

と詠じていた。

茶山ならずとも、雪をみて胸を高鳴らせた経験はあるはずだ。詩僧六如は「雪後戯意」詩にて、

自笑老夫心尚孩　自ら笑ふ　老夫　心　尚ほ孩にして
晨興驚喜白成堆　晨《あした》に興《お》きて　驚喜す　白　堆を成すを
（六如庵詩鈔・後編巻五）

と詠じ、老いてなお童心が失せず、降り積もる雪を見て「驚喜」している。

六如の詩集には、雪を詠じた作品が比較的多く収録されているが、「正月十六日、大いに雪ふり、井純卿を懐ふ」と題する詩は、

開門絶叫興激昂　門を開きて　絶叫し　興　激昂す
一夜雪深三尺強　一夜にして　雪深し　三尺強
（六如庵詩鈔・初編巻一）

という一聯からはじまる。一夜にして一メートルも雪が積もれば、「絶叫」したくもなるであろう。

北条霞亭も「戸を啓《ひら》きて庭を窺へば、雪月　争ひ輝く。満園の樹　爛銀の如し。予　覚えず　奇なりと叫ぶこと

三声」（『霞亭渉筆』）と書き記していたし、村上仏山も「二月初三　暁雪　飄《ひるがへ》り、早起し　牕《まど》を推して　奇絶なりと叫ぶ」（「二月初三、暁雪　門を出づ云々」詩／仏山堂詩鈔・巻下）と詠じていた。いずれも雪をみて感嘆の声を挙げているのである。

もっとも、詩人たる者、雪をみてただ絶叫するだけでは済まされない。尾藤二洲が「雪中の作戯れに時調に倣ふ」詩の中で、

天曙変詩景　　天曙《あ》けて　詩景を変じ
興来試一吟　　興来つて　一吟を試みる　（静寄軒集・巻三）

と詠じたように、常とは変わった雪景色を詩作に詠じることで、詩人としての責めをふさいだのである。

江戸時代の漢詩人は雪をどのように詠じていたのか。これを考究することが本稿の目的である。

一　詩人の矜持

漢詩を志す者ならば、「雪有りて詩無ければ人を俗了す」（方秋崖「梅華」）の一句は舌頭に千転させていたはずで、詩人たちは幻想的な銀世界をこぞって詩に詠じた。

柏木如亭は右の方秋崖の一句を「雪ガ有テモ詩ガ無レバ人ガ俗了《ヤボニナ》ル」（『訳注聯珠詩格』）と訳した詩人であるが、その「楼上　雪霽《は》る」詩において、

雪山晴処坐奇寒　　雪山　晴るる処《とき》　奇寒に坐す
一任楼高火暖難　　一任す　楼高くして　火　暖むるの難きに
凍了詩身移不肯　　詩身を凍了して　移ること肯《がへ》んぜず

吟哦声裏倚闌干　　吟哦声裏　闌干に倚《よ》る　　（如亭山人遺稿・巻二）

なぞとうそぶき、身を凍らせてもなお欄干によりかかったまま動こうとはせず、晴雪を前にして作詩に没頭することで、「俗了《ヤボニナ》」らぬよう詩人としての矜持を守っている。

如亭の友人大窪詩仏にしても、

風歇黄雲接地遮　　風歇《や》みて　黄雲　地に接して遮《おほ》ひ
酔来求句掛窓紗　　酔来　句を求めて　窓紗を掛く
莫嗤老我痴頑甚　　嗤ふ莫かれ　老我　痴頑　甚だしと
欲倚欄干待雪花　　欄干に倚りて雪花を待たんと欲す　　「冬夜爐辺小飲」其の二（詩聖堂集・三編巻三）

と詠じて、作詩のために身を震わせながら欄干にもたれかかって雪が降るのを待つという「痴頑」を発揮しているのである。もっとも、詩仏には賢妻がおり、

寒力欺人酒量加　　寒力　人を欺きて　酒量加はる
酔眠不識到昏鴉　　酔眠　識《し》らず　昏鴉に到るを
山妻亦慣詩家事　　山妻　亦た　詩家の事に慣れて
喚起捲簾看雪花　　喚《よ》び起こし　簾《すだれ》を捲《ま》きて　雪花を看しむ　　「雪日即事」（詩聖堂詩集・初篇巻一）

かくのごとく、雪が降りはじめたのに酔いつぶれている夫を、「詩家事」に通暁する妻が呼び起こしてくれたのである。結句が「香炉峰の雪は簾を撥《かか》げて看る」（白居易「香炉峰下新たに山居を卜し草堂初めて成り偶たま東壁に題す。重題」）の一句にもとづくことはいうまでもないが、朝寝をむさぼる白居易の物憂くも閑雅な雪見が、妻に揺り起こされる酔

漢の一幕にやつされている点にほのぼのとしたおかしみが生じよう。
梁川星巌は「雪大いに作《ふ》る。筆を走らせて長句を作る」詩の中で、

雪公雪公有底急　雪公　雪公　底《なん》の急なること有る
以人為奴充駆馳　人を以て　奴と為し　駆馳に充《あ》つ
（星巌戊集・巻一）

と詠じて、雪が降りやむ前に詩を作ろうとあわてる詩人の様子を、雪が詩人を奴僕にしたと形容していた。

右に挙げた詩作からは、詩人が雪を詠み込むことに対して、並々ならぬ執着を有していたことがうかがえる。寒風に耐えて雪景色をその目に焼き付けようとしていた詩人の姿が偲ばれよう。

ところで、杜甫は「人と為り　性　僻にして　佳句に耽り、語　人を驚かさずんば　死すとも休《や》まじ」（「江上　水の海勢の如きに値《あ》ひ聊か短述す」詩）と詠じて、読者を驚倒させる佳句を追求したが、そうした作詩姿勢は江戸時代の詠雪詩においても見受けられる。

例えば、尾藤二洲の「芳を東郊に探り、帰途に瑞輪寺を過《よ》ぎる。戯れに時調を成す」詩は次のようなものであった。

出郭探芳芳頓滋　郭を出《い》で　芳を探《さぐ》れば　芳　頓《とみ》に滋《しげ》し
就中一寺最其奇　中に就《つ》きて　一寺　最も　其れ奇なり
呼香吸香香辺嘯　香を呼《は》き　香を吸ひて　香辺に嘯《うそぶ》く
戴雪踏雪雪下之　雪を戴き　雪を踏みて　雪下に之《ゆ》く
禽語喧将人語雑　禽語りて　喧　人語と雑はり
蜂飛群与蝶飛随　蜂飛びて　群れ　蝶飛と随ふ

世間那得春如許　世間　那《なん》ぞ得んや　春　許《かく》の如きを
方外物殊於此知　方外　物の殊《こと》なること　此《ここ》に於て知る
（静寄軒集・巻四）

同字の使用を避けるべき近体詩にあって、「香」・「雪」の両字を多用する三・四句目は人の耳目を驚かす奇抜な表現と評しうる。尾藤二洲がかかる詩句を「時調」だといったように、同字を重ねる作詩手法は、例えば同時代に活躍した菅茶山の「雪日、韻冬を分かち得たり」詩にも見られるものである。この詩は冒頭にてその一部分を示したが、改めて全文を掲げる。

雪光侵枕起吾慵　雪光　枕を侵して　吾が慵《よう》を起こす
双屐蘇蘇砕玉重　双屐《そうげき》　蘇蘇として砕玉重《かさ》なる
所向山川非異境　向かふ所の山川は　異境に非ざるも
入眼村落尽新容　眼に入る村落は　尽く新容
幾条大路路中路　幾条の大路　路中の路
数畳遥峰峰上峰　数畳の遥峰　峰上の峰
衰老但知詩胆小　衰老　但だ知る　詩胆の小なるを
一聯慚踏古人蹤　一聯　古人の蹤《あと》を踏むを慚づ

五・六句目は、雪の積もった大路がさらにいくつかの通りに枝分かれし、雪を戴いた遠くの峰の上にまた峰が重なっていることを詠じた一聯だが、「路」・「峰」字を繰り返し用いた、人の意表をつく句作りといえよう。

ところで、茶山は末句において、古人の先例に倣わないと斬新な詩句を生み出せない自分が恥ずかしいといっている。このことについては、瞿佑《くゆう》の『帰田詩話』中巻の記述が参考になる。

戴式之　嘗て夕照　山に映じ、峰巒　重畳たるを見て句を得たり。「夕陽　山外の山」と云ふ。自《みづか》ら以て奇なりと為す。「塵世　夢中の夢」を以て之に対せんと欲す。而《しか》れども意に愜《かな》はず。後、村に行けば、中春の雨　方《まさ》に霽れて、行潦　縦横たり。「春水　渡傍の渡」の句を得て、以て対とす。上下　始めて相称《かな》へり。

このように同字を繰り返す手法はすでに南宋の戴式之によって行われており、茶山はその顰に倣った自分自身が恥ずかしいというのである。なお、同様の記述は李東陽の『懐麓堂詩話』にも見え、版本では割注にてその旨が記されているが、『帰田詩話』の方が成立時期が早いので本稿ではそちらを挙げた。

いずれにしても、詩人のならいとして、奇抜な趣向の詩句に技癢を発した茶山が、自分でも同様の詩を作ってみたくなったのであろう。茶山はこのとき七十歳。すでに詩人として不動の地位を築き上げた茶山にとっては、「古人蹤」をまねるのが恥ずかしかったのであろうが、創作への探究心がそれを上回ったと見え、新たに知り得た表現技法を試みたくて仕方ないといった様子である。

ちなみに、佐野竹原の「積雪」と題する五言律詩の頷聯は、

今夜不知夜　　今夜　夜を知らず
明年応有年　　明年　応に年有るべし
（宜園百家詩・初編巻二）

というものだが、この「夜」・「年」を繰り返し用いた一聯には、「茶山　此の聯を聞き、節を撃《う》つて嘆賞す」という評語が記されていた。こうした奇抜な表現を好む茶山の嗜好がうかがえよう。なお、一聯は雪の白い輝きのために夜が更けたことに気付かず、来年はきっと「有年」（豊作）に違いない、ということ（大雪の年は豊作になるとの言い伝えが

ある）。

雪という伝統的な詩材をいかに斬新に詠じるか。詩人たちがこの使命に情熱を燃やしていた事情を右に瞥見したが、この試みはなかなか困難なことであった。雪を詠じた詩を見てゆくと、手垢のついた表現や発想、あるいは頻繁に用いられる典拠や故事はかなり多いことがわかる。

広瀬旭荘もそのことを知悉していたようで、諸友が雪を詠じようとするのを耳にして、次のような漢詩を作って忠告している。

諸子の将《まさ》に雪の詩を作らんとするを聞きて、先づ之を柬《かん》す

詠雪詩宜尚怪尖　雪を詠ずる詩は宜《よろ》しく怪尖を尚《たつと》ぶべし
休陳飄絮與堆塩　陳《の》ぶるを休《や》めよ　飄絮《へうじょ》と堆塩《たいえん》と
写情精確推韓愈　情を写すに　精確は　韓愈を推し
叙景清新思子瞻　景を叙するに　清新は　子瞻《しせん》（蘇軾）を思ふ
此日飢寒無客問　此の日　飢寒　客の問ふ無く
明年豊倹任農占　明年の豊倹　農の占ふに任す
林東忽地紅暾上　林東　忽地《こつち》として　紅暾《こうとん》上り
愛看流澌挂瓦檐　愛し看る　流澌《りうし》の瓦檐《ぐわえん》に挂《か》かるを

（梅墩詩鈔・二編巻三）

詠雪詩において重視される「怪尖」とは、新奇で珍しい表現・趣向をいう。つまり旭荘は、謝道韞が雪を風にただよう柳絮のようだと喩え、謝朗が雪を空中に撒いた塩に擬したような（『世説新語』言語）、あまりに有名で陳腐な表現

は控えるべきだというのである。その上で旭荘は尾聯において、雪そのものは鑑賞の対象とせずに、やや変化をつけて、朝日によって解け出した雪が瓦屋根にかかるのを賞翫したのであった。

もっとも旭荘会心の尾聯も、同好の諸子からは好評を得られなかったようで、「或ひと前詩七八の振《ふる》はざるを譏《そし》る。乃ち改めて一詩を作る」と題する七律を作って、改めて「怪尖」なる詠雪詩を試みることになった。

白戦従来禁倣顰　　白戦　従来　顰《ひそみ》に倣《なら》ふを禁ず
玉楼銀海已成陳　　玉楼　銀海　已に陳と成る
月非西落窓先曙　　月　西に落つるに非ずして　窓　先に曙《あ》け
風不東吹樹自春　　風　東吹せざるに　樹　自《おのづ》ら春めく
迷想山中師馬客　　迷ひては想ふ　山中　馬を師とするの客
飢憐島上牧羝人　　飢ゑては憐れむ　島上　羝《おひつじ》を牧するの人
此時誰若農家好　　此の時　誰か　農家の好《よ》きに若《し》かん
明歳年豊未病貧　　明歳　年豊かにして　未だ貧を病《や》まず

（梅墩詩鈔・二編巻三）

第一句目「白戦」とは、元来は徒手空拳で戦うことだが、欧陽脩が諸客と雪の詩を詠じた際、玉・月・梨・梅・練・絮・白・舞・鵞・鶴・銀といった、雪を表現するのに使い古された漢字の使用を禁じたことがあり、それ以来、「白戦」は詠雪詩に文字の制限を加えることを指すようになった。すなわち、「玉楼」や「銀海」などのありふれた詩語で雪景色をあらわすのは陳腐だというのである。

それでは旭荘はどのように雪を詠じたのか。

第三句目は、月光が雪に反射して、夜明けでもないのに窓辺が明るく輝いたことをいい、第四句目は、樹木を白く彩った雪を梅花と見立てて、東風が吹いたわけでもないのに春が来たといっているのである。

第五句目は、斉の管中が道に迷った際、老馬を放ってその後を追いかけていくと進むべき道が見つかったという、いわゆる「老馬の智」をいう。雪山で道に迷ったときは、馬を案内役にした管中が想起されるというのである。第六句目は、前漢の蘇武が匈奴に捕まった際、北方のバイカル湖に浮かぶ小島に幽閉されて、雄羊が子供を産んだら帰らせてやるといわれた、「羝乳」の故事を踏む。雪が降って食糧が乏しいときには、飢えと寒さに苦しんだ蘇武のことが憐れに思い出されるということ。

尾聯は、先述したように大雪の年は豊作になるということから、雪が降って来年の豊作が約束された農家では収穫までの貧乏暮らしも苦にはならないというのである。

いささか凝り過ぎたという印象も拭いがたいが、「雪」という文字や手垢のついた表現をできるだけ用いないで、雪を詠み込もうという意欲は伝わり、努力の痕跡がうかがえる。詩人の矜持が、旭荘をしてかかる斬新な趣向を生み出させたのであった。

二　典拠をめぐる試み

近世後期に流行した漢詩の一体に詠物詩《えいぶつし》がある。これは世の中のあらゆる事象を微に入り細を穿って詠じようとするもので、初学者の練習として、あるいは詩会での課題として盛んに作られた。しかし、所与の課題を多角的に詠出するという詠物詩の性質上、著名な詩句や表現、典拠に寄りかかった類型的作品を多く生み出す結果にもつながった。雪を詠じる際にも、この類型化の呪縛からいかに逃れるかが問題となっていたことは、前節の旭荘の詩作において確認したとおりである。

飯田巍朝はとくに典故の扱いについて、『千葉芸閣文集』序文の中で次のように述べている。

今世の作者、掌故を採掇《さいてつ》す。其の雪月を賦するや、袁安・子猷《しいう》、僧院に題すれば則ち摩尼・衣珠。及び陽春白雪・銜杯・投轄・風塵・蕭條、率《おほむ》ね此の類多し。名人・鉅工と雖《いへ》ども亦《ま》た已に之れ有り。而して童子　剪截《せんせつ》して之を為《つく》る。先生（千葉芸閣）、其の雷同を厭ひ、常套の語を用ゐず。

このように、ある事物を詠じる際にはかならず用いられる特定の故実があって、大家でさえも安易に熟套の故事を使用することがあり、初学者にいたっては典拠の切り貼りで一首を仕上げるという始末で、巍朝はかかる詩壇の現状に警鐘を鳴らしているのである。

巍朝によれば、雪の詩ならば「袁安」と「子猷」の典故を踏むのがお決まりの作詩方法だという。「袁安」とはいわゆる「袁安臥雪」をいう。大雪の際、他の人は出歩いていたのに、袁安だけは家に垂れ籠めて横臥していた。その理由を問われると、街の人が食料を求めてさまよい歩いているのに、自分が外出してさらに混乱を招いてはいけないと答えた故事を指す。「子猷」は「子猷尋戴」のこと。王子猷が山陰県にいたとき、すがすがしい月光の射す、美しい雪の晩があった。そこで剡渓にいる戴安道に会いたいと憶い、舟に乗って訪ねたが、到着したときにはすでに夜が明け、月も消えていたので、子猷は安道に逢わずに門前で引き返してしまった。ある人がその理由を尋ねると、もともと興に乗じて行ったのであり、興が尽きたから帰ったのだと答えた故事をいう。

いずれも雪の詩に頻出するエピソードであり、画題にもしばしば取り上げられている。巍朝はこうした手垢にまみれた典拠を工夫もなしに用いることの非を鳴らし、芸閣がかかる風潮を嫌って、使い古された典拠を用いなかったと主張するのである。

もっとも、芸閣の詩集を繙けば、「子猷尋戴」の故事を下敷きにした詠雪詩は見出せる。

雪二首　其の二

白雪彤雲繞四隣　白雪　彤雲《とううん》　四隣を繞《めぐ》り
林端触処素花新　林端　触《ふ》るる処　素花新たなり
門庭最愛無行跡　門庭　最も愛す　行跡無きを
相憶休来乗興人　相憶《あひおも》ひて　来たるを休《や》めよ　興に乗ずるの人

（芸閣文集・巻四）

末句の「興に乗ずるの人」が「子猷尋戴」の故事を踏む。王子猷は戴安道の門前まで来て引き返したが、それでは「門庭」には屐痕が印されることになろう。庭雪が踏み荒らされるのを厭うた安道が、あらかじめ子猷に「来たるを休めよ」と言い放ったと取りなしたところに芸閣の工夫が見られるのである。元来、「子猷尋戴」の故事は、わざわざ門前まで来たのに引き返すという、子猷の常識にとらわれない自由闊達な振る舞いにこそ妙味があった。それを子猷から安道に視点を変え、庭に足あとが付くから来るなという、これまた礼教を無視したような安道の放言を想見したところに、本詩の勘所が存しよう。芸閣が実際に無瑕の庭雪を鍾愛する人であったならば、訪問を謝絶した詩中の安道は芸閣自身を指すことになるし、本詩は子猷のごとき風雅の友に向けてのメッセージとなる。

このように、一流の詩人には常套の典拠をそのまま用いるのではなく、何らかの変化をつけることが求められたのである。

それではここで、熟套の故事である「子猷尋戴」を踏まえた作例を取り上げ、詩人たちがどのように典拠を使いこなしていたかを確認しておこう。なお、池澤一郎氏は「田能村竹田の詩と絵画」（『江戸文人論』二〇〇〇年、汲古書院）において、「子猷尋戴」の故事を反転させた田能村竹田の作品（図参照）を分析されているのであわせてご覧いただきたい。

雪夜　奥原金陵

満檐風雪夜深沈
臥聴蕭蕭折竹音
老懶何須上舟去

満檐の風雪　夜　深沈
臥して聴く　蕭蕭たる　折竹の音
老懶　何ぞ須《もち》ゐん　舟に上りて去《ゆ》くを

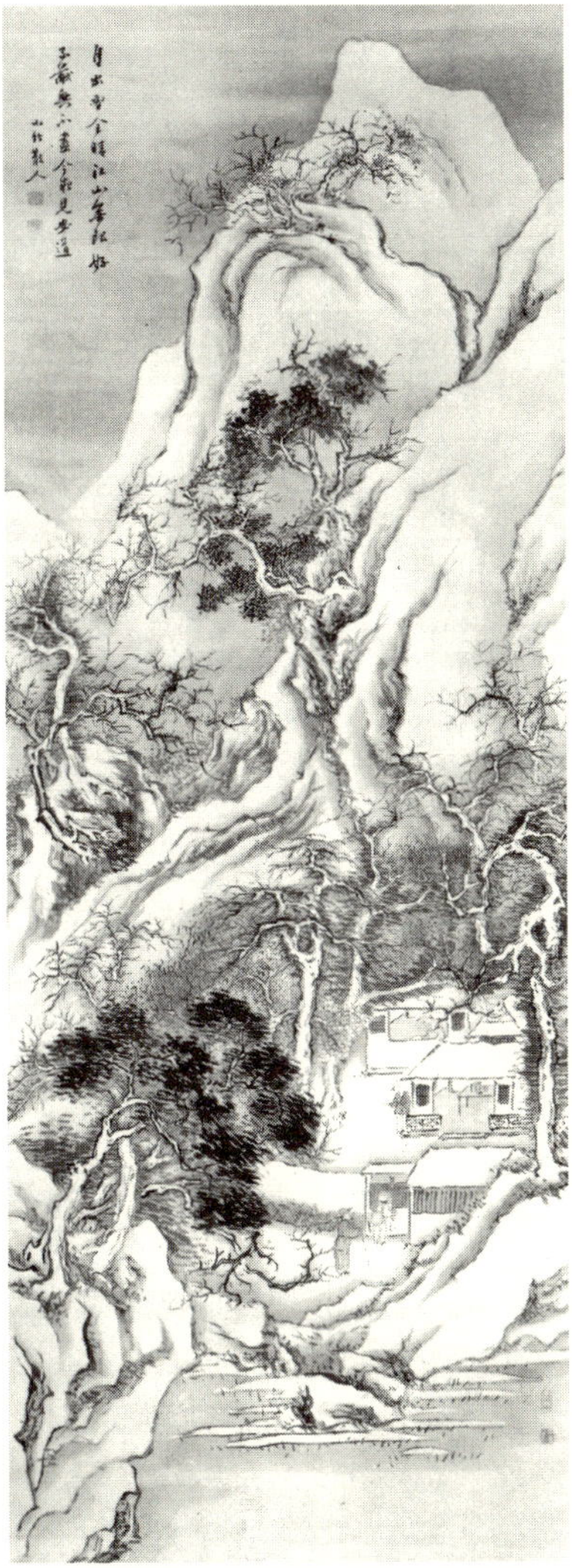

「山陰訪載図」田能村竹田　文政末期
出光美術館蔵

西牕一枕夢山陰　西牕　一枕して　山陰を夢みる

（宜園百家詩、三編巻五）

雪夜にわざわざ舟で出かけるには及ばない、夢の中で友人に逢えばそれで事足りようとうそぶいて眠り込んだところに趣向の妙が存する。「山陰」を夢みようとする詩中の人物は、戴安道を髣髴とさせると同時に、雪の日に横臥した袁安のおもかげもほのめかされており、詠雪詩では使い古された二つの故実を巧みに融合させた一首といえる。

雪夜に友を訪ふ　六如

開窓雪晴久　窓を開《ひら》けば　雪　晴るること久し
山月照三更　山月　三更を照らす
佳景難常遇　佳景　常には遇《あ》ひ難く
離居此夜情　離居　此の夜の情
千巌相映帯　千巌　相ひ映帯し
一棹入空明　一棹　空明に入る
渓転人家近　渓転じて　人家近く
孤琴隔竹声　孤琴　竹を隔つるの声

（六如庵詩鈔、二編巻一）

晴雪の月夜に舟で友人を訪ねたという場面は「子猷尋戴」の故事を想起させるものの、それを直接示す詩語は一読したところ見当たらない。

本詩の独創性は尾聯にある。渓流がカーブを描いて舟が人家に近づくと、竹藪の向こうから琴の音が聞こえたという第七・八句目は、いわゆる「戴逵破琴《たいきはきん》」（『蒙求』標題）の故事を踏まえていよう。

戴安道（字《あざな》は逵）は琴の名手であった。その評判を聞いた武陵王が使者を送り安道を召したところ、安道は「王門の伶人と為らず」と答えて、琴を打ち壊してしまった。

すなわち、末句において「孤琴」を掻き鳴らす人物が安道であると暗示することによって、棹を取る詩中の人物が安道の門前近くまでたどりついた王子猷を指すのだと諒解される句作りになっているのである。

安道が琴の名手だったという逸事を踏まえることで、「山陰」、「剡渓」、「乗興」といった詩語を用いずに、「子猷尋戴」の故事を詠み込むことに成功した一首と評せよう。

春雪、源文龍に簡す　　六如

春泥滑滑出無驢　　春泥　滑滑《こつこつ》として　出づるに　驢無し
懶訪山陰空寄書　　山陰を訪《おとな》ふに懶《ものう》く　空しく書を寄す
駃雪想当入新帖　　駃雪《くわいせつ》　想ふに　当《まさ》に新帖に入《い》るべし
明窓浄机興何如　　明窓　浄机　興　何如《いかん》

（六如庵詩鈔・初編巻六）

六如が源文龍、すなわち沢田東江に送った作。「山陰」の二字により、「子猷尋戴」の故事を踏んでいることが知られよう。ただし、六如は雪でぬかるんだ道を行くのが億劫だという。本詩の面白さは、雪景色を詩帖に書き記しているであろう東江に「興」はどうかと訊いた転結句にある。いうまでもなく、子猷が興に乗じて友人のもとに向かった故事を踏まえ、自分は外出するのが面倒なので、こちらに来て新作の詠雪詩を見せてくれと誘っているのである。「子猷尋戴」を用いながらも、典拠を反転させて、勧誘の作となした趣向は斬新だといえよう。

王子猷が雪の降る月夜に友人を訪ねたように、あるいは白居易が「雪月花の時　最も君を憶ふ」（「殷協律に寄す」詩）

と詠じたように、自然が織りなす美に触れれば、親友とその感動を分かち合いたくなるものだ。降り積もる雪を友人とともに賞翫したいとき、この「子猷尋戴」の故事が引き合いに出されることが多い。

客好きとして知られる菅茶山は、

剡雪図

人言回棹興翻多　人は言ふ　回棹　興　翻《かへ》つて多しと
相見留歓更若何　相ひ見て　留歓するは　更に若何《いかん》

（黄葉夕陽村舎詩・遺稿巻二）

雪日、中村圃公に贈る

良晤佳境併者稀　良晤　佳境　併《あは》する者《こと》　稀なり
常惜剡舟等閑帰　常に惜しむ　剡舟　等閑に帰るを

（黄葉夕陽村舎詩・遺稿巻二）

などと詠じており、子猷は引き返さずに安道と「留歓」してもよかったのではないかと考えていたようである。

そして、親友と逢うためには議論を尽くして相手を説得することも辞さなかった。

雪日、友人に簡す

花能作雪不能作月　花は能《よ》く雪を作《な》すも　月を作す能《あた》はず
月能作雪不能作花　月は能く雪を作すも　花を作す能はず
雪能作花又作月　雪　能く花を作し　又た月を作す
此境豈可等閑過　此の境　豈に等閑に過ごすべけんや
暑夜春宵亦有月　暑夜　春宵　亦た月有り

雑樹凡草能作葩　雑樹　凡草　能く葩《はな》を作す
独雪限寒際　独り雪のみ　寒際に限り
一冬或未埋径莎　一冬　或いは未だ径莎を埋めず
今日之雪深如此　今日の雪　深きこと　此《か》くの如し
誰人能不酔且歌　誰人《たれひと》か　能く酔ひ且つ歌はざらんや
君不跡我庭　君　我が庭に跡《あと》せずんば
吾将訪君家　吾　将《まさ》に君が家を訪《おとな》はんとす
題詩招君　詩を題して　君を招く
君興定若何　君が興　定めて若何《いかん》

（黄葉夕陽村舎詩・遺稿巻六）

茶山の理屈はこうだ。雪の白く輝くさまはしばしば月光かと疑われ、雪の舞い散る様子は往々にして花弁に擬せられる。つまり、雪は月・花の性質を兼ね備えているといえる。それゆえ、雪月花のなかで、雪はもっとも優れた存在だということになる。しかも、月や花はいつでも楽しめるが、雪は冬季にしか賞翫できないし、毎年降雪するとも限らず、稀少価値が高い。したがって、今日の雪日はぜひとも逢って詩酒の雅宴を開かねばならないと相手を説き伏せるのである。

それでは、ここで茶山の典拠使用のありかたに目を向けてみよう。

末句にて茶山は相手の「興」の有無を訊いたが、これまでの例に徴すれば、「興」の一文字によって「子猷尋戴」の故事を意識していることが知られる。六如がそうであったように、戴安道たる茶山は王子猷に擬せられる雅友に来訪の意思を問うたのである。

ただし、「子猷尋戴」の故実は隠し味として用いられており、たとい読者が典拠を知らなかったとしても、茶山の意図は伝わる。もちろん、茶山は子猷と安道との雅交を想見した上で相手の「興」の有無を尋ねたわけだが、典拠によりかからずとも詩は成立する。いうなれば、本作において故実はほのめかされているのであって、詩と典故は不即不離の関係にあると評しうる。

ここに、詠雪詩における高度に洗練された典拠使用の一端がうかがえるのである。

おわりに

使い古された故事や表現を回避して、いかに斬新に雪を詠出するか。本稿において、近世期の詩人たちが詩人としての矜持をかけて、かかる試みに挑戦してきた次第を瞥見してきた。

そこからうかがえるのは、類型化を避けるべく奇抜な趣向や表現を模索することにのみ明け暮れたのでは、畢竟、詩に役せられていることにしかならないということである。むしろ、手垢のついた表現や典故をそれと感付かれないまでに詩作に融け込ませ得たとき、はじめて類型化を免れるという逆説的な結果にたどりつく。

雪という伝統的な詩材を扱うにあたって、近世期の漢詩人はこのような苦心を嘗めたのであった。

近世和歌が詠んだ雨

田代　一葉

はじめに

我が国には、四季の移ろいにあわせて、さまざまな雨の表情がある。草木の生長を促し、音もなくやわらかに降る春雨、しとしとと長く降り続く五月雨《さみだれ》（梅雨）、暑い夏の日、にわかに黒雲を立ちこめさせ、時に雷を伴って激しく降る夕立、秋の物悲しさを一層かき立てる蕭条たる冷たい秋雨、降ったり止んだりを繰り返し冬へと導いていく時雨など、雨によって季節が進行していくかのようである。

倉嶋厚氏・原田稔氏編著『雨のことば辞典』*1は、雨にまつわることば（方言・ことわざ・慣用句・言い伝えを含む）約一二〇〇語を収録しているが、そこからは、時代や地域によって異なる雨のとらえ方や、人々に掛け替えのない恵みを与えるとともに、時に我々を厳しく苛む、雨をとりまく多様な文化が脈々と受け継がれてきたことを、「ことば」を通してうかがうことができる。

そのような雨を、近世の歌人たちはどのように感じ、歌にしていったのであろうか。中世期までは、天皇や公家、僧侶、上級武士など、一部の特権階級の専有物であった和歌を筆頭とする文学が、近世期に入り、徐々に裾野を拡大し、広く庶民にまで親しまれるようになったことにより、歌われる内容も用いられる歌ことばも広がりを見せる。歌人により多寡に差は出るものの、古典和歌を受け継ぎつつも、新しい表現を模索したのがこの時代の特徴と言えるのだろう。

本稿では、貴賤を問わず、天から等しく降り来る雨を受けとる種々相を、近世歌人の歌うたから見ていくこととしたい。

一　四季の雨　春雨と夕立

ここでは、四季折々の雨の中から、特に春雨と夕立を取り上げたい。

○春雨

春雨は、春に降る雨の総称であり、まだ春浅い時期の氷雨《ひさめ》から、花を散らし長雨となって物思いを誘う晩春の雨までを含む。

早春の春雨は、徐々に上がる気温で緩み始めた雪を溶かし、植物を育む。

「谷春雨」の題で詠まれた、

むら消えの雪間を分くる下萌《したもえ》に春雨そそぐ谷の陰草　武者小路実陰《むしゃのこうじさねかげ》（芳雲集《ほううんしゅう》）

は、まさにその慈雨が、消えかかった雪の間から萌え初めた、谷陰の若草に降り注ぐさまを表現していて、万物に恵みが行き渡る御世を言祝ぐ面も感じさせる、穏やかな春の光景である。

季節が進み、晩春には、

昨日みぬつぼみをみせて降り出づる花に折よき枝の春雨　冷泉為村《れいぜいためむら》（樵夫問答《しょうふもんどう》）

のように、皆が待ち望む花（桜）の蕾を膨らませるものである一方で、

雨の後《のち》またぬ若葉の色みえてしをるる花のうつろふは惜《を》し　（同右）

に歌われるように、花を萎れさせ、散らす厭わしいでもあるのだ。武者小路実陰（寛文元年〈一六六一〉生、元文三年〈一

七三八〉没）、冷泉為村（正徳二年〈一七一二〉生、安永三年〈一七七四〉没）は、ともに近世中期を代表する公家歌人。

春雨は、繊細な美としても数多く詠まれてきた。しとしとと降る細い雨は、時に目に見えぬように降る。

うち霞み降るとは見えぬ雨にしも濡れて色そふ春の青柳　伴蒿蹊《ばんこうけい》（閑田詠草《かんでんえいそう》）

すみだ河蓑着てくだす筏士《いかだし》に霞む朝《あした》の雨をこそしれ　加藤千蔭《かとうちかげ》（うけらが花初編）

伴蒿蹊（享保十八年〈一七三三〉生、文化三年（一八〇六）没）は、京都で活動し『近世畸人伝《きんせいきじんでん》』などの著作もある文章家であり歌人。加藤（橘）千蔭（享保二十年〈一七三五〉生、文化五年〈一八〇八〉没）は、江戸で賀茂真淵《かものまぶち》に師事した江戸派の歌人。蒿蹊の歌では、青柳の色が際立って映えていることにより、千蔭の詠では、隅田川を下っていく筏士が蓑を着ていることによって、それ自体は認知できないけれども、細やかな春雨が知られると詠んでいる。

また、「雨を」の詞書のある、

うち湿る鐘の響きに春の夜の音せぬ雨の音を聞くかな　松平定信（三草集）

では、鐘の音の響きが湿り気を帯びていることから、音もなく降る春雨を聴覚でとらえていて、春雨に煙る夜のしっとりとした雰囲気が伝わってくる。

なお、寛政の改革を行った、この歌の作者・松平定信（宝暦八年〈一七五九〉生、文政十二年〈一八二九〉没）は、風雅を愛した一流の文化人でもあるが、『三草集』などの家集には、雨を詠んだ歌が多く見られ、雨をことさら好んだようである。随筆『花月草紙』にも、雨に関する記述が複数あり、中でも巻二巻頭の「雨のこと」には、四季折々、種々の雨の表情が、和歌的技巧を凝らした美しい文章（和文）で綴られていて、愛着のほどが知られるのである。

古典和歌では、春雨は物思いをもたらすものであり、その感情は近世和歌においても引き継がれ、現代を生きる私たちの心情にも通うものがある。

その春雨を感傷的に詠んだ歌の中でも秀逸なものとして、「しらべ」の説を掲げ、当代の感覚を当代の言葉で詠むことを提唱した香川景樹《かがわかげき》（明和五年〈一七六八〉生、天保十四年〈一八四三〉没）の「事につき時にふれたる」歌群の一首、

妹《いも》と出でて若菜摘みにし岡崎のかきね恋しき春雨ぞ降る　（桂園一枝《けいえんいっし》）

を挙げたい。

この「妹」は、文政三年三月十二日に京都木屋町の別宅で没した景樹の妻・包子《かねこ》を指す。岡崎は、現在の京都市左京区岡崎付近で、景樹一家が暮らした本宅がある。当該歌は、包子が没した文政三年の詠であることが確認され[*2]、その直後、晩春の春雨に、三十年近く連れ添った今は亡き妻との思い出を重ねた歌なのである。やわらかにそぼ降る雨を一人眺める景樹の心情は、いかばかりであったのかと想像される。しかし、このような詠歌状況を抜きにしても、歌人の私的な体験と、古典和歌が長い間紡いできた春雨の本意が相俟って、切なくも甘やかな詠として享受できるところにも優れた点があろう。

○夕立

夕立は、暑い夏の日、突如として黒雲が空を覆い隠し、激しい雷雨や突風などを引き起こすが、雷雲が去ってしまえば、一転して、涼しさをもたらしたり、夏晴れの空に戻ったりもする。

ななくるま空に轟《とど》く鳴神《なるかみ》の風にのりてぞ雨の夕だつ　契沖《けいちゅう》（自撰漫吟集《じせんまんぎんしゅう》）

「ななくるま」は数多くの車の意で、一首の意味は、天空でたくさんの車が一斉にごとごとと音を立てたかのよう

香蝶桜豊国（歌川国貞）画「浮世人情天顔鏡　両国にわか夕立」
（国立国会図書館ウェブサイトより転載）

に雷鳴が轟き、風にのって夕立の雨が落ちてきたというもの。落雷の轟音や地響き、激しく叩きつける雨の音まで聞こえてきそうな、豪快な歌である。契沖（寛永十七年〈一六四〇〉生、元禄十四年〈一七〇一〉没）は、『万葉代匠記《まんようだいしょうき》』などで有名な古典学者。

　　夕立はげしく降りて、軒端《のきば》より落つる水、滝なしたるを見て
はたた神竜のあぎとのしら玉を砕くと見ゆる夕だちの雨
　　　　　　　　　　　　　　　　熊谷直好《くまがいなおよし》（浦のしほ貝《うらのしほかい》）

「はたた神」は「霹靂神」と表記し、激しい雷のことで、「あぎと」は顎。夕立の豪雨を、はたた神が雨を司る龍の顎下の玉を砕いたかと想像してしまうほどだと表現していて、豪雨のほどがうかがわれる。作者の熊谷直好（天明二年〈一七八二〉生、文久二年〈一八六二〉没）は、香川景樹の高弟。
夕立が去った後には、青空とともに静寂と涼しさがやってくる。

夕立のはげしかりつる空晴れて庭にひれふる藻《も》ふしつか鮒《ふな》
　　　　　　　　　　　　　　　　加藤枝直《かとうえなお》（東歌《あずまうた》）

「藻ふしつか鮒」は、『万葉集』巻四の高安王《たかやすのおおきみ》の歌（六二五番歌）にある表現で、藻の中に住むひと束（指四本分の幅）ほどの小鮒の意。夕立の激しさと、その後の静寂の中で優雅にひれを振る鮒の姿の対比が面白い。

円山応挙筆「虹図」
（MIHO MUSEUM蔵）

この歌について、盛田帝子氏は、「枝直（引用者注　元禄五年〈一六九二〉生、天明五年〈一七八五〉没）は幕臣で与力《よりき》を勤めていたが、当時の与力の居住地は一人あたり二百坪以上だった。『万葉集』に川で捕るものとして詠まれた鮒を、人工的に作らせた庭園の池に飼い、夕立の後の夏の風情を楽しむさまは、江戸の豊かな幕臣の生活の一端をうかがわせる。」と解説している。[*3]

夕立の後、雨上がりの空には虹が架かることがある。虹は、古典和歌では珍しいものであったようだが、近世期に詠まれた二首挙げてみよう。

　　雑の雨といふことを
雨のあし靡きて見ゆる雲間より架け渡したる虹の橋かな
　　　　　　　　　　木下幸文《きのしたたかふみ》（亮々遺稿《さやさやいこう》）

　　山明虹半出
一かたは夕《ゆうべ》の雲に虹立ちて月も待つべき山ぞ晴れゆく
　　　　　　　　　　（芳雲集）

一首目の作者、木下幸文（安永八年〈一七七九〉生、文政四年〈一八二一〉没）は、備中の人で香川景樹の門人。歌は、まだ雨の勢いも強く降り止まぬうちに、雲の切れ間から虹の橋がのぞいているという光景。二首目は、一方には、夕暮の雲の上に虹が立っていて、月も出るのを待っているであろう山が徐々に晴れていくというもの。夕方から夜へと移っていく時間帯にあって、雨上がりの空も刻々と変化していく様子をとらえている。

二　暮らしの中の雨

ここからは、「暮らしの中の雨」と題して、風雅なだけではない、雨によって引き起こされる「忙」と「閑」の両面を、主に近世後期から幕末にかけての地下《じげ》歌人の歌で見ていこう。

（一）忙　雨による忙しさ

突然降り出した雨は、人々をあわてふためかせ、急がせる。

「ただこと歌」を提唱した小沢蘆庵《おざわろあん》（享保八年〈一七二三〉生、享和元年〈一八〇一〉没）は、「瓜」の題で、次のように表現した。

賤《しづ》の女《め》が門《かど》の干し瓜取りいれよ風ゆふだちて雨こぼれきぬ　（六帖詠草《ろくじょうえいそう》）

「干し瓜」は、瓜を縦割りにし種を取って、塩漬けするなどして干したもの。「風ゆふだちて」とは、夕方に風が立ってきての意。雨の気配を孕んだ風が吹いてきたので、その家の女性に対して「干し瓜を取り込みなさいよ、雨に濡れてしまうから」と促す、いかにもありふれた夏の夕暮れの光景である。瓜を取り込むということはめったに見られないが、参考図として挙げた鈴木春信画の絵本『絵本千代の松』（明和四年〈一七六七〉刊）の、せっかく乾いた洗濯物が濡れてしまうのを慌てて取り込む様子は、平成の今も変わらない。

鈴木春信『絵本千代の松』明和四年（1767）刊
（東北大学附属図書館蔵狩野文庫本）

ただし、眼前の情景をそのまま詠んだようなこの歌には、実は仕掛けがある。『六帖詠草』では、当該歌の次に「ほぞち」（「熟瓜」。よく熟した真桑瓜のこと）の題が続き、これらの歌は、平安期の歌人・藤原義孝の家集『義孝集』に収載された「盗人《ぬすびと》はほぞちを見ても雨降れば干し瓜とてや取り収むらん」（盗人はよく熟した真桑瓜を見ても雨が降ると、これは干し瓜だ、雨に濡れてはいけないと言って取り納めてしまうのだろうか）を典拠としていること[*4]がわかる。

すぐそばにある日常の光景と、平安期の歌人の奇妙なおかしみを持った歌を二重写しにし、夕立の前のちょっとした緊迫感を鮮やかに写したところに、蘆庵歌の魅力があろう。林達也氏は、蘆庵の歌を「伝統和歌を意識しつつもそれにとらわれることなく、自在に自己との距離をはかり、ついたり離れたりしながら、我が思うところを思うがままに表現することが基底となっている[*5]」と評しているが、当該歌もそのようなバランス感覚に優れた歌である。

さて、旅をするものにとっても、雨はやっかいなものであった。

旅行時雨

濡れじとて急ぐ旅路に行き巡り時雨もあしは休めざりけり　賀茂季鷹《かものすえたか》（雲錦翁家集）

賀茂季鷹（宝暦四年〈一七五四〉生、天保十二年〈一八四一〉没）は、京都賀茂別雷《わけいかづち》神社の祠官。歌の意味は、濡れるのを避けるように道を急ぐ旅人が足を休めないように、山々を行き巡る時雨もその雨脚を緩めないのだなあ、というもの。「もろともに山めぐりする時雨かなふるにかひなき身とは知らずや」（『詞花集』冬・藤原道雅）に表されているように、時雨は山廻りをするかのように、場所を定めず、降ったり止んだりを繰り返す。平安期の歌人・藤原道雅は、東山の寺々を参拝する沈淪の身を時雨に託したが、季鷹は、「あし」に旅人の「足」と時雨の「雨脚」とを掛け、旅人と時雨がともに移動していくかのようだとユーモラスに詠む。

雨に苦慮する旅人に対して、雨を商機とばかりに忙しく立ち回る者もいる。

福井の国学者歌人で、生活の中に多くの歌材を求めた橘曙覧《たちばなあけみ》（文化九年〈一八一二〉生、明治元年〈一八六八〉没）は、「行路雨」の題で、次のような歌を詠んだ。

雨ふれば泥踏みなづむ大津道我《われ》に馬あり召《め》さね旅びと　（志濃夫廼舎歌集《しのぶのやかしゅう》）

大津（現在の滋賀県大津市）の宿場には、大津馬という荷物運送用の馬がいて、近世の小説類では旅人が乗っている場面も散見するので、人を乗せることもあったようである。題「行路雨」は珍しい歌題と思われるが、「行路雪」「行路時雨」などでは、通常、悪天候によって困難な旅を強いられる辛さなどが詠まれる。曙覧の歌では、悪路を引き合いに出して、ここぞとばかりに商売に励む馬子《まご》の姿をいきいきと浮かび上がらせている点に工夫があろう。

（二）閑　うたた寝・昼寝と雨

雨に降り込められることで、家中にあってひとときの「閑」が与えられることもある。そういった場合、時間のやり過ごし方の一つに、うたた寝があろう。「春雨」の題で詠まれた、熊谷直好の、

つれづれと降る春雨のうたた寝に暮《く》るを明《あ》くると思ひけるかな　（浦のしほ貝）

は、周囲の騒がしさも包み込むように静かに降る春雨の中、あまりに満ち足りた睡眠がとれたせいなのであろうか、日の暮れるのを夜が明けると勘違いしたというもの。「春眠《しゅんみん》暁《あかつき》を覚えず」をひねって効かせるか。

また、橘曙覧の、「たのしみは」ではじまり「時」で終わる連作「独楽吟」の一首に、

たのしみは昼寝せし間に庭濡らし降りたる雨を醒めて知る時　（志濃夫廼舎歌集）

がある。曙覧は、昼寝をしている間に、雨が降って止んでいたことを、軒を滴り落ちる雨水や庭の草木の水滴によって知ったのであろう。この雨は、夕立や時雨など一時的に降り去っていく雨であろうが、目覚めて初めて知る降雨に対する小さな発見と驚き、また、そのような雨にも煩わされることのない「閑」を実感できたことに、「楽しみ」を覚えているように思われる。なお、「昼寝」は、実は平安期から詠まれている歌ことば。

このような、「うたた寝」と「雨」を詠んだ歌は、数は多くないものの、古歌に表れた世界でもある。それらは、たとえば『千載集』に入集する藤原隆信の「うたたねは夢やうつつにかよふらむ醒めても同じ時雨をぞきく」（冬・詞書「暁更時雨といへる心をよみ侍りける」）のように、時雨や村雨の中で結ぶはかない夢を歌うものなど、わびしさが見られるが、前掲の二首は、うたた寝や昼寝を謳歌する楽しみを詠んでいる点に、伝統和歌には見られなかった価値観が

表れている。

三　天災としての雨　災いと祈り

四季の美しさと豊かな恵みとを与えてくれる天は、時として無慈悲なばかりに猛威を振るう。

本章では、主に日照りにまつわる人々の嘆きや祈りを取り上げたい。

此《この》わたりの男女《をとこをうな》、おのがどち集ひて、いかがせましなど言ふを聞けば胸つぶる

つちさけて照る日に濡れし民の袖乾くばかりの雨も降らなん　（六帖詠草）

歌の配列や前々歌の詞書によると、夏より秋の盛りになるまで雨が降らなかったようで、心を痛めた蘆庵は、干上がりひび割れを起こす大地に、日照りの苦しみで涙にくれる民の袖が乾くぐらいの雨が降ってほしいと、人々の気持ちを代弁するように詠んでいる。雨が降ることで、本来なら濡れるはずの袖が、逆に乾くというのがここでのレトリックである。

続いて、長歌で表現された、雨を待つ人々の切実な行為や心情を見てみよう。長歌は、賀茂真淵が復興・提唱したことで、近世中期以降、流行した和歌の一形態である。*6

久しく日照りして雨を待つこころ　藪常之《やぶつねゆき》

久方の　空も曇らず　照り続き　日に異《け》に暑き　水無月に　五百代小田《いほしろをだ》の　水涸れて　土も裂けつつ　草の葉の
よれ萎《しな》ゆれば　御民らは　天に額《ぬか》づき　地《つち》に伏《ふ》し　憂《うれ》へ祈れど　夕立の　気色《けしき》も見えず　雨雲は　たなびき出
でず　かぎろひの　夕さりくれば　松の手火《たひ》　灯《とも》し連ねて　山祇《やまつみ》の　います高嶺に　登り立ち　大皷《おほつづみ》打ち　轟

かし　貝吹き鳴らし　猪《しし》じもの　膝折りかがめ　人みなの　汗にひづちて　告《の》り言《ごと》を　高くし宣《のら》く　かけまくも
かしこかれども　皇《すめろき》の　知《し》ろしめすなる　大御田《おほみた》を　潤ほし給へ　天《あま》つ水　水分《みくまり》ませと　乞《こ》ひ祈《の》めど　天つ
御神は　いかさまに　思ほしめせか　雨の降らざる　（八十浦《やそうら》の玉《たま》）

作者の藪常之については未詳。[*7]「五百代小田」は広々とした田。「額づき」はひたいを地につけて拝礼すること。「手火」は松明。「山祇」は山の神のこと。「猪じもの」は猪のようにの意で、「膝折りかがめ」に掛かる。「ひつちて」は「濡れて」。「水分」は「水配《みくま》り」で水を配分すること。大意は、日照り続きで、晩夏にあたる陰暦六月、田地の水が涸れ、人々は嘆き悲しみ祈るが、夕立も雨雲も気配がない。そこで、夕方になって松明《たいまつ》を手に山の高根に登り、太鼓や法螺貝を鳴らし、膝を折り汗を流して、天の神に田を潤し給え、天の水を分け与え下さいと乞い祈ったが、神はどのようにお思いになっただろうか、未だ雨が降らないというもの。

この雨乞いの方法は、杉山晃一氏が示した五分類[*8]の中では「山頂で火を焚く型」に当てはまる。山頂に神体を祀るものや、雨乞い小屋がある場合もあり、そこで「盛大に火を焚き、笛を吹き、太鼓をたたきながら、雨の降るまで泊まり込む」などするもので、各地に広く分布する雨乞いのようである。

長歌の表現自体は、非常に素朴で、技巧や修辞を凝らしたものでないが、それゆえに、日照りに苦しむ人々の嘆きと切実な祈りが伝わってくる。結局、人々の思いは天に通じたようで、同じ歌人による「雨の降らざる日照りに大雨降りてよろこぶこころ」の長歌も同集に入集している。

ところで、歌を奉納することで神が感応し、雨を降らせる（祈雨《きう》）、または、長雨を止ませる（祈晴《きせい》・止雨《しう》）ということが、歌徳説話の典型的なものとしてある。雨乞い小町の伝説や、源実朝の「時により過ぐれば民の嘆きなり八《はち》大龍王《だいりゅうおう》雨止《や》めたまへ」（『金槐《きんかい》和歌集』）という祈晴の歌が有名であり、古い時代のもののように思われがちだが、実は近世に入っても詠まれ続けている。

近世初期の公家歌人・烏丸光広《からすまるみつひろ》（天正七年〈一五七九〉生、寛永十五年〈一六三八〉没）は、十首もの祈雨・祈晴の歌が知られていて[*9]、とりわけ、慶長十八年〈一六一三〉八月の江戸下向の折、伊豆国三島で大風と大雨とに遭い、三島明神に祈った、

祈るより水せきとめよ天河《あまのがは》これも三島の神のめぐみに　（黄葉集《こうようしゅう》）

が名高い。この歌を詠んだ直後、雨は止み、その日のうちに出発できたことは、光広の紀行文『あづまの道の記』に詳しく記され、家集『黄葉集』にも収録された「三島明神へ奉納せし法花経の奥に書付ける」でも、再度、事の顛末を書き留めるなど、光広自身得意に思うものであったらしい。大谷俊太氏は、「もとより自らの和歌に雨を止ませる霊力があると信じた故の行動ではな」く、能因《のういん》法師の雨乞いの歌「天の川苗代水《なはしろみづ》にせき下せあまくだります神ならば神」（金葉集・雑）の歌を、狂歌的手法により逐一言葉を変換させて作り上げたのが「祈るより」の歌であり、光広自らが歌徳説話の主人公を真似て興じたことが「〈光広＝祈雨歌人〉」という当代の歌徳説話を増幅させたと論じられている。

この歌は、以降の近世期の随筆類に散見されるのであるが、当代の出来事が歌徳説話化され、後に見るように、さまざまな階層の人々によって新たな祈雨・祈晴歌がつくられ、拡散していった背景には、光広没後の、近世中期堂上《とうしょう》における「心」を重要視する歌論との関わりも看過できない。祈雨・祈晴歌は、中世期には神仏の慈悲を主眼として語られてきたのに対して、近世では、歌人の「誠《まこと》」（正しい心）が天に通じ、その願いを聞き入れてくれたのだ

と理解する。

祈雨・祈晴歌は、当時の公家たちの歌論をわかりやすく、かつ説得力を持って示すために大変都合の良いものであったとも言えるのであろう。

では、ほかにどのような人々がこのような祈雨・祈晴歌を詠んでいるのだろうか。ここでは、雨乞いに限定して挙げてみよう。[*10]

同じ堂上歌人では、光広の曾孫にあたる烏丸光雄《みつお》や、光雄の子・宣定《のぶさだ》（弱冠十五歳にして詠んだという）[*11]、武家では、安土桃山から江戸時代前期の武将・島津義久[*12]、備前の藩士で、冷泉為村の門人でもあったとされる「よしかぜ」という人物[*13]、そのほか、吉川神道の創始者・吉川惟足《よしかわこれたり》[*14]や、三河国伊良湖の漁師・磯丸《いそまる》[*15]、琉球からの漂着民によって伝えられたという琉球王のもの[*16]など、記録にあるものだけでも多種多様であり、これ以外にも大量の祈雨歌が詠まれたであろうことが推測される。

その中で、備前の藩士「よしかぜ」は、農民の要請に再三固辞するも、詠んだ歌が二度も天に聞き入れられ、農民たちから人麿のように記憶された人だという。その歌は次の二首。

　世を恵む道した（ママ　えカ）ゝずば民草の田面《たのも》にそゝげ天の川水

　ひさかたの雲井の龍も霧（ママ　雲カ）を起こせ雨せきくだせせきくだせ雨

一首目の「世を恵む道」は、政治のこと。二首目の「龍」は雲を起こし、雨を降らせると考えられていた。「民草の田面にそゝげ」や「雨せきくだせせきくだせ雨」という、直截的な内容を強い口調で詠うことで、農民たちの願いを天に届けたのだろう。

おわりに

以上、雨にまつわる近世歌人の和歌を見てきた。そこからは、『万葉集』以来、各時代の歌人が連綿と詠み育んできた、豊かな雨の情趣を引き継ぎつつ、庶民の生活の生き生きとした一齣や私的な感情など、当代の感覚を盛り込むことで、新たな雨の和歌の系譜が作り上げられていくさまが見てとれた。

気象学の研究では、近世という時代は、小氷期という寒冷な時代にあって、十七世紀半ばには太陽活動の低下と世界的な火山噴火の多発もみられ、[*17] 甚大な被害をもたらす天災や深刻な飢饉も相次ぐ時代であった。

それでも、雨をはじめとする自然を愛で、その移ろいを繊細にとらえ心を動かし、時に翻弄されたり涙を落としたりしつつ、畏敬の念を持って接した近世の人々の振る舞いには、現代を生きる我々も見習うべきところがあるように思われるのである。

注

1 講談社学術文庫、二〇一四年。
2 山本嘉将氏著『近世和歌史論』文教図書出版、一九五八年。複製版、パルトス社、一九九二年。
3 『三省堂名歌名句辞典』三省堂、二〇〇四年。
4 鈴木淳氏・加藤弓枝氏著『六帖詠草・六帖詠草拾遺』(『和歌文学大系』70、明治書院、二〇一三年)に指摘がある。
5 林達也氏著『江戸時代の和歌を読む―近世和歌史への試みとして―』原人舎、二〇〇七年。

6 田中仁氏著『江戸の長歌 『万葉集』の享受と創造』森話社、二〇一二年。
7 『八十浦の玉』には、「紀国人。剣刀彫物師。難波にすめり」とある。
8 『文化人類学事典』弘文堂、一九八七年。「雨乞い」の項。
9 大谷俊太氏「烏丸光広論序説―和歌と狂歌の「場」の問題―」『国語国文』第五十五巻第六号、一九八六年六月。同氏「歌徳説話の位相―雨乞歌をめぐって―」『国語国文』第五十七巻五号、一九八八年五月。同氏「烏丸光広逸話の再検討」『近世の説話』(『説話論集』第四集)、清文堂出版、一九九五年。以降、光広の祈雨歌および、堂上歌論との関わりについては大谷氏の論による。
10 高谷重夫氏著『雨の神 信仰と伝説』(『民俗民芸双書』94、岩崎美術社、一九八四年)に詳しい。
11 『光雄卿口授』(『近世歌学集成』中巻)明治書院、一九九七年。
12 『薩隅日地理纂考』鹿児島県私立教育会、一八九八年。複製版、鹿児島県地方史学会、一九七一年。
13 員(津村)正恭著『譚海』国書刊行会、一九一七年。
14 百井塘雨著『笈埃随筆』(『日本随筆大成』第二期第十二)、吉川弘文館、一九七四年。
15 糟谷磯丸著、愛知県教育会編『新編磯丸全集』育生社、一九三九年。
16 日尾荊山『燕居雑話』(『日本随筆大成』第一期第十五)、吉川弘文館、一九七六年。ただし、五七五七七の短歌形式で、琉歌ではない。
17 田家康氏『気候で読み解く日本の歴史 異常気象との攻防一四〇〇年』日本経済新聞出版社、二〇一三年。特に出典を注記していない和歌の引用に関しては、『樵夫問答』は『近世和歌集』(『新編日本古典文学全集』73、小学館、二〇〇二年）に、『自撰漫吟集』は『契沖全集』第十三巻（岩波書店、一九七三年）に、『東歌』『閑田詠草』『雲錦翁家集』は『校註国歌大系』第十五巻および、第十七巻（講談社、一九七六年）にそれぞれより、そのほかについては『新編国歌大観』（角川書店、一九八三〜一九九二年）の本文を用いたが、私に濁点を付し、一部漢字をあてたものもある。

付記

図版の掲載を御許可頂きました各所蔵機関に厚く御礼申し上げます。

本稿は、平成二十六年度科学研究費補助金（特別研究員奨励費）による成果の一部である。

幽霊や怨霊に伴う風

——近世実録や読本の風——

菊池　庸介

はじめに

落語に「竈《へっつい》幽霊」という演目がある。竈の中に金を塗り隠したまま死んでしまい、金への執着を残している男の幽霊が出てくる話である。その中にこんな場面がある。

裏の銀杏の木へ風の当る音が、ゴオーッ……（と、だんだん声を落として陰気くさく）すきまから腥《なまぐさ》いような風がすうーッ…と入ってきて、なんじゃ知らんが、けったいな晩やなァと思うて、ひょッと台所を見ると、あの竈さんの角から青い火が、ぽぽッ、ぽぽッと出よんねん……え？びっくりするやないか。おッ、なんや、火が出てるわと思うと、すると煙のように出たのが、あたまの毛をこう伸ばしてな、痩せた痩せた男が、ほそォい手ェ出して、（と、七三に構え）『金出せェ、金出せェ』……（だしぬけに大きな声で）いやァッ、ハハ……あァ恐《こ》わ、恐い。あの道具屋、『金出せ、金出せ』言いよんねん。俺、幽霊の強盗初めてや。あんなもの、よう家へ置かんわ。たのむ、取って、な？取って取って取って……＊1

竈を客が買うと、その夜のうちに返品に来るので、道具屋が事情を聞いたところ、客は右に示したように幽霊が出たと言う。恐ろしい話であるはずなのだが、「幽霊の強盗初めてや」などのセリフがどことなくユーモラスで、おかしみを感じてしまう。

右の場面で注意したいのは、幽霊が出てくる時に、風が「ゴオーッ」と吹き、腥いような「風」が入ってくることである。幽霊など、この世に念を残した死者の霊が描かれる時には、風を伴うことも多い。

それらはどのような意味合いを持っているのだろうか。本稿では、近世の実録や読本を中心に、そのような風の意味を考えていきたい。

一　出現の時に吹く「風」

　幽霊や怨霊が風とともに描かれる例は、古くからある。たとえば『今昔物語集』巻十四「女、法花の力に依りて蛇身を転じて天に生まれたる語」[*2]では、「夜半許《ばかり》に、不例《れいなら》ず物怖《ものおそろ》しき心地して、堂の後の方より風打吹《うちふ》き気色《けしき》替《かはり》て、物来《きた》る様に思えければ（中略）一人の女、微妙《めでた》き有様《ありさま》にて漸く歩み来る。御明《みあかし》の光に見るに、実に怖しき物から、有様美麗也。」とあり、「美麗」な「一人の女」の正体が、五百両の金を残したまま死んでしまった女の霊であることが後で記される。これも、「はじめに」で紹介した「竈幽霊」同様、風が吹き、幽霊がすっと出現するという形であることがわかる。出現の時に吹く「風」は、幽霊や怨霊とともに描かれる風の中では一般的と言えるだろう。

　このような出現の時に吹く「風」と現れる霊について、もう少しみていくことにしよう。

　例として、写本の実録『報怨奇談《ほうえんきだん》』（作者不明[*3]）を取り上げる。この話は実説が定かでないが、元禄ごろの話であるとし、江戸本郷にある和泉屋久左衛門の娘お秀《ひで》に対し、恋慕の思いを抱えたまま死んだ小森弥六という武士の霊が、お秀や、弥六を裏切った和

鳥山石燕『画図百鬼夜行』
（角川ソフィア文庫『鳥山石燕　画図百鬼夜行全画集』）川崎市市民ミュージアム蔵

泉屋手代忠七に祟る話である。弥六は生前、恋の相談相手である忠七にそそのかされて、お秀へ文を送ったり、真心を示すために自分の指を送ったりするのだが、会うことが叶わないでいた。いっぽう忠七は、弥六が醜い容貌のため、美男の浪人田川幸治郎を弥六と偽りお秀に見せる。お秀は恋煩いし、後日あらためて幸治郎に巡り会い（弥六としてではなく幸治郎として会う）、幸治郎と結婚する。弥六は和泉屋に忍び込むが捕らえられ、獄門に処せられてしまい、無念のまま命を落とすのである。お秀と幸治郎との間に出来た子、幸吉は、醜い顔つきで指が一本足りずに生まれて来るのだが、それを嘆くお秀に対し、「か丶さま、此指は切つて忠七に持たせ、おまえの所へ送りたる故《ゆゑ》、壱本足らず」（巻四の五）[4]などと言い、これまでのお秀への報われぬ思いや無念の死を告げる。弥六の執念が幸吉に姿を変えて現れたわけである（弥六の姿を見たことがないお秀は、このことを知らない）。さらに幸吉は、お秀を自分から隔離しようとしたお秀の母を喰い殺し、久左衛門に殺される。

弥六の執念はそれにとどまらない。この後久左衛門は病死、和泉屋は没落し、お秀と幸治郎は京都に住む親類のもとに向かうが、遠州掛川の山中に迷い、老僧の庵に一夜を借りる。二人が炉辺で暖を取っていると、幸治郎は居眠りをしてしまう。その時のことである。

お秀は気も澄みて眠られず、秋の夜の物憂き虫の音も枯れがれに、梢につたふ夜嵐の、いとど身にしみける折ふし、お秀ふと老僧の方を見たるに、振り返りし老僧のお秀が顔を見たりし顔色、さながら先立し幸吉がおもざしに少しも違はず、お秀大きに驚き…（巻六の一）

頼りとする夫が眠ってしまい（これも弥六の念の仕業）、山中で心細い一夜を過ごすお秀の、寂しさが恐ろしさへと変わる瞬間が、途絶えがちな虫の音と、木々を吹き抜ける嵐に投影されている。夜嵐の音やわびしさ、冷気がお秀の身にしみるその時、お秀に背を向けていて顔の見えなかった老僧が振り返るのだが、老僧の顔は死んだ幸吉の（それも醜い）顔となっていた。お秀のみならず読者もまた、身震いするような場面である。

ここには、「夜嵐」という強い風が吹いているが、この場面での夜嵐は、今後のお秀と老僧との間に起こる展開を暗示する役割を果たしている。なぜならこの後で、幸治郎の寝入っている間にお秀は老僧にのど笛を食いつかれて殺されてしまうからである。妻の叫び声で正気に戻った幸治郎は、自分が墓所にいるとわかり、近所にあった寺の和尚を訪ねると、そこは弥六の墓であったことが判明する。墓を掘り起こすと、髑髏がお秀に食いついているのを目にするのである。

髑髏は和尚に諭されて葬られ、幸治郎はその場で出家して桂秋《けいしゅう》と改名する。諸国行脚で上州の山路に到った時、もう一度弥六の霊が登場する。こんどはその場面をみてみよう。

水無月《みなづき》の草葉も動かぬ照《ひで》りなりしが、俄に黒雲《くろくも》一むらいたると、夕立の雲一面に、さながら墨をすりたるが如く、風吹き出で、ものすさまじく、桂秋も足を早めて急ぎけるが、傍《かたは》らに辻堂のありければ悦び是《これ》へ立入り、本尊を拝して傍らに座し居たりしに、大風吹き落ちて、大雨は盆をかたむくるが如く、いなびかりは隙間もなく、雷の鳴り出でたる所へ、又一人の旅僧、是も此《この》辻堂を見かけて駆け込みける。桂秋坊も少し力を得て申しけるは「雷雨にて誠に御同意、難儀いたし候なり。拙僧も途中にて雨に逢ひ、やうやう此所《このところ》へ立ち寄りて雨の晴るるを相待ち居る。一樹の蔭《かげ》、一河の流れも他生の縁と申し候へば、御心易く御咄《はな》し申すべし。私儀も一人にて甚《はなは》だ淋しく御座候に、御蔭《おかげ》、賑やかに相成《あひなり》、よろこび候」と申しければ、旅僧も悦び「御覧の如く雨に濡れ、やうやう此所へ参り、仰せの通り雨宿りいたし候も、深き御縁にて候はん」と側へ寄り、火打《ひうち》取出し、二人煙草をくゆらせける中も、雷の鳴る事、誠に天地も崩るるばかりなり。されば二人とも耳に手をおほひて仏名を唱へ、又は観音経《くわんおんぎやう》を他念なく唱へける。暫《しばら》くして雷も遠くなり雨も少し止みけれども、早や申《さる》の下刻《げこく》ばかりになりければ、行先知らぬ山路を日暮れてたどらん事も心憂し、やはり此所に一夜を明すべしと…（巻九の一）

突然の風、雷雨を避けるために桂秋が辻堂に逃げ込むと、一人の旅僧も駆け込んで来るが、雷雨が去った後も二人は、ここで一夜を明かすことにする。旅僧は日本百観音参詣のために行脚していると言い、桂秋が若くして出家しているため不思議に思い、身の上を尋ねる。桂秋は、お秀が弥六に執心を受けたことにはじまる、これまでのお秀とのことを全て打ち明ける。すると、旅僧は突然涙を流して、次のような告白をする。

今は何をか包み申さん、我こそは御咄の小森弥六が亡霊にて候（中略）公儀にても忠七が闕所《けつしよ》の跡を金になされ、無縁寺へ納め下され、我幷《ならび》に和泉屋親子が菩提を弔《とむら》ひ下され、二六時中念仏絶えず。此功徳と、其許《そこもと》の霊仏霊地をめぐり下されしと、山寺の和尚の弔ひにて、今は呵責《かしやく》をのがれ、仏果を得て極楽に往生す…（同所）

旅僧の正体は弥六の亡霊であった。弥六は公儀や桂秋、桂秋の師僧のおかげで往生できたことの礼を述べに現れたのである。この後、自分が取り殺した忠七の菩提を弔おうと、桂秋と念仏を唱えているうちに、徐々に姿を消していく。

先に見た、お秀が弥六の亡霊に出会った時の例では、秋の夜を吹きすさぶ冷たい嵐が吹いていたが、右の例では日照りから急変した天候の中で吹く大風であり、それはまた、雷や大雨を伴うために、騒々しさも併せもった、烈しい風の印象も受ける。なお、雷も雨も、風と同様、怪異の前触れとして頻繁に見られるものであり、雷雨や黒雲と大風とは、役割を補完し合い、前触れとしての意味を強めていると考えられる。この場面では他に、桂秋が逃げ込んだ辻堂も事件の起きることを連想させ、さらにそのような場に旅僧という得体の知れない存在が登場することで、読者の

「何か起きるのではないか」という期待はいっそう高まるものと思う。そのいっぽうで、二人が出会ってからのやりとりは、旅先で難儀している中に同類を見出したような安堵感がうかがえ、それまでの緊張を一瞬緩めているが、このことは、後に続く弥六の告白の緊張感を、効果的に高めていることも、付け加えておきたい。

これまで紹介してきた弥六の霊の場合は、先にみてきた「竈幽霊」や『今昔物語集』の幽霊とは登場の仕方も少し異なり、別人であったものが弥六としての正体を現すというものである。このような出現の仕方でも、前触れとしての風は吹く。また、『報怨奇談』において、弥六の霊が登場する場面は五例あるが、*5 前触れの風がみられるのは、ここで紹介した二例のみであり、何度も同じ霊が現れるからといって、その都度風を伴うわけではないこともわかる。他の三例が、いずれも江戸や千住など町の中で起きるのに対し、これらは山中での出来事であるところが共通するのだが、それは人里離れた場所での、怪異が起こるかもしれないという恐怖感を強めることにもなるだろう。さらに、これら二例は、その後お秀の命が奪われたり、弥六の霊が成仏したりと、物語の展開においてとくに重要な局面につながっていくものである。結果として、『報怨奇談』において風が吹くことは、単に弥六の霊が現れる前触れというだけでなく、それ以降に起きる重大事を語り出すための前触れという、より大きな役割も果たしている。

二　去る時に吹く「風」

出現の時に吹く「風」に対し、幽霊が去る時に吹く「風」はそれほど多くは見られない。これについては文政八年（一八二五）刊の読本『現過《いまはむかし》思《おもひ》廼《の》柵《しがらみ》』（柳園種春《りゅうえんたねはる》作・春暁斎政信《しゅんぎょうさいまさのぶ》画・以下『思廼柵』と略）*6 を取り上げる。

本作は延広真治氏に指摘されているように、*7「浅田兄弟の敵討ち」（浅田忠助養子鉄蔵と同実子紋次郎が、文政七年四月二十七日に常州鹿嶋郡磯浜村祝町において、父の敵成瀧万助を討った事件）を題材としている。『思廼柵』の内容は実説から大きく飛躍しており、登場人物名も、討手の兄弟が早瀬矢市《やいち》に定治郎、敵が大垣団右衛門と、それぞれ変えられる。なお、この作品と影響関係を想起させる実録として、『誠顕常陸帯《せいけんひたちおび》』を挙げておきたい。話の筋の共通点はほとんどないが、『思廼柵』の巻首題に「一名　旭立帯《ひたち》」と記すこと、兄弟の敵討ちであること、兄の名前が堀弥市であり敵の半助という名も『思廼柵』での敵の一味、爪平《つめへい》の変名であること、行動は異なるものの、ゆた女という悪女や、敵の情報を討手に教える植木主水《もんど》なる人物がどちらの書にもみられること（植木主水が登場する場面では、ごくわずかだが行文が似ている）、どちらも討手が金毘羅権現の夢告を得ることなどから、両者が無関係とは考えにくい。実録が読本の素材となることはよくあり、『常陸帯』も寛政元年（一七八九）の序文を備えるのだが、管見の書は天保五年（一八三四）の転写本であり*8、実録は序文の年記を偽ることもあるので、実録先行とは容易に断じがたく、今は影響関係のみの指摘にとどめておく。

　さて、『思廼柵』において幽霊が登場するのは、ほとんど結末近くになってからである。矢市が敵を探して潮来《いたこ》まで来たところ、かつて淀川の船中で知り合った娘鈎《かごと》と再会、鈎に強く請われて夫婦となる。敵の一味、半助がこの土地にいるとわかり、矢市は半助の家に向かうが、入れ違いに鈎は半助に殺害されてしまう。いっぽう矢市は半助が留守だったため、半助の友人の家の近所まで来たところで、鈎の幽霊があらわれる。

　今は程近《ほどちかく》おもふ折から後より、「やよ待給《まちたま》へ」と声かけて走り来る者有《あり》。顧《かへりみれ》ば、何ぞ斗《はか》らん、是鈎にてあれば、矢市大に嚇《おどろ》きて、「御身《おんみ》今頃如何《いか》にして供をも連ず、歩行素足《かちはだし》何所《いづこ》へや行給ひし」といへば、鈎は恨みたる面色《おもゝち》にて、矢市が顔を打眺《ながめ》、「昨日は君にわくらはに逢ふて嬉しと思ふ間に、旦未明《あさまだき》より出給ひ、今にも帰り給ふやと待に甲斐なき朧月《おぼろづき》、わらはを嫌ひ給ふかと思へば、いとゞ恨しく、御跡慕ひ参りしなり。疾《とく》帰りませ佗人《あだびと》よ」と、袖にすがりて引留る。（巻五の二）

早朝に自分の前から姿を消した矢市を恨めしく思い、裸足のままの姿で現れ、半助のもとへ急ごうとする矢市を引き留める。鈎が殺されたことを知らない矢市は、突然鈎が現れたので驚きつつ、なお心急ぐが、鈎は「去《さる》御事のある迚《とて》も一度《ひとたび》帰りてたび給へ」と、無理に矢市を引き返させる。と、その戻り道に半助に出くわす。逃げようとする半助の「目先にすつくと鈎が姿」が現れたため、半助は矢市に切りつけると、矢市は受け流して半助を踏みつけにする。

不思議や有し、鈎が姿夕部の風に誘はれて、消て遙《はるか》の草むらに一陣の鬼火陰々とさまよひたり。

鈎の霊は、夕方の風に引かれるように消え去っていく。すると、鈎の家に仕える者が来て、矢市は鈎の死を知るのである。この一連の場面について、矢市の立場で考えると、鈎は、自分への恋慕の余りに突然現れ、半助を求める自分を無理にでも家に帰らせようとする聞き分けの無い女であり、やむを得ず鈎の言に従って引き返そうとしたところ、偶然半助に巡り会った、ということになるだろう。

それに対して読者は、すでに鈎が殺されていることを知っており、ここで矢市を引き留めた鈎は、おそらく幽霊だろうと予想している。半助との立ち回りのときの「目先にすつくと鈎が姿」などは、鈎の幽霊が瞬間的に矢市のそばから半助の目前に移動したかのようにイメージできる。そして読者は、ここで半助が現れたのは、全くの偶然というよりも、鈎の幽霊との因果関係で考えるのではないだろうか。鈎の霊が矢市の前に現れ、矢市を家に戻らせようとしているのは、もちろん、家を出ていった——結果的には今生の別れとなってしまった——矢市への恨みもあるだろうが、それに加え、矢市に半助を引き合わせようという愛情、少しでも矢市の役に立ちたいという真心から出た行為も認めることができると思う。鈎が殺されたことを知らない矢市の、半助にのみ気を取られている感情と、それを知りつつ矢市を思う鈎の霊の心情との微妙な違いが見所と言える。

鈎は、自分が殺されたことを最後まで矢市に告げることなく、半助が矢市に捕らえられたのを見届けると、姿を消す。矢市に会い、矢市の手助けとして半助に引き合わせたところで、鈎の目的は済んだのである。ここでは、「風に誘はれて」とあるように、浮遊する鈎の霊魂が、風に連れられるようにその場から消え去るのだが、このときの風はいわば、霊魂を運び去るものと理解できるだろう（なお、面白いことに、鈎の霊が現れる時には風を予想させることは書かれておらず、去る時にのみ風が吹いている）。

幽霊が敵の討手を補助するようなエピソードは、実説には見られず、作者が作り出したものである。主人公を愛する女性の霊が現れ、主人公を助け、静かに風と共に去りゆくエピソードは、いかにも読本らしい幻想性に富んだ情景であり、印象深い。

三　霊魂を運ぶ「風」

前節では、幽霊が去る時に吹く「風」から、霊魂を運び去るという風の働きについて触れた。本節では、霊魂を運ぶ「風」について、もう一例取り上げてみたい。

初期読本の傑作、上田秋成作『雨月物語』（明和五年〈一七六八〉序）巻一「菊花の約《ちぎり》」において、赤穴《あかな》宗右衛門の霊が弟分の丈部《はせべ》左門に会う場面は非常に印象的である。宗右衛門と再会の約束をしている九月九日（重陽の節句）になり、左門は日がな一日、宗右衛門が来るのを待つ。夜になっても宗右衛門は現れず、母からも明日もう一度待つように諭されるが、左門は母を先に床に就かせ、自分は戸外に出て、もしや来るかもしれない、と宗右衛門を待ち続ける。

…もしやと戸の外に出て見れば、銀河影きえ〴〵に、氷輪《ひやうりん》我のみを照して淋しきに、軒守る犬の吼《ほゆ》る声すみわたり、浦浪の音ぞこゝもとにたちくるやうなり。月の光も山の際《は》に陰《くら》くなれば、今はとて戸を閉《たて》て入んとするに、たゞ看《みる》、おぼろなる黒影《かげろひ》の中に人ありて、風の随《まに》〳〵来《く》るをあやしと見れば、赤穴宗右衛門なり。*9

空気が澄みわたりどこまでも奥深く見える秋の夜空に、天の川の星がかすかにまたたいている。氷輪とは月を指すが、字面からうかがえるような、冷たく冴え返った月の光を想起させる。そんな静寂の中、犬の吼える声が響き、遠くに聞こえるはずの波の音がほど近く聞こえている。音を巧みに使うことにより、静けさはより強い印象を持つことになる。『雨月物語』は、さまざまな典拠を下敷きに、語句も利用しつつ本文が記されていることはよく知られており、右の部分もその一つではあるが、それを差し引いても、この部分の描写は美しい。なお、この箇所の直前は、昼間の街道を通行する人の様子が、ときには滑稽味を交えつつ活き活きと描かれる。本話の主典拠である『古今小説』巻十六「范巨卿雞黍《はんきよけいけいしよ》死生交《しせいのまじわり》」（以下「死生交」）にはその部分が無く、「菊花の約」で新たに加えられたもので、やや弛緩的な部分であるが、それを経て右の引用箇所を読むと、夜の静けさや緊張感がいっそう際立ってくる。

さて、左門を照らしていた月が山に隠れようとして、闇の色が濃くなってきた時、宗右衛門（の霊）が登場する。風が吹くのに従うように、少しずつ左門に近づき、ぼんやりとしか見えなかったその姿が徐々にはっきりする様子が、月明かりが弱まりおぼろげな薄闇の中、静まっているその場の様子と調和して、何とも幻想的な雰囲気を漂わせている。

左門は宗右衛門が約束を守って来てくれたものと思い込んでおり、「踊《をど》りあがるこゝちして」家の中に招き入れ、酒肴でもてなすが、宗右衛門は「其臭ひを嫌放《いみさく》」るように「袖をもて面を掩《おほ》」う。すでに死霊になっており、生臭いものを嫌うからである。そして左門に対し「吾は陽世《うつせみ》の人にあらず。きたなき霊《たま》のかりに形を見えつるなり」と、自分が死者の霊であることを告白する。赤穴宗右衛門は、出雲国富田《とみた》城で、尼子経久《あまこつねひさ》によって幽閉されてしまい、重陽の節句の日に左門に再会する約束を果たすべく、自害したのである。

いにしへの人のいふ、人一日に千《ち》里をゆくことあたはず。魂《たま》よく一日に千里をもゆくと。此ことわりを思ひ出て、みづから刃《やいば》に伏《ふし》、今夜《こよひ》陰風《かぜ》に乗《のり》てはる〴〵来り菊花の約《ちかひ》に赴《つく》。この心をあはれみ給へ。

人は一日で千里を行くことはできないが、魂ならそれができるという。宗右衛門は古人の言葉を思い出し、「陰風」に乗って約束を果たしに来たのであった。「今夜陰風に乗てはる〴〵来り菊花の約に赴」は、すでに多くの指摘があるように、「死生交」の「魂は陰風に駕《が》し、特に来たりて雞黍《けいしょ》の約に赴く」を踏まえている。「菊花の約」では「かぜ」と読みが付されるが、「いんぷう」と言う語が会話文において一般的でないからだろう。

「陰風」は「妖怪や幽霊の出現する時に吹く風」のように解釈されることが多いのだが、霊が去る時にもみられる。宗右衛門が左門のもとを去る場面をみてみよう。

「今は永きわかれなり。只母公《ぼこう》によくつかへ給へ」とて、座を立と見しがかき消《きえ》て見えずなりにける。左門慌忙《あはて》とゞめんとすれば、陰風《いんぷう》に眼《まなこ》くらみて行方をしらず。

地の文に相当するため、「いんぷう（原本の振り仮名は「いんふう」）」と読まれている。右の引用には「魂が風に乗る」とははっきり書かれていないが、「風の随〳〵来る」とあるような一連の風を考えると、前節『思廼柵』の鈎の幽霊の場合と同様、陰風が宗右衛門の霊魂をあの世に向かって吹き運ぶような役割を持っているという捉え方も可能であろう。つまり、本話における風も、霊魂が移動するための手立てと理解できる。

ちなみに「陰風に眼くらみて行方をしらず」の部分も、「死生交」の「陰風面を払い、巨卿の在る所を知らず」に拠っている。「死生交」は、商人范巨卿（宗右衛門に相当）が、農民の子張劭《しょう》（左門に相当）と、翌年の重陽の日に再会することを約束するも、家業に精を出し、約束の当日になってその日が再会の日であることを知ったため、自害して霊魂が張劭に会いに行く、というように、霊魂が会いに行くための事情が「菊花の約」と異なる。秋成は、宗右衛門が自害する理由を典拠から変えたのだが、それでも霊が現れる時と去る時とは、「死生交」を踏まえている。「菊花の約」は「死生交」の翻案ということで、このこともその方針のあらわれだろうが、それだけでなく、「陰風」という陰の気を含む風に乗って霊魂がやってきて、「陰風」と共に（「陰風」に乗って）去るという光景に秋成も共感を覚えたということもあるだろう。また「陰風」の語をそのまま利用していることから、秋成の共感はこの漢語に対しても向けられた（『日本国語大辞典　第二版』や『角川古語大辞典』をみる限りでは、本話が初出の用例であり、これ以前の用例も見つかっておらず、当時よく用いられていた言葉とは考えにくい）のではないだろうか。

むすびにかえて

本稿では『報怨奇談』、『現過思廼柵』、『雨月物語』を中心に、幽霊や怨霊の登場する場面に描かれる風を見てきた。それらからは、出現の前触れとしてと、霊魂を運ぶものとしてという、風の持つ二つの意味合いがあらためて確認できる。この二つは個別に、というだけでなく、両方の性格を兼ね備えて描かれる場合もある。

最後に、第二節で取り上げた鈎の幽霊の場面に付け加えたい。鈎の幽霊は、風と共に去っていく時に、「一陣の鬼火」がさまよう。このように風と火を伴って幽霊が描かれる例は、『思廼柵』などの江戸時代後期の読本には、しばしば見られる。たとえば、山東京伝の読本『安積沼《あさかのぬま》』[10]巻四の二で、小鰭小平次《こはだこへいじ》の幽霊が現れて左九郎《さくろう》の妻を取り殺す時にも、「月は中天《なかぞら》ながら影朧《おぼろ》なり。ひや、かなる風さとふくにつれて、一団の陰火飛入ると見えしが屏風の裏《うち》に阿《あ》と叫ぶ声耳をつらぬき…」と見える。また、同じ『安積沼』巻三の二では、殺される前の小鰭小平次が、悪僧現西《げんざい》を捕らえるために幽霊に化ける場面があり、そこでも「俄に一陣の風おこりて、颼《しう》々と樹梢《こずへ》をならし、月色朦朧《げつしよくまうろう》として不覚《すゞろ》にものすごくおぼえけるが、怪哉錦木塚《あやしきかなにしきぎづか》のうしろに一道の陰火もえ出てあたりをめぐり、草ふかき所に虫のこゑかとあやまつばかりさめ〴〵と泣かなしむ声いともあはれに聞えて、…」と、幽霊出現にあたって、似たような描かれ方をしているのが興味深い。風がさっと吹いて、火がぽっとあらわれ、幽霊が出現する——冒頭に述べた落語『竈幽霊』との共通性を感じさせるとともに、このような、幽霊が出現する時の描写における、ひとつのパターンの確立が想起されてくる。この問題については、またあらためて考えてみたい。

注

1 『新版圓生古典落語5』（集英社文庫、一九九二年）

2 『今昔物語集三』（岩波書店新日本古典文学大系35、一九九三年）。なお、本文引用に際しては、章題は書き下し、本文は漢字平仮名表記に直した。

3　早稲田大学図書館蔵、十巻十冊。

4　本文引用に際しては、早稲田大学図書館本に基づきつつ、『近世実録全書』第十巻（早稲田大学出版部、一九二八年）所収の本文も参考にして、句読点や「」を補ったり平仮名を漢字に直すなどの処理を行った。

5　このほか、お秀の幽霊が桂秋の夢中に現れる場面が一箇所ある。ただしそこで風は吹かない。

6　関西大学附属図書館中村幸彦文庫蔵（国文学研究資料館マイクロ資料参照）、五巻五冊。本文引用に際しては、原本の区切り点の場所を原則としつつも、適宜句読点を補った。また、漢字の振仮名は一部省略した。

7　「敵討読本三種「現過思廼柵」「絵本復讐千丈松」「敵討飾磨楊布染」—浅田兄弟・研辰・山本りよ—」（『読本研究』第二輯上套、一九八八年六月）

8　弘前市立図書館岩見文庫蔵（国文学研究資料館マイクロ資料参照）

9　田中康二・木越俊介・天野聡一編『雨月物語』（三弥井古典文庫、三弥井書店、二〇〇九年）

10　『山東京伝全集』第十五巻（ぺりかん社、一九九四年）所収。漢字の振仮名は一部省略した。

※資料の閲覧を許可して下さった早稲田大学図書館・国文学研究資料館にお礼申し上げます。
※本研究はＪＳＰＳ科研費（課題番号「二四五二〇二一六」・「二四五二〇二一九」）の助成を受けたものです。

『北越雪譜』は雪をいかに描いたか

津田　眞弓

はじめに

『北越雪譜《ほくえつせっぷ》』（天保八年〈一八三七〉初編刊、同十二年二編刊）は、越後《えちご》の鈴木牧之《すずきぼくし》が長年の苦心の末、江戸の戯作者山東《さんとう》京山《きょうざん》に制作を依頼して出版を果たした本である。当地塩沢の雪はこう説かれ始める。

左伝に隠公八年平地尺《へいちしやく》に盈《みつる》を大雪と為《す》と見《み》えたるは、其国暖地《そのくにだんち》なれば也。（中略）雪の飄々翩々《へうくへんく》たるを観《み》て、花に諭《たと》へ、玉に比《くら》べ、勝望美景《しようぼうびけい》を愛《あい》し、酒食音律《しゆしよくおんりつ》の楽《たのしみ》を添《そ》へ、画《ゑ》に写《うつ》し、詞《ことば》につらねて称翫《しようくわん》するは、和漢《わかん》古今の通例《つうれい》なれども、是《これ》雪の浅《あさ》き国《くに》の楽《たのし》み也。（初編上巻「雪の深浅《しんせん》」）

和漢の古典が描く雪に異を唱える態度は、青木美智男が言う「雪を愛でる『暖国』に対置される『寒国』を象徴する地域としての認識」の表明で、[*1] これ以後、古来より人の世の規範とされてきた知識が、北越では全く当てはまらないことが示される。豪雪の世界は驚きをもって日本中に伝わり、大ベストセラーとなった。今日なお、江戸時代の雪国の暮らしを伝える貴重な書として、日本のみならず海外においても広く愛されている。

さて、近代における研究では、岩波文庫化をした岡田武松をはじめ科学者が再評価し、気象学、民俗学など、多方面から注目された。一九八〇年代に『鈴木牧之全集』（参考書1）や『図説北越雪譜事典』（参考書2）に代表される充実した基礎研究がなされた。その中で、高橋実は『北越雪譜』が時に科学書、民俗書、地誌、さらに文学史では雑書、その他の扱いを受けていることに触れ、「この書物が、今まで文学として論じられたことはなかった」と警鐘を鳴らした（参考書3）。その言は重要な示唆に富む。何故なら、本作は文学的手捌きの上に成り立っているからだ。この稿では高橋に連なり、『北越雪譜』が「文学書」としてどのように雪を描いているのかを追ってみたい。

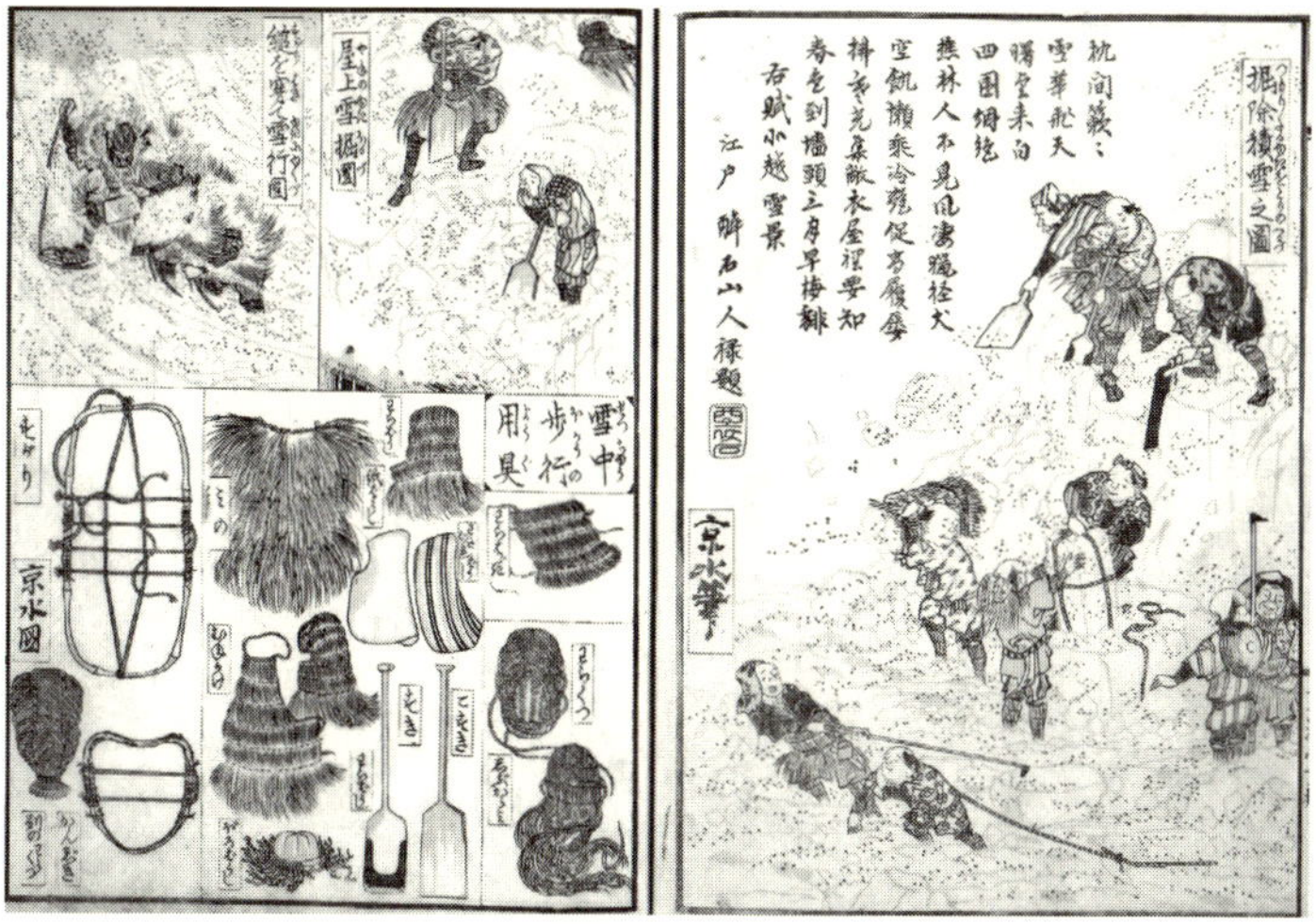

図１　初編上巻口絵、以下早稲田大学図書館蔵

一　雪を描く舞台——初編上巻の構成

本作を「雪譜」たらしめているのは、雪に最も特化した初編の上巻である。どう雪を扱っているか、まずは構成の面から考える。

本文前に置かれるのは、「刪定」をした京山の序文と、鈴木牧之の原画を出板用に描き直した京水（京山の息子）の付言、雪にまつわる口絵、雪の文字が多用される「目録」（目次）である。口絵には、見開きで豪雪と戦う人々を描く「掘除積雪之図《つもりたるゆきをとりのくるづ》」、「屋上雪掘図《やねのゆきほるづ》」、「縋《すがり》を穿《はき》て雪行図《ゆきにゆくづ》」と、雪の少ない地域では見ることもない十四種もの「雪中歩行用具《せっちゅうほこうのようぐ》」の図を載せる【図１】。

雪の世界を紹介するごく当然の工夫だが、冒頭に地図がないことが注目される。何故ならば、本作が地誌と分類されるほどの情報を有するにも関わらず、初・二編を通じて最後まで地図を載せていない。本書に先んじて北越を扱った文化九年刊（一八一二）『北越奇談《ほくえつきだん》』（橘崑崙作、葛飾北斎画）の冒頭には越後の地図が載り、文政元年（一八一八）に曲亭馬琴《きょくていばきん》が本書の執筆を引き受けた時にも、冒頭に地図を置くという構想があった。[*2] しかし、天保六年

(一八三五)九月九日牧之宛京山書簡に、村の人数を記すのは「公朝にかゝはり候事」として避けようと、公の情報を扱う用心が見られる。年を経て出版を取りまく状況が変わったのだろう。また、雪の世界を描くという志向が強くあり、越後として雪のない地域と一括りにされるのを避けたのかもしれない。

越後の地勢は、西北は大海に対《たい》して陽気也。東南は高山《かうざん》連《つらな》りて陰気也。ゆゑに西北の郡村《ぐんそん》は雪浅《あさ》く、東南の諸邑《しよいふ》は雪深し。(初編上巻「初雪《はつゆき》」)

とあるように、越後全体が雪深いわけではなかった。事実、『北越奇談』における雪の描写や、雪の降る時期は一般的な地域と変わらず、「北越」と冠しながらほとんど雪の話が出てこない。

地図の代わりに掲げられているのは、古河藩主土井《どい》利位《としつら》とその臣鷹見《たかみ》忠常《ただつね》の『雪華図説《せっかずせつ》』(天保三年刊)から引用した「験微鏡《むしめがね》」で見た雪の結晶図である(三丁裏・四丁表)【図2】。図に添えて「紅毛《おらんだ》の雪もこれに同じき物ある事、高撰中に詳《つまびらか》也」とあるように、驚きをもって最新の科学的研究成果を紹介するだけでなく、雪という自然現象が持つ普遍性を示している。

結果として、地図の排除は、結晶図が象徴する普遍性と共に、〈牧之〉という語り部の体感的視点をもたらした。読者は日本の何処かという認識より先に、彼がいる豪雪の世界に連れて行かれるからだ。無論、本文中に越後の西北部という説明は出てくるが、六条目(本文五丁表)と、決して冒頭に記されるわけではない。地名に不案内な読者にとっては、土地の名前は記号に過ぎず、ただ大雪が降る時空を超えた舞台が提供される。

さて、上巻は作中の呼び方に従えば二十二の条からなる。冒頭から順に追っていくと、条はその内容からかたまりを形成していることが見て取れる。仮に条ごとに番号を振り、内容で分けて次に示す。なお、分量の目安として各条

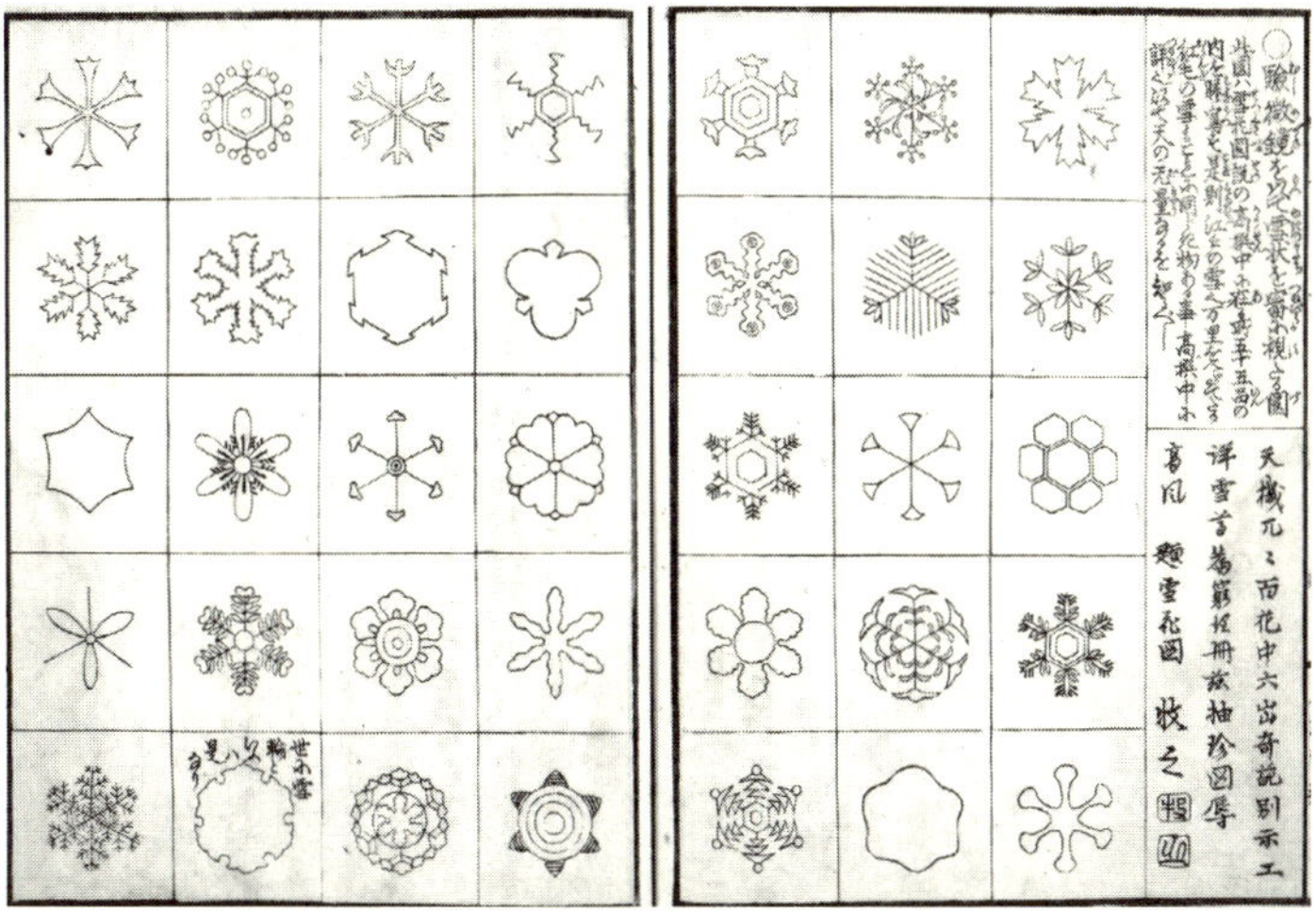

図２　初編上巻、３丁裏・４丁表　『雪華図説』の引用

名の下に原典の行数を数字で示した。

〔一、雪とは何か〕①地気雪と成る弁23・②雪の形19
〔二、雪の降りはじめ〕③雪の深浅7・④雪意《ゆきもよひ》7・⑤雪の用意7・⑥初雪18
〔三、雪が積もるまで〕⑦雪の堆量《たかさ》7・⑧雪の竿6・⑨雪を掃ふ15・⑩沫雪6・⑪雪道10・⑫雪蟄《こもり》17
〔四、洪水〕⑬胎内潜12・⑭雪中の洪水38
〔五、熊〕⑮熊捕50・⑯白熊11・⑰熊人を助69
〔六、吹雪〕⑱雪中の虫16・⑲雪吹64
〔七、山〕⑳雪中の火27・㉑破目山《われめきやま》11・㉒雪頽《なだれ》31

右の通り、雪が降りはじめて、雪頽《なだれ》となるまでが時系列に並ぶ。一で雪とは何かが前段として語られ、二で雪国に雪が降り始め、三で想像を絶する雪が降り積もる。四はその世界で起こる予想外の事態。五は熊、六は雪の中、七は山の縁で括ることが出来る。二十二条のうち、雪に関係しないのが珍しい白熊を見せ物にした⑯「白熊《しろくま》」と、地質を扱う㉑「破目山《われめきやま》」の二条だが、目次では「白熊」は「熊捕《くまとり》」と並記されている。雪に特化して話柄を選

図３　初編上巻、７丁裏・８丁表　駅中雪の積もりたる図

別したといっていいだろう。

そして一と七を除く全ての話群の最後に、最も印象的な文章を置く形をとる。二の最後では雪国がどこか初めて示され、三では人々が絶望的な量の雪に閉じ込められて作品世界における舞台設定が完了し、それが次の話群の起点となる。三から六群では前半に博物学的な話を置き、それを心に染みさせるかのように傍線を付した群末の⑭・⑰・⑲に、人に焦点を当てた物語を配している。最後の七には人物を主役にした文章がないが、巻をまたいで中巻の冒頭に置かれている。故に最後の㉒「雪頽」は、中巻へと読者を導く役目を果たしている。

さらに話群の配置にも十分な配慮が見られる。例えば、三の終わりで、「駅中積雪之図《えきちゅうゆきのつもりたるづ》」（七丁裏・八丁表）のような大雪が積もり【図3】、続く四の⑬「胎内潜《たいないくぐり》」で人々は、鉱山の坑道に見立てた雪中の道を行き、雪に陽光を遮られ、かつその重さに押しつぶされそうな生活を送っている。そこを突然襲うのは、目前の敵である雪ではなく、⑭「雪中の洪水《こうずゐ》」という他所では想像し得ない雪に堰き止められた川の鉄砲水である。読者を驚かせる巧妙な配置と言えよう。その後の話柄では、悲劇を続かせず、熊の話と⑰「熊人を助《たすく》」と文字通り熊の体温を感じさせる雪中の生還者と熊の温かい話を置く。そして上巻の最後の物語は、⑱の「雪中の虫《むし》」が導く、雪の中の悲劇⑲「雪吹《ふゞき》」で、瑕瑾のない若夫婦が遭難する。

雪に埋もれて死ぬ若夫婦と、掘り出された遺体の胸に守られて生き抜いた赤子というこの切ない物語は、配置から考えても、この巻にとって重要な意味がある。即ち、雪の中の生と死という主題である。上巻のほとんどの群が雪とその雪に籠もる生命の群像を見せており、選択されたこれらの物語は、その主題を鮮やかに描き出している。本作が緻密な計算のもとに構成されていることがわかるだろう。

二　共感と普遍——初編上巻の表現

次に表現から初編上巻を見たい。まずは雪譜たる「雪」という文字に注目してみる。読者は冒頭で雪とは何かという博物的な講義を受けた後、作中世界に雪の兆しを見るうちに、文字通り、その視界に「雪」が入ってくる。作中使用される雪の文字は、初編で四八〇、そのうち上巻で使用されるのは三〇九に及ぶ（本文のみ。中巻一〇〇、下巻七十一）。豪雪を絵に描くだけでなく、文でも視覚に雪譜ということを印象づける仕掛けである。

雪中に在《あ》る事凡《およそ》八ヶ月、一年の間《あひだ》雪を看《み》ざる事、僅《わづか》に四ヶ月なれども、全く雪中に蟄《こも》るは半年也。こゝを以て家居《いへゐ》の造《つく》りはさら也、万事《よろづのこと》雪を禦《ふせ》ぐを専《もつぱら》とし、財《ざい》を費《ついやし》、力《ちから》を尽《つく》す事、紙筆《しひつ》に記《しる》しがたし。（中略）しかれども住《すめ》ば都《みやこ》とて、繁花《はんくわ》の江戸に奉公する事、年《とし》ありて後《のち》、雪国の故郷《ふるさと》に帰《かへ》る者、これも又十人にして七人也。

（初編上巻「雪蟄《こもり》」）

多量の「雪」に見舞われた読者を待つのは、前述した⑫「雪蟄」における、雪が八ヶ月視界に留まり、半年も雪中に籠もらねばならない世界である。当地の人々は雪の備えや除雪に膨大な経費と労力を費やすことを強いられている。

それにも関わらず「幼稚《をさなき》より雪中に成長」するため「雪を雪ともおもはざる」人々は、十人に七人が雪の中に暮らすという。江戸へ奉公に出る人もいるが、それでもまた十人に七人が故郷へ帰ってくる。本作ではこれ以後、豪雪というものがどれだけ厳しいものか語られていくが、この条にある「忘《わすれ》がたき」「故郷《こきやう》」という文言が、作中の人々のみならず読者にとっても、この雪の世界が慕わしい場所であることを保証している。

なお、この条は

鳥獣《とりけだもの》は雪中食无《せつちゆうしよくなき》をしりて雪浅《あさ》き国へ去《さ》るもあれど一定《ぢやう》ならず、雪中に籠《こも》り居《ゐ》て朝夕をなすものは、人と熊犬猫也。


という一文で結ばれる。雪に降り込められ、人と共にある犬猫、そして冬眠する熊だけが白い世界の住人となるのだ。前述の通り上巻の内容もこの文に呼応しており、雪と雪に籠もる生命の群像という主題を貫徹させている。

こうした配慮の他に、冒頭に地図を出さないことに通じる、文章上の特徴を指摘しておきたい。それは初編において、語り部〈牧之〉に、現実の鈴木牧之の情報が極力排除されている点である。例えば、牧之を紹介する時に職業を記すのが普通だが、「老農」としか記されていない。ただひたすら、雪の世界を世に広めたいと、家業の傍ら文芸にいそしむ北越の古老として存在する。


雪を掃《はら》ふは、落花《らくくわ》をはらふに対《つゐ》して風雅《ふうが》の一つとし、和漢《わかん》の吟詠《ぎんえい》あまた見えたれども、かゝる大雪をはらふは風雅《ふうが》の状《すがた》にあらず。初雪《はつゆき》の積《つも》りたるをそのまゝにおけば、再《ふた》び下《ふ》る雪を添へて一丈にあまる事もあれば、一度降《どふれ》ば一度掃《はら》ふ。（中略）掘《ほら》ざれば家の用路《ろ》を塞《ふさ》ぎ、人家《じんか》を埋《うづめ》て、人の出《いづ》べき処《ところ》もなく、力強《ちからつよき》家も幾万斤《いくまんきん》の雪の重量《おもさ》に推砕《おしくだかれ》んをおそる、ゆゑ、家として雪を掘《ほら》ざるはなし。（初編上巻「雪を掃《はら》ふ」）

「暖国」の風雅な雪の様との対比を強調しながら語られる豪雪の様。こうした牧之の体験や伝聞を通じて、読者は雪を体感する。その一方、〈牧之〉として朧化された語り部の言は、牧之一人に留まらない、当地の人共通の体験としての普遍性を有している。何故ならば、匿名も創作された名前もあるが、初編では牧之の知人が各巻七人ずつ話柄を提供する形をとっていて、その様式は二編の最後まで保持される。説話集、奇談集の定型とは言え、文芸的歓びを共有する仲間の存在は、本作の共同性の源になっている。

この共同性ともいうべき感覚は、牧之の俳諧という文芸経験に根ざしていよう。『新潟県史』五（新潟県、一九八八年）に、天保七年三月に作られた「越後国文人かゞみ」（図一〇八）という越後文人番付がある。これは中央に「北越雪之競」と大書されていて、『北越雪譜』出版記念に作ったと思しい。北洋、丸山氏、玄鶴、葵亭など『北越雪譜』中に名が出てくる人々も見え、当時の越後における文化的盛り上がりが見て取れる。当然ながら、牧之の周辺には、話柄を提供するのみならず、京山の文章を共に点検する人物もいた。[*3]つまり、作中の〈牧之〉は、そうした地域の仲間を代表する語り部でもある。

では、〈牧之〉が語る文体がどのようなものだったか、京山の心づもりを確認しておきたい。牧之とのやりとりで、文体に関する次のような一文がある。

宇治拾遺・著聞集などには、山里の者などのはなしを記したるも多けれど、山里の人のことばも雅言に記しあり、（中略）雪譜の文章は漢文ともつかず、和文ともつかず、中くらゐの所にて記せり。無下に俗文にては、一九が作のやうにていやらしく、又立あがりたる文にては、俗へおちずしてうれかたあしし、かれこれをおもひはかりて筆をとりたる也。　（天保六年十月二十六日牧之宛京山書簡）

この書簡は、初編下巻最後の条にある親子の会話文で、何故写実的な「おまへ」「さん」ではなく、文芸的な「わぬし」「どの」を使用すべきかを説明している。『宇治拾遺集』や『古今著聞集』の例は、時代を越えた普遍的表現に従うことを意味しよう。また二編に芭蕉が出てくるが、『おくのほそ道』に代表される作者の実態をむき出しにしない文章も、その手本の一つとしてあったことだろう。

「拙文《せつぶん》の代筆《だいひつ》に尊名《そんめい》を穢《けが》」す（天保六年九月二十四日牧之宛京山書簡）と、全文をリライトした京山の筆は、生身の鈴木牧之の記録ではなく、より文学的朧化をほどこした〈牧之〉を演じている。売れるという目的を果たすために選択されたのは、特定の層の読者をのみ対象としないよう、あるいは、写実の名のもとに限定された人々の言動を切り取るのをも避けた、「漢文」・「和文」・「俗文」のどれにも偏らない文章であった。体感に訴えるほどの具体性を持ちながら、時空を越えうる普遍性を持つべく、工夫したのである。

この書が広く読まれている理由として「雪の中にくり広げられる人々の哀歓を克明に描写しているところ」と評されているが、[*4] 俗語を用いず写実性を守り、俗に落ちずに人々の様子を生き生きと伝えるというのがどういう文章か、一例を示したい。引用は上巻⑲「雪吹」から。

かくて産後《さんご》日を歴《へ》てのち、連日《れんじつ》の雪も降止《ふりやみ》、天気穏《おだやか》なる日、娵夫《よめをつと》にむかひ、今日《けふ》は親里《おやざと》へ行《ゆか》んとおもふ、いかにやせんといふ。舅傍《しうとかたはら》にありて、そはよき事也、男《せがれ》も行べし、実母《ばゞどの》へも孫《まご》を見せてよろこばせ、夫婦《ふうふ》して自慢《じまん》せよといふ。娵《よめ》はうちゑみつ、姑《しうとめ》にかくといへば、姑は俄《にはか》に土産《みやげ》などを取そろへる間《うち》に、娵髪《よめかみ》をゆひなどして嗜《たしなみ》の衣類《いるゐ》を着し、綿入《わたいれ》の木綿帽子《もめんぼうし》も寒国《かんこく》の習《ならひ》とて見にくからず、児《こ》を懐《ふところ》にいだき入れんとするに、姑《しうとめ》旁《かたはら》より、よく乳《ち》を吞《のま》せていだきいれよ、途《みち》にてはねんねがのみにくからんと一言《ひとこと》の詞《ことば》にも孫《まご》を愛《あい》する情《こゝろ》ぞしられける。

若い夫婦に子供が生まれ、天気のよい日に嫁の実家へ初めて子供を見せに行くことになった。円満な一家の誇らしく晴れがましい雰囲気が伝わってくる。

1朗々《のどか》なりしも掌《てのひら》をかへすがごとく天怒《てんいかり》、地狂《ちくるひ》、寒風は肌《はだへ》を貫《つらぬく》の槍《やり》、凍雪《とうせつ》は身《み》を射《いる》の箭《や》也。2夫《をつと》は蓑笠《みのかさ》を吹とられ、妻《つま》は帽子《ばうし》を吹《ふき》ちぎられ、髪《かみ》も吹みだされ、咄嗟《あはや》といふ間《ま》に眼口襟袖《めくちえりそで》はさら也、裾《すそ》へも雪を吹いれ、全身《ぜんしん》凍《こゞえ》、呼吸迫《こきうせま》り、半身《はんしん》は已《すで》に雪に埋《う》められしが、命《いのち》のかぎりなれば、夫婦声《ふうふこゑ》をあげてほういく\と哭叫《なきさけべ》ども、往来《ゆきゝ》の人もなく、人家《じんか》にも遠《とほ》ければ助《たすく》る人なく、手足凍《こゞへ》て枯木《かれき》のごとく、暴風《ばうふう》に吹僵《ふきたふさ》れ、夫婦頭《ふうふかしら》を並《ならべ》て雪中に倒《たふ》れ死《し》けり。（中略）扨《さて》は昨日《きのふ》の3雪吹倒《ふぶきたふ》れならん里言にいふ所とて皆あつまりて雪を掘《ほり》、死骸《しがい》を見るに、夫婦手《ふうふて》を引《ひき》あひて死居《しゝゐ》たり。児《こ》は母の懐《ふところ》にあり、母の袖児《こ》の頭《かしら》を覆《おほ》ひたれば児《こ》は身《み》に雪をば触《ふれ》ざるゆゑにや、凍死《こゞえしな》ず、両親《ふたおや》の死骸《しがい》の中にて又声《こゑ》をあげてなきけり。雪中の死骸《しがい》なれば生《いけ》るがごとく、

（傍線引用者、初編上巻「雪吹」）

切羽詰まる吹雪の様子は、傍線1「朗々《のどか》」と漢語に和訓を当てる表記に明らかなように、読本風の語り口を用いて迫力をだす。特に傍線2で「吹とられ」・「吹ちぎられ」・「吹みだされ」・「吹いれ」・「埋められ」と連用形を畳みかけて呼吸すらできない吹雪のひどさを描写する。同時に傍線3「雪吹倒れ」のように里の言葉には、地誌としての役割を果たすべく注釈をつけている。

その他、〈牧之〉の語りはその場に応じて多様に変化し、博物学的な部分は

唐土蜀《もろこししよく》の蛾眉山《がびさん》には夏も積雪《つもりたるゆき》あり。其雪の中《なか》に雪蛆《せつじよ》といふ虫ある事、山海経《さんがいきやう》に見えたり唐土《もろこし》の書。此説《せつ》空《むなし》から

ず、越後の雪中にも雪蛆《せつぢよ》あり、此虫早春の頃より雪中に生《しやう》じ、雪消終《きえをはれ》ば虫も消終《きえをは》る、始終《ししゆう》の死生《しせい》を雪と同《おなじ》うす。
（初編上巻「雪中の虫」）

と、辞書的様式で簡潔に記される。しかし供される知識や報告される事象は、専門書ほどに書き込まれず、「艱難《かんなん》さま〴〵あれど、くだ〴〵しければしるさず」（初編上巻「雪蟄」）と略される。文章と同じく偏らないという意図だろう。

以上、本作の制作者は、売れるということを第一に、古典的文芸の持つ普遍性を取り入れ、様々な書物の様式を用いて博物、地誌にも偏らない品格のある読み物を指向した。必要な情報を提供しつつも、話題の興味深さと文章表現で読者を引き込むよう工夫をしている。

三　出版された『北越雪譜』の意味

周知の通り、牧之が十八世紀の終わりに山東京伝《さんとうきょうでん》へ出版を依頼してから、約四十年も果たせなかった背景には、採算がとれずに版元に損害を出すという京伝や馬琴の危惧が大きく横たわっていた。故に、出版された『北越雪譜』は、話柄も表現も、当時の読者が何を求めるか考え抜いた産物になっている。雪に特化した初編上巻の構成は、京山が当時の文芸としては最も発行点数・部数の多い合巻《ごうかん》化を目論んだ時の構想を下敷きにしているし、[*5] 初編を三巻編成にしたのは、

書肆《しよし》のもの入りをもかろくいたし、本の直段も安くせば持本にとゝのふ人もあらん。又西国すじのみやげものなどにもよかるべし。[*6]

という理由からである。京山は、「とにかくうれ方よからん事をふかく思ひはかりて」（同右）、企画・構成・作文を

含めた代筆を行った。

本作の魅力は、雪が持つ清冽な美しさと厳しさ、あるいはその中で生き抜く生命の愛おしさが原点にあるからだが、老境に入ってなお出版を願う病がちの原作者牧之の熱意と、その思いを意気に感じた同い年の京山が、絶対に失敗できないという危機感を共有して制作に取り組んだことも、雪の世界にふさわしい緊張感につながっている。

最後に『天空の文学史』の名を空しくするが、雪ばかりに注目していると、本作の意味や意義を見失うことにも触れておく。例えば牧之が京伝に送った原案に「二季雪話」という名があった。[*7]二季とは、雪国における一年を意味しよう。豪雪地帯にも、雪がとける時が来る。故に本作は、雪の話柄を散りばめながらも徐々に比重が少なくなる。その後の雪譜の行方を追おう。

初編中巻で最も筆が尽くされるのは、名産の縮である。制作中に京山は、縮仲買業の牧之に

○ちゞみに織り上る迄には何程の手かづ人力をついやすと云事を記し、これでは一反の価にくらべて安いものとおもはせたし。是仁道の一端なるべし[*8]

と詳しい情報を求めている。前述青木論文が『日本山海名産図会』（寛政十一年〈一七九九〉刊）をもって説くように、江戸後期、「地方の名物に関心をしめすだけの時代から、産地での生産組織や工程など産業技術に強い関心をよせる時代へ」と転換していた。故に『北越雪譜』では縮に関する条で、あたかも神に仕えるかのような織女たちの諸相や苦労、古来より知られている雪中に縮を晒す様子を美しく描きつつ、決して農閑期の手慰みでない職業的に卓越した作業であることを強調する。同じく下巻でも、名産の鮏《さけ》に関わる記事が最も長い。鮏漁の厳しさ描いて文芸書としての性質も保持しながら、殖産による地域振興への寄与が目論まれている。

この両者を比べると、縮が「我住魚沼郡《わがすむうをぬまこほり》一郡《ぐん》にかぎれる産物《さんぶつ》」（初編中巻「越後縮《ちゞみ》」）、鮭は広い地域で採れる産物で、後者では「鮭なき国《くに》」にも養殖可能ではないか「生ぜば国益《こくえき》ともならんかし」（初編下巻「鮭《さけ》の始終《はじめをはり》」）と説かれる。つまり初編は視点が牧之の住む塩沢から、魚沼郡、さらに他の地域へと徐々に広がる構造になっている。

その点に注目して二編を見ると、冒頭では「越後の城下」と、初編では示されなかった越後城下の地名が列挙され、続く「古哥《こか》ある旧蹟《きうせき》」では、初編で対比を強調した古典を慕わしく語る。「雪の正月」の条では「かゝる正月は、暖国《だんこく》の人に見せたくぞおもはるゝ」と結ばれる。もはや雪譜は「暖国」と対比を強調した初編とは別の主題を奏でている。

そのことを象徴するのが、

○さて我塩沢《わがしほさは》は江戸を去《さる》こと僅《わずか》に五十五里なり。（中略）雪なき時ならば健足《たつしや》の人は四日ならば江戸にいたるべし。

（二編巻一「雪の元日」）

という、大量の書簡をやりとりして『北越雪譜』を作り上げた二人の実感に裏打ちされた〈京山〉の登場である。『北越雪譜』の成立過程や、二編の詳細については拙稿に譲るが（参考書4・5）、現代の『北越雪譜』享受で二編の欠点としてあげられるのが、主として第一に「百樹曰」と京山が加筆したように見せている部分、第二に雪に関係ない題材が実質五十四条中、二十六条（四十八％）もあることの二点である。

第一点について、京山は初編において「鮭《さけ》の字《じ》の考《かうがへ》」（初編下巻）など自らした考証も〈牧之〉の名のもとに記しているから[*9]、自ら登場するのは明らかに二編の主題を体現するための変容だった。例えば、巻一「艝《そり》」では雪国の春を描く〈牧之〉の文をうけて、〈京山〉が江戸の昔を語る。巻四「峨眉山下橋柱《がびさんかのはしばしら》」では〈牧之〉の考証を〈京山〉が江戸で引き継いでいる。これはまさに、雪国と江戸が代表する「暖国」との呼応に他ならない。この他、登場した〈京山〉が語る訪越の話柄は、雪深いその里が江戸と変わらぬ文化水準だと証明し、江戸の仲間との連帯感を表明するものになっている。

第二点の雪に関係ない諸条だが、そこには「亀の化石《くわせき》」「田代《たしろ》の七ツ釜《がま》」など鈴木牧之本人が元来入れたいと願っていた話柄が含まれている。雪に関係のない話柄は化石、名勝、歴史的人物にしろ、当地で長らく大切にされてきたものだということも、尊重すべきだろう。故に、構成や原作者の希望を考えても、「雪譜《せつふ》の名を空《むな》しうする」（二編京山凡例）のは意図してのことだった。

さらに、こうした奇談や考証の話柄は、牧之の近しい人々が情報源になっていることも確認したい。例えば、巻二「○芭蕉翁《はせををう》が遺墨《ゐぼく》」では、越後の雪を目前にして詠んだ歌人は稀だと批判しつつも、越後の友人として葵亭《きてい》が、物故の友人として江戸の鹿都部真顔《しかつべのまがお》と山東京伝が、芭蕉の慕わしい話の資料提供者になっている。『北越雪譜』二編には越後を越えて、物故者を含めた関係者が登場し、文芸的連帯感が示される。

思うに、これまで広く行われてきた現代の雪を求める視点から見た二編の批判は、当代の制作意図を映しだす鏡になっている。全体を見て明らかなように、『北越雪譜』の構造は、初編で雪に焦点を当てる際に古典や暖国の常識と雪国の現実を対比させて距離感を示し、視点の移動を経て、越後地方の文化水準の高さや、暖国との呼応や連帯感を体現する二編へと転じていく。二編では「六月売雪図《ゆきをうるづ》」（巻一、二十三丁裏・二十四丁表）【図4】をはじめ、図も話柄も夏の出来事を多数含む。それらを経て、最後は江戸文芸の様式に従って、めでたい豊穣をもたらした鶴の話で締めくくられる。季節は十月、間もなく雪が降り、物語は円環する。

図4　二編巻一、23丁裏・24丁表　六月雪の売る図

京山は、『熱海温泉図彙《あたみおんせんずい》』（天保三年刊）と『五節供稚童講訳《ごせっくおさなこうしゃく》』（天保三年初編、天保四年二編刊）という習作を経て、『北越雪譜』に臨んでいる。[*10] 特に、後者の年中行事を合巻化した構造と本作は似た点があり、その経験が遺憾なく発揮された。読者を飽きさせずに知識を提供しながら、情趣豊かな作にして成功を勝ち得た彼の手腕は認められるべきだろう。一方で、京山の手を無用のもの思う見方もあろう。しかし、そうしなければ出版が果たされなかったのだから仕方がない。元来、牧之は原案者で、その原稿は情報提供を目的として、整理された読み物の体を取っていなかったことが京山書簡に散見される。故に出版された本作は、未だ行方がしれない牧之が書いた雪話とは別のもので、従来多くの文章に見られるように、両者を混同して語るべきではない。

　これまで見てきたように、北越の雪を描く本作は江戸文芸の様式で教養的知識を読み物として成立させる努力をもって、当代の様々な状況を反映した近世市場経済の商品として制作された。同時に、制作者たちの雪の世界を全国に伝え、さらに越後のみならず全国に寄与したいという志は時代の要請に適合し、広範な読者を得た。既に牧之や京山という個人を越えた時代の産物と言っても過言ではない。内包される民俗や気象にまつわる情報だけではなく、当代においてどのような本であったか多角的に検討されるべきだろう。近代を用意した江戸がいかなる時代だったか、多くの知見が得られるはずである。

注

1 青木美智男「中部意識の芽生えと雪国観の成立」、(『日本の近世』十七、中央公論社、一九九四年)
2 文政元年七月二十九日牧之宛馬琴書簡
3 天保六年九月九日・十五日など牧之宛京山書簡
4 「解説」宮栄二監修/校註井上慶隆・高橋実『校註北越雪譜』(改訂版、野島出版、一九九三年)
5 文政十二年十月二十一日牧之宛京山書簡
6 天保六年九月十五日牧之宛京山書簡
7 天保二年十月十一日牧之宛京山書簡
8 天保五年十二月十六日牧之宛京山書簡
9 天保六年九月九日牧之宛京山書簡
10 津田眞弓「山東京山編『熱海温泉図彙』について」(会誌、二〇〇〇年三月)、「教養を娯楽化する―『五節供稚童講訳』の挑戦―」(鈴木健一編『浸透する教養』勉誠出版、二〇一三年)

付記

稿中の図版・本文は早稲田大学図書館蔵本（ル04_06316）を用いた。使用を許可くださった所蔵機関に感謝申し上げる。本文には句読点を加え、牧之の意思による再版本の訂正を『鈴木牧之全集』に従って反映させた。また、山東京山・曲亭馬琴の牧之宛書簡は全て同書から引用し、適宜表記を改めた。

（参考書1）宮栄二ほか編集『鈴木牧之全集』（中央公論社、一九八三年）
（参考書2）宮栄二監修『図説北越雪譜事典』（角川書店、一九八二年）
（参考書3）高橋実『北越雪譜の思想』（越書房、一九八〇年）
（参考書4）津田眞弓「『北越雪譜』二編成立考——京山の加筆部分をめぐって」（国文目白、二〇〇二年二月）
（参考書5）津田眞弓『江戸絵本の匠　山東京山』（新典社、二〇〇五年）

幻想の雪
――『雪暮夜入谷畦道』――

光延　真哉

はじめに

『雪暮夜入谷畦道《ゆきのゆうべいりやのあぜみち》』（通称「直侍《なおざむらい》」）は、河竹黙阿弥《かわたけもくあみ》作の『天衣紛上野初花《くもにまごううえののはつはな》』（明治十四年〈一八八一〉三月、新富座初演）全七幕のうち、六幕目を独立した一幕物として上演する際に用いられる名題である。[*1] 明治五年、二代目松林伯円《しょうりんはくえん》によって講談『天保六花撰《てんぽうろっかせん》』が創演された。「六花撰」は平安時代の「六歌仙」のもじりで、江戸時代後期に実在した人物をモデルに、河内山宗俊《こうちやまそうしゅん》・金子市之丞《いちのじょう》・片岡直次郎《なおじろう》・森田屋清蔵《せいぞう》・暗闇の丑松《うしまつ》・大口屋三千歳《みちとせ》ら六人のアウトローの活躍を描いた作品である。この講談を原作に、黙阿弥は明治七年十一月の河原崎座において『雲上野三衣策《くものうえのさんえのさく》前《まえ》』を手掛ける。九代目市川団十郎演じる河内山が松江家屋敷で騙りを働くという、今日お馴染みの場面を中心にした脚色であった。

そして七年後、団十郎・五代目尾上菊五郎・初代市川左団次のいわゆる「団菊左」に、八代目岩井半四郎を加えた大一座の新富座において、同作は大幅に増補され、名題も『天衣紛上野初花』と改められる。この時に新たに書き加えられた場面の一つが、雪の降る晩の直次郎・三千歳の色模様を描いた六幕目の件りである。

以下、河竹登志夫氏編『明治文学全集9　河竹黙阿弥集』（筑摩書房、一九六六年）によって、この六幕目のあらすじを掲げる。登場人物には（　）で初演時の配役を補った。

【第一場　入谷村蕎麦屋の場】

片岡直次郎（五代目尾上菊五郎）は旗本比企東左衛門《ひきとうざえもん》の屋敷に強請りに入った科でお尋ね者になっていた。[*2] 吉原大口屋の遊女三千歳（八代目岩井半四郎）は、恋人の直次郎の訪れがないことから気を病み、大口屋が所有する入谷の寮で療養していた。直次郎は、立ち寄った蕎麦屋に居合わせた按摩の丈賀《じょうが》（尾上梅五郎、後の四代目松助）が三千歳の療治のためにこの寮へ行くことを知る。三千歳に会いたい直次郎は、三千歳に来訪を知らせる手紙をしたため、丈賀に託す。

蕎麦屋を後にする直次郎を、悪事仲間の暗闇の丑松（五代目市川小団次）が呼び止める。高飛びのため別れの挨拶を交わす二人であったが、丑松は自らの罪を減じるため、直次郎を裏切り役所への密告を決意する。

【第二場　入谷村大口寮の場】

丈賀から手紙を受け取った三千歳は、直次郎の訪れがあることを知り喜ぶ。三千歳の見張り役である大口屋番頭の九兵衛（市川団右衛門）がいては逢瀬の邪魔なので、針子のお元（坂東しう調、後の二代目秀調）は、九兵衛が自分に横恋慕していることを利用し、彼を寮から連れ出す。寮番の喜兵衛（二代目中村鶴蔵）は気を利かせ、門の鍵を預ける。

【第三場　大口寮座敷の場】（清元節「忍逢春雪解《しのびあうはるのゆきどけ》」）

寮に忍び込んだ直次郎は、自身が追われる身であることから三千歳に別れを告げるが、三千歳は別れるくらいならいっそ殺してくれと嘆き、縋り付く。喜兵衛が二人で一緒に逃げるようにと勧め、直次郎はどうすべきか思い悩む。

【第四場　浅草観音裏手の場】

九兵衛はいくら口説いても応じないお元に苛立ち、襲いかかる。そこへ、お元の夫で筆職人の寺田幸兵衛（三代目中村宗十郎）が助けに現れる。九兵衛はお元に盗みの濡れ衣を着せた*3ことを白状し、幸兵衛に引き据えられる。

【第五場　元の座敷の場】

直次郎は結局、寮を立ち去ることができずにいた。そこへ、三千歳の元に客として通い詰めていた金子市之丞（初代市川左団次）が現れ、三千歳を身請けしたことを告げる。鳥目で目の見えない市之丞は、その場に直次郎がいることに気づかず、直次郎の悪口を並べ立てる。こらえかねた直次郎が挑みかかるが、剣術指南を務める市之丞には歯が立たない。直次郎を必死にかばう三千歳に愛想を尽かした市之丞は、三千歳の年季証文を投げつけ帰って行く。実は市之丞と三千歳は異母兄妹であり、その事実を知った市之丞は鳥目を装って直次郎の手練を試しつつ、二人を添わせてやるつもりで証文を返したのであった。[*4]

捕り手の役人の手が入り、直次郎は三千歳に別れを告げてその場を一散に後にする。

【第六場　入谷田圃の場】

捕り手を振り切り逃げる直次郎は、三千歳が渡した起請文を落としてしまう。それをお元・幸兵衛夫婦が拾う。

なお、現在、以上の六幕目を『雪暮夜入谷畦道』の名題で独立した一幕物として上演する際には、多く、第一場の蕎麦屋と第三場の大口寮座敷のみが出される。すなわち、初演時では清元の「忍逢春雪解」が切れると、舞台が回って第四場に移るのに対し、現行の『雪暮夜入谷畦道』では、この浄瑠璃が終わると、第五場末尾の、捕り手が現れて直次郎がその場を逃れるという場面に飛んで幕となるのである。したがって、通し狂言で『天衣紛上野初花』を上演する時は別として、基本的に市之丞は登場しない。[*5]

直次郎が粋に蕎麦をすすり込む姿しかり、新派版『婦系図《おんなけいず》』の湯島境内の場でも利用される名曲「忍逢春雪解」の耽美的な音色しかり、この一幕で展開されるあくまで気分本意の詩のような世界に、今日の我々は失われた江戸の情緒を幻視する。こうした情緒の醸成に一役買っているのが、「雪」の存在であった。

一　つくりものの雪

渡辺保氏は「蕎麦屋の間取り」（『黙阿弥の明治維新』、新潮社、一九九七年）において、寮で養生しているはずの三千歳の扮装が、吉原で店に出る時の姿であることの不自然さを採り上げ、これが「つくりものの「吉原」の幻想の再現」であると分析した。そして、こう述べる。

図１　『戯場訓蒙図彙』（架蔵）

> そのつくりものが呼ぶ幻想に人々は陶酔した。これこそ「江戸」、これこそ「江戸」の情緒。半四郎型の三千歳の扮装は今日にのこって、今では大抵の人が寮でも花魁はあんな恰好をしていると思っているだろう。黙阿弥のつくった「江戸」を江戸そのものだと思っているのである。

「つくりもの」ということで言えば、当然のことながら、芝居の雪もまた「つくりもの」である。芝居で降る雪を、式亭三馬は『戯場訓蒙図彙《しばいきんもうずい》』（享和三年〈一八〇三〉刊）巻之一で次のように穿つ[*6]（図１）。

> 雪のかたち三角にて花びらのごとし。花のふるも雪

のふるも、他国《たこく》の人の目にはおなじくして見わけがたし。されば、歌人も雪を花とうたがひ、花を雪と見つるも此国よりおこれるにや。[7] いたつて大粒《つぶ》にて、ふりやうに殊の外むらあり。人のいるところへばかり、一《ト》むらにかたまりてふる。其人、袖をはらひて内へ入れば、たちまちふり止む。こゝにふしぎの事有。雪のふるかたちは紙のごとく、つもれば胡粉《ごふん》のごとく、さらにきゆることなし。又、傘などには、所まだらに綿《わた》のつきたるごとくつもりて、はらへどもおちず。又曰、捨子《すてご》か、或は美女を雪責《せめ》などに行ふ時は、其当人のからだへばかりいぢはるくふりて、あたりの者には雪のふるやうすもなしといふ。追而可考。

「つくりもの」によって構成される芝居の世界を、三馬は「狂言国」[8]という架空の国に見立てる。その国では現実世界（「他国」）ではあり得ない現象——雪の場合であれば、花とも見紛う紙の雪が、人のいる時と場所とを選んで都合よく降り、胡粉や綿でできた決して溶けない雪が積もる——がしばしば起こる。しかし我々は、「狂言国」に滞在する間、つまり観客として芝居を観ている間は、かかる不自然を自然なものとして無意識のうちに容認する。芝居で降る雪を「本物」と見なし得るのは、観客の共同幻想の賜物なのである。

こうした幻想は時として現実世界を浸食する。随筆『雪の日』で永井荷風は次のように記した。[9]

小説「すみだ川」を書いてゐた時分だから、明治四十一二年の頃であつたらう。井上唖々さんといふ竹馬の友と二人、梅にはまだすこし早いが、と言ひながら向島を歩み、百花園に一休みした後、言問まで戻つて来ると、川づら一帯早くも立ちまよふ夕靄の中から、対岸の灯がちらつき、まだ暮れきらぬ空から音もせずに雪がふつて来た。

今日もとう〳〵雪になつたか。と思ふと、わけもなく二番目狂言に出て来る人物になつたやうな心持になる。

浄瑠璃を聞くやうな軟い情味が胸一ぱいに湧いて来て、二人とも言合したやうに其儘立留つて、見る〱暗くなつて行く川の流を眺めた。

傍線部に着目したい。「二番目狂言」とは歌舞伎の用語で、一番目の時代狂言に対する世話狂言のことである。夕暮れ時に静かに降り始める雪、その現実の雪が、荷風の目には芝居の雪として映った。現実世界に「狂言国」を幻視したのである。

荷風の短編『雪解』に次のような場面がある。[10] 前日に降った雪は日中に融けたが、「冬の日は全く暮果て雪解の泥《ぬか》濘《るみ》は寒風に吹かれてもう凍つてゐる」という状況下で、主人公の田島兼太郎《かねたろう》は、下宿先で娘お照の来訪を待つ。

兼太郎はわけもなく再びがつかりして二階へ上るや否や二重廻《ぢゆうまはし》を炬燵《こたつ》の上へぬぎすて其《そ》の儘《まゝ》ごろりと横になつた。向う側の吉川といふ小待合で藝者がお客と一所に三千歳を語つてゐる。聞くともなしに聞いてゐる中《うち》、兼太郎はいつかうと〱としたかと思ふと、「田島さん、田島さん。」と呼ぶ声。

吉川で語られる「三千歳」とは「忍逢春雪解」の通称である。下宿先のおかみさんが「田島さん」と呼んだのは、待ちかねたお照の来訪を知らせるためであった。つまり、寮で直次郎を待つ三千歳を、下宿先で娘を待つ兼太郎という形に置き換えて再現しているのである。そもそも、『雪解』というタイトル自体、「忍逢春雪解」の「雪解」を利かせていると考えることも可能であろう。

『雪の日』の荷風に「軟い情味」を抱かせた「二番目狂言」、あるいは「浄瑠璃」は具体的に何か。雪が降る世話狂言は無数にある。特に、江戸の十一月の顔見世狂言の二番目は、必ず雪の場面に設定しなければならないという作劇上の制約もあった。何か一つの作品を特定するということではなく、そうした作品群の総体としてのイメージが、

「二番目狂言」という漠とした語に表されていると取るべきかもしれない。ただし、そのイメージの核を成すものを、『雪暮夜入谷畦道』、あるいは、清元の「忍逢春雪解」としても、おそらく誤りにはなるまい。

二　「忍逢春雪解」とその先行作

「忍逢春雪解」は隣家での演奏が聞こえてくるという、いわゆる「余所事《よそごと》浄瑠璃」の形式で作中に組み込まれている。
それを示すのが、第二場の以下のようなやり取りである。

千春　九兵衛どんはお元さんと、連立つて帰れば本望だね。
千鶴　丁度今夜は雪は降るし、相々傘で手に手を取り、
丈賀　さし詰め爰《こゝ》は清元《きよもと》だね。
千春　おゝ、清元といへば、隣りの寮へ家元が来て居なすつたから、
千鶴　今に浄瑠璃《じやうるり》が始まりませう。
九兵　その浄瑠璃の文句を借り、道行心《みちゆきごゝろ》で出掛けませう。
　トお元思入あつて、
もと　それではおいらん、私はもうお暇《いとま》いたします。

傍線部にある「家元」とは初演時にこの浄瑠璃を語った四代目清元延寿太夫《えんじゅだゆう》のことであるが、それを導き出す流れに注目したい。前掲のあらすじにも記したが、お元は、直次郎と三千歳の逢瀬の障害となる九兵衛を連れ出すため、雪の夜道を九兵衛と共に帰ることを買って出る。それを新造の千代鶴が、雪の中、手に手を取っての道行に喩える。そ

図２　三代目歌川豊国画「三代目岩井粂三郎の梅川と四代目坂東彦三郎の孫右衛門と二代目片岡我童の忠兵衛（「道行故郷の初雪」）」（早稲田大学演劇博物館蔵）

の道行にお誂え向きの浄瑠璃が、丈賀曰く「清元」であった。

「雪の中の道行」と言って連想されるのが、梅川忠兵衛のいわゆる「新口村」であろう。預かりの金に手をつけ追われる身となった飛脚屋の亀屋忠兵衛が、遊女梅川と黒の対の着物で連れ立ち、雪の中、故郷の大和国新口村へとやって来る場面である。もっとも、近松門左衛門の原作、『冥途の飛脚』（正徳元年〈一七一一〉七月以前、大坂竹本座初演）では雨模様であった*11のが、後に改作された時に雪へと改められた。それが菅専助《すがせんすけ》・若竹笛躬《わかたけふえみ》合作の人形浄瑠璃『けいせい恋飛脚』（安永二年〈一七七三〉十二月、大坂曽根崎新地芝居）で、現行歌舞伎の『恋《こい》飛《び》脚《きゃく》大和《やまと》往来《おうらい》』（寛政八年〈一七九六〉二月、大坂角の芝居初演）はこれを下敷きにする。この道行は義太夫節以外の音曲でも作られ、清元節では文政七年（一八二四）三月、市村座初演の「道行故郷の春雨」（通称「梅川」）がある。名題に「春雨」とあるように、当初は近松の原作通り雨の設定であったが、嘉永七年（一八五四）八月、中村座での上演で「道行故郷の初雪」と名題を改め、雪景色へと変更されて（図2）今日に至る。

この例のように、雪の場面での清元と言えば、手に手を取っての道行が連想された訳であるが、黙阿弥は丈賀に「さし詰め爰は清元だね」と言わせてそれを強調しつつも、舞台上では従来と異なる行き方を示す。すなわち、「雪の中、男が女の元を訪ねる」という状況において清元を用いたのである。ただしこれは、清元の使い方という点では新しいに相違ないが、シチュエーション自体は使い回しであった。

お嬢吉三・お坊吉三・和尚吉三の三人の盗賊の活躍を描き、黙阿弥の最高傑作との呼び声も高い『三人吉三《さんにんきちさ》廓初買《くるわのはつがい》』（安政七年〈一八六〇〉正月、市村座初演）には、今日、ほとんど上演されない筋がある。すなわち、お坊吉三の妹で丁子屋の遊女の一重《ひとえ》と、その大尽客である文里《ぶんり》こと木屋文蔵との情愛の物語である。[*12] 四幕目「根岸丁子屋別荘の場」には根岸の別荘で療養する一重の元を、雪の中、零落した文里が訪ねるという場面がある。つとに指摘されるよう[*13]に、黙阿弥はこの状況を再度「直侍」でも用いたのである。

もっとも、変更点はある。第一に、舞台となる土地が『三人吉三』の根岸から「直侍」では入谷に移されている。根岸（現東京都台東区）は『江戸名所図会』巻之六に「呉竹《くれたけ》の根岸《ねぎし》の里《さと》は、上野《うへの》の山蔭《やまかげ》にして幽趣《いうしゆ》あるが故《ゆへ》にや、都下《とか》の遊人多《いうじんおほ》くはこゝに隠棲《いんせい》す」とあるように、[*14] 文人墨客の閑雅な別荘地である。対して「直侍」の入谷は根岸とは隣り合わせの場所ながら、田圃ばかりの寂しい土地であった。鶴屋南北作の『謎帯一寸徳兵衛《なぞのおびちょっとくべえ》』（文化八年〈一八一一〉七月、市村座）の中幕で、大島団七が妻のお梶をむごたらしく殺害するのもこの場所である。実際の別荘地である根岸とせず、あえて人気の少ない入谷を選んだことに、前掲の渡辺保氏が言うような「つくりものの「吉原」の幻想の再現」という黙阿弥の意図があった。

第二には、『三人吉三』でも「余所事浄瑠璃」が用いられたが、それが清元ではなく新内節の一流派の花園節であったという点である。吾妻路富士太夫《あずまじふじたゆう》は、当時十三代目の市村羽左衛門を名乗っていた五代目菊五郎や黙阿弥の庇護を受け、安政四年より度々市村座に出演した。それを妬んだ鶴賀《つるが》派が、吾妻路の名で新内を語ることを止めるよう訴え、結果、富士太夫は花園宇治太夫《はなぞのうじたゆう》へと改名する。そのお披露目となったのが、この時に演奏された「夜鶴姿泡雪《よるのつるすがたのあわゆき》」であった。[*15] ただし、宇治太夫の劇場出演は翌年の文久元年（一八六一）をもって終わる。黙阿弥は、無論それ以前からの交流はあったが、四代目延寿太夫との提携を強めていく。

清元「忍逢春雪解」の詞章の中でも最も有名な箇所が、「一日逢はねば千日の思ひにわたしや煩《わづら》うて…」で始まる三千歳のクドキである。この部分に黙阿弥は「新内模様」の節付けを指定した。『（第一次）歌舞伎』第三号（明治三十三年〈一九〇〇〉三月）には次のような逸話が載る。記者の卍阿弥が五代目菊五郎に、「江戸時代の吉原には新内語りが入れない決まりがあったのに、吉原の遊女である三千歳の部分で新内を使うのはおかしい」と尋ねたところ、菊五郎は「だから黙阿弥は新内模様と指定したのだ」と答えたという。黙阿弥がここで新内を使おうとしたのは、「夜鶴姿泡雪」という花園節の名残りだったとも言えはしまいか。

三　雪の浄瑠璃の系譜

ところで、新内節と雪の取り合わせで思い浮かぶのが、「明烏夢泡雪《あけがらすゆめのあわゆき》」である。明和六年（一七六九）に江戸の三河島で起こった情死事件を題材にして、安永元年（一七七二）、初代鶴賀若狭掾《わかさのじょう》が作詞作曲した作品である。上下二巻で構成され、上の巻「浦里《うらざと》部屋の段」は、借金のため追い詰められた春日屋の子息時次郎が恋人の遊女浦里の部屋に忍び込むものの、店の者に見つかって叩き出されるまでを描く。続く下の巻「浦里雪責の段」では、時次郎を引き入れた罰として、店の主が雪の中、浦里と禿《かむろ》のみどりを庭の木にくくりつけて折檻するのを時次郎が救う、という展開になる。この物語が江戸の歌舞伎の舞台に掛かったのは、嘉永四年（一八五一）二月、市村座の『仮名手本忠臣蔵』の時である。八段目の裏として清元節に変曲された「明烏花濡衣《あけがらすはなにぬれぎぬ》」が上演された。なお、新内節では富士松魯中《ふじまつろちゅう》によって「夢泡雪」の続編とも言うべき「明烏后真夢《あけがらすのちのまさゆめ》」が作られ、安政四年（一八五七）に正本が刊行されている。[*16]廓を脱出した時次郎と浦里が道行の末、心中するものの、経文の功徳と名刀の威徳とで蘇るという内容である。

今尾哲也氏は『新潮日本古典集成　三人吉三廓初買』（新潮社、一九八四年）の頭注において、花園節「夜鶴姿泡雪」の名題を次のように説明する。

> 「夜鶴」は、夜、巣籠りをする鶴。転じて、親が子を懸命に育てる意。「姿泡雪」は「アワ」を掛け言葉に、「姿哀れ」「哀れ泡雪」と、文里・一重の状況を記す。「泡雪」「淡雪」は、淡く薄く、すぐ融ける春の雪。

この説明を補うのであれば、「夜鶴姿泡雪」の「泡雪」には、新内節「明烏夢泡雪」のイメージが重ねられているとも言えるのではなかろうか。「明烏夢泡雪」の時次郎も、「夜鶴姿泡雪」の文里も、「雪の中、男が女の元を訪ねる」というモチーフにおいて共通するのである。

両者の共通点はこれだけではない。文里は、「夜鶴姿泡雪」の詞章に「野辺の緑子懐に、吹雪いとうて差す傘も、ぬれじと横に人の目を、忍ぶが岡の山の陰、心細くも水枯れし、流れに沿うて来りける」とあるように、雪空の下、一重との間にもうけた赤子を懐に抱いて登場する。一方の「明烏夢泡雪」にも子供は登場する。浦里と共に折檻される禿のみどりは、時次郎と浦里の子であった。つまり、「雪の中、子供を思いやる」というモチーフも見出せるのである。

このモチーフには、いわゆる「乳貰い《ちもらい》」という別の系統も存在する。雪の中、乳呑み児を抱えた男親が母乳の提供者を探していると、二階から乳を捨てるところに偶然来合わせ、濡れてしまう。文句を言いに二階に上がったところ、余った乳を捨てていたのがその乳呑み児の女親であることが分かり、再会した二人は元の鞘に収まるという物語である。天保四年（一八三三）正月、大坂角の芝居において、作者の西沢一鳳《いっぽう》が『仏法乗合噺』という八文字屋本を参考にして『けいせい稚《ち》児淵《ごがふち》』に挿入したのが始まりで、*17 同年三月の京北側芝居では、『花雪《はなとゆき》恋《こいの》手鑑《てかがみ》』の名題で独立した二幕物として上演された。

これが江戸に入ったのは、嘉永二年正月、市村座で上演された三代目桜田治助作の『青《あお》砥《と》調《ばなし》』の時で、四代目中村歌右衛門演じる男親の鹿木申助が乳を探し求める場面では、常磐津節の「夜鶴《よるのつる》思《おもいの》雪解《ゆきどけ》」が演奏された。この浄瑠璃名題の「夜鶴」は「親が子を懸命に育てる意」（前掲今尾氏の説明）である。「夜鶴思雪解」の申助の姿は、「夜鶴姿泡雪」の文里と重なる。文里が子供と共に病気の一重を訪ねる趣向は、近松作『夕霧《ゆうぎり》阿《あ》波鳴《わのなる》渡《と》』（正徳二年〈一七一二〉春か、竹本座）の下之巻において、「間《あい》の山」*18 語りとなった藤屋伊左衛門が息子の源之介と共に、死期の迫った夕霧を訪ねる場面を典拠としている。*19 それに加えて、雪が降っているという点においては「乳貰い」の影響も考えてよかろう。

以上、雪の場面を描いた浄瑠璃に、「雪の中の道行」「雪の中、男が女の元を訪ねる」「雪の中、子供を思いやる」の三つのモチーフがあることを確認した。本稿でこれまで採り上げた音曲作品を、これらのモチーフと共に年代順に整理すると次のようになる。

安永元年　新　内「明烏夢泡雪」　訪ねる・子供
嘉永二年　常磐津「夜鶴思雪解」（『青砥調』）　訪ねる・子供

嘉永四年　清　元「明烏花濡衣」（『仮名手本忠臣蔵』）　訪ねる・子供
嘉永七年　清　元「道行故郷の初雪」（『恋飛脚大和往来』）　道行
安政四年　新　内「明烏后真夢」　道行
安政七年　花　園「夜鶴姿泡雪」（『三人吉三廓初買』）　訪ねる・子供
明治十四年　清　元「忍逢春雪解」（『天衣紛上野初花』）　訪ねる

「直侍」で黙阿弥が作った「忍逢春雪解」という清元は、こうした雪の浄瑠璃の系譜の最後に位置付けられる作品であった。

おわりに

『三人吉三』の四幕目後半では、文里の妻のおしづが二人の子を連れて丁字屋別荘を訪れ、「間の山」を唄う場面がある。「間の山」という点では前述の『夕霧阿波鳴渡』の伊左衛門を踏まえるが、重要なのはこの芸が雪降りの中で行われるという点である。そこで想起されるのが、近松半二ほか作の人形浄瑠璃『奥州安達原《おうしゅうあだちがはら》』（宝暦十二年〈一七六二〉九月、竹本座初演）三段目のいわゆる「袖萩祭文《そではぎさいもん》」の場面である。盲目の袖萩は、雪の中、娘のお君に手を引かれて勘当を受けた親の家を訪ね、その庭先で許しを乞うため祭文を唄う。

このように芝居の雪は、登場人物に肉体的・精神的な試練を与える、障害としての役割を果した。道行の恋人同士の行く手を遮ったり、赤子を抱える父親や幼い子供を凍えさせたりする。あるいは、先に引用した『戯場訓蒙図彙』に「美女を雪責などに行ふ時は、其当人のからだへばかりいぢはるくふりて」とあるのを思い出したい。「雪責」と言えば、前掲「明烏夢泡雪」の浦里の他、古いところでは並木宗輔《なみきそうすけ》作の人形浄瑠璃『鶊山姫捨松《ひばりやまひめすてまつ》』（元文五年〈一七四〇〉二月、大坂豊竹座）の中将姫なども知られる。そもそも、三馬が芝居の雪を穿つ時に、「雪責」のようなものを持ち出すこと自体、芝居の雪に備わる負の機能が端的に顕れている。

ところが黙阿弥は、「直侍」の芝居からこうした過酷な存在としての雪のイメージを払拭した。もちろん、三千歳の元へ向かう直次郎の行く手を雪が阻んでいる、と言えなくはないのかもしれないが、黙阿弥が主眼としたのはそこではない。「男が女の元を訪ねる」という、ある種、我が国の王朝文学以来の古典的なモチーフを[*20]、ただただ情緒的に飾り立てることだけに、雪の機能を絞り込んだのである。それは江戸という時代にはなかった、新しい形の芝居の雪であった。

先の『雪の日』の荷風が思い浮かべたのは、この新しい芝居の雪である。渡辺保氏は荷風の黙阿弥享受を「ひたすら絵画的な陶酔にのみ傾いていた」と断じる（「近代とは何か」〈前掲『黙阿弥の明治維新』〉）。あたかも広重が描く風景画のような、情緒を呼び起こすための雪。それは今はなき江戸を幻想させる、つくりものの雪であった。

注

1　『国立劇場上演資料集〈401〉』（日本芸術文化振興会、一九九八年）所収の上演年表によれば、明治四十三年（一九一〇）四月の歌舞伎座において、『雪夕夜入谷畦道』の名題が初めて用いられ、「夕夜」が現行の「暮夜」となったのは、大正五年（一九一六）十月・十一月の歌舞伎座からである。

2　比企の一件は『天衣紛上野初花』では前幕の五幕目で描かれる。なお、直次郎は河内山に協力した松江家屋敷での騙り

（三幕目）のために追われていたと思い込んでいた。

3 この事件は『天衣紛上野初花』の二幕目に描かれる。

4 以上の市之丞の真意は初演時の台帳では大詰において明かされる。もっとも、例えば、六代目尾上菊五郎の芸談に「市之丞が帰って、直次郎が（中略）トド証文を抜いてみせ、市之丞が三千歳の兄である事が解り、『俺と夫婦にする気であったか』と言う」（『芸』、改造社、一九四六年）とあるように、後に一幕物として上演される際には、この真相を同じ「座敷の場」の中で明らかにするという改変が加えられた。

5 市之丞の件りの省略は、昭和十二年十二月の京都南座を早い例とし、戦後になって定着するようになる。

6 引用は架蔵の明治版による。なお、以下本稿では資料の引用に際し、濁点および句読点を補ったほか、必要に応じて私に原本の体裁を改めた。特に近代の活字資料についてはルビを適宜省略している。

7 例えば、『拾遺和歌集』に「あしびきの山路に散れる桜花消えせぬ春の雪かとぞ見る」（巻第一・春・六五）という歌がある。

8 『戯場訓蒙図彙』の自序の一節に「欄面《おもてかた》、看棚《さんじき》、戯房《がくや》までを戯場《けじやう》国《こく》と号《ごう》し、戯台上《ぶたいのうへ》を狂言国《きやうげんこく》と唱《とな》へて二箇《ふたつ》の国《くに》に擬見《みたて》、戯場及《およ》び演劇《きやうげん》の光景《ありさま》を国風《こくふう》に説《と》きたり」とあるように、三馬は芝居の世界を見立てた架空の国を「戯場国」と「狂言国」の二つに分けて定義する。雪は「戯台上」で降るものなので、ここでは「狂言国」とした。

9 『不易』第八巻第二号（昭和十九年二月）初出。引用は『荷風全集』第十八巻（岩波書店、一九九四年）による。

10 『明星』第一巻第五号（大正十一年三月）・第六号（同年四月）初出。引用は『荷風全集』第十四巻（岩波書店、一九九三年）による。なお、この作については多田蔵人氏に「永井荷風『雪解』論―江戸受容の変貌について」（『日本近代文学』第82集、二〇一〇年五月）の論考があり、同氏からは、本稿を成すにあたって荷風に関する多くのご教示を得た。

11　下之巻「新口村の場」に「人目なければ抱《いだ》き合《あ》ひ涙の雨の横《よこ》時雨《しぐれ》、袖に余りて窓を打つ」（『新編日本古典文学全集74　近松門左衛門集①』、小学館、一九九七年）とある。

12　初演以降上演が絶えていたのを、平成元年に前進座が復活させた。

13　『新演芸』第五巻第一号（大正九年一月）に掲載される、前年十二月、新富座上演の『雪暮夜入谷畦道』の合評会（参加者は伊原青々園、池田大伍、岡村柿紅、川尻清譚、永井荷風、久保田米斎、楠山正雄）に次のような発言がある。なお、引用は『荷風全集』第二十八巻（岩波書店、一九九四年）による。

大伍。たしかに黙阿弥はさういつたものからヒントを得たのでせう。それから狙ひどころは近松の『夕霧』にもあるやうです。由来、黙阿弥は『夕霧』が好きですね。『三人吉三』の文里一重の雪の件もさうです。

荷風。根岸あたりの寮に、花魁《おいらん》が病気で寐てゐる——ちよいと面白い場面が出来ますからね。

14　引用は鈴木棠三氏・朝倉治彦氏校注『角川文庫　江戸名所図会』第五巻（角川書店、一九六七年）による。

15　岩佐慎一氏著『江戸豊後浄瑠璃史』（くろしお出版、一九六八年）。

16　竹内道敬氏「富士松魯中研究」（『近世邦楽考』、南窓社、一九九八年）。

17　『日本戯曲全集21　滑稽狂言集』（春陽堂、一九二九年）の渥美清太郎の解説による。なお、八文字屋本の『仏法乗合噺』がいかなる作品であるかは確認できなかった。

18　伊勢の間の山の芸人が唄い始めたものを発祥とする歌謡のこと。

19　注13参照。

20　清元の名題に、「忍逢」という語をわざわざ入れていることの意味に注意する必要があろう。

「颪の又三郎」

高橋　由貴

はじめに――宮澤賢治と気圏

宮澤賢治は、詩集『春と修羅』のみならず、いたる所で「気圏」という言葉を頻用している。「気圏」とは、「気圏ときに海のごときことあり」（『補遺詩篇Ⅱ』）という表現のように、地表から天空までを気体分子で満たされた複層的な空間として把握し、それを海中のイメージで捉えるものだと理解できよう。賢治童話は、天と地との二元空間を枠組としており、「地上」を「天末」として意識していた。

するト胸がさらさらと波をたてるやうに思ひました。けれども又ぢっとその鳴って吠えてうなってかけて行く風をみてゐますと今度は胸がどかどかなってくるのでした。昨日まで丘や野原の空の底に澄みきってしんとしてゐた風が、今朝夜あけ方俄《にはか》かに一斉に斯う動き出してどんどんどんどんタスカロラ海床の北のはじをめがけて行くことを考へますともう一郎は顔がほてり息もはあ、はあ、なって自分までが一諸に空を翔《か》けて行くやうな気持ちになって胸を一ぱいはって息をふっと吹きました。

「風の又三郎」においても、やはり丘や野原が「空の底」として設定されている。そして天空と「空の底」である地上とが、双方を往来する風によって把握されている。右の箇所では、天から吹き付けて吠え声うなり声をあげて翔ける二百十日の野分が、言葉ならぬ風の声を捉えようとする一郎の胸と、空の底の草木とを激しく波立たせる。では、常に天との関わりで地上と人間とを把捉していた宮澤賢治による「風の又三郎」とは、一体どのような物語であるだろうか。

「風の又三郎」は、昭和八年に三七歳で賢治が死去すると、その翌九年に、『宮澤賢治全集』第三巻（文圃堂）の中に

岩手県の種山高原星座の森にある「風の又三郎」の像
（制作・中村晋也）

収録され刊行された。病に倒れ、郷里で療養生活を送っていた昭和六〜八年に書かれている。執筆に際し、賢治は沢里武治宛の書簡で「谷川の岸の小学校を題材とした百枚ぐらゐのものを書いてゐますのでちやうど八月の末から九月上旬へかけての学校やこどもらの空気にもふれたいのです」（一九三一年八月一八日付）と述懐していた。

谷川の岸に小さな学校がありました。／教室はたった一つでしたが生徒は三年生がないだけであとは一年から六年までみんなありました。運動場もテニスコートのくらゐでしたがすぐうしろは栗の木のあるきれいな草の山でしたし運動場の隅にはごぼごぼつめたい水を噴く岩穴もあったのです。／さわやかな九月一日の朝でした。青ぞらで風がどうと鳴り　日光は運動場いっぱいでした。

冒頭の箇所は、つめたい水、青ぞらで吹く風、充満する日光といった透明で見えないものが、しかし確かにあることを、さわやかな朝の空気を用いて悟らせる。新鮮な空気に満ちた新学期の小学校は、背面にきれいな栗林が広がる山の斜面と前面にさらさら流れる谷川に挟まれる岸辺に位置している。空へと続く山と谷へと注ぐ川とが、運動場の湧水によって緩やかに繋がれている。V字の地形と気圏について、吉田文憲は次のように論じていた。*1

七つ森とくらかけ山のあいだに挟まれたこのV字型（もしくはU字型）の緩やかにたわんだ風景全体を巨大な空気の「水の中」、あるいは賢治がしばしばそうイメージしたように気圏という名の水底、水中世界とみなせば、詩の中の「わたくし」はその水中もしくは水底で蠢《うごめ》いている微小な生命の揺らめく澱《おり》、なにか小さな生きもののそこにたまたま発生したかすかな影のようにさえ感じられる。〔…〕いわばそこはどこかミニュアチュールの別《べつ》乾坤《けんこん》の小宇宙であり、かつその屈折率を透して異世界を覗きみる、あるいは現出させるレンズ＝窓ガラスを伴った幻想の装置である。

賢治の気圏概念を、水中世界＝別乾坤の小宇宙の幻想装置だと定義する吉田論を踏まえれば、「風の又三郎」の小学校もまた、層をなす気圏の底としてイメージされていたといえよう。これは壺中の天ならぬ、透明な実験瓶の中の天空であるだろう。そしてこの「空の底」と呼応する形で、一郎の「胸の底」にも空気と振動が流れ込み、天と一郎の胸とが共振する。本文では、「波立つ」という述語によって、空と水面と胸中とが同列に配され、これら異なる次元を風が融通無碍《ゆうずうむげ》に往来する。詩集『春と修羅』をはじめ、コロイドのような微細な粒子が飛び交《か》う水溶液として宇宙＝天地を形象化していた賢治は、「風の又三郎」にも、このコロイド水溶液的な気圏という世界観を援用しているのである。

「風の又三郎」冒頭でも、空の高い処では「風がどうと鳴」るのに、教室は「しんと」鋭角な音感で表される冴えた空気に静まっている。上空と天末は一見隔たっている。しかし、風の振動によって子供たちを取り巻く空気が揺さぶられていく。すなわち「風の又三郎」の構想とは、「しん」とした「空の底」がじょじょに波立つ「九月一日」から、うなりをあげて風が通り過ぎる「九月一二日」までの風の運動性を枠組として用い、その中で千変万化する空気とともに子供たちの様子を描くものとして企図されているのである。

一 気圏の底の子供達

「風の又三郎」には、「風野又三郎」というタイトルの初期形ヴァージョンが存在する。現行の後期形「風の又三郎」は、この初期形「風野又三郎」に、改稿した「種山ヶ原」「さいかち淵」を取り込んで書かれていた（構想メモからは、さらに「谷」「鳥をとるやなぎ」も入れた長い物語として構想されていたことがうかがえる）。初期形も後期形も、東北一帯に伝わる風の三郎伝承に基づく物語であるが、両者の決定的な違いは、初期形が風の童神と子供たちとの交流を描くのに対し、後期形は、高田三郎が都会から来た転校生なのか風の童神なのかが最後まで明らかにされない点である。

初期形「風野又三郎」では、二百十日から二百二十日という最も風が強く吹く時期に村に滞在する風の化身・又三郎が、例えば次のように子供達へ風についての啓蒙を行う。

竜巻はねえ、ずゐぶん凄いよ。海のには僕はいったことはないんだけれど、小さいのを沼でやったことがあるよ。丁度お前達の方のご維新前ね、日詰《ひづめ》の近くに源五沼といふ沼があったんだ。そのすぐ隣りの草はらで、僕等は五人でサイクルホールをやった。ぐるぐるひどくまはってゐたら、まるで木も折れるくらゐ烈しくなってしまった。丁度雨も降るばかりのところだった。一人の僕の友だちがね、沼を通る時、たうたう機《はず》みで水を掬《すく》っちゃったんだ。さあ僕等はもう黒雲の中に突き入ってまはって馳けたねえ、水が丁度漏斗《ろうと》の尻のようになって来るんだ。下から見たら本当にこはかったらう。／『ああ竜だ、竜だ。』みんなは叫んだよ。

又三郎は、子供達の前で明治維新前に沼で行った竜巻について自慢げに話す。竜巻以外にも「サイクルホール」や「かまいたち」や「大循環」といった大気の仕組みを説明する。また気象台の風力計を通過する際に記録を気にすることや、人間世界への風の功罪などが子供相手に得々と教授される。[*2] 初期形「風野又三郎」における神出鬼没の又三郎は、ギラギラ白光りするガラスのマントを身につけて子供達の前に現れては消える、悪戯好きの気まぐれな風来坊であった。

一方、「風の又三郎」では、高田三郎＝又三郎の挿話が削除され、突如やってきた転校生は「おかしな赤い髪の子供」としか説明されない。小学校では、風の不規則な動きと不思議な転校生の行動との奇妙な一致を見出し、子供たちは驚き怯える。

黒い雪袴《ゆきばかま》をはいた二人の一年生の子がどてをまはって運動場にはいって来て、まだほかに誰も来てゐないのを見て／「ほう、おら一等だぞ。一等だぞ。」とかはるがはる叫びながら大悦びで門をはいって来たのでしたが、ちょっと教室の中を見ますと、二人ともまるでびっくりして棒立ちになり、それから顔を見合せてぶるぶるふるえました。がひとりはたうたう泣き出してしまひました。といふわけは　そのしんとした朝の教室のなかにどこから来たのか　まるで顔も知らないおかしな赤い髪の子供がひとり一番前の机にちゃんと座ってゐたのです。／〔…〕／そのとき風がどうと吹いて来て教室のガラス戸はみんながたがた鳴り、学校のうしろの山の萱や栗の木はみんな変に青じろくなってゆれ、教室のなかのこどもは何だかにやっとわらってすこしうごいたやうでした。

／すると嘉助がすぐ叫びました。「あ、　わかった　あいつは風の又三郎だぞ。」／〔…〕／風がまたどうと吹いて来て窓ガラスをがたがた云はせうしろの山の萱をだんだん上流の方へ青じろく波だて、行きました。／「わあうなだ喧嘩《けんか》したんだがら又三郎居なぐなったな。」嘉助が怒って云ひました。

ここでは、「どう」と轟く上空の大気と、「しんと」静まった教室の空気という二重の気層構造が設定される。ガラス戸や窓ガラスの「がたがた」という振動によって、上空から「どう」と教室に吹きつける風の存在が可視化される。この風が転校生の到来と結びつき、教室の空気に波紋を投げかける。新学期の「さわやか」な空気が一転し、一年生は動揺して「ぶるぶる」震えて泣き出す。この後も、天気のいい時は教室から出るという先生の言いつけを守って外に出ている子供達は、風と転校生の結びつきを度々《たびたび》目撃する。

又三郎は少し困ったやうに両手をうしろへ組むと向ふ側の土手の方へ職員室の前を通って歩きだしました。／その時風がざあっと吹いて来て土手の草はざわざわ波になり運動場のまん中でさあっと塵があがりそれが玄関の前まで行くときりきりとまはって小さなつむじ風になって黄いろな塵は瓶をさかさまにしたやうな形になって屋根より高くのぼりました。すると嘉助が突然高く云ひました。／「さうだ。やっぱりあいづ又三郎だぞ。あいつ何かするときっと風吹いてくるぞ。」

にわかに吹きつける「ざあっ」とした風は、「さあっ」と塵を吸いこんで黄いろの瓶の形になる。つむじ風は、英語ではDust devil《ダストデビル》と呼ばれて神秘的な力として形象化されたり、Dust whirl《ダストワール》と呼ばれて眩暈《めまい》のイメージで象られたりする。「がたがた」という振動と同様、「きりきり」と力強く巻き上がる黄の塵旋風によって風の形貌が看取される。嘉助は、意志を持つかのような変幻自在の風と三郎の行動との連関を見出し、高田三郎＝風の又三郎説を事あるごとに唱える。他方、六年生の一郎は、高田三郎を風の又三郎だと嘉助が決めつけるたびに冷静に応答し、高田三郎＝又三郎説に疑義を呈していく。

しかし、風の動きにすぐさま呼応するのは、転校生ではなく、山の萱や栗の木であった。先の引用箇所の「山の萱や栗の木はみんな変に青じろくなってゆれ」「山の萱をだんだん上流のほうへ青じろく波だて」という以外にも、栗の木や萱は、いくども風や雲を受けては青く光り揺動する。気圏の底にすむ草木たちは、子供達より敏感に風を感じ取り、そっと眩暈し息吹くのである。

二　気象と眩暈

どっどどどどうど　どどうど　どどう、／青いくるみも吹きとばせ／すっぱいくゎりんもふきとばせ／どっどど
どどうど　どどうど　どどう

先行諸論では、印象的な書き出しのこのうた、とりわけ「どっどどどどうど」というオノマトペが注視されてきた。麦田穣は、このオノマトペが、瞬間風速の値（最大値）と吹き始めの値（最小値）との差の大きい岩手県花巻地方特有の風の様態に由来すると論じている。[*3] この「どっどど」という東北および賢治特有のオノマトペには、風の息づかいと不穏な力とが込められている。もともと風の音には呼びかけや誘いが含意されており、風を聴く者はだれでも落ち着いてはいられない。加えて、この力強い「ど」の振動は、囃子詞《はやしことば》にも通じる。有声破裂音の強い繰り返しは、風の果敢《かかん》で絶え間ない前進運動と、この振動を感じ取る者の拍動をイメージさせる（実際この「どっどど」は、結末部分の「どんどんどんどん」という風の進行と、「どかどか」という胸の鼓動の語句に連なる）。さらに「青いくるみも」「すっぱいくゎり

んも」の「も」は、同類の列挙を意識させ、手当たり次第に未熟なものを舞い上がらせ飛散させる勢いを表す。「〜せ」には、意志をともなう掛け声や呼びかけが含意される。未熟な果実をもぎ取る力と意志を詠み込むこのうたは、中央（幹）から端部（末梢）、さらに空中へと移動するイメージと暴力的イメージを付随させ、北海道から谷川の村、さらに次の土地へという三郎の転校と風の旋転、庇護されるべき子供も巻き込まれる風の猛威といったこの物語のプロットを導いていく。

　果実を遠く運ぶ風による眩暈《ワールドウィンド》に関わって、「風の又三郎」では遊戯がもたらす眩暈が呈示される。風と転校生との偶然の一致を面白がる冒頭から、競馬の真似事、葉っぱや葡萄《ぶどう》の採取、淵での水浴びや魚捕りと、各章ごとに様々な遊びに興じる子供達が置かれる。ロジェ・カイヨワは、遊びの根本的な動機を、①競争、②運に身を任せる偶然、③模擬、④眩暈と失神の四つに分類したが、[*4]本作に登場するこれらの遊びも、偶然と競争、模倣と眩暈に満ちている。

　とりわけ印象的なのは、嘉助が草と風の交信のただなかに迷い込む「九月四日、日曜」の章である。「よく晴れ」ているのに「どごがらだが風吹いで」「お日さんぼやっと」する日曜は、「今日は雨が降る」「午《ひる》まがらきっと曇る」という不穏な予測どおり、雲行きが怪しくなる。そして「太陽は白い鏡のようになって、雲と反対に馳せ」、野原は白い鏡に照らされる妖《あや》しい空間へと変容する。幻想的な風景の中で、嘉助は眩暈を起こして失神する。

> 空はたいへん暗く重くなり、まはりがぼうっと霞んで来ました。冷たい風が、草を渡りはじめ、もう雲や霧が、切れ切れになって眼の前をぐんぐん通り過ぎて行きました。／〔…〕／草がからだを曲げて、パチパチ云ったり、さらさら鳴ったりしました。霧が殊《こと》に滋《しげ》くなって、着物はすっかりしめってしまひました。／〔…〕黒板から降る白墨の粉のやうな、暗い冷たい霧の粒が、そこら一面踊りまはり、あたりが俄にシインとして、陰気に陰気に

なりました。草からは、もう雫の音がポタリポタリと聞えて来ます。／〔…〕／風が来ると、芒《すすき》の穂は細い沢山の手を一ぱいのばして、忙しく振って、／「あ、西さん、あ、東さん。あ西さん。あ南さん。あ、西さん。」なんて云ってゐる様でした。／〔…〕／空が光ってキインキインと鳴ってゐます。それからすぐ眼の前の霧の中に、家の形の大きな黒いものがあらはれました。〔…〕／空がくるくるっと白く揺らぎ、草がバラッと一度に雫を払ひました。／〔…〕／又明るくなりました。草がみな一斉《いっせい》に悦びの息をします。／〔…〕／そして、黒い路《みち》が、俄に消えてしまひました。あたりがほんのしばらくしいんとなりました。それから非常に強い風が吹いて来ました。／空が旗のやうにぱたぱた光って翻《ひるが》へり、火花がパチパチパチッと燃えました。嘉助はたうたう草の中に倒れてねむってしまひました。／そんなことはみんなどこかの遠いできごとのやうでした。／もう又三郎がすぐ眼の前に足を投げだしてだまって空を見あげてゐるのです。いつかいつもの鼠いろの上着の上にガラスのマントを着てゐるのです。それから光るガラスの靴をはいてゐるのです。／又三郎の肩には栗の木の影が青く落ちてゐます。又三郎の影はまた青く草に落ちてゐます。そして風がどんどんどんどん吹いてゐるのです。又三郎は笑ひもしなければ物を云ひません。たゞ小さな唇を強さうにきっと結んだまゝ黙ってそらを見てゐます。いきなり又三郎はひらっとそらへ飛びあがりました。ガラスのマントがギラギラ光りました。ふと嘉助は眼をひらきました。灰いろの霧が速く速く飛んでゐます。

低く重く垂れ込める空と、雲や霧の暗く冷たい粒子のダンスによって、あたり一面が皮膜のように覆われる。霧のヴェールは、「シイン」という鋭い静寂と、湿気をはらんだ陰気な暗さで嘉助を包んでいく。またこのヴェールによって、突然向こうが遮られたり、黒い道が消えたり、逆に唐突に大きな黒い道や岩が現れたりする。光と闇が混淆しながら疾《はや》く流れる灰色の霧や雲は、黒い道や白い空が明滅する不思議な景色をもたらす。「水仙月の四日」という美しい賢治童話がある。やはり「しづかな奇麗な日曜日」が一転し、雲に遮られた太陽が「まつしろな鏡」になるのを合図に、雪婆《ゆきば》んごと雪童子《ゆきわらす》と呼ばれる雪嵐の化身が、あたり一帯を雪で覆いつくしていく。空と雪嵐と野原との交信の中で、人間の子供は排除され失神する。子供の命を奪い取ろうとする雪婆《ゆきば》んごに従いながら、雪童子《ゆきわらす》はこの子供をひそかに救う。この物語では、雪嵐と野原、雪婆《ゆきば》んごと雪童子《ゆきわらす》、雪童子《ゆきわらす》と人間の子供との間で、いくえにもスリリングなコミュニケーションが交わされていく。

雪嵐の童神から語られる「水仙月の四日」とは対照的に、「風の又三郎」は行き倒れた子供の側から出来事が語られる。最初「パチパチ」「さらさら」といったオノマトペや「からだを曲げて」という即物的な反応としてしか捉えられない風への草木の応答は、嘉助の眼前が灰色に閉ざされるにつれて、「あ、西さん、あ、東さん」という判然とした言葉と、風に手を伸ばして振るという感情が込められた仕草として知覚される。そのような夢うつつの中で、嘉助は又三郎のガラスのマントの閃光《せんこう》を目撃する。

風・雲・光の粒といった気象の換喩的イメージを媒介として、神的なものが半透明のヴェールのうちに受肉されること論じた岡田温司[*5]は、雲や霧と天の使いとの類縁性を論じている。洋の東西を問わず、雲の切れ間から光が地上へ降り注いで見える光芒《こうぼう》の中で、神の使いがたびたび幻視されてきた。仏教とキリスト教とを受容した賢治畢竟《ひっきょう》の大作『銀河鉄道の夜』には、山の頂きから「がらんとした空」に立つ「天気輪《てんきりん》の柱」が出てくる。この謎めいた「天気輪の柱」は、墓場に立つ死者へのモニュメントという宗教的意味合いと、太陽柱のような天文的意味合いと、その双方から解釈されてきた。この柱の下で主人公・ジョバンニは夢うつつになり、死者を地上から天上へと運ぶ鉄道の出現を目撃し、不意に生者と死者とが交わる中間領域がひらける。ひるがえって「風の又三郎」の先の引用場面にも死の影と神的な光とのせめぎ合いが見てとれる。灰色の霧の流れの中で、空が「キインキイン」と甲高く硬質な音をたてて光り、あるいは「旗のようにぱたぱた光って」ひるがえる。灰色に覆われる気層の上に「ひらり」と飛び上がることができるのは、「ガラスのマント」と「ガラスの靴」という半透明な衣を身につける者だけである。このマントと靴は、霧や雲のヴェールの物象化である。そしてそれを身にまとう者は、嘉助の目に、天と人間と中間的な位相にある神的な存在、すなわち「風の神」や天の使いとして感知されたに違いない。

ヴェールの構成要素である微粒子を「埃《ほこり》」と言い替えながら、岡田温司は「かくのごとく埃は美しい。そして埃は、その薄いヴェールによって、対象をそれ自身から引き離し、同一性のうちにかすかな他性を導き入れる。〔…〕埃はまた、運動と変化の別の名でもある。それゆえ埃のうちには、「すでに」と「いまだに」とのあいだで宙づりにされた時間の本質が宿っている」と述べていた。この埃は、賢治における風や雨や雲や光の粒にも当てはまる。そもそも賢治は、コロイド溶液が浮遊する宇宙として気圏をイメージしていた。この場面でも、気象の粒子は、見慣れた風景を明滅させて異界に変える。さらに栗の木や萱は、粒子に反応して青い光沢《つや》という他性や神性を帯びて立ち現れる。湿気を含んだ埃によって空は「くるくるくるっと白く揺ら」ぎ、草は雫を「バラッと一度に」払うために身じろぎする。粒子によって見慣れた日常から引き離された風景は、まさに「みんなどこかの遠いできごと」という宙づりされた時間に存する。

そう考えるならば、栗の木と草と又三郎が帯びる青い影は、実在感の不在を奇妙な現前に変える、超越的な自然が吹き込むこの世界での生命の反射であるだろうか。あるいは光源が遮られることによって反対側に生じた、黒い岩や又三郎は、死を思わせる灰色で陰気な気象の皮膜を、翻したマントの「ギラギラ」とした光彩で突き破るのである。

黒い道といった物体の有する黒い影とは異なる、魂の光沢であるだろうか。栗の木や草と同じに妖しい青い影を持つ

三　地圏の嵐と水圏の波立ち

前節において、未熟な果実を吹き飛ばし、子供に眩暈や失神をもたらす気圏の嵐について確認したが、「風の又三郎」には、山津波《やまつなみ》と発破《はっぱ》と鉱物発掘という地圏の嵐も挿入されていることを指摘したい。

高田三郎が小学校に急に転入出する事情は、鉱脈に眠る「モリブデン」という物質の採掘事業とその中止に関わっていた。二百十日という気圏の嵐がこの物語を枠づけていることは前述のとおりであるが、原鉱を地から剥ぎ取る鉱物採掘も、物語の枠として後景に据えられている。物語の背面では、鉱物発掘事業の予備作業が行われていた。

この鉱物採掘と同様、「九月六日」には煙草の葉や葡萄を取る遊びが、「九月七日」と「九月八日」には、爆薬をしかける発破《はっぱ》と、川に毒を流す毒もみという、水圏から魚を奪い取る二つの法律違反行為が描かれていた。発破と毒もみは、鉱物採掘ほど大がかりでないものの、川に一時的に人為的な嵐をおこして水を濁らせる。川や地殻から資源である鉱物や魚を奪い取るこれらの挿話は、二百十日の嵐が大気を揺らして地上から果実をもぎ取ることと対置された、地圏や水圏を侵す不穏な攪拌《かくはん》として配されている。地圏の嵐と水圏の波立ちには、それらが侵犯行為であることからも、遊びにとどまらない不気味な死のイメージと地の震動がほのめかされているだろう。

もう一つ、実際には起こらないながらも、不気味な山津波の気配が挿入されていることにも着目したい。風の変化と転校生の行動との奇妙な一致を見出して谷川の村の子供達が気味悪く思う「九月一日」の章とは対照的に、「九月

八日」の章では、天気の急激な変化に周りの景色と子供達が素直に呼応し、三郎だけがそれを気味悪がることが描かれていた。

ところが、そのときはもう、そらがいっぱいの黒い雲で、楊も変に白っぽくなり、山の草はしんしんとくらくなりそこらは何とも云はれない、恐ろしい景色にかはってゐました。／そのうちに、いきなり上の野原のあたりで、ごろごろごろと雷が鳴り出しました。と思ふと、まるで山つなみのやうな音がして、一ぺんに夕立がやって来ました。風までひゅうひゅう吹きだしました。淵の水には、大きなぶちぶちがたくさんできて、水だか石だかわからなくなってしまひました。みんなは河原から着物をかかへて、ねむの木の下へ遁《に》げこみました。すると又三郎も何だかはじめて怖くなったと見えてさいかちの木の下からどぼんと水へはいってみんなの方へ泳ぎだしました。すると誰ともなく／「雨はざっこざっこ雨三郎／風はどっこどっこ又三郎」と叫んだものがありました。みんなもすぐ声をそろえて叫びました。／「雨はざっこざっこ雨三郎／風はどっこどっこ又三郎」／すると又三郎はまるであわてて、何かに足をひっぱられるやうに淵からとびあがって一目散にみんなのところに走ってきてがたがたふるえながら／「いま叫んだのはおまへらだちかい。」とききました。／「そでない、そでない。」みんなは一しょに叫びました。／〔…〕／又三郎は、気味悪さうに川のはうを見ましたが色のあせた唇をいつものやうにきっと嚙んで「何だい。」と云ひましたが、からだはやはりがくがくふるってゐました。

黒雲に空が覆われると、柳は白くなり、山の草は暗くなる。間もなく雷の轟《とどろ》きを合図にして、山津波のような夕立と風が湧き起こる。天気の急変に基づく「恐ろしい景色」への変容に応じるように、淵の水には、石と水のどちらで打ったのかわからない程の「ぶちぶち」とした影が生じる。これらのおそろしい自然の気配が、「誰ともない」声を呼び寄せていく。「ざっこざっこ」と打ち降る雨と、「ひゅうひゅう」から「どっこどっこ」への変化をほのめかす風の音は、「〜ような」という直喩で場面に挿入される山津波のイメージを引き寄せていく。山津波を暗示させる「だれともない」声を、子供たちは反射的に模倣する。淵から飛び上がり川の方をみている三郎は、気象—自然—子供達の声に取り残される都会から来た転校生として読める。が、誰よりも鋭敏に「だれともない」声を聴く子供としても読める。山津波をほのめかす「誰ともない声」のメッセージに気づかないのは、はたして子供達なのか、三郎なのか。三郎の正体は最後まで画定されず、ただ不気味な声だけが響き渡る。そしてこの不思議な響きと「どっどど」の風のうたと共に三郎は去って行く。

気圏の嵐が透明な気象の粒子の動きによって表象されるのに対し、地圏の嵐は、気圏の動きと連動しながらも、不気味な気配や影としてのみ背景に据えられているのである。

おわりに——賢治童話と気象の粒子

以上、天空と地上とを壺中天のように透明な瓶の上下としてイメージする気圏と、気圏と見えない形で連動する水圏および地圏という物語の空間構造を確認し、その中で風や雲や霧の粒子がもたらす眩暈によって感情を様々に攪乱《かくらん》される子供達について見てきた。

わたしたちは、氷砂糖をほしいくらゐもたないでも、きれいにすきとほつた風をたべ、桃いろの美しい朝の日光をのむことができます。いまわたくしは、はたけや森の中で、ひどいぼろぼろのきものが、いちばんすばらしいびろうどや羅紗《らしや》や宝石いりのきものに、かはつてゐるのをたびたび見ました。わたくしは、さういうきれいなたべものやきものをすきです。（童話集『注文の多い料理店』の「序」）

生前唯一の童話集『注文の多い料理店』（東京光原社、一九二四年）には、右のような序文が添えられていた。宮澤賢治は、凶作をもたらす東北の気候の厳しさ（甘い食べ物もきれいな服もない「わたしたち」の生活の貧窮として間接的に述べられている）を見つめながら、他方、透明で輝く気象の粒子を日常に導き入れることによって、眼前の日常風景を幻想的に美しく変貌させる術を知っていた。風に運ばれもたらされる気象の粒子は、「空の底」の空気と季節とを新しいものへと循環させるだけでなく、現実を美しく輝かせる賢治童話の幻想のヴェールとしても機能しているのである。

注

1 吉田文憲「硅化花園《ケミカルガーデン》の夢」（『宮沢賢治　妖しい文字の物語』、思潮社、二〇〇五年）。

2 賢治が依拠する同時代の気象学については、米村みゆき「『風野又三郎』の啓蒙―飛行と帝国主義―」（『国語と国文学』、一九九八年一〇月）およびホイト・ロング「理科教科書の書き換えと地域の再創造―「風野又三郎」を中心に―」（『宮沢賢治　驚異の想像力　その源泉と多様性』、朝文社、二〇〇八年）を参照。

3 麦田穣「風の証言―童話「風の又三郎」のオノマトペについて―」（『火山弾』第四二号、一九九七年五月）。

4 ロジェ・カイヨワ『遊びと人間』（多田道太郎・塚崎幹夫訳、講談社、一九七一年。引用は講談社学術文庫、一九九〇年）。

5 岡田温司『半透明の美学』（岩波書店、二〇一〇年）。

※本文の引用は『新校本宮沢賢治全集』第九巻・第十一巻・第十二巻に拠る。〔…〕は中略を、／は改行を表す。

あとがき

雲は、夕焼け雲が好きだ。まるで絵を見ている気分になる。

雪は、共通一次試験（私の受けた時が一回目。現在のセンター試験の前身）の後、ちゃんとマークを塗りつぶせたか心配になりながら、とぼとぼと雪解けの道を歩いたのが忘れられない。この日は東京にも雪が降った。

風は、夏に箱根の仙石原で吹かれる風がいい。日頃のくさくさした気持ちがどこかに飛んで行くようだ。

雨が降ると、小学生の時は、学校に行くのが嫌だった。

『鳥獣虫魚の文学史』に引き続き、この『天空の文学史』シリーズも無事刊行を終えることができた。〈天象〉は〈どうぶつ〉のような生き物ではないけれども、自然の一部として私たちをあたたかく（時に厳しく）包んでくれるものだ。〈どうぶつ〉とはちがう角度から—それこそ天からの視点によって、私たちと自然の関わりを考えるための手がかりを与えてくれる。そんなメッセージを『天空の文学史』にこめられたと思う。執筆者の方々に感謝したい。

それにしても、四年ほどで六冊の論文集をシリーズとして刊行できたのは、三弥井書店の吉田智恵氏の並々ならぬ手腕と情熱があったからこそである。ここに、心よりお礼申し上げたい。

鈴木　健一

二〇一四年十二月

執筆者紹介

松田　浩（まつだ　ひろし）
1972年生まれ。フェリス女学院大学教授。
「夢の逢瀬と「雖行往」と―万葉集巻十六「恋夫君歌」の表現―」（『論集上代文学』第34冊、笠間書院　2012年月）、「万葉の「いはひ」と折口の「いはひ」」（『日本文学』61巻5号、2012年月）

青木太朗（あおき　たろう）
1967年生まれ。暁星中学高等学校教諭。
『コレクション日本歌人選024　忠岑と躬恒』（笠間書院、2012年）、「『古今和歌六帖』の採歌意識についての一考察」（平田喜信編『平安朝文学　表現の位相』新典社、2002年）。

鈴木宏子（すずき　ひろこ）
1960年生まれ。千葉大学教授。博士（文学）。
『古今和歌集表現論』（笠間書院、2000年）、『王朝和歌の想像力　古今集と源氏物語』（笠間書院、2012年）。

栗本賀世子（くりもと　かよこ）
1981年生まれ。日本学術振興会特別研究員(PD)、白百合女子大学非常勤講師。博士（文学）。
『平安朝物語の後宮空間―宇津保物語から源氏物語へ―』（武蔵野書院、2014年）、「桐壺の一族―後宮殿舎継承の方法をめぐって―」（『古代文学論叢』第二十輯、武蔵野書院、2015年刊行予定）。

吉野瑞恵（よしの　みずえ）
駿河台大学教授。博士（文学）。
『王朝文学の生成－『源氏物語』の発想・「日記文学」の形態－』（笠間書院、2011年）。
『三十六歌仙集（二）』和歌文学大系52巻（新藤協三・西山秀人・徳原茂実との共著）（明治書院、2012年）。

木下華子（きのした　はなこ）
1975年生まれ。ノートルダム清心女子大学准教授。博士（文学）。
「鴨長明の和歌観――『無名抄』「式部赤染勝劣事」「近代歌躰」から――」（『中世文学』58号、2013年6月）、「『方丈記』論――作品成立の場と享受圏をめぐって――」（中世文学と隣接諸学10『中世の随筆　成立・展開と文体』竹林舎、2014年8月）。

中野貴文（なかの　たかふみ）
1973年生まれ。東京女子大学准教授。博士（文学）。
「『徒然草』「第一部」と光源氏」（『日本文学』第59巻6月号、2010年6月）、「『徒然草』奥山の猫又」（『鳥獣虫魚の文学史－日本古典の自然観（1）獣の巻』三弥井書店、2011年4月）。

牧野淳司（まきの　あつし）
明治大学文学部准教授。博士（文学）。
「表白論の射程―寺社文化圏と世俗社会との交錯」（『アジア遊学』174号、2014年７月）、「『平家物語』「いけずき」と「するすみ」」（『鳥獣虫魚の文学史―日本古典の自然観（1）獣の巻』三弥井書店、2011年）。

山本章博（やまもと　あきひろ）
1974年生まれ。大正大学准教授。博士（文学）。
「寂然―浄土を観る」（『聖なる声―和歌にひそむ力』三弥井書店、2011年）。『寂然法門百首全釈』（風間書房、2010年）。

山本令子（やまもと　れいこ）
1969年生まれ。鶴見大学非常勤講師。
「『源氏百人一首』小考」（『藝文研究』101号、2011年12月）、「蟹満寺説話」（『鳥獣虫魚の文学史４』三弥井書店、2012年）。

鈴木　彰（すずき　あきら）
1969年生まれ。立教大学教授。博士（文学）。
『平家物語の展開と中世社会』（汲古書院、2006年）、「戦争と文学」（『日本文学史』吉川弘文館、2014年）。

門脇　大（かどわき　だい）
1982年生まれ。甲子園学院高等学校非常勤講師。博士（文学）。
「心学書に描かれた怪異―心から生まれる怪異をめぐって―」（『国文論叢』第45号、2012年3月）、「弁惑物の位相」（『国文学研究ノート』第49号、2012年３月）。

永田英理（ながた　えり）
1977年生まれ。武蔵野大学非常勤講師。博士（学術）。
『蕉風俳論の付合文芸史的研究』（ぺりかん社、2007年）、『連歌辞典』（共著、東京堂出版、2010年）。

牧　藍子（まき　あいこ）
1981年生まれ。鶴見大学講師。博士（文学）。
『元禄江戸俳壇の研究―蕉風と元禄諸派の俳諧』（ぺりかん社、2015年）。

小財陽平（こざい　ようへい）
1980年生まれ。明治大学専任講師。博士（文学）。
「天明年間の菅茶山とその詩風」（『明治大学教養論集』第500号、2014年9月）、「菅茶山の次韻の詩――「子成将東行」詩を起点として」（『江戸風雅』第7号、2013年１月）。

田代一葉（たしろ　かづは）
1978年生まれ。日本学術振興会特別研究員（PD）、日本女子大学非常勤講師。博士（文学）。
『近世和歌画賛の研究』（汲古書院、2013年）、「日野資枝の画賛」（『近世文藝』第101号、2015年1月）。

菊池庸介（きくち　ようすけ）
1971年生まれ。福岡教育大学准教授。博士（日本語日本文学）。
『近世実録の研究―成長と展開―』（汲古書院、2008年）、「「大岡政談」鯨論」（『鳥獣虫魚の文学史―日本古典の自然観（4））　魚の巻』三弥井書店、2012年）。

津田眞弓（つだ　まゆみ）
1965年生まれ。慶應義塾大学教授。博士（文学）。
「教養を娯楽化する―『五節供稚童講訳』の挑戦―」（『浸透する教養』、勉誠出版、2013年）、『江戸絵本の匠　山東京山』（新典社、2005年）、『山東京山年譜稿』（ぺりかん社、2004年）。

光延真哉（みつのぶ　しんや）
1979年生まれ。東京女子大学准教授。博士（文学）。
『江戸歌舞伎作者の研究　金井三笑から鶴屋南北へ』（笠間書院、2012年）、「歌舞伎のなかの忍術」（『忍者文芸研究読本』笠間書院、2014年）。

高橋由貴（たかはし　ゆき）
1978年生まれ。福島大学准教授。博士（文学）。
「記録する機械の眼から「広島のレンズ」へ―大江健三郎『ヒロシマ・ノート』論―」（『日本近代文学』第86集、2012年５月）、「言葉ならぬ声を聴く鳥―大江健三郎『個人的な体験』論―」（『国語と国文学』第90巻第７号、2013年７月）。

■編者

鈴木　健一（すずき　けんいち）

1960年生まれ。学習院大学文学部教授。博士（文学）。

著書

『江戸古典学の論』（汲古書院、2011年）

『知ってる古文の知らない魅力』（講談社現代新書、2006年）

『古典注釈入門　歴史と技法』（岩波現代全書、2014年）ほか。

編著

『源氏物語の変奏曲—江戸の調べ』（三弥井書店、2003年）

『鳥獣虫魚の文学史』全四巻（三弥井書店、2011～2012年）ほか。

天空の文学史　雲・雪・風・雨

平成27年２月19日　初版発行

定価はカバーに表示してあります。

発行者　　吉田栄治

発行所　　株式会社　三弥井書店

〒108－0073東京都港区三田3－2－39

電話03－3452－8069

振替00190－8－21125

ISBN978-4-8382-3278-9　C0093　　整版・印刷エーヴィスシステムズ